Mark Twain

UN YANQUI EN LA CORTE DEL REY ARTURO

ISBN: 84-9764-800-5
Depósito legal: M-369-2006

Colección: Clásicos de la literatura
Título: Un yanqui en la Corte del Rey Arturo
Autor: Mark Twain
Traductor: Cesión editorial Ramón Sopena
Título original: *A Connecticut Yankee in King Arthur's Court*
Introducción: Ivana Mollo
Diseño de cubierta: Juan Manuel Domínguez
Impreso en: Cofás

IMPRESO EN ESPAÑA – *PRINTED IN SPAIN*

MARK TWAIN

UN YANQUI EN LA CORTE DEL REY ARTURO

Por Ivana Mollo

INTRODUCCIÓN

Bajo el nombre de Samuel Langhorne Clemens, nace el 30 de noviembre de 1835 en la localidad de Florida, Missouri, el hombre que años más tarde se convertirá en uno de los personajes más populares y, tal vez, el más querido de los Estados Unidos: Mark Twain. Para empezar, y a modo de presentación, es preciso decir que está considerado como uno de los renovadores y principales promotores de la novela norteamericana del siglo XIX, caracterizada en sus producciones por «el uso del lenguaje coloquial, el humor de la gente sencilla y la ternura de los temas infantiles»[1], lo que equivale a decir: por su elaboración de la oralidad, por captar cómo hablaban los habitantes del vasto y dispar territorio norteamericano expuesto por un hombre del Sur que recupera en diferentes «viajes»[2] sus historias, las circunstancias y peculiaridades de su generación.

En el ámbito de la renovación de la novela sigue ciertos postulados de los «realistas» al escoger emplazamientos, personajes y anécdotas surgidos de su misma cotidianeidad y continúa la

---

[1] Cándido Pérez Gallego: *Historia de la Literatura Norteamericana*, Madrid, Taurus, 1988, p. 164.

[2] Aquí el entrecomillado hace referencia a la idea generalizada que la literatura de Samuel L. Clemens (Mark Twain) está continuamente haciendo referencia a distintos viajes: en el espacio, en el tiempo y hacia su propia experiencia como una forma de retorno a su infancia y a su pasado.

estela abierta por el gran Charles Dickens, conocido y admirado en los Estados Unidos por sus obras y practicante también de una actividad que más tarde ayudaría a la popularidad del propio Mark Twain: las giras de lectura desde la tarima de conferencias. La novela de voces de Dickens, donde los personajes «viven» y alcanzan su particularidad gracias a sus palabras, encuentran en Huck Finn, el gran héroe de su obra *Huckleberry Finn* (1885)[3], un verdadero ejercicio de excelencia. El niño que escapa con el esclavo negro río abajo fue su mejor construcción poética, su mejor hallazgo. Una obra que cuenta y resume gran parte de los temas que aparecen como obsesiones en los libros de Mark Twain: la libertad, la lealtad, los hombres puros, el río y la infancia en el Sur, un espacio considerado, junto con la frontera y el Oeste, como auténticamente americano, tantas veces reformulado por grandes escritores en el siglo XX. «Un niño —señala Cándido Pérez Gallego— toma el mando de la literatura americana y se convierte en redentor de la injusticia», es la aparición de su propia voz lo que hace que esta novela rompa, de alguna manera, con los moldes preestablecidos —heredados de Europa y en su mayoría de Inglaterra— y genere la verdadera novela americana, aquella de la auto— representación, la que recupera polifónicamente a sus potenciales lectores y convierte sus fantasías y sus aspiraciones, dentro de su propio lenguaje, en una historia literaria.

Su literatura surge y se posibilita gracias a las características propias de un país que se ensanchaba y crecía sosteniéndose en una inmensa red constituida por el ferrocarril —que avanzaba a un ritmo vertiginoso—, el telégrafo, la luz eléctrica y el teléfono, que unificaban las regiones y facilitaban las distancias. A esto debemos sumarle el cierre de la frontera Oeste alrededor de 1890 y la vorágine industrial y comercial que se vivió en los Estados Unidos de entonces, de magnitudes y logros inigualados en la

---

[3] Dice Pérez Gallego, *op. cit.*: «Era, como Whitman, una auténtica conciencia escrita de América, y necesitó reencarnarse en dos héroes infantiles que ya han pasado a la mitología universal: Tom Sawyer y Huck Finn, como oponiendo la práctica y la teoría, incluso la violencia con la fantasía. (…) toda la literatura moderna americana para Hemingway nace de Huckleberry Finn». Y continúa: «Se ha descubierto un nuevo lenguaje narrativo y alguien sabe usarlo con eficacia» (p. 165).

historia de Occidente. Con el realismo como sustrato de significación, Mark Twain compuso sus novelas atento a las circunstancias económicas y políticas. Una de las primeras, *The Gilded Age*, La Edad Dorada (1873) toma la figura del coronel Sellers, un hombre del Oeste caracterizado por su poder de sugestión y su visión para los negocios hechos con la palabra más que con el dinero. Como describe Philip Fisher, «era uno de esos entusiastas o bravucones o mentirosos (dependiendo del resultado) que podía ver ferrocarriles donde un hombre normal ve una zanja, haciendo de una tierra sin valor un «lugar» para una estación, una ciudad, solares, vistas, parques y, a partir de todos estos, dinero»[4]. La época de Twain es aquella que vio cómo «la adopción al continente del sistema económico europeo, había convertido el paisaje en propiedades, el polvo en tierra» y cómo las tierras contenían la esperanza: «la riqueza tenía el aspecto de tesoro del que la fiebre del oro fue un avance preciso. Petróleo, carbón, oro, plata o mineral de hierro podían sencillamente estar ocultos, bajo tierra, como el dinero encontrado en la caverna por Tom Sawyer y Huck Finn»[5].

De la misma manera que esta fue una época de consolidación económica para Estados Unidos, la literatura norteamericana comienza a despegar, lentamente y con dificultades, de su dependencia anglófona y de los mandatos exclusivos de la costa Este con sus sedes académicas e intelectuales en Boston y New York. Sin embargo, Clemens se ubica dentro de los escritores periodistas, aquellos cuya actividad se despliega tanto en tareas de reportero, cronista o escritor de relatos de entretenimiento, vinculado al público masivo y atento a las fluctuaciones de gustos y a las tendencias editoriales. Este tipo de literatura alcanza gran difu-

---

[4] La cita completa agrega: «era un soñador inmerso en el mundo laberíntico de la promoción y el arte de vender rimbombante y exagerado, como destaca la broma que hace con su nombre con «seller». Sellers es el maestro del más amplio uso de lo que en el Oeste de las minas de plata se llamaba correctamente «concesiones». Vivió siempre a mitad de camino entre lo que la realidad era y lo que podría ser. En esto compartía una parte esencial del aspecto de una generación de importantes capitalistas y constructores de mundos». Philip Fisher: «Mark Twain» en Emory Elliot (ed.): *Historia de la Literatura Norteamericana*, Madrid, Cátedra, 1991, p. 587.

[5] P. Fisher: *op. cit.*, p. 583.

sión ya que, entre otras cosas, estaba construida bajo un patrón estrictamente democrático, tal y como era el propio Clemens, con un lenguaje cercano, sencillo y claro, con historias intrigantes y con circunstancias locales o nacionales.

Sin embargo, y a pesar de haber sido muy leído en Inglaterra —incluso más que sus contemporáneos representantes de la literatura seria— y en Europa, Mark Twain fue, ante todo, un excelente *perfomer*, un actor, un personaje de espectáculo. Mark Twain fue la mejor creación de Samuel L. Clemens: el hombre que traspasó el mapa de los Estados Unidos desde Hannibal, Missouri hasta Hartford, Connecticut, quien sobre todas las capacidades poseía una impactante personalidad, un carisma inigualable y un humor sarcástico y fácilmente aprehensible. Se dice siempre que las novelas de Twain tienen el ritmo de la voz hablada. Twain componía sus historias hablando solo: se grababa y después lo pasaba a papel, de manera que la narración mantenía la frescura, la espontaneidad y la rapidez de la charla.

EL FENÓMENO MARK TWAIN EN LA VIDA CULTURAL AMERICANA

Alfred Kazin recupera la tan citada frase del escritor William Dean Howells para quien Twain «era el Lincoln de la literatura norteamericana», el hombre que representaba «el alma misma de la honradez condenada a ser corrompida por el Este»[6], aquel que conoció la desdicha, el peligro y el miedo debiendo escapar de sí mismo con humor e ironía. Kazin rescata la capacidad de Twain para escribir como se habla, para encerrar en las historias la imagen de la vida americana en sus circunstancias y generar unos personajes que anticipan, en gran parte, algunos rasgos de la literatura del siglo XX. Philip Fisher[7] retoma esta frase y agrega que, teniendo en cuenta las tres presidencias que se sucedieron correspondiendo con la vida de Clemens, Mark Twain comparte la popularidad de

---

[6] Alfred Kazin: *Una procesión. Cien años de literatura americana*, México D. F., Fondo de Cultura Económica, 1987, p. 232.

[7] P. Fisher: *op. cit.*, pp. 588-9.

Andrew Jackson, que minó los Estados Unidos de estatuas conmemorativas y bultos escultóricos; la tarima de debate y la actitud democrática de Abraham Lincoln y el estrellato y la transformación en una figura del espectáculo de Theodore Roosevelt, al aprovechar el tirón mediático de los periódicos de divulgación masiva.

Mark Twain[8], como fenómeno popular, se consolida en un proceso que encierra tres aspectos masivos. Va a participar activamente del auge estrepitoso de los periódicos, del rédito público que otorgaba la tarima de conferencias y de la red de vendedores de libros a domicilio o por catálogo. De esta manera, utiliza dos formas infalibles por entonces de acercamiento a los lectores: sus columnas y artículos escritos en la prensa y la cercanía del vendedor ambulante, que llegaba con sus novelas a todos los rincones de los Estados Unidos. A esto debe sumársele, la expectativa que despertaba con sus impactantes apariciones como conferenciante cuando realizaba sus giras por el territorio.

El periódico masivo comienza en las décadas de 1880 y 1890 de la mano de los hoy reconocidos Joseph Pulitzer y William Randolph Hearts. Estos constituyeron otro fenómeno típicamente americano alrededor de un principio democrático y masivo: se nutrían de la vida de los nuevos héroes que las circunstancias económicas habían generado a partir de la posibilidad, dentro de un país que se sostenía en el ideal de igualdad, de juzgar y conocer los hechos relevantes de los personajes trascendentes. Quien anunciaba el periódico era alguien «más grande que los reyes» escribe Mark Twain en *Un Yanqui en la corte del Rey Arturo* y, al comprobar que la nobleza no necesita periódicos[9] y que su innovación, en el

---

[8] Dice Philip Fisher: «El nombre "Mark Twain" se distingue porque es más una marca en un mundo comercial de celebridad, publicidad y productos envasados como Jabón Ivory, Coca Cola y rifles Winchester. "Mark Twain" era una empresa que incluía escritos populares de viajes, conferencias pronunciadas de costa a costa, venta puerta a puerta por suscripción de sus libros, una editorial y especulaciones en varios inventos. El nombre era una marca, asegurada por constantes ocurrencias públicas ingeniosas y tiras cómicas y estabilizada por una apariencia famosa fija y excéntrica» (P. Fisher: *Ibidem*).

[9] La frase: «Un aristócrata no necesita periódicos» corresponde a Alexis de Tocqueville y está tomada de: Werner Sollors: «Inmigrantes y otros americanos» en Emory Elliot (ed.): *Historia de la Literatura Norteamericana*, Madrid, Cátedra, 1991, p. 532.

universo de la novela, se estrella con la realidad de una sociedad medieval, refuerza la idea de que el periódico aparece donde y cuando debía aparecer: dentro de una sociedad que necesitaba alimentar su imaginario con historias y cuentos que respondiesen a su propia realidad. Estas publicaciones crearon comunidades virtuales que se unían en la misma auto-representación. Los periódicos ayudaron a conformar esa red nacional inexistente para los habitantes de esas tierras, en su mayoría venidos de lejanas y desconocidas culturas entre unos y otros. De la misma manera que la novela femenina de la década de 1850 encontró un mercado potencial en la intimidad de los hogares de entonces, por ofrecerles lo que ellas deseaban, los periódicos ayudaron para la integración a un proyecto que unificaba a sus consumidores desde el simple hecho de leer y verse representado en sus ideas, creando un sentimiento de comunidad.

La mayoría de los escritores más populares de los Estados Unidos surgieron de los periódicos, entre ellos: Edgar Allan Poe, Stephen Crane, Theodore Dreiser, Walt Whitman, Ernest Hemingway y Mark Twain que en 1848 y con sólo trece años, comienza a desempeñarse como aprendiz de impresión en *Missouri Courier* y unos años más tarde, en 1851, como reportero en *Hannibal Journal*. La actividad dentro de estos organismos ha moldeado y orientado su estilo y sus temáticas, y en ese sentido, Mark Twain debe gran parte de su fama a las tiras aparecidas en los periódicos, siendo *The celebrated Jumping Frog*, La Afamada Rana Saltarina, el cuento de 1865, el que deslumbra y abre las puertas hacia nuevos destinos. «Los periódicos —escribe Fisher— transformaban a donnadies en celebridades y, del mismo modo, hacían de las celebridades de ayer personajes del pasado a la misma velocidad con la que inversiones de poco valor y concesiones inservibles se convertían en riqueza y luego en simple papel. El romance de cuarenta años entre Mark Twain y América se mantuvo por medio de la nueva estructura de celebridad y fama que tenía como centro los periódicos y sus públicos masivos»[10].

Pero, más allá de estas condiciones objetivas que posibilitaron la distribución de la obra de Twain, y en este caso en concreto nos referimos a la red de vendedores de libros a domicilio que se

---

[10] P. Fisher: *op. cit.*, p. 588.

encargaban de tocar las puertas de los poblados alejados llevando *The Innocents Abroad,* Inocentes en el Extranjero[11] (1869) o cualquier otra novela reciente facilitando y propiciando su popularidad, Mark Twain ha conseguido ser el gran *performer* «desde la tribuna, a la que se subió durante toda su vida» y desde la cual y, siguiendo a Kazin, «fue el deleite de los públicos, desde los campos de mineros del oeste en el decenio de 1860, hasta la Viena de Freud en el de 1890. Subía a la tribuna con sus pantuflas, las manos en los bolsillos y miraba impasible los rostros que aguardaban, hasta que las primeras risitas le indicaban que ya los tenía totalmente a su merced»[12]. Mark Twain fue el perfecto orador, su gran poder de sugestión y sus dotes de actor hicieron que ganase la simpatía y la confianza de un público que con su sola presencia sentía la diversión asegurada y que, otra vez sea dicho, se veía representado en sus cuentos, en sus impostaciones verbales y en sus alocuciones.

Si bien Mark Twain supo aprovechar las circunstancias políticas y sociales de los Estados Unidos de entonces, y lanzó su carrera al ritmo de la ampliación del mercado y dentro de un medio como la prensa, también es justo señalar que a esto debe agregársele su carisma político y su personalidad magnética y arrolladora. La tarima de conferencias había sido un espacio ocupado preferentemente por políticos o predicadores religiosos. Constituía el maravilloso mundo de lo público, donde se hacía uso de la palabra y de la actuación. Se escuchaba y también se veía, se juzgaba y se intervenía. Con el avance de los periódicos como medios de comunicación más eficaces para la difusión política, en la época de Twain, la tarima comenzó a utilizarse también para entretenimiento[13]. Por lo tanto, Twain fue un gran orador de sus propios escritos y un estimado animador de multitudes. Más adelante, y en su vejez, cuando necesitaba cubrir las deudas contraídas por la adquisición de la famosa máquina de copiar automática «Paige», Twain, consciente de su popularidad como *showman,*

---

[11] Esta es la primera novela publicada de Mark Twain, de gran éxito comercial gracias al sistema de ventas al que nos referimos.

[12] A. Kazin: *op. cit.,* p. 224.

[13] Dice Fisher que «para la época de Clemens, la gran misión educativa de la tarima había empezado a dejar paso al entretenimiento», *op. cit.,* p. 589.

volverá a desempeñar esta actividad en Europa para conseguir el dinero suficiente.

Los vendedores de libros a domicilio también aprovecharon la coyuntura económica. Se desplazaban por el territorio unido gracias al creciente auge de las ciudades, el ferrocarril y la industrialización y llegaban a zonas remotas para ofrecer las novedades editoriales. Esto los convertía en fenómenos comerciales y nuestro escritor, dueño de una ambición comercial tan grande como literaria, fundó su propia compañía de vendedores. Mark Twain fue una especie de máquina perfecta cuyo engranaje encajaba en aquella sociedad norteamericana. Fue una verdadera estrella de los negocios, un perfecto escritor de relatos al alcance de todos, un hombre que supo abarcar los aspectos de la vida pública del momento transformándose en una celebridad y, al mismo tiempo, fue quien otorgó, mediante el humor, la ironía, el sarcasmo, una especie de entidad al ser americano, su auto-representación, la burla de sí mismo y, en definitiva, su identidad.

BIOGRAFÍA DE MARK TWAIN

Tanto la temprana muerte de su padre y las necesidades de hacerse con su propio destino, como el casamiento con una joven de la «alta aristocracia» del Este, marcan el periplo de Mark Twain y ayudan a dibujar el viraje que ocurre en la vida de Samuel L. Clemens al transformarse, gracias a su genio, sus letras y su persona, en uno de los personajes más importantes de su país. Su existencia se inscribe en ese proceso magnífico que, entre otras cosas, lleva a los Estados Unidos a pasar, en menos de una centuria, del barco de vapor al Ford T y de las orillas del Mississippi al Pacífico[14].

---

[14] Eso sí, y no está demás decirlo, la mayoría de las veces a fuerza de brazos recientemente bajados de los barcos y dispuestos a cualquier cosa, gatillo y recursos naturales provechosos. No debemos olvidar que en el siglo XIX, Estados Unidos duplicó su población en 40 años gracias a la inmigración europea que, la mayoría de las veces entrenada en oficios, concurrían en masa ante la oferta de trabajo y las promesas de ascenso económico al otro lado del Atlántico.

En 1835, el día 30 de noviembre, nace el sexto hijo de John Marshall Clemens y Jane Lampton Clemens, en Florida, Missouri. Sin embargo, pasados apenas cuatro años, la familia se desplaza a Hannibal, también en Missouri, un pueblo a orillas del río Mississippi. A los trece años y apremiado por la muerte repentina de su padre y a la precaria situación económica familiar, Samuel consigue un empleo como tipógrafo en el *Missouri Courier*. Unos años más tarde, en 1851, y tras haber terminado su educación formal, comienza a trabajar como impresor y periodista en el *Hannibal Journal*, un periódico que era propiedad de su hermano Orion. Fue en el año 1852 cuando, *The Carpet Bag*, una gacetilla humorística de aparición semanal, publica su relato: «The Dandy Frightening the Squatter», El Dandy asustando al Intruso.

De 1853 a 1856 abandona la localidad de Hannibal para trabajar como impresor en St. Louis, New York, Philadelphia, Keokuk y Cincinati. Pero, en 1857, decide volver a las aguas del Mississippi y empezar a desempañarse como piloto de vapor de la mano de Horace Bixby. En 1859, y tras haber obtenido la licencia para conducir por las aguas de su amado río, comienza una de las etapas decisivas para comprender la temática de la literatura de Twain. De los recuerdos de la infancia, como de los días pasados sobre las aguas comandando el barco y aprendiendo el oficio, saldrán muchas de las historias que más adelante se recrean en sus novelas más destacadas. Sin embargo, los planes se tuercen porque en 1861 estalla la Guerra Civil. Es entonces cuando Clemens se apunta como voluntario en el Ejército de la Confederación, pero a las dos semanas, y creyendo firmemente que su generación no debía continuar a la sombra del racismo sino a la sombra de los negocios, abandona y se marcha a Nevada. Una vez allí se desempeñó como secretario de su hermano Orion, como minero y como buscador de plata. Durante el año 1862, vuelve a los periódicos como reportero y humorista para varios medios, entre ellos: *Virginia City Territorial Enterprise, San Francisco Daily Morning Call, Goleen Era* y *Californian*. Fue entonces, a partir de su despegue como escritor y periodista, cuando adopta el seudónimo de Mark Twain, una expresión que alude a su pasado como hombre del Mississippi, ya que Mark

Twain significa: «marca dos» y es una medida que señala que hay profundidad suficiente para navegar.

Corría 1865 cuando el periódico *Saturday Press* de New York publica el relato que lo lanzará a la fama y al reconocimiento a gran escala: *Jim Smiley and His jumping Frog,* Jim Smiley y su rana saltarina, una verdadera obra cómica que recuperando el tono humorístico del Sur y del Oeste, da voz a algunos personajes típicos de los márgenes occidentales. Si con la publicación y el reconocimiento por esta obra, comienza la carrera literaria de Mark Twain, fue al año siguiente, en 1866 cuando al regresar de un viaje como corresponsal a Hawai, comienza su carrera como orador y lector en público.

En 1867 se publica: *The Celebrated Jumping frog of Calaveras Country and Other Sketches,* La famosa rana saltarina de Calaveras y otros cuentos. En 1869 publica su primera novela y su primer éxito comercial, *The Innocents Abroad,* Inocentes en el extranjero, y conoce a William Dean Howells, un prestigioso literato representante del realismo norteamericano, con quien entabla una fuerte amistad. La novela en cuestión cuenta con la experiencia de su viaje por el viejo continente y se permite establecer una nueva mirada hacia la grandiosa tradición europea siempre apreciada con respeto y admiración. Mark Twain comienza entonces a desarrollar su estilo humorístico y crítico dando lugar a la representación del americano medio. Pero fue en 1870 cuando sucedió uno de los hechos que, como señalábamos al comienzo, revistió gran importancia para Twain: su casamiento con Olivia Langdon, una joven aristócrata de familia adinerada. Desde aquí su vida dará un vuelco hacia formas de vida más refinadas y posibilidades comerciales mejores: ese mismo año se hace socio propietario del *Buffalo Express.* Corría el año 1871, cuando ya con un hijo pequeño dentro de la familia Clemens, se trasladan a vivir a un exquisito y exclusivo barrio de Hartford, en Connecticut, donde se harán construir una mansión con formas que emulan un barco de vapor.

El año 1872 significa muchas cosas para Clemens: por un lado nace su primera hija Olivia Susan, pero muere su primogénito Langdom. Al mismo tiempo, publica su novela *Roughing It,* Vida Dura, una obra escrita en clave de humor que ayuda a cimentar su fama y popularidad como un escritor de entretenimientos y al alcance de todos. Por otro lado, realiza su primer viaje a Inglaterra, a dar una serie de conferencias y encuentra un país que simbolizará la estabilidad y la homogeneidad que los Estados Unidos irían perdiendo constantemente gracias a la corrupción política y a los entramados económicos. Es en estos momentos cuando Mark Twain compone la obra considerada como una clara crítica a la sociedad americana: *The Gilded Age,* La Edad Dorada, que sale a la luz en 1873 y que fue escrita con Charles Dudley Warner.

En 1875, y tras regresar de Inglaterra con su familia, aumentada por el nacimiento de su hija Clara, comienza un etapa prolífica para el escritor. Se editan, en el *Atlantic Monthly* que dirigía su amigo Howells, una serie de artículos llamados *Old Times on the Mississippi,* Viejos tiempos en el Mississippi, que más tarde conformarían los primeros capítulos de su novela: *Life on the Mississippi,* Vida en el Mississippi. Del año 1876 es su novela más popular: *The Adventures Of Tom Sawyer,* Las Aventuras de Tom Sawyer. A partir de allí y hasta el año 1880, fecha en la que publica *A Tramp Abroad,* Un vagabundo en el extranjero, viaja con su familia por Europa y nace su hija Jean. En 1881, otra de sus obras más populares, *The Prince and the Pauper,* El Príncipe y el Mendigo es editada. En 1884 se publica la novela que más reconocimientos literarios le ha valido: *The Adventures of Huckleberry Finn*, Las Aventuras de Huckleberry Finn, aquella que inaugura, para algunos críticos, la literatura estadounidense y que utiliza, a la manera de Dickens, la propia voz como medio de presentación del personaje.

En 1891, tras la publicación en 1889 de *A Connecticut Yankee in King Arthur's Court,* Un Yanqui en la corte del Rey Arturo, parte a Europa con toda su familia por un largo período. En 1894 se publica *The Tragedy of Pudd'nhead Wilson,* La tragedia de Cabezahueca Wilson, y cae en bancarrota después de haber invertido casi toda su fortuna en una máquina, que para Twain constituía el futuro y la optimización del trabajo de escritores y periodistas: la máquina de composición Paige. Para saldar sus deudas debe partir, durante los años 1895 y 1896, en un *tour* de lectura por el mundo. Pero ya la suerte se había torcido definitivamente y en estos años vio morir a su hija Olivia Susan, a su esposa Olivia y más tarde a su hija Jean. La angustia ensombreció los últimos años de Mark Twain donde se volvió pesimista y escéptico con respecto al destino y a las posibilidades de su país. Él mismo, que había participado de la expansión y había conocido las dos realidades de los Estados Unidos, comprende que lo que ya había anticipado en su *Edad Dorada* de 1873, era un sueño indeseable.

Su cercanía y amistad con los negros del Sur lo llevaron a condenar los resabios de esclavitud que quedaban tras la guerra y a plantarse frente a los americanos blancos para decirles que era su responsabilidad el futuro de todos ellos. Sus últimos escritos: *The Mysterious Stranger,* El Extranjero Misterioso y *The Man that Corrupted Hadleyburg*, como así y también su ensayo: *What Is Man?*, muestran a un escritor descreído del progreso, la civilización y la idea de que los Estados Unidos podrían ser la mejor opción de vida. Samuel L. Clemens muere el 21 de abril de 1910, en Redding, Connecticut.

CRONOLOGÍA DE SUS OBRAS

Mark Twain — Samuel L. Clemens
(Florida, 1835-Connecticut, 1910)

1865   *Jim Smiley and His Jumping Frog*

1869   *The Innocents Abroad*
1873   *The Gilded Age*
1875   *Old times on the Mississippi*
1876   *The Adventures of Tom Sawyer*

1881   *The Prince and the Pauper*

1883   *Life in the Mississippi*

1884/5 *The Adventures of Huckleberry Finn*

1889   *A Connecticut Yankee in King Arthur's Court*

1892   *The American Claimant*

1894   *The Tragedy of Pudd'nhead Wilson*

1896   *Personal Recollections of Joan of Arc*
        Tom Sawyer, Detective

1897   *Following the Equator*

1898   *The Mysterious Stranger* (publicada en 1916)

1899   *The Man that Corrupted Hadleyburg*

1906   *What Is Man?*

UN YANQUI EN LA CORTE DEL REY ARTURO

Mark Twain escribe, en noviembre de 1886, a Mary Mason Fairbanks —su amiga personal y protectora literaria, a quien había conocido en un viaje a Europa—, explicándole que esta historia «no es una sátira, sino un contraste» entre el día a día de la época del Rey Arturo y la sociedad que le era contemporánea; y afirmaba que era la yuxtaposición de ambos momentos lo que hacía que resaltasen las características caricaturescas de cada una. Estas palabras que sin duda constituyen una afirmación elegante, se muestran incompletas[15].

La novela cuenta la historia de un viaje en el tiempo: Hank Morgan, un empresario de armas de la firma de revólveres Colt, despierta en Inglaterra en el siglo VI, es tomado prisionero por un caballero y de repente se encuentra en la fabulosa Corte del Rey Arturo. Allí descubre que a falta de armas y ejércitos, lo único que puede salvarlo es el uso de los conocimientos tecnológicos de los que dispone gracias a la diferencia temporal y, por que no, cultural. Después de una serie de demostraciones de impacto para todos los habitantes de Camelot acostumbrados a la magia y a las exhibiciones, logra erigirse en *The Boss,* el jefe. Funda su propia compañía de hombres que llevaran a cabo sus proyectos empresariales: instalar la luz, el teléfono, las máquinas de escribir y coser, etc. La corte del Rey Arturo tiene una amplia tradición literaria y sus miembros resultan personajes familiares, como el mago Merlín, Sir Lancelot y los Caballeros de la Mesa Redonda o la propia región de Camelot. El Rey Arturo es un personaje romántico que forma parte de la mitología anglosajona y que se encuentra mencionado en numerosos romances antiguos. En el libro aparecen además, una serie de interferencias a cuentos propios de la conquista, por ejemplo, la idea del eclipse total que ayuda a Hank a salvarse de la hoguera había sido utilizada por Cristóbal Colón para engañar a los indios y aumentar su poder.

El viaje, una constante en la literatura de Mark Twain, nunca abandona la forma de la invasión. Hank Morgan llega a la corte e intenta cambiar las leyes imponiendo su propia mirada y la de su cultura, desprestigiando todo cuanto ocurre a su paso, excepto el alma

---

[15] Samuel L. Clemens: «Letters about a Connecticut Yankee», en Allison R. Ensor (ed.) *A Connecticut Yankee in King Arthur's Court*, Norton Critical Edition, 1982, p. 296.

pura de sus acompañantes, parejas o *parteneres*, que a la manera de Sancho Panza, deslumbran por su sencillez y por su lealtad. La novela empieza demostrando las grandezas del progreso y de la ciencia dentro de un mundo todavía gobernado por el oscurantismo. En principio aparece como un canto a la democracia norteamericana y como una crítica a la monarquía y aristocracia en nombre de la libertad individual y social. Sin embargo, las estrategias de modernización y tecnologización terminan destruyendo el reino y mostrando la cara más sarcástica del sueño americano. Mark Twain, en el transcurso de la historia, va advirtiendo y modificando la postura de su personaje tan pronto como empieza a darse cuenta de que es imposible juzgar a una sociedad del siglo VI con los ojos del siglo XIX.

Por lo tanto, los temas que se pueden agrupar como las diferencias entre una Europa antigua, supersticiosa y monárquica, y una América científica, moderna y democrática, no completan los verdaderos móviles de la novela. La alabanza al progreso industrial de los *Yankees* se complementa con la crítica al imperialismo. Al mismo tiempo que ataca la postura europea de implantación del modelo cultural en todos los territorios que conquistaban. Porque, aunque ya liberados de Inglaterra, la misma situación a la que son sometidos los ingleses por obra de un Hank Morgan optimista con respecto a los resultados, la habían experimentado los indios americanos, desplazados de sus tierras por el brillo de la civilización que se escondía detrás de la máquina de vapor de las locomotoras. En definitiva, la novela sostiene denuncias a la privación de la libertad, desenmascarando la tiranía de la corte de Arturo, redimiendo al pueblo subordinado, y como contra-cara, criticando la mirada colonialista que pretende modificar la situación desde una óptica ajena y extraña a los verdaderos participantes.

El elemento conflictivo que se ve a simple vista lo conforman las autoridades constituidas: la iglesia y la aristocracia. Hank Morgan cree que a través de la ciencia y del progreso tecnológico, se irían preparando para superar esta etapa y erigirse en un gobierno democrático. Richard Slotkin[16] sugiere que Morgan desea impactar a los campesinos mediante demostraciones científicas espectaculares y

---

[16] Cfr: Richard Slotkin: «Mark Twain's frontier, Honk Morgan's Last Stand» en Eric J. Sundquist (ed.): *Mark Twain. A Collection of Critical Essays*, New Yersey, Prentice Hall, 1994.

adoctrinarlos de esta manera en una nueva forma de vida, sin permitirles que ellos mismos sean los verdaderos hacedores de las condiciones que posibilitarían su libertad. Esto no hace más que reforzar la idea de que en realidad, algunos de los que querían abolir la esclavitud en el Sur de Estados Unidos durante la guerra de Secesión, ya tenían otros planes para los esclavos.

Ya habíamos mencionado que las experiencias y las vivencias de Mark Twain en el Sur esclavista y esclavizado, constituían la base sobre la que se apoyaba gran parte de su producción literaria. La verdadera confrontación está en la analogía, y no el contraste entre una sociedad medieval y la parte sur de los Estados Unidos en el siglo XIX, mantenido en teoría en la idea de que todos los hombres son iguales, pero esclavista antes de la guerra y segregacionista una vez concluida. Y todas estas denuncias podrían funcionar muy bien, salvo que Mark Twain, siguiendo la tesis de Slotkin, nunca deja de adoptar la mirada del colonizador y no termina de zanjar los problemas de raíz, al proponer un contramodelo de gobierno que continúa respetando las autoridades constituidas y las reubica en puestos de poder dentro del nuevo orden. Para citar un ejemplo: los caballeros de la Corte se transforman en grandes empresarios y especuladores de la bolsa, en cuyas manos, sigue estando el futuro del reino. «Es —dice Slotkin— un invasor de otro tiempo y otra cultura que puede proyectar una reconstrucción tiránica de la sociedad solamente porque ha conseguido una posición en la cima social»[17].

Es muy interesante destacar, adhiriendo a Philip Fisher que, el regalo que facilitaría la autotransformación (en forma de libertad, dinero o condición de hombre blanco) dentro de las novelas de Mark Twain puede transformarse en veneno[18]: es esto lo que cree el *yankee* en el momento en que considera que la implantación de un sistema como el de los Estados Unidos del siglo XIX, se traduciría en la mejor opción posible para la sociedad medieval descrita en el libro. Desde luego, ese regalo, las transformaciones que darían a los habitantes de Camelot la posibilidad de vivir mejor y modernizarse, favoreciéndose con el uso de la tecnología y venciendo de esta manera la magia, el oscurantismo, la esclavitud y la subordinación a la nobleza, terminan en una gran desgracia para todos.

[17] R. Slotkin: *op. cit.,* p. 122.
[18] P. Fisher: *op. cit.,* p. 584.

UN YANQUI
EN LA CORTE
DEL REY ARTURO

PREFACIO

Las rudas leyes y costumbres que se hallan en esta narración son históricas, y los episodios que la ilustran, también. No se pretende que estas leyes y costumbres existiesen en la Inglaterra del siglo sexto; solamente que, puesto que existieron en la civilización inglesa y en otras civilizaciones de tiempos muy posteriores, no hay peligro en creer que el siglo sexto queda difamado si suponemos que entonces también estaban en vigor. Hay plena justificación al deducir que si alguna de estas leyes o costumbres faltaba en aquella lejana época, su lugar estaba competentemente ocupado por otra peor.

Este libro no decide si hay eso del derecho divino de los reyes. Era demasiado difícil. Que la cabeza rectora de una nación deba ser una persona de carácter superior y habilidad extraordinaria, era manifiesto e indiscutible; que nadie sino la Divinidad podía seleccionar, esa cabeza, sin equivocarse, también era manifiesto e indiscutible; que, por lo tanto, la Divinidad debía hacer esa selección, era igualmente manifiesto e indiscutible; que de hecho lo hace, según se afirma, era una deducción inevitable. Es decir, hasta que el autor de este libro se encontró con la Pompadour y lady Castlemaine y algunas otras cabezas rectoras de la misma especie, era tan difícil introducirlas en ese esquema, que se juzgó preferible seguir rumbo diferente en este libro (que se publicará el próximo otoño) y después tratar de decidir la cuestión en otro. Desde luego, se trata de algo que hay que decidir, y de todas formas no tengo nada que hacer el invierno que viene.

MARK TWAIN

ALGUNAS PALABRAS DE EXPLICACIÓN

Fue en el castillo de Warwick donde me tropecé con el curioso desconocido del que voy a hablar.

Me atrajo por tres cosas: su cándida simplicidad, su maravillosa familiaridad con las armaduras antiguas y el sosiego de su compañía, porque él fue el único que habló.

Coincidimos juntos, como le suele ocurrir a la gente modesta, en la cola del rebaño que visitaba el castillo, e inmediatamente comenzó a decir cosas que me interesaron. Según iba hablando, suave, agradablemente, con fluidez, daba la impresión de que se desvanecía imperceptiblemente de este mundo y de esta época, y se introducía en una era remota y en un país viejo y olvidado; gradualmente tejió tal hechizo en torno de mí que creí moverme entre los espectros, sombras, polvo y moho de una antigüedad venerable, en conversación con una de sus reliquias. Exactamente igual a como yo hablaría de mis mejores amigos o enemigos, o de mis vecinos más conocidos, así hablaba él de sir Bedivere, sir Bors de Ganis, sir Lanzarote del Lago, sir Galahad y de todos los otros grandes de la Tabla Redonda. ¡Y qué aspecto tan viejo, inexpresablemente viejo, desvaído, seco, mohoso y antiguo tenía según continuaba! Al cabo de un rato se volvió hacia mí y, lo mismo que uno podría hablar del tiempo o de cualquier otra cosa corriente, dijo:

—Usted habrá oído hablar de la transmigración de las almas. ¿Sabe usted algo de la transposición de épocas y de cuerpos?

Contesté que nunca había oído nada acerca de esto. Él estaba tan poco interesado —lo mismo que cuando la gente habla del tiempo—, que no se dio cuenta de si yo había contestado o no. Hubo un momento de silencio, en seguida interrumpido por la voz monótona del cicerone:

—Antigua cota de malla fechada en el siglo sexto, época del rey Arturo y de la Tabla Redonda. Se dice que perteneció al caballero sir Sagramor el Deseoso. Observen ustedes el agujero en el lado izquierdo del pecho; no tiene importancia, se supone realizado por una bala, quizá con mala intención, por los soldados de Cromwell.

Mi nuevo amigo sonrió..., no con sonrisa moderna, sino con una que debe haber desaparecido de la circulación hace muchos, muchos siglos, y musitó aparentemente para sí:

—¡Válgame Dios! Yo vi hacerlo.

Para añadir después de una pausa:

—Lo hice yo.

Cuando me recobré de la sorpresa que me produjo esta observación, ya no estaba allí.

Toda aquella tarde la pasé sentado junto al fuego, en la posada de *Las Armas de Warwick* sumido en un sueño de tiempos pasados, mientras la lluvia golpeaba las ventanas, y el viento rugía por los aleros y las esquinas. De vez en cuando me sumergía en el libro encantador de sir Thomas Malory, y me alimentaba de su rico festín de prodigios y aventuras, respiraba la fragancia de sus nombres antiguos y volvía a soñar. Al llegar la media noche, leí otro cuento, como trago final antes de dormir. Fue el que sigue.

DE CÓMO SIR LANZAROTE MATÓ
DOS GIGANTES Y LIBERTÓ UN CASTILLO

Luego, a más de esto, llegaron sobre él dos grandes gigantes con buena armadura que les recubría a excepción de las cabezas, y con dos horribles mazas en las manos. Sir Lanzarote levantó el escudo y rechazó el golpe de un gigante y con la espada le partió en dos la cabeza. Cuando el compañero vio esto, huyó como si estuviera demente, por miedo de los terribles golpes, y sir Lanzarote fue tras él, y con toda su fuerza, le golpeó en el hombro y le hundió la espada hasta la cintura. Después, sir Lanzarote entró en la gran sala y allí llegaron ante él sesenta damas y doncellas que se arrodillaron y dieron gracias a Dios y a él por su libertad. «Porque, señor —dijeron—, la mayor parte de nosotras hemos sido sus prisioneras durante estos siete años y hemos fabricado toda clase de tejidos de seda para ganarnos el pan. Todas somos de alta cuna, y bendita sea la hora, caballero, en que nacisteis, porque habéis realizado la mayor hazaña que jamás hizo caballero alguno en el mundo. Seremos testigos de ella y todas os suplicamos que nos digáis vuestro nombre, para que podamos decir a nuestros amigos quién nos libertó de la prisión.» «Hermosas doncellas —dijo él—, mi nombre es sir Lanzarote del Lago.» Y así, se separó de ellas y las encomendó a Dios. Y luego montó en su caballo y cabalgó por muchos países extraños y salvajes, y a través de muchos ríos y valles y recibió mala acogida. Y al fin, por suerte, llegó una noche a una hermosa mansión y allí encontró a una noble anciana que le albergó con buena voluntad, y allí tuvo buen acomodo para él y para su caballo. Y cuando fue la hora, su huésped le condujo a dormir a una buena habitación situada encima de la puerta. Allí sir Lanzarote se desarmó y puso la armadura junto a sí, y se metió en el lecho y pronto quedó profundamente dormido. Así, poco después, llegó alguien a caballo y llamó a la puerta con gran prisa. Y cuando sir Lanzarote escuchó esto, se levantó y miró por la ventana y a la luz de la luna vio a tres caballeros que venían cabalgando tras aquel primero y, al punto, los tres se lanzaron sobre él con sus espadas; aquel caballero se volvió valerosamente otra vez y se defendió. «Verdaderamente —dijo sir Lanzarote—, he de ayudar a aquel caballero. Sería una vergüenza para mí ver a tres caballeros contra uno, y si le matasen yo sería cómplice de su muerte.» Así que se puso la armadura, bajó descolgándose por la ventana con una sábana y fue hacia los cuatro caballeros; y entonces sir Lanzarote dijo en voz alta: «Volved, caballeros, contra mí y dejad de luchar con aquel caballero». Y entonces los tres dejaron a sir Kay y se volvieron contra sir Lanzarote, y empezó una gran pelea porque los tres descabalgaron y dieron muchos golpes a sir Lanzarote y le atacaron por todos los lados. Entonces sir Kay se puso en línea para ayudar a sir Lanzarote. «No, señor —dijo él—, no quiero vuestra ayuda; puesto que vos queréis la mía, dejadme solo con ellos.» Sir Kay, para complacer al caballero, toleró el cumplir su voluntad, y así permaneció a un lado. Y, luego, en seis golpes, sir Lanzarote los derribó a tierra. Y entonces los tres exclamaron: «Señor caballero, nos rendimos a vos como hombre de fuerza sin par.» «En cuanto a eso —dijo sir Lanzarote—, no os aceptaré vuestra rendición, debéis rendiros a sir Kay, el Senescal, con el pacto de que así salvaré vuestras vidas y no de otro modo.» «Buen caballero —dijeron ellos—, detestaríamos tener que hacerlo porque hemos perseguido a sir Kay hasta aquí y le hubiéramos vencido de no haber sido por vos; no sería razonable, por tanto, rendirnos a él.» «Bien, en cuanto a eso —dijo sir Lanzarote— tomad buen consejo, porque podéis escoger el vivir o el morir, porque si os rendís ha de ser a sir Kay.» «Buen caballero —dijeron entonces—, para salvar la vida haremos lo que ordenáis.» «Entonces iréis —dijo sir Lanzarote—, el próximo domingo de Pentecostés a la corte del rey Arturo, y allí os rendiréis a la reina Ginebra y os pondréis los tres bajo su gracia y misericordia, y diréis que sir Kay os envió allí a ser sus prisioneros.» Por la mañana sir Lanzarote se levantó temprano y dejó a sir Kay durmiendo; y cogió la armadura de sir Kay y su escudo y se armó y fue al establo y cogió su caballo, y se despidió de su huésped, y así partió. Luego, poco después, se levantó sir Kay y vio que no estaba sir Lanzarote; y entonces vio que tenía su armadura y su caballo. «Ahora, a fe mía, sé que irá a agraviar a alguien de la corte del rey Arturo; porque contra él los caballeros serán osados al estimar que soy yo, y eso les engañará a causa de su armadura y de su escudo, estoy seguro de que cabalgaré en paz.» Y, luego, al cabo de poco partió sir Kay y dio las gracias a su huésped.

Apenas dejado el libro, llamaron a la puerta y entró un desconocido. Le di una pipa y una silla, y procuré que estuviese cómodo. También le animé con un whisky escocés caliente; le di otro, luego otro más, esperando oír siempre su relato. Después de la cuarta persuasión, se introdujo él, él solo, de un modo totalmente simple y natural.

29

LA HISTORIA DEL DESCONOCIDO

Soy americano. Nací y me crié en Hartford, en el estado de Connecticut, sobre el río, en el campo. Así que soy el yanqui típico y, como tal, práctico; sí, y me imagino que casi desprovisto de sentimiento o, en otras palabras, de poesía. Mi padre era herrero, mi tío veterinario, y yo ambas cosas al principio. Luego fui a la gran fábrica de armas y aprendí mi auténtico oficio; aprendí todo lo que tenía que ver con él, aprendí a hacer todo: escopetas, revólveres, cañones, calderas, máquinas, toda clase de maquinaria para ahorrar trabajo. Bueno, yo podía hacer cualquier cosa que se necesitase, cualquiera, fuese lo que fuese, y si no hubiera ningún modo rápido de hacer algo, yo lo podría inventar y hacerlo tan fácil como rodar un tronco. Llegué a ser capataz jefe, tenía un par de miles de hombres a mis órdenes.

Pues bien, no es preciso decir que un hombre así tiene que luchar continuamente. Con un par de miles de hombres duros bajo mis órdenes, hay diversión de ese tipo en abundancia. Al menos yo la tenía. Hasta que hallé mi contrincante y recibí lo mío. La cosa ocurrió por un malentendido, con un individuo a quien solíamos llamar Hércules. Me dejó fuera de combate con un buen golpe en la cabeza que hizo crujir todo; pareció que cada una de las junturas de mi cráneo saltaba y se montaba sobre su vecina. Luego, el mundo se oscureció. No sentí nada más y no me enteré de nada en absoluto, al menos durante un rato.

Cuando recobré otra vez el sentido, estaba sentado en la hierba bajo un roble, ante un hermoso y amplio paisaje sólo para mí; bueno, no del todo para mí solo, porque había un individuo a caballo mirándome; un individuo recién sacado de un libro de grabados. Una férrea armadura de tiempos pasados le cubría de pies a cabeza, con un yelmo que parecía un pequeño barril con ranuras. Tenía un escudo, una espada y una lanza enorme; su caballo también tenía armadura y un cuerno de acero saliéndole de la frente, y fastuosos atavíos de seda roja y verde que le colgaban en derredor como una colcha, casi hasta el suelo.

—Buen señor, ¿queréis justar? —dijo el individuo.

—¿Qué si quiero qué?

—¿Queréis trabar combate en pro de tierras, de una dama o de...?

—¿Qué está usted diciendo? —dije—. Lárguese a su circo o le denunciaré.

¿Y qué es lo que hace este hombre sino retroceder un par de cientos de metros y luego arremeter contra mí con toda su fuerza, con el yelmo bajado casi hasta el cuello del caballo y su larga lanza en ristre? Vi que iba en serio, así que cuando llegó yo ya me había subido al árbol.

Afirmó que yo era de su propiedad, cautivo de su lanza. Tenía alguna razón y la mayor parte de las ventajas, así que me pareció mejor seguirle la corriente. Llegamos a un acuerdo: yo me iría con él, y él no me haría daño. Bajé y marchamos, yo a pie al lado de su caballo. Íbamos sin dificultad por cañadas y cruzando arroyuelos que no recordaba haber visto antes, lo cual me intrigaba y llenaba de asombro, y el caso es que no llegábamos a ningún circo ni a la menor señal de él. Así que renuncié a esta idea y llegué a la conclusión de que procedía de un manicomio. Pero no llegábamos a ningún manicomio, así que yo estaba sobre ascuas como suele decirse. Le pregunté a qué distancia estábamos de Hartford. Contestó que nunca había oído hablar de aquel sitio. Lo consideré una mentira pero lo dejé pasar. Al cabo de una hora vimos en la lejanía una ciudad que dormitaba en un valle junto a un río serpenteante; más allá, sobre una colina, una vasta fortaleza gris, con torres y almenas, la primera que yo había visto fuera de los grabados.

—¿Bridgeport? —dije señalando.

—Camelot —contestó él.

* * *

Mi desconocido había estado dando muestras de somnolencia. Se dio cuenta de que cabeceaba y sonrió con una de sus sonrisas patéticas y pasadas de moda.

—No puedo continuar, pero venga conmigo, lo tengo todo escrito y puede leerlo si quiere.

Ya en su habitación, dijo:

—Primero llevaba un diario, luego, con los años, lo transformé en un libro. ¡Hace ya tanto tiempo!

Me entregó el manuscrito y me señaló el lugar donde debería empezar.

—Empiece aquí, ya le he contado lo que va antes.

Ahora ya estaba adormilado. Según me iba hacia la puerta le escuché murmurar entre sueños:

—Reposad bien, buen caballero.

Me senté junto al fuego y examiné mi tesoro. La primera parte, la más voluminosa, estaba en pergamino, amarillento por el paso de los años. Miré una hoja en particular y vi que era un palimpsesto. Debajo de la vieja y tenue escritura del historiador yanqui aparecían trazas de una escritura aún más vieja y tenue, palabras y frases latinas, evidentemente fragmentos de viejas leyendas monacales. Volví al lugar indicado por mi desconocido y empecé a leer lo que sigue.

LA HISTORIA DEL PAÍS PERDIDO

1. CAMELOT

«Camelot, Camelot —me dije—, no recuerdo haberlo oído mencionar antes. Posiblemente es el nombre del manicomio.»

Era un paisaje de verano, suave y tranquilo, tan hermoso como un sueño y tan solitario como un domingo. El aire estaba lleno del olor de las flores, del zumbido de los insectos y del gorjeo de los pájaros. No había gente, ni carros, ni señal de vida. No ocurría nada. La carretera era un sendero tortuoso, con huellas de cascos de caballo y, de vez en cuando, una débil señal de ruedas a ambos lados, en la hierba; ruedas que, aparentemente, tenían la llanta tan ancha como una mano.

En aquel momento apareció una hermosa y gentil niña, de unos diez años, con una cascada de dorados cabellos precipitándose sobre sus hombros. En torno a la cabeza llevaba un cerco de amapolas rojas como el fuego. Era el conjunto más dulce que yo hubiera visto jamás. Caminaba sin prisas, sin pensar, con la paz reflejada en su rostro inocente. El hombre del circo no le prestó atención, ni siquiera pareció verla. Y ella, ella no quedó más sorprendida de su fantástica apostura que si hubiese estado acostumbrada durante todos los días de su vida. Pasaba tan indiferente como podría haber pasado junto a un par de vacas, pero cuando se dio cuenta de mi presencia ¡entonces sí que hubo cambio! Alzó las manos y quedó petrificada, abrió la boca y sus ojos se desorbitaron llenos de temor; era el retrato de la curiosidad atónita unida al miedo. Y allí se quedó mirando, con una especie de fascinación estupefacta, hasta que doblamos el recodo del bosque y nos perdimos de vista. Que se sorprendiese de mí, en lugar de hacerlo de aquel hombre, era demasiado. No podía encontrar ni pies ni cabeza a todo esto. Y que me considerase un espectáculo pasando por alto

33

sus propios méritos al respecto, era otra cosa enigmática y, además, un exceso de magnanimidad sorprendente en alguien tan joven. Había materia para pensar en todo esto. Proseguí mi camino como si estuviera en un sueño.

Según nos acercábamos a la ciudad, empezaron a aparecer signos de vida. A intervalos pasábamos junto a chozas miserables con tejados de hierba, rodeadas de huertas en lamentable estado de cultivo. También había gente; hombres nervudos con cabellos largos, ásperos y sin pensar que les daban aspecto de animales. Ellos y sus mujeres, por regla general, llevaban un vestido de áspero lino que les llegaba por debajo de la rodilla y unas toscas sandalias. Muchos llevaban una argolla de hierro. Los niños y niñas pequeños estaban siempre desnudos pero nadie parecía observarlo. Toda esta gente me miraba, hablaba de mí, entraba corriendo en las chozas a sacar a sus familias para que me contemplasen, pero nadie observaba a aquel otro individuo, excepto para saludarle con humildad y no obtener respuesta.

En la ciudad había algunas casas de piedra, sólidas y sin ventanas, diseminadas entre un confuso montón de chozas. Las calles no eran más que tortuosos pasadizos sin pavimentar; enjambres de perros y chiquillos desnudos jugaban al sol, poniendo una nota de vida y de alegría; los cerdos, satisfechos, vagaban y escarbaban por todas partes, y una de las hembras, tumbada en un charco del que se desprendía vapor, amamantaba a su familia. Luego se oyó una música militar, se iba acercando cada vez más y pronto empezó a surgir ante la vista una noble y esplendorosa cabalgata, con los yelmos emplumados, las cotas centelleantes, los estandartes al viento, los ricos jubones, los vistosos atavíos de los caballos y las puntas doradas de las lanzas. A través de la suciedad, de los cerdos, de los niños desnudos, de los perros que vagaban, de las chozas miserables, seguía la bizarra comitiva. Nosotros continuamos detrás. Lo hicimos por una callejuela retorcida, luego por otra, ascendiendo, siempre ascendiendo, hasta llegar a la airosa altura donde se alzaba el gran castillo. Hubo un intercambio de toques de clarín, luego un parlamento desde las murallas donde soldados con cotas de malla y morriones se movían incesantemente con las alabardas al hombro bajo flotantes pendones en los que flameaba la ruda figura de un dragón; después se abrieron las grandes puertas, bajó el puente levadizo, y las primeras filas de la comitiva prosiguieron su discurrir bajo las torvas arcadas; nosotros, siguiéndoles, nos encontramos en seguida en un gran patio pavimentado, con torres y almenas en los cuatro costados que se lanzaban al cielo azul.

En torno de nosotros continuaban desmontándose los jinetes. Había muchos saludos y ceremonial, un correr de un sitio para otro, una alegre exhibición de colores en movimiento mezclándose, y un bullicio, ruido y confusión muy agradables.

2. LA CORTE DEL REY ARTURO

En cuanto tuve oportunidad, me deslicé hacia un lado con cautela, di un golpecito en la espalda a uno de aquellos hombres antiguos, con aspecto vulgar, y le dije en tono insinuante y confidencial:

—Amigo, hágame el favor. ¿Pertenece usted al manicomio o está aquí sólo de visita o algo por el estilo?

Me miro con aire estúpido y dijo:

—A fe mía, buen señor, paréceme...

—Basta. Imagino que es un paciente.

Me separé meditabundo y, al mismo tiempo, con los ojos bien abiertos por si casualmente pasaba alguien en su sano juicio que me pudiese iluminar. Estimé que había encontrado uno, así que le aparté a un lado y le dije al oído:

—Si pudiera ver al director un minuto, solamente un minuto...

—No me perturbéis, os lo suplico.

—¿Perturbar?

—Molestar, si la palabra os gusta más.

Luego siguió diciendo que era pinche y que no podía pararse a chismorrear, aunque sí que le gustaría en otro momento, porque le llenaría de satisfacción, hasta lo más íntimo de su ser, saber dónde había conseguido mis ropas. Al marcharse señaló y dijo que allí había uno lo suficientemente ocioso para servir a mis deseos y que además parecía que me andaba buscando.

Era un muchacho grácil y esbelto con calzas ajustadas de color gamba que le hacían parecer una zanahoria bifurcada. El resto de su atavío era de seda azul con delicados encajes y volantes. Tenía largos rizos rubios y llevaba un gorro de satén rosa con una pluma que le caía con aire de satisfacción sobre la oreja. Por el aspecto era de buen carácter; por su porte, contento consigo mismo. Era tan hermoso como para ponerlo en un marco. Llegó, me examinó con curiosidad sonriente y desvergonzada y me informó de que era un paje.

—Venga, hombre —dije—, no eres más que un párrafo[19].

Esto era bastante duro, pero yo estaba picado. Sin embargo no le molestó ni pareció estar ofendido. Según caminábamos empezó a hablar y reír de un modo superficial, feliz, juvenil; en seguida se hizo gran amigo mío; me hizo toda clase de preguntas acerca de mí mismo y de mis ropas; pero, sin esperar nunca respuesta, continuaba charlando sin interrupción como si no supiese que había hecho una pregunta y no esperase ninguna contestación, hasta que por fin mencionó por casualidad que él había nacido a comienzos del año 513.

Esto hizo que un escalofrío me atenazase. Me detuve, y algo débilmente dije:

—Quizá no te haya oído bien. Dímelo de nuevo, pero dilo lentamente: ¿Qué año era?

—El 513.

—¡513! Pues no lo aparentas. Mira, hijo, soy un extraño y no tengo amigos. Sé sincero y honrado conmigo. ¿Estás en tu sano juicio?

Dijo que sí.

—¿Y toda esta gente está en su sano juicio?

Volvió a contestar que sí.

—¿Y esto no es un manicomio? Quiero decir, ¿esto no es un lugar donde se curan los locos?

Dijo que no.

—Bueno, entonces o estoy loco o algo tan espantoso como eso me acaba de ocurrir. Dime con sinceridad; ¿dónde estoy?

—En la corte del rey Arturo.

Esperé un minuto para que esta idea se apoderase de mí, y luego dije:

—¿Y según tus cálculos en qué año estamos?

—En el 528. A 19 de junio.

Sentí que mi corazón aceleraba su ritmo fúnebremente y musité:

—Nunca volveré a ver a mis amigos, nunca, nunca jamás. Todavía tardarán en nacer más de mil trescientos años.

---

[19] Juego de palabras intraducible. La palabra inglesa para paje significa también página.

Algo me hacía creer en el muchacho y no sabía por qué. Tenía la sensación de que mi conciencia le creía; pero mi razón, no. Mi razón empezó inmediatamente a gritar, lo cual era natural. No sabía cómo acallarla, porque estaba seguro de que el testimonio de los hombres no serviría... mi razón diría que estaban locos y rechazaría sus pruebas. Pero, de repente, tropecé por casualidad con la prueba. Yo sabía que el único eclipse total de sol de la primera mitad del siglo sexto ocurrió el 21 de junio del año 528 y empezó tres minutos después del mediodía. También sabía que en lo que para mí era el año presente, a saber, el 1879, no iba a ocurrir ningún eclipse total. Así, si podía impedir que la ansiedad y la curiosidad me desgarrasen el corazón durante cuarenta y ocho horas, descubriría con certeza si este muchacho me estaba diciendo la verdad o no.

Por lo tanto, como era un hombre práctico de Connecticut, desalojé todo el problema de mi mente hasta que llegasen el día y la hora señalados, a fin de poder prestar toda mi atención a las circunstancias del momento presente y estar alerta y preparado para poder aprovecharlas al máximo. Cada cosa a su tiempo, éste es mi lema; y esa cosa jugarla por lo que valga, por poco que sea. Resolví la alternativa: si aún era el siglo XIX y estaba entre locos y no podía escaparme, me haría jefe del manicomio o me enteraría de qué ocurría; si, por otra parte, era realmente el siglo VI, muy bien, no aspiraría a menos: me adueñaría de todo el país en tres meses, porque me consideraba el hombre mejor educado del reino, con ventaja de más de mil trescientos años. No soy una persona que malgaste el tiempo después de haber tomado una decisión. Así que dije al paje:

—Bueno, Clarence, hijo, si es que ése es tu nombre, infórmame un poco si no te importa: ¿cómo se llama esa aparición que me ha traído hasta aquí?

¿Mi amo y el vuestro? Es el buen caballero y gran señor sir Kay, el Senescal, hermano de leche de nuestro rey soberano.

—Muy bien, sigue y cuéntamelo todo.

Fue una larga historia, pero la parte que tenía un interés inmediato para mí era ésta: yo era prisionero de sir Kay y, de acuerdo con la costumbre, me arrojarían a una mazmorra y allí me dejarían con una mísera ración, hasta que mis amigos me rescatasen, a menos que me pudriese antes. Vi que esta última alternativa era la más probable, pero no malgasté ninguna energía en ella porque el tiempo era demasiado precioso. Después, el paje me contó que en aquel momento la comida debía estar a punto de terminar en el gran salón y que, tan pronto como empezase el aspecto social y el beber a fondo, sir Kay me ordenaría que entrase a fin de exhibirme ante el rey Arturo y sus ilustres caballeros sentados a la Tabla Redonda, que se jactaría de su proeza al capturarme y que probablemente exageraría un poco los hechos, pero que no sería de buenos modales el que yo le corrigiese, ni tampoco me convenía a mí, y cuando terminase mi exhibición, ¡hala, para la mazmorra! pero que él, Clarence, se las arreglaría para venir a verme de vez en cuando a fin de animarme y hacer llegar mis palabras a mis amigos.

¡Mis amigos...! Agradecí su gesto. En esto se apareció un lacayo avisando que me presentase en la sala. Clarence me condujo a ella y ambos nos sentamos en un rincón.

Pues bien, era un espectáculo curioso e interesante. El salón, inmenso, aparecía sin adornos y lleno de profundos contrastes. Era muy alto, tanto, que las banderolas que colgaban de las vigas arqueadas y de los maderos, flotaban allá arriba en una especie de crepúsculo; había una galería con barandilla de piedra en cada extremo; una con músicos, y con mujeres, vestidas de colores resplandecientes, la otra. El suelo era de grandes losas de piedra, formando cuadros blancos y negros, bastante gastadas por los años y el uso y ya en necesidad de reparación. En cuanto a ornamentación, hablando en sentido estricto, no había ninguna. De las paredes colgaban algunos enormes tapices, probablemente considerados obras de arte; eran escenas de batallas, con caballos como los que los niños cortan de papeles o fabrican de miga de pan, con jinetes de armadura de mallas representadas por agujeros redondos, de tal modo que la cota parecía hecha con un colador. Había una chimenea lo suficientemente grande como para poder instalar en ella un campamento; sus lados salientes y la parte superior, de piedra tallada, parecían la puerta de una catedral. A lo largo de las paredes había soldados con petos de chapa y morriones, con alabardas por única arma, más rígidos que estatuas.

En medio de esta plaza pública, abovedada y con arquivoltas, había una mesa de roble a la que denominaban la Tabla Redonda.

Era tan grande como la pista de un circo y a su alrededor se sentaba una gran compañía de hombres vestidos de colores tan variados y vivos, que dañaba a los ojos el mirarlos. Tenían siempre puestos sus sombreros emplumados, excepto para dirigirse al rey ya que entonces lo levantaban ligeramente al comenzar su observación.

La mayor parte bebía en cuernos de buey, pero unos pocos aún mascaban pan o roían huesos. Había un término medio de dos perros por cada hombre; se sentaban en actitud de espera hasta que les tiraban un hueso sobrante, y entonces iban por él, por brigadas y por divisiones, en tropel, y comenzaba una pelea que llenaba el panorama de un caos tumultuoso de cabezas y cuerpos que se lanzaban y de colas relampagueantes. La tormenta de aullidos y ladridos ahogaba toda conversación durante un momento, pero no importaba, porque, de cualquier modo, la lucha de perros siempre era del máximo interés; los hombres se levantaban alguna vez para observar mejor y hacer apuestas, y las damas y los músicos se inclinaban sobre las balaustradas con el mismo objeto, y todos prorrumpían en exclamaciones de placer de vez en cuando. Por fin, el perro vencedor se tumbaba cómodamente con el hueso entre las patas y empezaba a gruñir, a roer y a manchar de grasa el suelo, lo mismo que estaban haciendo otros cincuenta, y el resto de la corte volvía a sus actividades y diversiones anteriores.

Por regla general, el habla y conducta de esta gente eran graciosas y corteses, y observé que escuchaban con atención cuando alguien les contaba algo, es decir, en el intervalo entre las luchas de perros. Y en verdad eran, además, un conjunto infantil e inocente; contaban grandes mentiras con la inocencia y candidez más abrumadora, y estaban prestos y deseosos de oír la mentira de cualquier otro y de creerla también. Era difícil asociarlos con nada cruel o terrible, y, sin embargo, trataban de narraciones de sangre y sufrimiento con una fruición tan cándida que me hacía casi olvidar el temblor.

No era yo el único prisionero presente. Había veinte o más. Pobres diablos, muchos de ellos mutilados, acuchillados, señalados de un modo espantoso, y con el pelo, la cara y la ropa cubiertos de una costra de sangre negra y endurecida. Desde luego, sufrían agudo dolor físico y, sin duda, cansancio, hambre y sed.

Nadie les proporcionaba agua para lavarse las heridas. No se les oía exhalar un lamento o un gemido, ni se les veía ninguna muestra de inquietud o disposición para la queja. Esto me hizo pensar que estos bribones, en su día, se habían comportado así también con otra gente, y ahora les tocaba a ellos.

«No esperan mejor tratamiento del que se les da —me dije—, así que su actitud filosófica no es resultado de entrenamiento mental, de fortaleza espiritual, de razonamiento; es un simple entrenamiento animal, son indios blancos.»

3. Los caballeros de la Tabla Redonda

Fundamentalmente las conversaciones de la Tabla Redonda consistían en monólogos, relaciones de las aventuras en las que estos prisioneros habían sido capturados, sus amigos y partidarios muertos y despojados de sus corceles y armaduras. Por regla general, según lo que yo pude entender, estas sangrientas aventuras no eran correrías llevadas a cabo para vengar injurias, ni para decidir antiguas disputas o repentinas querellas, no, generalmente se trataba de simples duelos entre desconocidos, duelos entre gente que ni siquiera había sido presentada y entre la que no existía causa alguna de ofensa. Yo había visto muchas veces un par de muchachos, que se encontraban por casualidad y decían al mismo tiempo: «Yo te puedo a ti», y se dedicaban a ello sobre el propio terreno; pero hasta ahora siempre había imaginado que esa clase de cosas pertenecía sólo a los niños, y que era un signo y marca de la infancia; pero aquí estaban estos bobos crecidos dedicados a esto, y enorgulleciéndose en la edad madura y aun pasada ésta. Sin embargo, había algo muy atractivo en estas grandes criaturas de corazón simple, algo interesante y amable. No parecía que hubiese cerebro bastante en toda aquella sala de infancia, por así decir, para cebar un anzuelo; pero, después de un rato, no parecía importar, porque se veía pronto que el cerebro no era necesario en una sociedad como aquella, y que realmente una inteligencia así la hubiera echado a perder, hubiera estropeado su simetría y, quizá, hubiera hecho imposible su existencia.

Se podía observar un hermoso aspecto varonil en casi todas las facciones; en algunas había cierta nobleza y dulzura que rechazaba las críticas despectivas y las acallaba. La más noble bondad y pureza reposaban en el aspecto del denominado sir Galahad. Igualmente en el del rey; había majestad y grandeza en la figura y porte de sir Lanzarote del Lago.

En aquel momento ocurrió un incidente que centró el interés general en sir Lanzarote. A una señal de una especie de maestro de ceremonias, seis u ocho de los prisioneros se levantaron, avanzaron en grupo, se arrodillaron en el suelo, alzaron sus manos hacia la galería de las damas y suplicaron la gracia de unas palabras con la reina. La dama situada en el lugar más sobresaliente de aquel jardín de exhibición y delicadeza femeninas, inclinó la cabeza asintiendo, y entonces el portavoz de los prisioneros se entregó a sí mismo y a sus compañeros en las manos de ella para el libre perdón, rescate, cautividad o muerte, según eligiese a su capricho, y esto lo hacía —dijo—, por orden de sir Kay, el Senescal, de quien eran prisioneros, puesto que les había vencido por su única fuerza y destreza en dura batalla campal.

La sorpresa y el asombro se reflejaron de cara en cara por todo el auditorio; la sonrisa complacida de la reina, desilusionada se desvaneció ante el nombre de sir Kay. El paje susurró a mi oído con un tono y acento que expresaban bien a las claras la burla:

—¡Sir Kay! ¡Contadme otro cuento! ¡Durante dos milenios el ingenio pecador del hombre tendría que trabajar para urdir la majestuosa mentira de ese individuo!

Todos los ojos se fijaron con severa interrogante en sir Kay, pero él estuvo a la altura de las circunstancias. Se puso en pie y movió la mano como si estuviera dirigiendo, y no desperdició ninguna estratagema. Dijo que narraría el asunto exactamente de acuerdo con los hechos, que contaría los acontecimientos directa y simplemente, sin comentarios propios, y entonces, si halláis que ha habido ocasión para el honor y la gloria, las daréis al hombre más poderoso que manejó escudo o utilizó espada en las filas de los guerreros cristianos, ¡nada menos que a quien se sienta allí! Y apuntó hacia sir Lanzarote.

Se le acercó. Fue un golpe sorprendente. Luego continuó contando cómo sir Lanzarote, buscando aventuras hacía poco tiempo, mató siete gigantes de un solo mandoble de su espada y liberó a ciento cuarenta y dos doncellas que se encontraban en cautividad, que después continuó en busca de aventuras y le encontró a él (sir Kay) en lucha desesperada con nueve caballeros desconocidos, y que inmediatamente tomó él solo en sus manos el combate y derrotó a los nueve. Aquella noche, sir Lanzarote se levantó con cautela, se cubrió con la armadura de sir Kay, le cogió el caballo y partió para tierras lejanas, venció a dieciséis caballeros en combate establecido de antemano y a treinta y cuatro en otro; a todos estos y a los nueve primeros les hizo jurar que para Pentecostés se presentarían en la corte de Arturo y se pondrían en manos de la reina Ginebra como cautivos de sir Kay, el Senescal, botín de su proeza caballeresca, y ahora aquí estaba esta media docena y el resto vendría tan pronto como sanasen de sus gravísimas heridas.

Fue conmovedor ver a la reina ruborizarse y sonreír. Con aspecto turbado y feliz lanzaba unas miradas furtivas a sir Lanzarote, que, en Arkansas hubieran bastado para que fuera muerta a tiros.

Todo el mundo alabó el valor y magnanimidad de sir Lanzarote. En cuanto a mí, estaba totalmente asombrado de que un hombre, él solo, hubiese sido capaz de derrotar y capturar semejantes batallones de experimentados combatientes. Se lo dije a Clarence, pero este burlón, que tenía la cabeza a pájaros, dijo solamente:

—Si sir Kay hubiese tenido tiempo de meterse otro pellejo de vino en el cuerpo, habríais visto duplicada la relación.

Miré al muchacho con pena y según le contemplaba vi que una nube de hondo desaliento se adueñaba de su aspecto. Seguí la dirección de sus ojos y vi que un hombre muy viejo y de barba blanca, vestido con un flotante ropaje negro, se había levantado y estaba de pie sobre piernas inseguras, agitando débilmente su venerable cabeza y contemplando a todos con ojos acuosos y extraviados. El mismo aire de sufrimiento, existente en la cara del paje, podía observarse en todas las caras de alrededor, el aire de criaturas que saben que han de aguantar y no exhalar un quejido.

—A fe mía que, tendremos otra vez —suspiró el muchacho— la misma historia vieja y aburrida que ha contado miles de veces, con las mismas palabras, y que contará hasta que muera cada vez que tenga su tonel lleno y sienta que su molino de exagerar está funcionando. ¡Ojalá hubiese muerto antes de ver este día!

—¿Quién es?

—Merlín, el más grande embustero, y mago por añadidura. ¡Que la perdición le chamusque por el aburrimiento que produce con su único cuento! Si no fuese que los hombres le temen porque tiene los tormentos, los relámpagos y todos los diablos del infierno a su entera disposición, hace muchos años que le hubieran arrancado las entrañas para hacerle callar ese maldito cuento. Siempre lo cuenta en tercera persona, haciendo creer que es demasiado modesto para glorificarse a sí mismo. ¡Que las maldiciones desciendan sobre él y la desgracia sea su sitio! Buen amigo, os ruego que me despertéis para las vísperas.

Se acomodó sobre mi hombro como si se fuera a dormir. El viejo comenzó su cuento, e inmediatamente el muchacho se durmió de verdad, y lo mismo los perros, los lacayos y las filas de soldados. La voz monótona seguía su lenta cadencia, un ronquido suave se elevaba por doquier y la resaltaba como un acompañamiento profundo y sumiso de instrumentos de viento. Algunas cabezas estaban inclinadas sobre los brazos cruzados, otras tumbadas hacia atrás con las bocas abiertas, que producían una música inconsciente; las moscas zumbaban y picaban sin ser molestadas; las ratas acudían en enjambres, silenciosamente, desde centenares de agujeros, correteaban y se encontraban en su casa en cualquier parte; una de ellas estaba sentada como una ardilla sobre la cabeza del rey, tenía un trozo de queso entre las patas y lo mordisqueaba, cayéndose los trocitos sobre la cara del rey, con irreverencia ingenua y desvergonzada. Era una escena tranquila, descanso para los ojos fatigados y para el espíritu agitado.

Ésta fue la narración del viejo:

«Inmediatamente el rey y Merlín partieron y fueron a ver a un ermitaño que era un buen hombre y un gran curandero. Así que, el ermitaño le miró todas las heridas y le dio buenos ungüentos; así que, el rey estuvo allí tres días y entonces sanaron bien sus heridas para poder cabalgar y marcharse, y así partieron. Y según cabalgaban, Arturo dijo: no tengo espada. No importa, dijo Merlín, porque hay una espada que será vuestra, si me es posible. Así que cabalgaron hasta llegar a un lago, el cual era ancho y de aguas serenas, y en medio del lago, Arturo descubrió un brazo revestido de blancos brocados, que empuñaba una hermosa espada en la mano. Allá, dijo Merlín, allá se encuentra la espada de que os hablé. Con ella vieron una doncella que caminaba sobre el lago. ¿Qué doncella es ésa? dijo Arturo. Es la Dama del lago, dijo Merlín; dentro de ese lago hay una roca y en su interior el palacio más hermoso del mundo ricamente adornado. Esta doncella pronto vendrá hasta vos, entonces hablad con tino para que os dé la espada. A poco de esto llegó la doncella junto a Arturo y saludó y él a su vez a ella. Doncella, dijo Arturo, ¿qué espada es ésa que allá lejos empuña el brazo sobre el agua? Ojalá fuera mía porque no tengo espada. Rey Arturo, dijo la doncella, esa espada es mía y si me queréis conceder un don cuando os lo pida, os la daré. A fe mía, dijo Arturo, que os concederé el don que me queráis pedir. Bien, dijo la doncella, id hasta aquella barca y remad hasta la espada, cogedla y haced lo mismo con la vaina, que yo os pediré mi don cuando crea conveniente. Así que, Arturo y Merlín descabalgaron, ataron sus caballos a dos árboles, entraron en la barca y cuando llegaron junto a la espada que la mano sostenía, Arturo la cogió por la empuñadura y la llevó con él. El brazo y la mano se retiraron bajo el agua y ellos llegaron a tierra y partieron a caballo. Luego sir Arturo vio una deslumbrante tienda de campaña. ¿Qué significa aquella tienda? Es la tienda, dijo Merlín, del último caballero con quien habéis luchado, sir Pellinore; pero él está fuera, no está ahí; tenía algo que hacer con un caballero vuestro, el notable Egglame, y han estado combatiendo, pero por fin Egglame ha huido, de otro modo hubiese muerto, y le han perseguido hasta Carlión; pronto nos encontraremos con él en el camino. Bien dicho, dijo Arturo, ahora tengo espada, ahora reñiré batalla con él y me vengaré. Señor, no debéis hacerlo, dijo Merlín, porque el caballero está cansado de pelear y de perseguir, así que no tendría mérito el que tuvieseis un encuentro con él; además, él no sería igualado fácilmente por ningún caballero vivo, por lo tanto mi consejo es que le dejéis pasar porque dentro de poco os hará buen servicio; cuando hayan transcurrido sus días os lo harán sus hijos. También veréis vos ese día dentro de poco y estaréis muy contento de darle vuestra hermana en casamiento. Cuando le vea haré como me aconsejáis, dijo Arturo. Luego sir Arturo contempló la espada y le gustó sobremanera. ¿Qué os gusta más, dijo Merlín, la espada o la vaina? Me gusta más la espada, contestó Arturo. Sois poco sabio, dijo Merlín, porque la vaina vale diez espadas, ya que mientras tengáis la vaina sobre vos, nunca perderéis sangre, ni seréis gravemente herido, por lo tanto conservad bien la vaina siempre con vos. Así que, llegaron a Carlión, y en el camino se encontraron con sir Pellinore, pero Merlín había realizado tal encantamiento que

Pellinore no vio a Arturo y pasó a su lado sin decir palabra. Me maravilla, dijo Arturo, que el caballero no me haya hablado. Señor, dijo Merlín, no os vio; de haberos visto no habría partido tan fácilmente. Así que, llegaron a Carlión, con lo que sus caballeros se alegraron sobremanera. Cuando escucharon sus aventuras se maravillaron de que hubiese puesto en peligro su vida marchando solo. Pero todos los hombres de mérito dijeron que era una satisfacción estar bajo las órdenes de un jefe que exponía su persona en aventuras como hacían los otros caballeros pobres.»

4. SIR DINADAN EL HUMORISTA

Me pareció que esta extraña mentira estaba contada del modo más sencillo y hermoso, pero yo sólo la había oído esta vez, y ahí está la diferencia; sin duda también les resultó agradable a los otros cuando estaba reciente.

El primero en despertar fue sir Dinadan el Humorista, y pronto levantó a los otros con una gracia de bien pobre calidad. Ató varios jarros de metal al rabo de un perro y le soltó; éste empezó a dar vueltas con terror frenético. Los otros perros le siguieron ladrando, golpeándose, estrellándose contra todo lo que se ponía en su camino, formando un caos de confusión y el estrépito y alboroto más ensordecedor; ante esto, hombres y mujeres reían hasta saltárseles las lágrimas y algunos caían de sus sillas y se revolcaban por el suelo. Eran iguales a otros tantos niños. Sir Dinadan estaba tan orgulloso de su hazaña que no podía por menos de contar una y otra vez, hasta el agotamiento, cómo se le había ocurrido la inmortal idea; y, como es corriente entre los humoristas de su especie, todavía se estaba riendo cuando los demás habían terminado ya hacía rato. Se encontraba tan animado que decidió hacer un discurso, un discurso humorístico por supuesto. Creo que nunca he oído en mi vida tantos viejos y gastados chistes engarzados de una vez. Era peor que los juglares, peor que los payasos del circo. Me parecía especialmente triste estar sentado allí, mil trescientos años antes de haber nacido, y escuchar de nuevo los chistes pobres, sin gracia, aburridos, que me habían producido retortijones cuando era un muchacho mil trescientos años después. Esto casi me convenció de que no hay chistes nuevos. Todo el mundo se reía de estas antiguallas, pero siempre se hace así, ya lo había observado siglos más tarde. El único que no se rió fue el burlón del muchacho. No, él se burló; no había nada de lo que no se burlase. Dijo que la mayor parte de los chistes de sir Dinadan estaban podridos y el resto petrificados. Yo dije que petrificado estaba bien, puesto que creía que la única forma correcta de clasificar las tremendas edades de algunos de estos chistes era por medio de períodos geológicos. Pero esa nítida idea dio al muchacho en un lugar en blanco, porque la geología todavía no se había inventado. No obstante tomé buena nota de la observación y decidí educar a la nación en este aspecto, si podía salir del trance. No tiene utilidad tirar una cosa simplemente por no estar aún maduro el mercado.

Después se levantó sir Kay y empezó a poner en funcionamiento su fábrica de historias, con mi persona como combustible. Me tocaba ponerme serio y me puse. Sir Kay contó que me había encontrado en una lejana tierra de bárbaros, los cuales llevaban todos el mismo ridículo atavío que yo, atavío que era cosa de magia para librar al portador del daño de manos humanas. Sin embargo, él había anulado el encantamiento por medio de la oración, había matado a mis trece caballeros en un combate de tres horas y me había cogido prisionero, perdonándome la vida a fin de que una curiosidad tan extraña como yo pudiera ser exhibida para asombro y admiración del rey y de la corte. Habló de mí todo el tiempo, del modo más suave, como «este prodigioso gigante», «este horrible monstruo que se eleva hasta el cielo», «este ogro caníbal con colmillos y garras», y todo el mundo se tragaba estas bobadas del modo más inocente, sin sonreír u observar que había alguna discrepancia entre estas aguadas estadísticas y yo. Dijo que al tratar de escapar de él me encaramé a la copa de un árbol de doscientos pies de altura de un solo salto, pero que me desalojó con una piedra del tamaño de una vaca que casi me deshizo los huesos, y que luego me hizo jurar que aparecería en la corte de Arturo para recibir sentencia. Terminó condenándome a morir el día 21 a mediodía, y esto tenía para él tan poco interés que hasta se detuvo a bostezar antes de citar la fecha.

Al llegar aquí, yo me encontraba en una situación lamentable, en realidad apenas me encontraba con mis facultades mentales en buen uso para poder seguir la discusión que surgió en torno a cómo deberían matarme, puesto que algunos dudaban de la posibilidad de mi muerte a causa del encantamiento de mis ropas. Y, sin embargo, no era más que un traje ordinario de quince dólares. Con todo, estaba lo suficientemente cuerdo para observar este detalle, a saber: muchos de los términos usados como la cosa más corriente por esta gran asamblea de las primeras damas y caballeros del país, habrían sonrojado a un comanche. Indelicadeza es un término demasiado suave para expresar la idea. No obstante, yo había leído *Tom Jones* y *Roderick Randow* y otros libros similares y sabía que las damas y caballeros de Inglaterra habían sido poco escrupulosos en su lenguaje en la moral y en la conducta que tal habla implica, hasta hace cien años; de hecho hasta nuestro siglo XIX, en el cual, hablando en términos generales, hicieron su aparición los ejemplares más antiguos de auténtica dama y auténtico caballero de la historia de Inglaterra, lo que es decir en la historia europea. Supongamos que Walter Scott, en vez de poner las conversaciones en boca de sus personajes, hubiese permitido a los personajes que hablasen por sí mismos. Habríamos tenido un habla de Rebeca e Ivanhoe y de la suave lady Rowena que hubiese puesto en un aprieto a un vagabundo contemporáneo. Ahora bien, para las personas inconscientemente indelicadas, todas las cosas son delicadas. La gente del rey Arturo no se daba cuenta de que eran unos indecentes y yo tuve la presencia de ánimo suficiente para no mencionarlo.

Estaban tan preocupados por mis ropas encantadas que se aliviaron enormemente cuando el viejo Merlín les barrió la dificultad con una sugerencia de sentido común. Les preguntó por qué eran tan necios, por qué no se les ocurría desnudarme. En medio minuto quedé tan desnudo como un par de tenazas. Y... ¿queréis creerlo? La única persona violenta allí, era yo. Todo el mundo discutió mi persona, y lo hacían con tanta despreocupación como si yo hubiera sido una col en lugar de un hombre. La reina Ginebra se interesaba tan ingenuamente como el resto y dijo que nunca había visto a nadie con unas piernas como las mías. Fue el único cumplido que recibí, si es que fue cumplido.

Finalmente me arrastraron en una dirección y mis peligrosas ropas en otra. Fui arrojado a una mazmorra, en una celda oscura y angosta, con algunas escasas sobras por comida, algo de paja mohosa por cama y un sinfín de ratas por compañía.

5. UNA INSPIRACIÓN

Estaba tan cansado que ni los temores pudieron mantenerme despierto mucho rato.

Cuando desperté, me pareció haber estado dormido durante mucho tiempo. Mi primer pensamiento fue: ¡Vaya, qué sueño más asombroso he tenido! Supongo que me he despertado con el tiempo justo para impedir que me colgasen, me ahogasen, me quemasen o cosa similar. Me dormiré hasta que suene el silbato y luego bajaré a la fábrica de armas y me las entenderé con ese Hércules.

Pero en ese mismo instante oí la áspera música de los herrumbrosos cerrojos y cadenas, una luz resplandeció ante mis ojos, y el cursi de Clarence se presentó ante mí. Carraspeé sorprendido y casi quedé sin aliento.

—¿Qué? ¿Tú aquí otra vez? ¡Vete con el resto del sueño, lárgate!

Pero él sólo se echó a reír con su ligereza habitual y le dio por tomar a broma mi triste súplica.

—Perfectamente —dije resignado—, que siga el sueño. No tengo prisa.

—¿Qué sueño?

—¿Qué sueño? Bueno, el sueño de que estoy en la corte de Arturo, persona que nunca existió; y de que estoy hablando contigo, que no eres más que un producto de la imaginación.

—¡Vaya, con que sí! ¿Y también es un sueño el que os van a quemar mañana? ¡Ja, ja! ¡Contestadme a eso!

Un penoso estremecimiento recorrió todo mi ser. Empecé a darme cuenta que mi situación era en extremo seria, fuese o no sueño, porque yo sabía, por la experiencia de sueños de intensidad similar a la propia vida, que el ser quemado hasta la muerte, incluso en sueños, estaba muy lejos de ser una broma y que era algo que tenía que evitar por cualquier medio, decente o no, que pudiese tramar. Así que dije, suplicante:

—Clarence, buen muchacho, ¡el único amigo que tengo! Porque tú eres mi amigo, ¿verdad? ¡No me abandones, ayúdame a encontrar alguna manera de huir de este lugar!

—¡Vaya! ¿Huir? ¡Pero, hombre, los pasillos están guardados y vigilados por soldados!

—Sin duda, sin duda. Pero, ¿cuántos, Clarence? Espero que no sean muchos.

—Una veintena. No hay que pensar en la huida.

Y, después de una pausa, añadió vacilante:

—Y hay otras razones y de más peso.

—¿Otras? ¿Cuáles?

—Bueno, dicen... No me atrevo; de verdad que no me atrevo.

—Vaya, pobre muchacho, ¿qué ocurre? ¿Por qué retrocedes? ¿Por qué tiemblas de ese modo?

—¡Oh! En verdad que hay razones. Quiero decíroslo pero...

—Vamos, vamos, sé valiente, sé un hombre, sé buen muchacho y dilo todo.

Dudaba, movido por un lado por el deseo y por otro por el miedo, luego se acercó a la puerta atisbando hacia el exterior mientras escuchaba, por fin se deslizó hasta mí, puso su boca junto a mi oído y me susurró sus terribles noticias con toda la aprensión aterrorizada del que se aventura en un terreno horroroso y habla de cosas cuya sola mención podría acarrear la muerte.

—Merlín, con su maldad, ha tejido un hechizo en torno a esta mazmorra y espera que no haya hombre en estos reinos que esté tan desesperado como para cruzar sus líneas e ir junto a vos. Ahora que ya os lo he dicho, ¡que Dios se apiade de mí! ¡Sed bueno conmigo, sed misericordioso con este pobre muchacho que os quiere bien, porque si me traicionáis estoy perdido!

Solté una carcajada, la única vivificante de verdad durante mucho tiempo, y exclamé:

—¡Merlín ha tejido un hechizo! ¡Vaya con Merlín! ¿Ese viejo charlatán de pacotilla, ese viejo asno cascarrabias? ¡Bobada, pura bobada, la mayor bobada del mundo! Bueno, me parece que de todas las supersticiones infantiles, idiotas, tontas, cobardes que yo jamás... ¡Oh condenado Merlín!

Pero Clarence se había desplomado de rodillas antes de que yo hubiese terminado y parecía que iba a enloquecer de terror.

—¡Cuidado! ¡Son palabras horribles, estos muros pueden caer sobre nosotros en cualquier momento si decís esas cosas! ¡Retiradlas antes de que sea demasiado tarde!

Esta extraña exhibición me dio una buena idea y me puse a pensar. Si todo el mundo de por aquí tenía de verdad tanto miedo a la pretendida magia de Merlín como Clarence, ciertamente que un hombre superior como yo debía ser lo bastante astuto para sacar ventaja de semejante estado de cosas. Continué pensando y estructuré un plan, luego dije:

—Levanta y recóbrate, mírame a los ojos. ¿Sabes por qué me reí?

—No, pero por amor de nuestra bendita señora, no lo hagáis más.

—Bien, te voy a decir por qué me reí. Porque yo mismo soy un mago.

—¿Vos?

El muchacho retrocedió un paso y se quedó sin aliento porque esto le cogió de sorpresa. Pero su aspecto era muy respetuoso. Tomé rápida nota, indicaba que en este manicomio un charlatán no necesitaba tener reputación, la gente estaba preparada para creer en su palabra sin aquélla. Continué:

—He conocido a Merlín durante setecientos años y él...

—¡Sete...!

—No me interrumpas. Ha muerto y vuelto a la vida de nuevo trece veces, y cada una de ellas ha viajado bajo un nombre diferente: Smith, Jones, Robinson, Jackson, Peters, Haskins, Merlín, un alias nuevo cada vez que aparece. Le conocí en Egipto hace trescientos años. Le conocí en la India hace quinientos. Siempre anda diciendo bobadas a mi alrededor, donde quiera que yo vaya; me aburre. Como mago no vale un comino, sabe algunas de las viejas tretas corrientes, pero nunca ha pasado ni pasará, de lo elemental. Está bastante bien para provincias, actuaciones de una noche y cosas por el estilo, ya sabes, pero, ¡Dios mío!, no debe pasar por experto, y de ningún modo donde haya un auténtico artista. Atiende, Clarence: voy a ser tu amigo, todo el tiempo; a cambio tú debes serlo mío. Quiero que me hagas un favor. Quiero que hagas saber al rey que soy un mago, el Supremo Grande y Alto-yu-Muckamuck, y además jefe de la tribu; quiero que le hagan comprender que estoy preparando con toda calma una pequeña calamidad que hará época en estos reinos si el proyecto de sir Kay se lleva a cabo y me ocurre algún daño. ¿Querrás hacer saber eso al rey de mi parte?

El pobre muchacho estaba en tal estado que apenas pudo contestarme. Era penoso ver a una criatura tan aterrorizada, tan acobardada, tan desmoralizada. Pero lo prometió todo, y por mi parte me hizo prometer una y otra vez que seguiría siendo su amigo, que nunca me volvería contra él y que no le arrojaría ningún hechizo. Luego se marchó con dificultad, apoyando la mano contra la pared, como si estuviera enfermo.

Inmediatamente pensé: ¡qué incauto he sido! Cuando el muchacho se calme se preguntará por qué un gran mago como yo tiene que suplicar a un muchacho como él que le ayude a salir de este lugar, reflexionará y verá que soy un charlatán.

Estuve preocupado por esta inocente equivocación durante una hora, llamándome unas cuantas cosas duras. Pero, por fin, se me ocurrió que estos animales no razonaban; que nunca relacionaban los hechos con las palabras; que toda su conversación mostraba que no entendían una discrepancia cuando la veían. Entonces descansé.

Pero en este mundo tan pronto como uno descansa hay que lanzarse hacia cualquier otra cosa en que preocuparse. Se me ocurrió que había cometido otra equivocación: había enviado al muchacho a que alarmase a sus amos con una amenaza, con la pretensión de una calamidad inventada en mis ratos de ocio; pero la gente que está más preparada, más ansiosa y más deseosa de tragar milagros, es la misma que está más hambrienta de verle a uno llevarlos a cabo; supongamos que me llamasen a dar una muestra, supongamos que me invitasen a dar el nombre de mi calamidad. Sí, había cometido una equivocación. Primero debía de haber inventado mi calamidad. ¿Qué hacer? ¿Qué puedo decir para ganar algo de tiempo? Otra vez estaba en apuros. ¡Una pisada! Ya vienen. Ojalá tuviese un momento para pensar... Bien, ya lo tengo. Esto va perfectamente.

¡El eclipse! Me vino a la cabeza en un santiamén, que Colón, Cortés o uno de esos, en cierta ocasión, jugó con un eclipse como triunfo salvador frente a unos salvajes. Yo vi mi oportunidad. Ahora yo también podría jugarlo, y además no sería un plagio porque lo haría casi mil años por delante de todos.

Clarence entró, sumiso y angustiado, y dijo:

—Me apresuré a llevar el mensaje a nuestro señor el rey quien inmediatamente hizo que me llevasen a su presencia. Se aterrorizó hasta la médula, y estaba ya dispuesto a dar orden para vuestra liberación instantánea y para que fueseis vestido con hermosas prendas y albergado como corresponde a alguien tan grande; pero entonces llegó Merlín y lo estropeó todo, porque persuadió al rey de que estáis loco y no sabéis de qué habláis y dijo que vuestra amenaza no era más que tontería y baladronada inútil. Disputaron largo tiempo, pero al final, con tono de mofa dijo Merlín: «¿Por qué no ha citado su estupenda calamidad? La verdad es porque no puede». Esto hizo enmudecer al rey, porque no pudo replicar nada a tal argumentación; y así, a su pesar y lamentando haceros esta descortesía, os ruega, no obstante, que consideréis su perpleja situación viendo como está el problema, y deis el nombre de la calamidad, si ya habéis determinado su naturaleza y el momento de su llegada. Os ruego que no lo retraséis, el hacerlo en este momento sería duplicar y triplicar los peligros que ya os rodean. ¡Sed prudente y nombrad la calamidad!

Dejé que se acumulase el silencio mientras reunía toda mi capacidad de impresión, y luego dije:

—¿Cuánto tiempo he estado encerrado en este agujero?

—Fuisteis encerrado cuando el día de ayer estaba bien transcurrido. Ahora son las nueve de la mañana.

—¡No! Entonces he dormido bien, seguro. ¡Las nueve de la mañana ya! Y sin embargo todo tiene el aspecto de la media noche. ¿Estamos a veinte entonces?

—Sí, a veinte.

—Y me van a quemar vivo mañana.

El muchacho se estremeció.

—¿A qué hora?

—A mediodía.

—Entonces te contaré qué vas a decir.

Me detuve y durante un minuto entero me incliné sobre aquel acobardado muchacho, con un silencio que resultaba horroroso; luego con voz profunda, cargada de funestos presagios, comencé poco a poco, elevándome gradualmente hasta llegar a tal punto de sublime dramatismo, como jamás me había sentido capaz en mi vida:

—Regresa y dile al rey que a esa hora sumiré al mundo entero en la oscuridad mortal de la noche; haré desaparecer el sol y jamás volverá a brillar; los frutos de la tierra se pudrirán por falta de luz y calor, y las gentes de la tierra morirán hasta la última persona.

Tuve que sacar yo mismo al muchacho a causa del desmayo. Se lo entregué a los soldados y regresé.

6. EL ECLIPSE

En el silencio y la oscuridad, las ideas se completan con la comprobación de que se van a realizar. El simple conocimiento de un hecho es pálido pero en cuanto uno se pone a comprobarlo, adquiere color. Es la diferencia que hay entre oír que han apuñalado a alguien en el corazón y verlo hacer. En aquel silencio y en aquella oscuridad el conocimiento de que estaba en peligro mortal fue calando más y más hasta llegar a su significado más profundo, algo que era la comprobación de todo esto se metía por mis venas, palmo a palmo, y me dejaba helado.

Pero hay una bendita previsión de la naturaleza por la que en momentos como éste, tan pronto como el ánimo de un hombre ha descendido hasta cierto punto, surge una reacción y luego vuelve a ascender. Brota la esperanza y con ella el optimismo, y entonces el hombre se encuentra en buena forma para hacer lo que sea, si es que se puede hacer algo. Cuando surgió mi reacción, lo hizo súbitamente. Me dije que era seguro que el eclipse me iba a salvar y que además me convertiría en la persona más importante del reino; inmediatamente mis ánimos crecieron como la espuma y mi inquietud desapareció. Era un hombre tan feliz como el que más. Incluso estaba impaciente porque llegase el día de mañana, de tal modo deseaba recoger aquel gran triunfo y ser el centro de toda la admiración y reverencia de la nación. Además, desde un punto de vista comercial, estaba seguro de que sería mi fortuna.

Mientras tanto, había algo que se había introducido en el fondo de mi pensamiento. Era la casi convicción de que cuando les comunicase a aquella gente supersticiosa la naturaleza de la calamidad, alcanzaría tal efecto, que querrían pactar inmediatamente. Así, al oír los pasos que se aproximaban, me vino otra vez este pensamiento y me dije: seguro que se trata del pacto. Bueno, si es conveniente, aceptaré, de acuerdo; pero si no lo es, voy a seguir en mis trece, jugaré mis cartas por lo que valgan.

Se abrió la puerta y aparecieron algunos soldados. El jefe exclamó:

—El cadalso está listo. ¡Vamos!

¡El cadalso! Quedé sin fuerzas y casi me desmayé. En esos momentos resulta difícil retener el aliento debido a los nudos y jadeos que se le forman a uno en la garganta, pero tan pronto como pude hablar dije:

—Pero esto es una equivocación, la ejecución es mañana.

—Revocada la orden, ha sido adelantada un día. ¡Apresuraos!

Estaba perdido. No tenía salvación. Estaba asombrado, estupefacto. Perdí el control de mí mismo; empecé a vagar sin objetivo como si estuviera loco, así que los soldados me cogieron y me empujaron delante de ellos fuera de la celda y por el laberinto de corredores subterráneos y finalmente hasta el fiero resplandor de la luz del día y del mundo exterior. Al entrar en el amplio patio del castillo tuve un estremecimiento, porque lo primero que vi fue el cadalso levantado en el centro, y junto a él los troncos apilados y un monje. En los cuatro costados del patio se elevaba fila tras fila de gente sentada, formando terrazas en declive de ricos colores. Las figuras más sobresalientes, desde luego, eran el rey y la reina sentados en sus tronos.

No me llevó más de un segundo el observar todo esto. Al siguiente, Clarence, que se había deslizado desde algún escondite, estaba vertiendo noticias a mi oído, con los ojos resplandecientes de triunfo y alegría.

—¡Gracias a mí se ha obrado el cambio! Y mucho que me ha costado. Cuando les revelé la calamidad que se les avecinaba y vi el enorme terror que engendró, me di cuenta de que también era el momento de descargar el golpe. Por lo tanto, convencí a unos y a otros que vuestro poder contra el sol no podía alcanzar su plenitud hasta mañana, y así si alguien quería salvar al sol y al mundo, debían mataros hoy mientras vuestros encantamientos se tejían y les faltaba vigor. ¡Vaya! Fue una estúpida mentira, una invención de lo más fácil, pero deberíais haberlos visto cogerla y tragársela, en el frenesí de su pánico, como si fuera la salvación enviada del cielo. Y mientras tanto yo, unas veces me reía con disimulo al ver qué fácilmente se les engañaba, y glorificaba a Dios otras porque le hubiese complacido que la más ínfima de sus criaturas fuese su instrumento para salvaros la vida. ¡Y cómo se aceleró todo! No es preciso que hagáis un auténtico daño al sol, no lo olvidéis; por vuestra alma, recordadlo. Oscurecedlo sólo un poco, nada más que la oscuridad más diminuta, y luego, dejadlo. Será suficiente. Verán que no dije la verdad, supondrán que por ignorancia, y con la primera sombra de esa oscuridad los veréis enloquecer de terror, os libertarán y os harán grande. ¡Marchad ahora a vuestro triunfo! Pero recordad, buen amigo, os imploro que recordéis mi súplica y no hagáis daño al bendito sol. ¡Hacedlo por mí, por vuestro amigo!

A través de mi pena y desgracia pude mascullar algunas palabras, lo suficiente para decir que perdonaría al sol; por lo cual los ojos del muchacho me devolvieron una gratitud tan profunda y amorosa que no tuve corazón para decirle que su tontería me había arruinado y enviado a la muerte.

Mientras los soldados me ayudaban a cruzar el patio era tan profundo el silencio, que, de haber tenido los ojos vendados, habría supuesto que estaba solo, en lugar de estar emparedado por cuatro mil personas. Ni un movimiento se oía en aquellas masas de humanidad; estaban tan rígidas y tan pálidas como imágenes pétreas. El terror se reflejaba en todos los semblantes. Este silencio continuó mientras me encadenaban al cadalso, todavía continuaba mientras, cuidadosa y aburridamente, apilaban los leños en torno a mis tobillos, rodillas, muslos, en torno a mi cuerpo entero. Luego hubo una pausa, un silencio más profundo, si cabe, y un hombre se arrodilló a mis pies con una antorcha flameante, la multitud se inclinó hacia adelante, para mejor observar, y separándose ligeramente de sus asientos sin darse cuenta; el monje levantó las manos sobre mi cabeza, los ojos hacia el cielo azul y comenzó algunas palabras en latín; canturreó monótono en esta actitud durante un momento y luego se detuvo. Esperé un poco y alcé la vista, allí seguía petrificado. Con un impulso simultáneo se levantó la multitud lentamente y clavó los ojos en el cielo. Seguí sus ojos, ¡tan seguro como que aún era de día, allí estaba mi eclipse! La vida empezó a correr otra vez por mis venas. ¡Era un hombre nuevo! El cerco negro cubría lentamente el disco del sol, mi corazón latía con más fuerza y todavía la concurrencia y el sacerdote tenían los ojos clavados en el cielo, inmóviles. Yo sabía que a continuación esta mirada iba a fijarse en mí. Cuando esto ocurrió ya estaba preparado, en una de las actitudes más grandiosas que jamás había conseguido, con mi brazo derecho extendido señalando al sol. Era de noble efecto. Se podía ver el temblor barrer las masas como si fuera una ola. Surgieron dos gritos, uno inmediatamente a continuación del otro.

—¡Aplicad la antorcha!

—¡Lo prohíbo!

Uno fue de Merlín, el otro del rey. Merlín se precipitó desde su lugar para aplicar él mismo la antorcha, según me pareció. Yo dije:

—Quédate donde estás. Si hay alguien que se mueva, incluido el rey, antes de que yo dé permiso, le destruiré con un trueno, le consumiré con relámpagos.

La multitud se volvió a hundir mansamente en sus asientos, yo ya estaba esperando que lo hicieran. Merlín dudó un momento mientras yo estaba sobre ascuas durante ese tiempo. Luego se sentó, y respiré a mis anchas porque ya sabía que era dueño de la situación. El rey entonces habló:

—Sed misericordioso, buen señor, y no hagáis más pruebas en este peligroso asunto, a fin de que no ocurra un desastre. Nos dijeron que vuestras facultades no alcanzarían su vigor completo hasta mañana, pero...

—¿Piensa vuestra majestad que la tal información era una mentira? Pues así fue.

Esto produjo un efecto inmenso, por todas partes se elevaron manos suplicantes, y el rey fue asaltado por una nube de ruegos para que se me comprase a cualquier precio y se detuviese de este modo la calamidad. El rey, por su parte, estaba ansioso de complacerlos y dijo:

—Poned la condición que queráis, reverendo señor, incluso daría la mitad de mi reino, pero impedid que ocurra esta calamidad, perdonad al sol.

En este momento mi fortuna estaba hecha, pero era indudable que no podía detener un eclipse. Así que pedí tiempo para pensarlo; el rey, a su vez, exclamó:

—¿Cuánto, cuánto, buen señor? Sed misericordioso, mirad, se oscurece por momentos. Os suplico que me digáis cuánto tiempo.

—No mucho. Media hora, quizá una hora.

Hubo un millar de patéticas protestas pero yo no podía rebajar nada porque no podía recordar cuánto dura un eclipse total. En cualquier caso me encontraba en una situación confusa y deseaba pensar. Algo iba mal en aquel eclipse y esto era perturbador. Si no era aquel tras el que yo marchaba, ¿cómo iba a decir si este era el siglo VI o solamente un sueño? ¡Dios mío, ojalá pudiese probar que era esto último! Una nueva y alegre esperanza se presentaba. Si el muchacho estaba en lo cierto en cuanto a la fecha y estábamos a veinte no podía ser el siglo VI. Lleno de excitación tiré al monje de la manga y le pregunté qué día del mes era.

¡Que le cuelguen! Dijo que veintiuno. Me quedé frío al escucharle. Le rogué que se fijase, pero estaba seguro, sabía que era el veintiuno. Así que aquel muchacho de cabeza a pájaros había vuelto a embrollar las cosas. La hora era la justa para el eclipse, yo mismo lo había visto al comienzo por la esfera que estaba allí al lado. Sí, estaba en la corte del rey Arturo y tendría que sacar de esto el mayor partido posible.

La oscuridad crecía constantemente y la gente estaba cada vez más acongojada. Fue ahora cuando dije:

—He reflexionado, Majestad; para que sirva de lección dejaré que la oscuridad avance y llene de sombras al mundo, pero dependerá de vos el que haga desaparecer al sol o el que lo devuelva a su luz. Estas son las condiciones, a saber: permaneceréis como monarca de todos vuestros dominios y recibiréis el honor y gloria que corresponden a la realeza, pero me nombraréis ministro perpetuo y director ejecutivo y me daréis por mis servicios el uno por ciento del aumento real de ingresos sobre la cantidad presente que yo logre crear para el Estado. Si no puedo vivir con eso no pediré a nadie que me suba el sueldo. ¿Os parece satisfactorio?

Hubo un enorme estruendo de aplausos y en medio de estos surgió la voz del rey exclamando:

—¡Fuera con sus ligaduras y que quede libre! ¡Prestadle homenaje, altos y bajos, ricos y pobres, porque se ha convertido en la mano derecha del rey, está revestido de poder y autoridad y su asiento está en el escalón más alto del trono! Barred ahora esta noche que nos cubre y traed de nuevo la luz y la alegría para que todo el mundo os pueda bendecir.

Pero yo dije:

—Que un hombre vulgar quede avergonzado ante el mundo, no es nada; pero sería deshonra para el propio rey si cualquiera que vio a su ministro desnudo no le viese también libre de su vergüenza. Si yo pudiera pedir que me devolviesen de nuevo mis ropas...

—No son apropiadas —exclamó el rey— traed vestiduras de otra clase. ¡Vestidle como a un príncipe!

Mi idea había tenido éxito. Quería que las cosas siguiesen como estaban hasta que el eclipse fuese total, porque de otro modo continuarían tratando de que ahuyentase la oscuridad y desde luego no podía hacerlo. El enviar por las ropas ganó algo de tiempo pero no el suficiente. Así que tuve que inventar otra excusa. Dije que sería bastante natural que el rey cambiase de opinión y se arrepintiese en algún grado de lo que había hecho en un momento de excitación, por lo tanto iba a dejar que la oscuridad continuase un rato y si al cabo de un tiempo razonable el rey mantenía su opinión, ahuyentaría la oscuridad. Ni el rey ni nadie quedó satisfecho de este arreglo, pero yo tenía que mantenerme en mi postura.

Cada vez estaba más oscuro y más negro mientras yo batallaba con las extravagantes ropas del siglo VI. Por fin quedó tan negro como la pez y la multitud gemía de horror al sentir las brisas nocturnas, frías y misteriosas, que soplaban por todo el lugar, y al ver salir las estrellas que centelleaban en el cielo. Por fin era total el eclipse y me alegré muchísimo, pero todos los demás sentían la desgracia, lo cual era totalmente natural. Ahora dije:

—El rey, por su silencio, todavía está de acuerdo con las condiciones.

Alcé la mano sólo un instante y con la más terrible solemnidad añadí:

—Que desaparezca el encantamiento y que se aleje sin daño.

Durante un momento no hubo respuesta en aquella profunda oscuridad y en aquel silencio de cementerio. Pero cuando el dorado borde del sol empezó a aparecer, un poco después, el auditorio prorrumpió en un enorme griterío y descendió como un diluvio para sofocarme de bendiciones y gratitud, y Clarence no fue el último de la marea, seguro.

7. LA TORRE DE MERLÍN

Considerando que ahora era el segundo personaje del reino en lo que se refiere al poder político y a la autoridad, mi posición mejoró notablemente. Mi atavío era de sedas, terciopelos y tela de oro; en consecuencia muy vistoso y también incómodo. Pero me daba cuenta de que era cuestión de costumbre el que me reconciliase con mis ropas. Me dieron el más escogido conjunto de habitaciones del castillo, después de las del rey. Refulgían de colgaduras de seda de brillante colorido, pero los pisos de piedra no tenían por alfombra más que unas esterillas de junco y, además, mal encajadas porque no eran de la misma clase. En cuanto a comodidades, propiamente hablando, no había ninguna. Me refiero a pequeñas comodidades; son las pequeñas comodidades las que proporcionan el verdadero confort a la vida. Los grandes sillones de roble, adornados con tallas rudas, estaban bastante bien, pero ahí había que pararse. No había jabón, ni cerillas, ni espejo, excepto uno de metal de una potencia aproximada a la de un cubo de agua. Y ni siquiera una litografía. Durante años había estado acostumbrado a las litografías, y veía ahora que, sin sospecharlo, en la estructura de mi ser se había introducido una pasión por el arte que se había convertido en parte de mí. Me producía nostalgia pasar la vista por esta desolación orgullosa y llamativa pero descorazonadora, y recordar que en nuestra casa de East Hartford, tan sin pretensiones como era, no se podía entrar en una habitación sin encontrarse con una litografía de alguna casa de seguros, o al menos un «Dios bendiga nuestro hogar», a tres colores, sobre la puerta, y en el recibidor teníamos nueve. Pero aquí, incluso en mi gran sala de ceremonias, no había nada parecido a una pintura excepto una cosa del tamaño de una colcha que estaba tejida o hecha a punto (tenía lugares remendados) y sin nada que tuviese el color o la forma apropiada; y en cuanto a las proporciones, ni el propio Rafael las podría haber ideado de un modo más formidable, a pesar de toda su práctica en esas pesadillas denominadas sus «célebres cartones de Hampton Court». Rafael era una buena pieza. Nosotros teníamos varias de sus litografías, una era su «Pesca Milagrosa», donde hace un milagro particular, coloca a tres hombres en una barca que no hubiera aguantado a uno sólo sin volcar. Siempre admiré su arte por lo fresco y despreocupado.

No había ni una campana, ni un tubo acústico para hablar en todo el castillo. Tenía muchísimos criados y los que estaban de servicio andaban tumbados por la antecámara; cuando necesitaba a alguno tenía que ir a llamarle yo mismo. No había gas, ni velas; un plato de bronce medio lleno de manteca rancia con un trapo ardiendo flotando, era la cosa que producía lo que se consideraba como luz. Un montón de estos colgaban por las paredes y modificaban la oscuridad, suavizándola lo suficiente para hacerla triste. Si se salía de noche, los criados llevaban antorchas. No había libros, ni plumas, ni papel, ni tinta, y tampoco cristal en las aberturas que ellos llamaban ventanas. El cristal es una cosa pequeña hasta que falta, entonces se convierte en una cosa grande. Pero quizá lo peor de todo era que no había azúcar, café, té o tabaco. Me di cuenta que era otro Robinson Crusoe arrojado a una isla desierta, sin más sociedad que unos animales más o menos domesticados y que, si yo quería que la vida fuese soportable, tenía que hacer como después hice: inventar, esforzarme, crear, reorganizar las cosas, poner cerebro y mano al trabajo y hacer que estuvieran bien ocupados. Bueno, esto estaba de acuerdo con mi forma de ser.

Una cosa me molestaba al principio, el inmenso interés que la gente me demostraba. Aparentemente toda la nación quería echarme un vistazo. Pronto se hizo patente que el eclipse había aterrorizado al mundo británico casi hasta la muerte; que, mientras duró, todo el país, de un extremo a otro, se encontró en un lamentable estado de pánico, y que las iglesias, ermitas y monasterios habían rebosado de pobres criaturas, suplicantes y llorosas, que creían que había llegado el fin del mundo. Luego empezaron a llegar las noticias de que la causa de este terrible acontecimiento era un extranjero, mágico y poderoso en la corte de Arturo, que podía haber apagado el sol como si hubiera sido una vela, y que estuvo a punto de hacerlo hasta que pudieron comprar su misericordia, entonces deshizo sus encantamientos, y ahora era reconocido y honrado como el hombre que por su solo poderío había salvado al globo de la destrucción, y a sus pueblos, del exterminio. Ahora bien, si se considera que todo el mundo creía eso, y que no sólo lo creía, sino que jamás soñó con dudarlo, se comprenderá fácilmente que no había ni una persona en toda Inglaterra que no hubiese caminado cincuenta millas para poder verme. Desde luego, yo era la única conversación del reino, el resto de los temas quedó abandonado, el propio rey se convirtió de repente en una persona de interés y notoriedad menor. Dentro de las siguientes veinticuatro horas empezaron a llegar las delegaciones y a partir de ese momento y durante quince días continuaron viniendo. El pueblo y la campiña adyacente estaban atestados. Yo tenía que salir una docena de veces al día para mostrarme a estas multitudes reverentes y aterrorizadas. Esto se convirtió en una pesada carga, en cuanto al tiempo y la molestia, pero, desde luego, al mismo tiempo compensaba agradablemente el ser tan célebre y ser centro de tal homenaje. El hermano Merlín estaba verde de envidia y despecho, lo cual era una gran satisfacción para mí. Pero había una cosa que no podía entender, nadie me había pedido un autógrafo. Le hablé a Clarence de esto. ¡Demonio! Tuve que explicarle en qué consistía. Luego dijo que en el país nadie sabía leer o escribir salvo unas pocas docenas de sacerdotes. ¡Vaya!

Había algo más que me preocupaba un poco. Las multitudes empezaron inmediatamente a agitarse pidiendo otro milagro. Era natural. El poder llevar a sus distantes hogares la presunción de que habían visto al hombre que podía dar órdenes al sol que cabalga en los cielos, y ser obedecido, les haría grandes a los ojos de sus vecinos y envidiados por todos; pero, poder decir además que ellos mismos le habían visto realizar un milagro, bueno, la gente vendría desde lejos a verlos a *ellos*. La presión empezó a ser bastante fuerte. Iba a haber eclipse de luna, y sabía la fecha, pero quedaba demasiado lejana. Dos años. Yo habría dado mucho por un permiso para apresurarlo y utilizarlo ahora que había buen mercado para su consumo. Parecía una lástima que se malgastase para llegar más tarde en un momento en que, posiblemente, no le iba a servir a nadie para nada. Si hubiese estado reservado solamente con un mes de antelación, lo habría vendido; pero según estaban las cosas, no veía manera de que me sirviese de algo, así que abandoné la idea. Más adelante, Clarence descubrió que el viejo Merlín estaba muy ocupado, en secreto, con la gente. Estaba difundiendo la información de que yo era un charlatán y que la razón de que no proporcionase un milagro era sencillamente porque no podía. Vi que tenía que actuar e inmediatamente desarrollé un plan.

Con mi autoridad suprema arrojé a Merlín en prisión, en la misma celda que yo había ocupado. Luego anuncié públicamente, con heraldo y trompeta, que estaría ocupado con asuntos de estado durante una quincena, pero que al término de aquel tiempo me tomaría un momento de descanso y haría saltar la pétrea torre de Merlín con fuegos del cielo. Mientras tanto, quien escuchase informaciones tendenciosas acerca de mí, que anduviese con cuidado. Además, que no haría más que este milagro, sólo; si fracasaba en satisfacer al público y alquien murmuraba, convertiría a los murmuradores en caballos, y de este modo servirían para algo. La calma volvió a renacer.

Tomé a Clarence por confidente, hasta cierto grado, y nos pusimos a trabajar con sigilo. Le dije que era una clase de milagro que requería un poco de preparación, y que hablar a alguien de estos preparativos significaría la muerte repentina. Esto hizo que su boca estuviese suficientemente segura. En secreto fabricamos pólvora de primera calidad y vigilé a mis armeros mientras preparaban un pararrayos y varios alambres. Esta vieja torre de piedra era muy maciza y bastante ruinosa, porque era romana y ya tenía cuatrocientos años. Sí, y en su estilo, era elegante; estaba cubierta de hiedra desde la base a la cima, como una camisa de cota de malla. Se erguía en un promontorio solitario, divisándose plenamente desde el castillo, a una media milla de distancia.

Trabajando de noche, fuimos colocando la pólvora en la torre, sacábamos las piedras por la parte de dentro y enterrábamos la pólvora en los propios muros. Pusimos gran cantidad en una docena de sitios. Con estas cargas podíamos haber volado la torre de Londres. Cuando llegó la noche del día trece, colocamos nuestro pararrayos enterrado en uno de los huecos repletos de pólvora y llevamos alambres desde allí a los otros sitios. Todo el mundo había evitado la proximidad de la torre desde el día de mi proclamación, pero en la mañana del día catorce me pareció mejor avisar a la gente por medio de heraldos, para que se mantuviesen alejados a un cuarto de milla de distancia. Luego añadí, por edicto, que en cualquier momento durante las veinticuatro horas siguientes llevaría a cabo el milagro, pero que primero daría un breve aviso. Si era durante el día, con banderas en las torres del castillo y si de noche por medio de antorchas en los mismos lugares.

Últimamente las tormentas habían sido bastante frecuentes, no tenía mucho miedo a fracasar, sin embargo no me hubiera importado un retraso de un día o dos, habría explicado que aún estaba ocupado con lo asuntos de estado y la gente habría tenido que esperar.

Por supuesto tuvimos un día de sol resplandeciente, casi el primero sin una nube desde hacía tres semanas. Siempre ocurren así las cosas. Clarence aparecía de vez en cuando a decir que la excitación pública crecía sin cesar y que todo el campo se estaba llenando de gente hasta donde se podía divisar desde las almenas. Al fin, el viento se levantó y apareció una nube en el ángulo exacto y a la caída de la noche. Durante un rato estuve contemplando cómo aumentaba y se ennegrecía la nube, luego consideré que era el momento de aparecer. Ordené que se encendiesen las antorchas y que libertasen a Merlín y lo trajesen junto a mí. Un cuarto de hora más tarde subí hasta los baluartes y encontré allí al rey y a la corte reunidos y mirando en la oscuridad hacia la torre de Merlín. La oscuridad era ya tan espesa que no se podía ver lejos; esta gente y las viejas torres en sombra profunda en parte, y en parte con el rojizo resplandor de las grandes antorchas colocadas por encima, componían un buen cuadro.

Merlín llegó con aire sombrío y le dije:

—Querías quemarme vivo cuando no te había hecho daño alguno, y últimamente has tratado de dañar mi reputación profesional. Por lo cual voy a pedir que baje el fuego para volar tu torre, pero es justo darte una oportunidad; si crees que puedes romper mis encantamientos y detener mis fuegos, apresúrate porque te ha llegado el turno.

—Puedo, buen señor, y quiero, no lo dudéis.

Dibujó un círculo imaginario sobre las piedras del tejado y quemó un poco de polvo que produjo una pequeña nube de humo aromático, ante lo cual todos se retiraron, empezaron a santiguarse y se sintieron incómodos. Luego empezó a mascullar palabras y a hacer pases en el aire con las manos. Se fue poniendo lenta y gradualmente en un estado frenético y comenzó a agitar sus brazos como las aspas de un molino de viento. Ahora la tormenta casi nos había alcanzado ya; las rafagas de viento hacían destellar las antorchas y oscilar las sombras, caían las primeras gruesas gotas de agua, el mundo estaba tan negro como la pez, el relámpago parpadeaba a intervalos. Desde luego que mi pararrayos se estaría cargando ahora. Todo era inminente, así que dije:

—Has tenido bastante tiempo. Te he proporcionado todo tipo de ventajas y no he estorbado. Está claro que tu magia es débil, por lo tanto es justo que empiece yo ahora.

Hice unos tres pases en el aire y entonces ocurrió el horroroso estallido, la vieja torre saltó en pedazos hacia el cielo junto con un enorme surtidor volcánico de fuego, que convirtió la noche en mediodía y que dejó ver un millar de seres humanos postrados en el suelo, en un colapso general de consternación. Bueno, los cascotes estuvieron cayendo durante el resto de la semana. Ésta fue la información, pero probablemente los hechos la habrían modificado.

Fue un milagro efectivo. La gran población que durante algún tiempo había sido molesta, se desvaneció. A la mañana siguiente había miles de huellas en el fango, pero todas dirigidas hacia la lejanía. Si hubiese anunciado otro milagro, no habría podido reunir público no utilizando un *sheriff*.

Las acciones de Merlín estaban al descubierto. El rey quería suspenderle el sueldo, incluso quería desterrarle, pero intervine. Afirmé que podría ser útil para manejar el tiempo y cuidar de pequeños asuntos por el estilo, y que yo le daría algún ascenso de vez en cuando si su pobre magia de salón mejoraba. De su torre no quedó ni una piedra en pie, pero hice que el gobierno se la reconstruyese y le aconsejé que tomase huéspedes; sin embargo, él tenía demasiadas ínfulas para esto. Y en cuanto a agradecido, nunca dijo ni gracias. Era bastante áspero, por cualquier lado que se le tomase, pero no se puede esperar que un hombre, a quien se ha postergado de tal manera, se comporte con suavidad.

8. EL JEFE

Es una buena cosa el estar investido de enorme autoridad, pero hacer que el mundo de alrededor consienta en ella, todavía es mejor. El episodio de la torre consolidó mi poder y lo hizo inexpugnable. Si por casualidad, antes de eso, había algunos con disposición suspicaz y crítica, ahora cambiaron de opinión. No había nadie en el reino que hubiese considerado de buen juicio meterse en mis asuntos.

Yo me ajustaba rápidamente a mi situación y circunstancias. Durante algún tiempo solía despertarme por la mañana y sonreír a mi «sueño», mientras esperaba oír la sirena de la fábrica de revólveres, pero gradualmente esto se fue desvaneciendo y finalmente me di plena cuenta de que, en efecto, vivía en el siglo VI y en la corte de Arturo, no en un manicomio. Después de eso me encontré tan a gusto en este siglo como en cualquier otro y en cuanto a preferencias no lo hubiera cambiado por el siglo XX. Hay que fijarse en las oportunidades que aquí había para que un hombre de conocimientos, cerebro, valor e iniciativa se lanzase y progresase al mismo tiempo que el país. El campo más amplio que jamás hubo, mío, sólo, sin un competidor, no había ni un hombre que no fuese un bebé en comparación conmigo, en cuanto a conocimientos y capacidad, mientras que, ¿a qué podría yo aspirar en el siglo XX? Sería capataz de una fábrica y ya está, cualquier día podría ir por la calle con una red y pescar cien hombres mejores que yo.

¡Menudo salto había dado! No podía menos de pensarlo y contemplarlo, igual que uno que ha descubierto petróleo. Nada podía aproximarse a esto en el pasado, salvo, quizá, el caso de José; y lo de José fue aproximar no igualar. Porque resulta razonable pensar que, puesto que el ingenio financiero de José sólo benefició al rey, el público en general le debe haber considerado desfavorablemente, mientras que yo había hecho a mi público entero un favor al perdonar al sol, y era popular a causa de esto.

Yo no era la sombra de un rey, era la sustancia, el propio rey era la sombra. Mi poder era colosal, y no simple palabrería como suelen ser estas cosas, era el género auténtico. Aquí estaba yo en la misma fuente y raíz del segundo gran período de la historia del mundo, viendo cómo se formaba gota a gota la corriente de tal historia, cómo se hacía profunda y ancha, y cómo sus ya poderosas olas se encaminaban hacia los siglos del porvenir. Y podía notar el surgir de aventureros como yo mismo, al cobijo de su larga colección de tronos: de Montforts, Gavestons, Mortimers, Villierses; las meretrices de Francia que hacían guerras y dirigían campañas, las rameras portadoras de cetros de Carlos II; pero en ningún lugar de la procesión se veía alguien que pudiese ser, ni por aproximación, mi compañero. Yo era un único, y contento de saber que este hecho no podía ser desbancado o puesto en peligro durante trece siglos y medio.

Sí, era igual al rey en poder. Al mismo tiempo había otro poder que era algo más fuerte que los dos juntos: la Iglesia. No quiero disfrazar este hecho. No podría aunque quisiese. Pero, ahora, no hay que preocuparse de eso, ya aparecerá más tarde en su lugar apropiado. Al comienzo no me produjo molestias, al menos de importancia.

Pues, sí, era un país curioso y lleno de interés. ¡Y la gente! Era la raza más rara, más sencilla y más confiada, no eran más que conejos. Resulta penoso para alguien nacido en una atmósfera totalmente libre oír sus humildes y sinceras efusiones de lealtad hacia su rey, hacia la Iglesia y la nobleza; ¡como si tuviesen más ocasiones de amar y honrar al rey, a la Iglesia y a los nobles que un esclavo de amar y honrar al látigo o de un perro de amar y honrar al extraño que le da puntapiés! ¡Vaya! Cualquier clase de realeza, de cualquier modo que se la modifique; cualquier clase de aristocracia, de cualquier modo que se pode, es exactamente un insulto; pero si uno nace y se educa dentro de estas convicciones, probablemente no lo descubrirá jamás por sí solo y no creerá cuando alguien se lo diga. Es bastante para que uno se avergüence de su raza pensar la clase de bambolla que siempre ha ocupado sus tronos sin sombra de derecho o de razón, y la gente de séptima categoría que siempre ha figurado como sus aristocracias; conjunto de monarcas y nobles que, por regla general, sólo habrían alcanzado pobreza y oscuridad si se les hubiese dejado, como a los que eran mejores que ellos, abandonados a su propio esfuerzo.

La mayor parte de la nación británica del rey Arturo era pura y simplemente esclavos y llevaban ese nombre y el collar de hierro al cuello; el resto eran esclavos de hecho pero sin el nombre; se imaginaban que eran hombres, hombres libres, y así se denominaban. La verdad era que la nación como conjunto estaban tan sólo en el mundo para un objeto y solamente uno: para arrastrarse ante el rey, la Iglesia y los nobles; esclavizarse por ellos, sudar sangre por ellos, morir de hambre para que ellos pudiesen alimentarse, trabajar para que ellos pudiesen jugar, beber la miseria hasta las heces para que ellos pudiesen ser felices, ir desnudos para que ellos pudiesen llevar sedas y joyas, pagar impuestos para que se pudiese evitar el que ellos lo hiciesen, estar acostumbrados durante toda la vida al lenguaje degradante y a las posturas de adulación para que ellos pudiesen caminar con orgullo y creerse los dioses de este mundo. Y por todo esto, el agradecimiento que recibían era tan sólo de golpes y desprecio, y eran tan pobres de espíritu que incluso estas atenciones las recibían como un honor.

Las ideas heredadas son algo curioso e interesante de observar y examinar. Yo tenía las mías, el rey y su pueblo las suyas. En ambos casos fluían en surcos profundamente gastados por el tiempo y la costumbre, y el hombre que se hubiese propuesto cambiarlas por medio de la razón y de argumentos, habría tenido un dilatado quehacer en sus manos. Por ejemplo, esta gente había heredado la idea de que todos los hombres sin título y sin un remoto árbol de familia, tuviesen o no grandes conocimientos y dotes naturales, eran criaturas sin más consideración que otros tantos animales, sabandijas o insectos; mientras que yo había heredado la idea de que los cuervos humanos que consienten en enmascararse con las farsas de pavo real, de dignidades heredadas y títulos no ganados, no valen más que para reírse de ellos. Mi manera de ver era extraña pero natural. Ya saben cómo contemplan al elefante del zoo el guardián y el público; bueno, pues esa es la idea. Se llenan de admiración por su enorme tamaño y por su fuerza prodigiosa, hablan con orgullo del hecho de que él puede hacer cien maravillas, que están alejadísimas de sus posibilidades y con el mismo orgullo hablan de que en su cólera es capaz de derribar un millar de hombres que se le pongan enfrente. ¿Pero le convierte esto en uno de ellos? No, el vagabundo más desastrado se reiría de esta idea. No podría comprenderlo ni concebirlo de modo alguno. Bueno, pues para el rey, para los nobles, para toda la nación hasta llegar a los mismos esclavos y vagabundos, yo era exactamente esa clase de elefante y nada más. Era admirado y temido, pero como lo es un animal. Al animal no se le reverencia, a mí tampoco, ni siquiera era respetado. No tenía árbol genealógico ni título heredado, así que a los ojos del rey y de los nobles era pura basura; la gente me miraba con admiración y espanto pero sin que ahí entrase la reverencia; por la fuerza de las ideas heredadas no podían concebir que se le concediese a nadie excepto a la genealogía y al señorío. Ahí se ve la mano de ese terrible poder, la Iglesia Católica. En dos o tres siglos había convertido a una nación de hombres en una nación de gusanos. Antes de la supremacía de la Iglesia sobre el mundo, los hombres eran hombres, y mantenían en alto sus cabezas y tenían el orgullo, el espíritu y la independencia de los hombres; y la grandeza y posición que una persona adquiriese, lo adquiría fundamentalmente por su esfuerzo no por su nacimiento. Pero luego la Iglesia se colocó en primera fila con fines particulares, era sabia, sutil, y conocía más de un modo de desollar a un gato, o a una nación; inventó el «derecho divino de las cosas» y lo apuntaló, ladrillo a ladrillo, con las Bienaventuranzas, desencajándolas de su buen propósito para fortificar uno malvado; predicaba (al plebeyo) humildad, obediencia a los superiores, la hermosura del propio sacrificio; predicaba (al plebeyo) mansedumbre ante el insulto; predicaba (todavía al plebeyo, siempre al plebeyo) paciencia, humildad de espíritu, no resistencia frente a la opresión; introdujo rangos y aristocracias hereditarias, y enseñó a todas las poblaciones cristianas de la tierra a doblegarse ante ellas y a reverenciarlas. Incluso en el siglo de mi nacimiento ese veneno continuaba en la sangre de la cristiandad y el mejor de los plebeyos ingleses todavía estaba contento de ver cómo los que eran inferiores a él mismo seguían manteniendo un número de cargos, tales como señoríos y el propio trono, a los que las grotescas leyes de su país no le permitían aspirar; de hecho no sólo estaba contento de esta extraña situación de cosas, sino que hasta era capaz de persuadirse de que estaba orgulloso de la misma. Esto parece mostrar que no hay nada que no se pueda aguantar con tal que se haya nacido y educado en ello. Por supuesto ese matiz, esa reverencia por el rango y el título, también había existido en nuestra sangre americana, lo sé, pero cuando dejé América había desaparecido, al menos como fuerza de alguna importancia. Lo que quedaba estaba restringido a los cursis. Cuando una enfermedad se ha reducido a ese nivel, se puede decir perfectamente que ha desaparecido del sistema.

Pero volvamos a mi anómala situación en el reino del rey Arturo. Aquí me encontraba, gigante entre pigmeos, hombre entre niños, inteligencia maestra entre topos intelectuales, según todas las medidas racionales el único hombre realmente grande en todo el mundo británico; y sin embargo, allí y en aquel momento, exactamente como en la remota Inglaterra de mi nacimiento, el conde de cerebro de oveja que podía reclamar una larga ascendencia hasta la amante de un rey, adquirida de segunda mano en los arrabales de Londres, era un hombre mejor que yo. Semejante personaje era adulado en la corte de Arturo y reverentemente contemplado por todos, incluso aunque su carácter fuese tan despreciable como su inteligencia y su moral tan vil como su linaje. Había veces en que podía sentarse en presencia del rey, pero yo no. Hubiera podido conseguir un título con bastante facilidad y eso me habría hecho avanzar mucho a los ojos de todos, incluso a los del rey que era quien los daba. Pero no lo pedí y lo decliné cuando me lo ofrecieron. De acuerdo con mis ideas no habría podido disfrutar de tal cosa, y de todas formas no habría estado bien, porque hasta donde yo podía llegar en el tiempo, a mi tribu siempre le habían faltado las barras en el lado izquierdo del escudo[20]. No podría haberme sentido real y satisfactoriamente de acuerdo, orgulloso y elevado con ningún título que no viniese de la propia nación, la única fuente legítima, y ése era el que esperaba ganar, y en el curso de años de esfuerzo honesto y honorable lo gané y llevé con orgullo alto y limpio. Este título brotó un día por casualidad de los

---

[20] Referencia, en heráldica, al supuesto signo de ilegitimidad representado por esas barras (N. T.).

labios de un herrero de un pueblo. Se recogió como pensamiento feliz y fue de boca en boca con una carcajada y un voto afirmativo. En diez días corrió por todo el reino y se convirtió en algo tan familiar como el nombre del rey. Nunca me conocieron después por otro apelativo, ya fuese en las conversaciones del pueblo o en los graves debates sobre asuntos de estado en el consejo del soberano. Este título traducido a la lengua moderna sería: el Jefe. Elegido por la nación. Eso me servía y era un título muy elevado. Había muy pocos «el» y yo era uno de ellos. Si se hablaba del duque, del conde o del obispo, ¿cómo se podría decir a quién se refería uno? Pero si se decía: el rey, la reina o el Jefe, era diferente.

Bueno, el rey me agradaba, y en cuanto rey le respetaba, respetaba el cargo; al menos lo respetaba tanto como era capaz de respetar cualquier supremacía no ganada; pero en cuanto hombre los desdeñaba a él y a sus nobles, en privado. Y yo les gustaba, a él y a ellos, y respetaban mi cargo, pero en cuanto animal sin título de nacimiento o fingido, me desdeñaban y no lo hacían muy en privado. Yo no cobraba por mi opinión acerca de ellos y ellos no cobraban por su opinión acerca de mí; la cuenta estaba justa, los libros saldados, todo el mundo satisfecho.

9. EL TORNEO

En Camelot siempre se estaban celebrando grandiosos torneos, eran como unas corridas de toros humanas, muy agitadas,
pintorescas y animadas pero un poco aburridas para una mentalidad de sentido práctico como la mía. Sin embargo, siempre me
hallaba presente por dos razones: un hombre no debe apartarse
nunca de las cosas que están en el fondo de los corazones de sus
amigos y comunidad si tiene la obligación de agradar, en especial
si es hombre de estado; y yo, como hombre de negocios y de
estado deseaba estudiar el torneo y ver si no podía inventar algo
que lo mejorase. Eso me hace recordar, y lo cito de pasada, que la
primera cosa oficial que hice en mi administración, precisamente
el primer día fue poner en funcionamiento una oficina de patentes,
porque sabía que un país sin oficina de patentes y buenas leyes al
respecto no era más que un cangrejo que no puede andar salvo de
lado y hacia atrás.

Se celebraba normalmente un torneo casi todas las semanas.
De vez en cuando los muchachos insistían para que yo intervi-
niera, me refiero a sir Lanzarote y al resto. Yo respondía que lo
haría pronto, todavía no había prisas y había demasiada maquinaria gubernamental que engrasar, arreglar y poner en funcionamiento.

Tuvimos un torneo que se continuó día tras día durante más de
una semana. Tomaron parte en él unos quinientos caballeros desde
el principio al final. Durante semanas enteras estuvieron reunién-
dose los participantes. Vinieron a caballo de todos los lugares, de
las fronteras del país e incluso de más allá del mar. Muchos traían
damas, escuderos y verdaderas tropas de criados. Era una vistosa y
esplendorosa multitud, en cuanto por su atavío, muy característico
del país y de la época, por la animación, por su lenguaje inocente,
y por la indiferencia en asuntos de moral. Había luchas cada día, y

cantos, juegos, bailes y jarana hasta media noche. Se divirtieron mucho. Nunca se había visto tanta gente.

Filas de hermosas damas, en su brillante esplendor bárbaro, contemplaban cómo un caballero era derribado del caballo con un lanzazo que le atravesaba el muslo; y, en lugar de desmayarse, aplaudían y se empujaban unas a otras para ver mejor; sólo a veces una se tapaba con su pañuelo y aparentaba ostentosamente estar desolada, entonces se podría apostar dos contra uno a que en algún sitio había un escándalo y ella temía que pasase desapercibido para el público.

Normalmente el ruido nocturno me resulta desagradable, pero en las circunstancias actuales no me importaba, porque así me impedía oír a los curanderos cortando huesos de piernas y brazos que durante el combate se habían salido de sus sitios respectivos. Me estropearon una sierra extraordinaria y hasta rompieron el banquillo de serrar, pero lo dejé pasar. Y en cuanto a mi hacha, bueno, decidí que la próxima vez que prestase un hacha a un cirujano me despediría de ella antes.

No solamente observé este torneo día tras día, sino que destaqué a un inteligente sacerdote de mi Departamento de Moral Pública y Agricultura con la orden de que preparase un informe. Tenía el propósito de publicar un periódico para más adelante, cuando hubiese hecho avanzar lo suficiente a aquella gente. Lo primero que se necesita en un país nuevo es una oficina de patentes, luego desarrollar un sistema escolar y, después, lanzar un periódico. Un periódico tiene sus faltas, y muchas, pero no importa, no hay que olvidar que a una nación muerta hay que escucharla desde su propia tumba, y no hay modo de hacer resucitar a una nación muerta sin un periódico. Por esto yo quería coleccionar cosas y averiguar qué clase de reportajes sería capaz de reunir del siglo VI para cuando los necesitase.

Bueno, teniendo en cuenta las circunstancias, el sacerdote lo hizo bien. Puso todos los detalles y eso ya es una buena cosa en una publicación local. Había llevado los libros del departamento funerario de su iglesia cuando era más joven, y ya se sabe, el dinero está en los detalles, cuantos más detalles, más botín: portadores, plañideras, velas, oraciones, todo cuenta; y si la afligida familia no compra suficientes oraciones, se marcan las velas con un lápiz y luego ya aparece todo perfectamente en la factura. Tenía buen olfato para introducir aquí o allá un cumplido acerca de algún caballero que posiblemente fuese un futuro anunciante; quiero decir un caballero que tuviese influencia; y también tenía unas marcadas dotes para la exageración debido a que en su tiempo había sido portero de un piadoso ermitaño que vivía en una pocilga y hacía milagros.

Desde luego al reportaje de este novicio le faltaban los gritos, los choques y la descripción espeluznante, por lo tanto le faltaba el verdadero sabor, pero su redacción aunque anticuada era dulce y sencilla, llena de la fragancia y sabor de la época, y estos pequeños méritos compensaban, en cierta medida, sus faltas más importantes. Aquí va un extracto del informe:

Entonces sir Brian de les Isles y Grummore Grummorsum, caballeros del castillo, se enfrentaron con sir Aglovale y sir Tor, y sir Tor derribó a tierra a sir Grummore Grummorsum. Luego vino sir Carados de la Dolorosa Torre y sir Turquine, caballeros del castillo, y allí se enfrentaron a sir Parsifal de Gales y a sir Lamorak de Gales que eran dos hermanos, y allí se enfrentaron sir Parsifal y sir Carados, ambos rompieron las lanzas en sus manos, y luego sir Turquine y sir Lamorak se derribaron a tierra, caballo y todo, y ambas partes les rescataron y volvieron a montar en sus caballos. Y sir Arnold y sir Gauter, caballeros del castillo, se enfrentaron con sir Brandiles y sir Kay, y estos cuatro caballeros se enfrentaron con todo su poderío y rompieron las lanzas. Luego llegó sir Pertelope desde el castillo, y se enfrentó con él sir Lionel, y sir Pertelope, el caballero verde, derribó a sir Lionel, hermano de sir Lanzarote. Todo esto era anotado por nobles heraldos que ponían los nombres y luego el que resultase vencedor. Luego sir Bleobaris rompió su lanza sobre sir Gareth, pero de ese golpe sir Bleobaris cayó a tierra. Cuando sir Galihodin vio eso, pidió a sir Gareth que se le enfrentase y sir Gareth le derribó a tierra. Luego sir Galihud cogió una lanza para vengar a su hermano, y sir Gareth le sirvió del mismo modo, y a sir Dinadan, y a su hermano La Cote Male Taile y a sir Sagramor el Deseoso y a sir Dodinas el Salvaje, a todos éstos venció con una lanza. Cuando el rey Agwisance de Irlanda vio el comportamiento de sir Gareth quedó maravillado de que pudiese ser el que unas veces pareciese verde y otras, cuando volvía, azul. Y así en cada carrera que daba de un lado para otro, cambiaba su color de tal modo que ni rey ni caballero podían reconocerlo bien. Luego sir Agwisance, rey de Irlanda, se enfrentó con sir Gareth y sir Gareth le derribó del caballo con silla y todo. Y luego vino el rey Carados de Escocia y sir Gareth derribó a caballo y jinete. Y del mismo modo sirvió al rey Uriens de la tierra de Gore.Y luego entró sir Bagdemagus y sir Gareth derribó a tierra a caballo y jinete. Y el hijo de Bagdemagus, Meliganus, rompió, poderosa y caballerescamente, una lanza sobre sir Gareth. Y luego sir Galahault, el noble príncipe, gritó en alta voz: caballero de los muchos colores, bien has justado, prepárate ahora para que pueda justar contigo. Sir Gareth le escuchó y cogió una gran lanza y así se enfrentaron y el príncipe rompió su lanza pero sir Gareth le golpeó en el lado izquierdo del yelmo lo que le hizo tambalear y habría caído si no le hubiesen sostenido sus hombres. Verdaderamente, dijo el rey Arturo, ese caballero con tantos colores es un buen caballero. Por consiguiente, el rey llamó junto a sí a sir Lanzarote y le rogó que se enfrentase con aquel caballero. Señor, dijo Lanzarote, mi corazón me indica que esta vez le deje, porque él ha tenido suficientes labores este día, y cuando un buen caballero se comporta tan bien alguna vez, no es propio de un buen caballero privarle del honor a él debido y en especial cuando ha visto hacer a un gran caballero tan gran esfuerzo; acaso —continuó sir Lanzarote—, su pelea está aquí en este día y acaso esté muy enamorado de alguna de las damas que están aquí porque bien veo que ha trabajado laboriosamente y se ha esforzado en realizar grandes hazañas y, por lo tanto —dijo sir Lanzarote—, en cuanto a mí se refiere, en este día a él corresponde el honor; aunque en mi poder radicase el privarle de él, no querría hacerlo.

Aquel día ocurrió un pequeño episodio desagradable que, por razones de estado, suprimí del informe de mi sacerdote. Se habrán dado cuenta de que Garry estaba luchando muy bien. Cuando digo

Garry me refiero a sir Gareth. Garry era mi diminutivo privado, sugiere que yo le tenía un afecto profundo y así era. Pero sólo era un diminutivo privado, jamás expresado a nadie y mucho menos a él; al ser noble no habría soportado tamaña familiaridad de mi parte. Bueno, para continuar, digamos que me senté en mi palco particular, levantado aparte para mí como ministro del rey. Mientras sir Dinadan estaba esperando su turno para entrar en la lid, entró en mi palco, se sentó y comenzamos a charlar; siempre se me acercaba porque, al ser yo forastero, le gustaba tener mercado fresco para sus chistes, la mayor parte de los cuales habían llegado a ese estado de uso en que quien los cuenta tiene que reírse mientras la otra persona tiene aspecto de enfermo. Yo siempre había correspondido a sus esfuerzos lo mejor que podía, y además tenía para él una amabilidad profunda y auténtica a causa de que, si por malicia de los hados él conocía la anécdota que yo había oído con más frecuencia y había odiado y aborrecido más en la vida, esa no me la contó jamás. Era la que yo había escuchado a todos los humoristas que han pisado alguna vez suelo americano desde Colón a Artemus Ward. Cuenta la anécdota que había un humorista que inundó durante una hora a su auditorio con chistes tan malos que no obtuvo ni una sonrisa, y luego, cuando se marchaba, unos bobalicones le estrujaron, agradecidos, la mano y le dijeron que había sido la cosa más divertida que jamás habían escuchado y que «hicieron todo lo que pudieron para no reírse en plena conferencia». Esta anécdota jamás vio el día en que valiese la pena que la contasen y, sin embargo, yo la había tenido que oír cientos, miles, millones y billones de veces mientras gritaba y maldecía todo el tiempo. Así que, ¿quién se imagina mis sentimientos al oír a este asno revestido de armadura atacarla de nuevo al lóbrego resplandor de la tradición, antes del alborear de la historia, cuando hasta uno se podía referir a Lactancio como el «difunto Lactancio» y las cruzadas no iban a nacer hasta pasados quinientos años? Precisamente cuando terminaba entró el muchacho de los avisos; así, echando risotadas como un demonio, salió rechinando y chirriando como una jaula con los barrotes sueltos y ya no me enteré de nada más. Tardé algunos minutos en recobrarme y abrí los ojos justo a tiempo de ver a sir Gareth dándole un terrible lanzazo, e inconscientemente exclamé: «Ojalá lo maten.» Pero, por mala fortuna, antes de decir la mitad de las palabras sir Gareth golpeó a sir Sagramor el Deseoso y le envió zumbando por encima de la grupa de su caballo. Sir Sagramor oyó mi observación y pensó que me refería a él.

Bien, siempre que a uno de éstos se le metía algo en la cabeza, no había forma de sacárselo. Yo lo sabía, así que ahorré aliento y no ofrecí explicaciones. Tan pronto como sir Sagramor se restableció, me notificó que teníamos que saldar entre los dos una pequeña cuenta; fijó la fecha a tres o cuatro años de distancia, lugar: la liza donde se había cometido la ofensa. Dije que estaría preparado para cuando regresase. Ya ven, se iba para lo del Santo Grial.

Todos los muchachos se daban una vuelta por el Santo Grial de vez en cuando. Era un crucero de varios años. Durante esta larga ausencia, preguntaban por todas partes, de la mejor buena fe, aunque ninguno de ellos tenía la menor idea de dónde estuviese en realidad el Santo Grial y no creo que ninguno esperase encontrarlo o hubiese sabido qué hacer con él si con él se hubiese tropezado. Todos los años partían expediciones y al siguiente partían las correspondientes de socorro para buscarlos. Esto daba mucha reputación, pero nada de dinero.

¡Sí, y hasta quisieron meterme a mí! ¡Bueno, yo me sonreía!

10. LOS COMIENZOS DE LA CIVILIZACIÓN

Pronto se enteró del reto la Tabla Redonda y, naturalmente, se discutió mucho, porque estas cosas interesaban a los muchachos. El rey pensó que ahora yo debería partir en busca de aventuras a fin de ganar renombre y ser merecedor de enfrentarme a sir Sagramor, cuando hubieran transcurrido los años. Me excusé por aquel entonces, dije que aún me llevaría tres o cuatro años el arreglar las cosas para que funcionasen bien, después ya estaría preparado; todas las probabilidades eran de que al terminar aquel tiempo sir Sagramor aún seguiría buscando el Santo Grial, así que, con el plazo solicitado, no se perdería tiempo; para entonces yo habría estado en el cargo seis o siete años y creía que mi sistema y maquinaria estarían tan bien desarrollados que podría tomarme unas vacaciones sin que produjese daño alguno.

Estaba muy satisfecho con lo que ya había llevado a cabo. En varios rincones tranquilos establecí las bases de toda clase de industrias, núcleos de grandes fábricas futuras, misioneros del hierro y del acero de mi civilización del porvenir. En éstos reunía a las inteligencias más brillantes que pude encontrar y durante todo el tiempo tenía agentes escudriñando el país a la búsqueda de otras. Estaba transformando una multitud de gente ignorante en expertos, expertos en toda clase de artesanías y oficios científicos. Estos viveros funcionaban suave y silenciosamente, sin ser molestados, en sus oscuros retiros del campo, porque a nadie se le permitía la entrada en sus recintos sin un permiso especial, ya que temía a la Iglesia.

Primero había iniciado una fábrica de maestros y muchas escuelas dominicales; como resultado tenía ya un sistema admirable de escuelas graduadas en pleno funcionamiento en esos lugares, y también una variedad completa de congregaciones protestantes, todas en situación próspera y creciente. Todo el mundo podía ser la clase de cristiano que quisiese, en ese aspecto había libertad plena. Pero limitaba la enseñanza religiosa pública a las iglesias y a las escuelas dominicales, sin permitirla en mis otros edificios educativos. Podía haber dado preferencia a mi propia secta, sin ninguna dificultad, y hacerlos a todos presbiterianos, pero habría sido enfrentarse con una ley de la naturaleza humana: las necesidades e instintos espirituales son tan variados en la familia humana como lo son los apetitos físicos, rasgos y color de la tez. El hombre sólo se halla en su mejor situación cuando está equipado del atavío religioso cuyo color, forma y tamaño se adapta mejor a la tez espiritual, angulosidad y estatura del individuo que lo porta; además, yo tenía miedo a una Iglesia unida; forma un poder fortísimo, el más fuerte que pueda concebirse.

Todas las minas eran de propiedad real y había muchísimas. Primero habían sido explotadas como las explotan siempre los salvajes, agujeros excavados en la tierra y el mineral llevado a mano en sacos de piel, a un promedio de una tonelada diaria, pero yo había empezado a organizar la minería sobre una base científica.

Sí, había realizado un buen progreso cuando me sorprendió el reto de sir Sagramor.

¡Pasaron cuatro años y entonces...! Bueno, nunca se lo podrían imaginar. El poder ilimitado es lo ideal cuando está en manos seguras. El despotismo celestial es el único gobierno absolutamente perfecto. Un despotismo terreno sería el gobierno terreno absolutamente perfecto si las condiciones fueran las mismas, es decir, el déspota el individuo más perfecto de la raza humana y su alquiler de la vida perpetuo. Pero, como un hombre perecedero y perfecto ha de morir y dejar su despotismo en manos de un sucesor imperfecto, un despotismo terreno no es solamente una mala forma de gobierno, es la peor de todas.

Mis realizaciones mostraban lo que un déspota podría hacer con los recursos de un reino a su disposición. Sin que esta oscura tierra lo supiese, tenía la civilización del siglo XIX creciendo bajo sus propias narices. Apartado de la vista pública, allí estaba un hecho gigante del que habría que oír aún, si yo vivía y tenía suerte. Allí estaba un hecho tan seguro y tan sustancial como un volcán en reposo, irguiéndose inocente con su cima sin humo contra el cielo azul, y sin señal del infierno bullente en sus entrañas. Mis escuelas e iglesias nacieron cuatro años antes, ahora ya eran adultas; mis tiendas de aquel día ya eran enormes fábricas; donde entonces yo tenía una docena de hombres adiestrados, ahora tenía un millar; donde entonces tenía un experto, ahora tenía cincuenta. Yo estaba en pie, por así decir, con la mano en el interruptor listo para inundar de luz en cualquier momento la noche de aquel mundo. Pero no lo iba a hacer de repente, ésta no era mi política. La gente no la comprendería.

No, durante todo el tiempo yo había ido con cautela. Había empleado agentes secretos para que fuesen por el país con la misión de minar imperceptiblemente la orden de caballería, deshacer esta o aquella superstición y así preparar gradualmente el camino de un orden mejor de cosas. Cada vez, encendía en mi luz la potencia de una bujía y de este modo pretendía continuar.

Secretamente había repartido por el reino algunas sucursales de las escuelas, y lo estaban haciendo muy bien. Pretendía trabajar este campo progresivamente, según fuese transcurriendo el tiempo, si no ocurría nada que me asustase. Uno de mis secretos más profundos era mi «West Point», mi academia militar. La mantenía muy celosamente fuera de la vista, y lo mismo hacía con mi academia naval establecida en un puerto remoto. Para mi satisfacción ambas iban hacia arriba.

Clarence tenía ahora veintidós años y era mi director ejecutivo, mi mano derecha. Era un encanto, se podía comparar con cualquier cosa, no había nada a lo que no se pudiese dedicar. Últimamente le había estado preparando para periodista, porque ya parecía la época apropiada para un lanzamiento en el terreno periodístico; nada de gran tamaño, sólo un pequeño semanario de circulación experimental en mis viveros de civilización. Se zambulló como un pato; seguro que en él había oculto un redactor. Ya se había duplicado en un aspecto, hablaba según el siglo VI y escribía según el siglo XIX. Su estilo periodístico iba en constante auge, estaba ya a la altura de la última población de Alabama y no se diferenciaba de la producción editorial de aquella región ni por los temas ni por el modo de desarrollarlos.

También teníamos entre manos el comienzo de otro gran asunto: el telégrafo y el teléfono. Nuestra primera operación en este campo. Los cables eran sólo para servicio privado, de momento, y debían seguir siéndolo hasta que llegase un día más maduro. Teníamos en la carretera a un equipo de hombres trabajando principalmente de noche. Colocaban alambres en el suelo, teníamos miedo de elevar postes porque atraerían demasiadas preguntas. Los alambres en el suelo eran suficientemente buenos para ambos propósitos, porque iban protegidos por un aislante de mi propia invención que era perfecto. Mis hombres tenían órdenes de ir a través del campo, evitando las carreteras, y enlazando con cualquier ciudad importante cuya presencia quedase traicionada por las luces, y dejando expertos para la conversación. Nadie podía decir cómo encontrar algún lugar en el reino porque nadie fue jamás a propósito a ningún sitio sino sólo por puro accidente en su caminar, y generalmente lo abandonaba sin pensar en preguntar su nombre. Una y otra vez habíamos enviado expediciones topográficas para medir y fabricar mapas del reino, pero los sacerdotes siempre habían interferido y puesto inconvenientes. Así que, de momento, habíamos renunciado a la idea.

En cuanto a la condición general del país, estaba como cuando yo llegué. Había hecho muchos cambios, pero forzosamente ligeros y que no estaban a la vista. No había aumentado los impuestos, fuera de los que proporcionaban los ingresos reales. Éstos los había sistematizado y había colocado el servicio sobre una base efectiva y justa. Como resultado, estos ingresos se habían cuadriplicado ya y, sin embargo, la carga estaba distribuida mucho más equitativamente que antes, con lo que todo el reino sintió una sensación de alivio y las alabanzas de mi administración eran cordiales y generales.

Personalmente sufrí ahora una interrupción pero no me importó, porque no podía haber ocurrido en mejor época. Antes, me habría perturbado pero ahora todo estaba en buenas manos y en buen funcionamiento. Últimamente el rey me había recordado varias veces que el plazo que había pedido cuatro años antes, estaba a punto de expirar. Era una alusión a que debía partir en busca de aventuras para hacerme merecedor del honor de romper una lanza con sir Sagramor, que aún seguía buscando el Santo Grial. Varias expediciones habían salido ya y podría volver de un año a otro. Yo esperaba esta advertencia, de modo que no me sorprendió que me la hiciera.

11. EL YANQUI EN BUSCA DE AVENTURAS

Nunca existió país igual para mentirosos ambulantes, y allí los había de ambos sexos. Apenas pasaba un mes sin que llegase uno de estos vagabundos, y generalmente cargado con algún cuento sobre una princesa que necesitaba ayuda para escapar de algún lejano castillo donde la retenía en cautividad un felón fuera de la ley. Pensaréis que lo primero que un rey tenía que hacer después de escuchar semejante novela de un desconocido, era pedir credenciales e indicación acerca de la situación del castillo, la mejor ruta para llegar, etc. Pero nadie pensó nunca en una cosa tan simple y de sentido común como ésta. No, todo el mundo se tragaba enteras las mentiras de esta gente y nunca hizo pregunta de ninguna clase acerca de nada. Pues bien, un día que yo no estaba por allí, llegó uno de esos vagabundos —que esta vez era una vagabunda—, y contó un cuento como siempre. Su dueña estaba cautiva en un castillo enorme y sombrío, con otras cuarenta y cuatro muchachas, jóvenes y hermosas, casi todas ellas princesas. Languidecían en aquella cruel cautividad desde hacía veintiséis años. Los dueños del castillo eran tres prodigiosos hermanos, cada uno con cuatro brazos y un ojo, éste en medio de la frente y tan grande como una fruta. No mencionó la clase de fruta, lo cual indica su desaliño en cuestión de estadísticas.

¿Se lo creerían ustedes? El rey y toda la Tabla Redonda se extasiaron ante esta descabellada oportunidad de aventuras. Todos los caballeros de la Tabla solicitaron el permiso oportuno; pero para su enojo y disgusto, el rey me lo confirió a mí, que no lo había pedido en absoluto.

Contuve mi alegría con un esfuerzo cuando Clarence me trajo la noticia. Pero él, él no pudo contener la suya. Su boca rezumaba deleite y gratitud: deleite ante mi buena fortuna y gratitud para el rey por esta espléndida señal de su favor hacia mí. No podía dejar quietos ni las piernas ni el cuerpo, y daba piruetas por todo el salón en un éxtasis de felicidad.

Por mi parte, podría haber maldecido la amabilidad que me confería este favor, pero guardé mi enfado por motivos políticos e hice lo que pude para estar contento. De hecho dije que estaba contento. Y en cierto sentido era verdad, estaba tan contento como una persona a la que arrancan el cuero cabelludo.

Bien, uno debe sacar lo más posible de las cosas y no malgastar el tiempo con irritaciones inútiles, sino ponerse a los negocios y ver qué se puede hacer. En todas las mentiras hay trigo entre las granzas, yo tenía que llegar al trigo en este caso. Envié a buscar a la muchacha y ella vino. Era una criatura bastante gentil, suave y modesta, pero si las señales sirven para algo, no sabía nada de nada.

Le dije:

—Hija, ¿te han hecho preguntas acerca de los detalles?

—No.

—Bien, no esperaba que lo hubieran hecho, pero pensé que tenía que preguntarte para estar seguro; así me han educado. No debes tomarlo por descortesía si te recuerdo que, puesto que no te conocemos, debemos ir con alguna lentitud. Desde luego puede que tengas toda la razón y esperamos que así sea, pero no es apropiado darlo por supuesto. Ya lo entiendes. Me veo obligado a hacerte unas pocas preguntas, contesta bien y con exactitud y no temas. ¿Dónde vives cuando estás en tu casa?

—En la tierra de Moder, buen señor.

—Tierra de Moder. No recuerdo haberla oído nunca. ¿Viven tus padres?

—Ignoro si aún estarán con vida puesto que hace muchos años que me encuentro encerrada en el castillo.

—Tu nombre, por favor.

—Soy la dama Alisande la Carteloise.

—¿Conoces a alguien aquí que pueda identificarte?

—No sería posible, buen señor, porque he llegado aquí por vez primera.

—¿Has traído algunas cartas, cualquier documento, cualquier prueba de que eres digna de confianza y dices la verdad?

—Naturalmente que no, ¿por qué tendría que hacerlo? ¿No tengo lengua y no puedo decirlo todo yo sola?

—Pero ya sabes, el que tú lo digas y el que lo diga alguien más, es diferente.

—¿Diferente? ¿Cómo podría ser eso? No entiendo.

—¿Qué no entiendes? Tierra de... bueno, mira... mira... ¡Demonio! ¿No puedes entender una cosa pequeña como ésta? ¿No puedes entender la diferencia entre tu...? ¡Bueno, pareces tan inocente y tan idiota!

—¿Yo? En verdad no lo sé, pero si fuera la voluntad de Dios...

—Sí, sí, calculo que es por ahí. No te importe el que parezca excitado. No lo estoy. Cambiemos de tema. En relación a tu castillo con las cuarenta y cinco princesas dentro y los tres ogros dirigiéndolo, ¿dónde está ese harén?

—¿Harén?

—El castillo, ya entiendes, ¿dónde está el castillo?

—¡Ah! En cuanto a eso, sólo sé que es grande, fuerte, de buen aspecto y está situado en un lejano país, a muchas leguas de aquí.

—¿A cuántas?

—¡Ah, buen señor! Sería muy penoso de decir, son tantas, y montan unas sobre otras, y están todas hechas a la misma imagen y teñidas del mismo color, uno no podría diferenciar una lengua de su compañera, ni sabría cómo contarlas excepto si se separasen y vos sabréis bien que sería obra de Dios el hacerlo, puesto que no está dentro de la capacidad del hombre, porque vos notaréis...

—Basta, basta. No te preocupes de la distancia, ¿en qué lugar está situado el castillo? ¿Cuál es la dirección desde aquí?

—Por favor, señor, no tiene dirección desde aquí; a causa de que la carretera no va recta desde aquí sino que siempre tuerce; por lo tanto la dirección no está quieta sino que unas veces está bajo un cielo e inmediatamente bajo otro, por lo que si vos creyeseis que está hacia el este y fueseis hacia allá, observaríais que la dirección de la carretera vuelve sobre sí misma en un espacio de medio círculo, y esta maravilla sucede una y otra vez. Os apesadumbraría el haber pensado, por vanidad de la mente, deshacer y llevar a la nada la voluntad de aquél que no da a un castillo una dirección desde un lugar, salvo si le place, y si no le place todos los castillos y todas las direcciones se desvanecerán de la tierra, dejando los lugares donde estuvieron, desolados y áridos, avisando así a sus criaturas que donde Él quiere, Él quiere y donde Él no quiere Él...

—Está bien, está bien, déjanos descansar, no te preocupes de la dirección. ¡Que la cuelguen! Perdón, pido mil perdones. No me encuentro bien hoy. No prestes atención a cuanto hablo. Es una vieja costumbre, una vieja y mala costumbre de la que es difícil librarse cuando la digestión de uno va desordenada por comer alimentos que fueron cultivados mucho antes de que uno haya nacido. ¡Buena tierra! Un hombre no puede tener regularizadas sus funciones con pollos de mil trescientos años. Pero sigue, no te preocupes de eso. Veamos, ¿tienes algo así como un mapa de esa región que dices? Porque un buen mapa...

—¿Es por ventura eso que los incrédulos últimamente han traído de más allá de los grandes mares que se hierve en aceite, se le añade una cebolla, sal y...?

—¡Qué! ¿Un mapa? ¿De qué hablas? ¿No sabes qué es un mapa? Vaya, vaya, no lo expliques. Odio las explicaciones, enmascaran las cosas hasta un grado en que no se puede decir nada de ellas. Márchate, hija. Buenos días. Acompáñala, Clarence.

Ahora comprendía por qué estos burros no pedían detalles a estos mentirosos. Puede ser que esta muchacha tuviese un hecho concreto en algún sitio, pero no creo que se le hubiese podido exprimir ni con una prensa hidráulica, ni siquiera con las formas primitivas de voladura. Era un caso de dinamita. Se trataba de un perfecto asno, y, sin embargo, el rey y sus caballeros la habían escuchado como si hubiese sido una hoja de evangelio. Se ajustaba a todo el grupo y hay que pensar en las costumbres sencillas de esta corte. Esta moza ambulante no había tenido más dificultad en obtener acceso ante el rey en su palacio que la que hubiese tenido para entrar en el asilo de pobres en mi época y en mi país. De hecho a él le gustó verla y escuchar el cuento. Con su aventura que ofrecer fue tan bien recibida como un cadáver lo es para un forense.

Cuando estaba terminando mis reflexiones, regresó Clarence. Hice una observación sobre el estéril resultado de mis esfuerzos con la muchacha. No había obtenido ni un solo punto que me pudiese ayudar a descubrir el castillo. El muchacho pareció un poco sorprendido, confuso o algo por el estilo, e insinuó que se había estado preguntando la razón por la que yo había dicho todas aquellas cosas a la muchacha.

—Pero, ¡diablos! —dije—. ¿No quiero yo encontrar el castillo? ¿De qué otro modo podría ir?

—Vaya, cálmese su señoría, imagino que eso es de fácil respuesta. Ella irá con vos. Siempre lo hacen. Ella cabalgará con vos.

—¿Cabalgar conmigo? Bobadas.

—En verdad que lo hará. Cabalgará con vos. Ya lo veréis.

—¿Qué? ¿Andará por las colinas y recorrerá los bosques conmigo, sola, y yo casi comprometido a casarme? Esto es escandaloso. Piensa en lo que dirían.

¡Qué cara puso Clarence! El muchacho estaba ansioso de saberlo todo acerca de este delicado asunto. Me juró que guardaría el secreto y luego le susurré el nombre de la dama:

—Puss Flanagan.

Pareció desilusionado y dijo que no podía recordar a la condesa. Era natural que el pequeño cortesano le diese rango. Me preguntó dónde vivía.

—En East Har...

Volví en mí y me detuve un poco confuso, luego dije:

—No te preocupes, te lo diré alguna vez.

¿Podría él verla? ¿Le permitiría yo verla algún día?

Como era poco prometer una cosa mil trescientos años antes y él estaba tan ansioso, le contesté afirmativamente. Pero suspiré, no pude evitarlo. Y, sin embargo, no tenía sentido el suspirar porque ella aún no había nacido. Pero así es como estamos hechos, no razonamos cuando amamos; sólo sentimos.

Mi expedición fue el motivo de charla durante todo aquel día y aquella noche. Los muchachos fueron muy buenos conmigo y me ayudaron mucho y parecían haber olvidado todo su enojo y desilusión; tanto deseaban que recolectase aquellos ogros y libertase a aquellas maduras y viejas vírgenes como si ellos mismos tuviesen el contrato. Eran buenos niños, pero sólo eso, niños. Y me hicieron un sinfín de observaciones acerca de cómo explorar en busca de gigantes y de cómo sorprenderlos; y me contaron toda clase de hechizos contra los encantamientos y me dieron ungüentos y otras basuras para ponerme en las heridas. A ninguno se le ocurrió que si yo era un nigromante tan maravilloso como pretendía, no debía necesitar ungüentos, ni instrucciones, ni hechizos contra encantamientos, y menos todavía, armas y armadura, en ninguna expedición del tipo que fuese, incluso frente a dragones que vomitaban fuego o demonios al rojo vivo, y mucho menos frente a adversarios de tan poca categoría como aquellos tras los que iba.

Tenía que desayunar temprano y partir al alba, porque eso era lo corriente, pero lo pasé endiabladamente mal con mi armadura y esto me retrasó un poco. Meterse era complicado y además tiene mucho detalle. Primero hay que liarse una o dos mantas en torno al cuerpo para que haga mullido y evitar el frío del hierro, luego vienen las mangas y la camisa de cota de malla, que están fabricadas de pequeños lazos de acero tejidos juntos y forman una estructura tan flexible que si se tira la camisa al suelo queda como una pila parecida a casi una arroba de redes mojadas. Es pesadísima y casi el material más incómodo que pueda haber en el mundo para hacer un camisón y, sin embargo, es muy usado para eso, por recaudadores de impuestos, reformadores y caballeros de título poco claro. Luego hay que ponerse los zapatos, abarcas con la parte superior entretejida de bandas de acero, y atornillar las ridículas espuelas a los talones. Después hay que abrochar las espinilleras a las piernas y los quijotes a los muslos, luego viene el peto y el espaldar. Ahora es cuando uno empieza a sentirse pesado. Luego se cuelga del peto media enagua de anchas bandas de acero que se sobreponen, la cual cuelga por delante y abierta por detrás para poder sentarse y que no tiene ninguna ventaja sobre un cubo de carbón invertido, ya sea en cuanto al aspecto o para llevarlo o para limpiarse las manos; después hay que fajarse la espada, luego en los brazos las junturas en forma de tubo de cocina, los guanteletes de acero en las manos, la ratonera de hierro en la cabeza con un pingajo de red de acero clavado, para que cuelgue por la parte de atrás del cuello, y ya está uno ajustado como una vela en un molde. No es momento de bailar. Un hombre que está empaquetado de ese modo es una nuez que no vale la pena romper por la poca carne que hay cuando se llega al fondo, en comparación con la cáscara.

Los muchachos me ayudaron, de otro modo nunca lo hubiera podido conseguir. Cuando terminábamos entró sir Bedivere y vi que, desde luego, yo no había escogido el equipo más conveniente para un largo viaje. Tenía un aspecto imponente, alto, ancho y grandioso. Llevaba en la cabeza un casco cónico de acero que sólo le llegaba a las orejas, y por visera tenía solamente una estrecha barra de acero que se extendía hasta su labio superior y le protegía la nariz; el resto, desde el cuello a los talones, era de cota de malla flexible, pantalones y todo. Pero casi todo él quedaba escondido bajo su atavío externo que, desde luego, era de cota de malla, según dije, y colgaba directamente desde los hombros a los tobillos, y desde la mitad hasta abajo, por delante y por detrás, estaba dividido para que pudiese cabalgar y dejar que las faldas le colgasen a ambos lados. Iba en busca del Santo Grial y su equipo era el atavío apropiado. Yo habría dado cualquier cosa por aquel levitón, pero ahora era demasiado tarde para andar haciendo el tonto. El sol estaba en lo alto, el rey y la corte estaban preparados para verme partir y desearme suerte, así que no estaría dentro de la etiqueta, por mi parte, el demorarse. Uno no se puede montar a caballo; si lo intentase, se llevaría una desilusión. Le transportan a uno como se lleva a la farmacia a alguien que acaba de sufrir una insolación. Le colocan, le ayudan a ponerse derecho y a fijar los pies en los estribos, y mientras tanto uno se siente extraño, otro; otro que se ha casado de repente, o que le ha golpeado un rayo o algo por el estilo, y que aún no ha vuelto del todo en sí y está como paralizado y no puede ni orientarse. Luego levantaron el mástil, que llamaban lanza, en su hueco junto a mi pie izquierdo, y lo cogí con la mano, finalmente me colgaron el escudo en torno al cuello y ya estuve completo y listo para levar anclas y hacerme a la mar. Todo el mundo se portó tan bien como pudo y una dama de honor me dio la copa de despedida. No había más que hacer, salvo que aquella damisela se subiese detrás de mí en la grupa, cosa que hizo, y pusiese un brazo o así, en torno mío para sostenerse.

Y así partimos. Todo el mundo nos despidió agitando los pañuelos o los yelmos. Y toda la gente que encontramos al bajar la colina y cruzar el pueblo, fue respetuosa con nosotros salvo algunos muchachos, pequeños y sucios, de los arrabales, que nos gritaron:

—¡Vaya individuo! —al tiempo que nos arrojaban terrones de tierra.

Según mi experiencia los muchachos son iguales en todas las épocas. No respetan nada y nada ni nadie les importa. Dicen: «Sube, calvo», al profeta que sigue su pacífico camino en la venerable antigüedad. Se metieron conmigo en las sagradas tinieblas de la Edad Media y les he visto hacer lo mismo en la administración de Buchanan; lo recuerdo porque estuve allí y tomé parte. El profeta tenía su genio y se detuvo a arreglar el asunto con los muchachos; yo quería bajar y hacer lo mismo con los míos, pero no podía ser porque no me hubiera podido levantar. Odio los países sin grúas.

12. Tortura lenta

Inmediatamente nos encontramos en el campo. Estaba muy agradable y hermoso en aquellas soledades silvestres de la suave mañana que traía el primer frescor del otoño. Desde las cumbres de las colinas veíamos hermosos valles verdes que se extendían allá abajo, con arroyos que serpenteaban entre setos de árboles; por todos los sitios, enormes robles solitarios esparcidos por doquier, que proyectaban negras manchas de sombras, y más allá de los valles veíamos las filas de colinas, azules con la bruma, que se extendían en ondulada perspectiva hasta el horizonte, con una mancha opaca, a amplios intervalos, blanca o gris, situada en una cumbre, y que sabíamos era un castillo. Cruzamos extensas praderas rutilantes de rocío y nos movíamos como espíritus, sin que el césped acolchado diese el sonido de los pasos; íbamos en sueños, por cañadas, en medio de una neblina de luz verde que recibía su matiz del techo, bañado por el sol, de las hojas que nos cubrían; y, a nuestros pies, el más claro y frío de los arroyuelos marchaba, retozando y murmurando sobre los peñascos y componiendo una especie de música susurrante de plácidos sones; a veces dejábamos el mundo y entrábamos en las grandes y solemnes profundidades y en la rica oscuridad del bosque, donde cosas furtivas y salvajes se movían velozmente y se escabullían, desapareciendo antes de que se pudiese poner el ojo en el lugar donde se oyó el ruido. Aparecían los pájaros más madrugadores, dedicados a sus actividades, con un canto aquí, una riña allí y misteriosos y lejanos martilleos y redobles en su búsqueda de gusanos en un tronco de árbol perdido en la impenetrable lejanía de los bosques. Y poco a poco salíamos otra vez al claro.

Sobre la cuarta o quinta vez que salimos a la luz —un par de horas aproximadamente después de salir el sol—, noté que ya no era tan agradable como antes. Empezaba a hacer calor. Se observaba bien. Después de eso hicimos una larga tirada sin ninguna sombra. Es curioso cómo crecen y se multiplican progresivamente los pequeños enojos, una vez que se ha empezado a tenerlos. Cosas que no me preocupaban al principio empezaron a preocuparme ahora, y más y más constantemente. Las primeras diez o quince veces que quise el pañuelo no me preocupó. Continué y me dije que no importaba, no valía la pena y me quité la idea de la cabeza. Pero ahora era diferente. Lo quería constantemente. Importunaba, importunaba e importunaba sin descanso, no sin poder arrancarme la idea de la cabeza; hasta que perdí la calma y dije que debían colgar al hombre que hacía las armaduras sin bolsillos. Ya ven, tenía el pañuelo y algunas otras cosas en el yelmo, pero era esa clase de yelmo que no se lo puede quitar uno solo. No se me había ocurrido cuando lo puse allí y, de hecho, no lo sabía. Había supuesto que sería muy conveniente tenerlo precisamente allí. Y ahora el pensar que estuviese tan cerca y tan a mano, se me hacía imposible soportarlo. Sí, lo que no se puede coger es lo que se desea con más fuerza. Todo el mundo se ha dado cuenta de eso. Pues bien, me apartó el pensamiento de cualquier otra cosa, lo apartó por completo y lo centró en el yelmo, y milla tras milla allí permaneció, imaginándose el pañuelo, dibujándolo; y era amargo e irritante que me bajase el sudor hasta los ojos sin poderlo evitar. Parece algo insignificante sobre el papel, pero no es así; era la desgracia más grande. No lo diría si así no fuese. Decidí llevar la próxima vez un bolso, pareciese lo que pareciese y dijese la gente lo que quisiera. Por supuesto que estos cursis de hierro de la Tabla Redonda pensarían que era escandaloso, y pondrían el grito en el cielo, pero lo primero es ir cómodo y luego la elegancia. Así continuamos trotando. De vez en cuando levantábamos una nube de polvo que se me metía por la nariz y me hacía toser y llorar y, desde luego, decir cosas que no debería haber dicho, no lo niego. No soy mejor que los demás.

No encontrábamos a nadie en esta solitaria Inglaterra, ni siquiera un ogro. Tal como estaba yo entonces, me hubiera venido bien un ogro que llevara pañuelo. La mayor parte de los caballeros no habrían pensado más que en quitarle la armadura, pero por lo que a mí respecta, si le cogía el pañuelo podía quedarse con su ferretería.

Cada vez calentaba más. El sol hería y abrasaba el hierro. Cuando se arde de ese modo todas las cosas pequeñas le irritan a uno. Al trotar crujía como una cesta llena de platos, y me molestaba, y además no podía aguantar aquel escudo batiendo y golpeando en el pecho o en la espalda, y si descendía para caminar un poco, mis junturas crujían y chirriaban de un modo tan fastidioso como si fuera una carretilla y, al no crear brisa alguna con aquella tinta, estaba a punto de freírme en el horno, y, encima, cuanto más despacio se fuese, más pesado se asentaba el hierro y más y más toneladas parecía pesar a cada minuto. Y había que estar cambiando siempre de manos y pasar la lanza al otro pie, por lo cansado que era llevarla mucho rato en el mismo sitio.

Pues bien, ya se sabe, cuando se suda de ese modo, a ríos, llega un momento en que a uno, bueno, sí, a uno le pica todo. Uno está dentro y las manos fuera, así se está, sólo hierro en medio. Se tome por donde sea, no es una cosa sin importancia. Primero en un sitio, luego en otro, luego en otro más, y continúa extendiéndose y extendiéndose, hasta que por fin todo el territorio queda ocupado y no hay quien se pueda imaginar lo que se siente ni lo desagradable que es. Cuando había llegado a lo peor y creía que no podía aguantar más, una mosca se coló por las barras y se estableció en mi nariz, las barras estaban bajadas y no funcionaban, yo no podía subir la visera, lo único que podía hacer era agitar la cabeza, y la mosca... bueno, ya saben cómo actúa una mosca cuando se encuentra segura, para lo único que le importaba mi movimiento era para cambiar de la nariz a los labios, de los labios a la oreja, y zumbar y zumbar por ahí todo el tiempo y seguir posándose y picando de un modo tal que una persona, ya tan afligida como yo, no podía aguantar de ninguna manera. Así que me rendí e hice que Alisande desmontase el yelmo y me lo quitase. Luego lo vació de artefactos, lo llenó de agua y bebí, me puse en pie y ella derramó el resto por el interior de la armadura. No se puede calcular lo refrescante que fue. Ella siguió cogiendo y derramando hasta que estuve bien empapado y totalmente cómodo.

Era bueno tener descanso y paz. Pero nada hay perfecto en esta vida, en ninguna época. Me había fabricado una pipa y también algo de tabaco aceptable, no auténtico sino lo que fuman algunos indios, la corteza interior del sauce, una vez que ha sido secada. Estos lujos habían ido en el yelmo y ahora los volvía a tener, pero sin cerillas.

Paulatinamente, según transcurría el tiempo, un hecho desagradable brotó a la luz en mi entendimiento: estábamos a merced de los elementos. Un novicio armado no puede montar en su caballo sin ayuda, y además mucha, Sandy no era bastante o en cualquier caso no lo era para mí. Teníamos que esperar hasta que alguien apareciese. Esperar, en silencio, habría sido bastante agradable porque tenía materia abundante para reflexionar y necesitaba una oportunidad para hacerlo. Quería tratar de descifrar cómo era posible que hombres racionales, o incluso semirracionales, pudiesen haber aprendido alguna vez a llevar armadura, teniendo en cuenta sus inconvenientes, y cómo se las habían arreglado para mantener esa moda durante generaciones, cuando estaba claro que lo que yo había sufrido en el día de hoy lo habían tenido que sufrir durante todos los días de su vida. Deseaba descifrarlo, y, más aún, deseaba hallar algún modo de reformar este mal y de persuadir a la gente para que dejase morir esta estúpida moda; pero en las circunstancias presentes el pensar estaba fuera de lugar. No se podía pensar donde estuviese Sandy.

Era una criatura muy dócil y de buen corazón, pero cuando hablaba parecía un molino y le ponía a uno la cabeza como los carromatos de una ciudad. Si hubiese tenido tapón habría sido muy cómodo, pero no se puede taponar ese tipo de personas, mueren. Su cantinela proseguía durante todo el día, se hubiera podido pensar que seguramente pronto tendría que ocurrirle algo a su engranaje; pero, no, nunca dejaba de funcionar y nunca tenía que amainar en espera de palabras. Podía moler, bombear, revolver y zumbar durante una semana sin detenerse jamás a engrasarse o coger aire. Y, sin embargo, el resultado no era más que viento. Era una charlatana perfecta. Mucha palabrería, mucho hablar mucho charlar, eso era todo. No me había importado su charla de la mañana, debido al avispero de las otras preocupaciones, pero por la tarde tuve que decir más de una vez:

—Descansa, niña, por el modo en que consumes todo el aire doméstico, el reino va a tener que importarlo mañana y ya está bastante baja la tesorería.

13. HOMBRES LIBRES

Sí, es extraño con qué poco puede uno contentarse algunas veces. Hace sólo un momento, mientras iba cabalgando y sufriendo, esta paz, este descanso, esta dulce serenidad de un umbroso rincón apartado junto a un arroyuelo murmurador, me había parecido el paraíso, este lugar donde podía estar totalmente a gusto todo el tiempo, vertiendo de vez en cuando un cazo de agua por el interior de mi armadura; ahora, sin embargo, ya estaba dejando de satisfacerme, en parte debido a que no podía encender la pipa porque, aunque hacía mucho que había puesto en funcionamiento una fábrica de cerillas, había olvidado traerme algunas, y, en parte, porque no teníamos nada que comer. He aquí otro ejemplo de la infantil improvisación de la época y de su gente. Un hombre con armadura siempre confiaba en la suerte para comer durante sus viajes, y se habría escandalizado ante la idea de colgar de su lanza una cesta con bocadillos. Probablemente no había un solo caballero de la Tabla Redonda, que no hubiese preferido morir, antes que ser cogido con tal cosa en el asta de su bandera. Y, sin embargo, no podía haber nada más razonable. Tuve la intención de meter de contrabando un par de bocadillos en el yelmo, pero me interrumpieron mientras lo estaba haciendo, tuve que inventar una excusa y dejarlos a un lado para que los cogiese un perro.

La noche se aproximaba y, con ella, una tormenta. La oscuridad sobrevino rápidamente. Teníamos que acampar, por supuesto. Encontré un buen cobijo para la dama debajo de una roca, la dejé y encontré otro para mí. Pero me vi obligado a quedarme con la armadura porque no podía quitármela yo sólo y no podía permitir que Alisande me ayudase, ya que habría sido como desvestirse delante de gente. En realidad no había llegado a eso porque llevaba ropas por debajo, pero uno no se puede librar de golpe de los prejuicios de la propia educación y sabía que me resultaría muy embarazoso cuando llegase el turno de quitarme aquellas enaguas, recortadas, de hierro.

Con la tormenta llegó un cambio de tiempo; cuanto más fuerte soplaba el viento y más salvajemente golpeaba la lluvia, más frío hacía. Muy pronto diversas clases de sabandijas, hormigas, gusanos y otras cosas, empezaron en manadas a huir de la humedad y a trepar por dentro de mi armadura en búsqueda de calor; y mientras que algunos se comportaban bastante bien y se acomodaban entre mis ropas para quedarse luego quietos, la mayoría eran inquietos e incómodos y nunca permanecían tranquilos sino que merodeaban a la caza de lo que ni ellos mismos sabían; en especial las hormigas, que me estuvieron haciendo cosquillas, en interminable procesión de un extremo a otro de mi cuerpo, durante una hora. Son una clase de criaturas con las que nunca deseo volver a dormir. Aconsejaría a las personas que se encuentren en mi caso que no se muevan ni se sacudan, porque esto excita el interés de todas las diferentes clases de animales y hasta el último de ellos desea salir a ver qué pasa, lo cual empeora las cosas más que antes. Sin embargo, si uno no se moviese ni sacudiese, moriría, así que quizá tanto de hacer una cosa como otra, realmente no hay alternativa. Incluso después de estar congelado, podría reconocer todavía ese cosquilleo, lo mismo que le ocurre a un cadáver al que le están dando tratamiento eléctrico. Me dije que jamás volvería a llevar armadura después de este viaje.

Durante estas penosas horas de congelamiento y, sin embargo, de fuego vivo, como podría decirse, producido por aquel enjambre de reptadores, me daba vueltas incesantemente por mi pobre cabeza la misma pregunta sin respuesta: ¿Cómo puede aguantar la gente esta desdichada armadura? ¿Cómo se las han arreglado para resistirla durante generaciones? ¿Cómo pueden dormir por la noche con el temor de las torturas del día siguiente?

Cuando por fin llegó la mañana, me encontraba en un estado lo bastante lamentable: desaseado, soñoliento y rendido, cansado de dar vueltas, famélico por el largo ayuno, con ganas de un baño y de desembarazarme de los animalitos, y tullido del reúma. ¿Y qué tal le había ido a la aristócrata dama Alisande la Carteloise? Tan fresca como una lechuga; había dormido como un muerto. En cuanto al baño, probablemente ni ella ni ningún otro noble del país se había dado jamás uno, así que no lo echaba de menos. Según las normas modernas aquellas gentes sólo eran salvajes modificados. Esta noble dama no mostraba impaciencia por su desayuno, y eso también huele a salvaje. Estos britanos estaban acostumbrados a largos ayunos en sus viajes y sabían cómo aguantarlos, y también cómo coger carga contra probables ayunos, antes de partir, al estilo de los indios y de las boas. Por si acaso, Sandy iba cargada para un tirón de tres días.

Partimos antes de la salida del sol. Sandy a caballo y yo cojeando detrás. Al cabo de media hora nos encontramos con un grupo de pobres criaturas andrajosas que se habían reunido para reparar lo que se consideraba como carretera. Su actitud hacia mí fue tan humilde como si se hubiera tratado de animales; y cuando les propuse desayunar con ellos, quedaron tan halagados, tan abrumados por mi extraordinaria condescendencia que, al principio, no podían creer lo que yo ansiaba tanto. Mi dama, con gesto desdeñoso, se apartó hacia un lado mientras decía, para que la escuchasen, que antes comería con el otro ganado; observación que turbó a aquellos pobres diablos, simplemente porque se refería a ellos, no porque los insultase u ofendiese. Y, sin embargo, no eran ni esclavos ni siervos. Por sarcasmo de la ley y de la expresión eran hombres libres. Siete décimas partes de la población libre del país era exactamente de su clase y grado: pequeños granjeros «independientes», artesanos, etc.; es decir eran la nación, la verdadera nación; eran casi todo lo que era útil de ella, o que valiese la pena salvar o que fuese realmente digno de respeto; eliminarlos habría sido eliminar la nación y dejar detrás algunas heces, algún desecho, en forma de rey, de noble o de hidalgo, que sólo conocían las artes de malgastar y destruir, y que no tenían ninguna clase de utilidad o valor en un mundo construido racionalmente. Y, sin embargo, esta dorada minoría, en vez de marchar a la cola de la procesión, que era su sitio, marchaba en cabeza y con las banderas desplegadas. Se habían hecho a sí mismos nación, y estos innumerables seres lo habían permitido durante tanto tiempo, que lo habían llegado a aceptar como verdad, y a creerlo justo y como debía ser. Los sacerdotes les habían contado, a sus padres y a ellos mismos, que este irónico orden de cosas estaba mandado por Dios; y así, sin reflexionar en lo distinto a Dios que era el divertirse con sarcasmos y, en especial, tan manifiesto como éste, habían abandonado el asunto y, respetuosamente, se habían vuelto tranquilos.

La conversación de esta gente sumisa sonaba de un modo bastante extraño para un oído que fue americano. Eran hombres libres, pero no podían abandonar las posesiones de su señor o de su obispo sin su permiso; no podían preparar su propio pan sino que debían moler su grano y cocer su pan en el molino y en la panadería del señor, y pagar por todo; no podían vender un trozo de su propiedad sin pagarle un buen tanto por ciento del producto, ni comprárselo a alguien sin acordarse de él, en metálico, por el privilegio; tenían que recolectarle el grano gratis, y estar preparados para acudir en cuanto se les avisase, dejando su propia cosecha para que la destruyese la tormenta que amenazaba; tenían que permitirle plantar árboles frutales en sus campos, y después guardarse para sí la indignación, cuando los descuidados recolectores de fruta pisasen el grano en torno a los árboles; tenían que sofocar la cólera cuando sus partidas de caza galopasen a través de sus campos echando a perder el resultado de su paciente esfuerzo, no se les permitía criar palomas, y cuando las bandadas del palomar del señor se posaban en sus cosechas no podían perder la calma y matar un ave porque el castigo sería horrible; cuando, por fin, estaba recolectada la cosecha, aparecía la procesión de ladrones a recaudar, sobre ella, el chantaje. Primero la Iglesia acarreaba su pingüe diezmo, luego el comisario del rey se llevaba la veinteava parte, después la gente del señor hacía una poderosa incursión sobre el resto; tras todo eso, el flaco hombre libre tenía la libertad de depositar lo que quedase en su granero, en caso de que valiese la pena; había impuestos, e impuestos e impuestos y más impuestos e impuestos otra vez y todavía otros impuestos, sobre este libre e independiente mendigo, pero ninguno sobre su señor el barón o el obispo, ninguno sobre la pródiga nobleza o sobre la Iglesia, que todo lo devoraba; si el barón quería dormir sin molestias, el hombre libre tenía que aguantar levantado toda la noche, después de su día de trabajo, dando golpes a los estanques para que las ranas se callasen; si la hija del hombre libre... pero no, esa última infamia del gobierno monárquico no se puede imprimir; y, por fin, si el hombre libre, desesperado de sus torturas, encontraba la vida insoportable bajo tales condiciones, y la sacrificaba buscando en la muerte misericordia y refugio, la honorable Iglesia le condenaba al fuego eterno, la honorable ley le enterraba a media noche en un cruce de caminos con una estaca atravesándole la espalda, y su amo, el barón o el obispo, le confiscaban toda su hacienda expulsando a la viuda y huérfanos.

Y aquí estaban estos hombres libres reunidos por la mañana temprano para trabajar en la carretera de su señor el obispo, tres días cada uno, y gratis; todos los cabezas de familia y todos los hijos de familia, tres días cada uno, y gratis, y un día, o así, añadido para sus criados. Era como estar leyendo algo sobre Francia y los franceses, antes de la revolución bendita y por siempre memorable, que barrió mil años de tal villanía con una veloz ola de sangre, una sola: un ajuste de aquella antigua deuda en la proporción de media gota de sangre por cada tonel exprimido de aquella gente, con lentas torturas, en el cansado espacio de diez siglos de injusticia, vergüenza y miseria cuya similitud no podría encontrarse salvo en el infierno. Hubo dos «Reinados del Terror», si queremos recordarlo y considerarlo; el uno produjo el asesinato a través de la pasión ardiente, el otro a sangre fría; uno duró unos meses, el otro había durado un millar de años; uno mató diez mil personas, el otro cien millones; pero nuestros escalofríos son para los «horrores» del terror menor, el terror momentáneo, por así decir; mientras que, ¿cómo se puede comparar el horror de una muerte rápida, con un hacha, a la muerte que dura una vida, de hambre, frío, insulto, crueldad y angustia? ¿Qué es la muerte rápida por un rayo comparada con la muerte a fuego lento en el cadalso? El cementerio de una ciudad podría contener los ataúdes que llenó aquel breve «Terror» ante el que tan diligentemente hemos aprendido a temblar y a deplorarlo; pero toda Francia apenas podría contener los ataúdes que llenó aquel «Terror» más antiguo y auténtico, aquel «Terror» inexpresablemente amargo y terrible que ninguno de nosotros hemos aprendido a ver en su tamaño o a lamentar como merece.

Estos pobres hombres, libres aparentemente, que compartían su desayuno y su charla conmigo, estaban tan llenos de humilde reverencia por su rey, por la Iglesia y la nobleza como su peor enemigo habría deseado. Había algo penosamente cómico en torno a esto. Les pregunté si suponían que alguna vez hubiese existido una nación que, con un voto libre en la mano de cada uno de sus miembros, hubiese elegido que una sola familia y sus descendientes reinase por siempre sobre ellos con exclusión del resto de las familias, incluida la del votante y aunque los componentes de la elegida fuesen tontos o listos; y que, igualmente, hubiesen elegido el que determinado centenar de familias fuese elevado hasta las cumbres vertiginosas de la jerarquía, e investidos de hirientes glorias hereditarias y privilegios, con exclusión del resto de las familias de la nación, incluida la del votante.

Permanecieron impávidos y respondieron que no sabían; que nunca lo habían pensado antes, y que jamás se les había ocurrido el que pudiese existir una nación en la que todos los hombres pudiesen tener una opinión sobre el gobierno. Dije que yo había visto una y que duraría hasta que tuviese una Iglesia oficial. Otra vez quedaron impávidos, al principio. Pero inmediatamente un hombre levantó la vista y me pidió que le repitiese mi afirmación, y que lo hiciese lentamente para que su entendimiento pudiese empaparse. Lo hice, y, después de un poco, cogió la idea y, golpeando con el puño, dijo que no creía que una nación donde cada hombre tuviese un voto se tumbase de ese modo en el fango y en la basura, y que robar a una nación su voluntad y preferencia debía ser un crimen y el más importante de todos. Yo me dije:

—He aquí un hombre. Si un número suficiente de éstos me respaldase, organizaría una huelga por el bienestar de este país, y trataría de mostrarme como el más leal de los ciudadanos haciendo un cambio total en su sistema de gobierno.

Ya ven que mi lealtad lo era hacia un país, no a sus instituciones o a los que detentaban cargos. El país es lo real, lo sustancial, lo eterno; es lo que hay que vigilar, cuidar y a lo que hay que ser leal; las instituciones son extrañas, son simplemente su vestido, y el vestido puede gastarse por el uso, ponerse andrajoso, dejar de ser cómodo, dejar de proteger al cuerpo del invierno, de la enfermedad y de la muerte. Ser leal a unos andrajos, gritar en pro de unos andrajos, adorar andrajos, morir por andrajos, es una lealtad antirracional. Es puramente animal. Pertenece a la monarquía. Fue inventado por la monarquía; por lo tanto, que la conserve la monarquía. Yo era de Connecticut cuya Constitución declara: «Todo el poder político es inherente al pueblo, y todos los gobiernos libres se fundan en la autoridad del mismo y son instituidos para su beneficio; y en todo tiempo, tiene el innegable e irrevocable derecho de alterar su forma de gobierno del modo que pueda creer conveniente».

Según tal evangelio, el ciudadano que cree ver gastados los vestidos políticos del estado, y, sin embargo, continúa pacífico y no se agita en pro de un nuevo traje, es desleal, es un traidor. El que pueda ser el único que crea ver este decaimiento, no le excusa; su deber en cualquier caso, es agitarse y el deber de los demás es derribarle por medio de los votos si no ven las cosas como él.

Ahora yo estaba en un país donde el derecho a decir cómo debía ser gobernado quedaba restringido a un seis por mil de la población. El que los novecientos noventa y cuatro hubiesen expresado su descontento con el sistema reinante y hubiesen propuesto cambiarlo, habría hecho temblar como un solo hombre a todos los seis, por la traición tan desleal, tan deshonrosa, tan podridamente negra. Por así decir, me había convertido en accionista de una compañía donde novecientos noventa y cuatro de los miembros proporcionaban todo el dinero y hacían todo el trabajo, y los otros seis se elegían a sí mismos como consejo permanente de dirección y se llevaban todos los dividendos. Me parecía que lo que los novecientos noventa y cuatro primos necesitaban era un nuevo convenio. Lo que se habría adaptado mejor al aspecto circense de mi naturaleza habría sido la dimisión de mi jefatura, el levantar una insurrección y el transformarla en revolución; pero yo sabía que es casi absolutamente cierto que el Jack Cade o el Wat Tyler [21] que intenta tal cosa sin haber educado primero su material hasta llevarlo a un grado revolucionario, termina por quedar abandonado. Aunque pudiera creérmelo, nunca me he acostumbrado a que me dejen solo. Por lo tanto el «convenio» que durante algún tiempo había estado tomando forma en mi cabeza era de un modelo totalmente distinto a la especie Cade-Tyler.

---

[21] Jefes de movimientos sociales en Inglaterra, s. XV y XIV respectivamente; ejecutado Cade tras la dispersión de sus tropas a causa de una oferta de perdón; Tyler, muerto en una entrevista con Ricardo II que ya había prometido las reformas deseadas que luego no se cumplieron. (N. T.).

Así que no hablé de sangre y rebeldía a aquel hombre que se sentaba allí, engullendo pan negro con aquel rebaño de ovejas humanas ultrajado y engañado, sino que le aparté a un lado y le hablé de otro modo. Una vez que terminé, le hice que me prestase un poco de sangre, a manera de tinta y escribí con una astilla en una corteza de árbol:

Ponedle en la Fábrica de Hombres.

Se la entregué y le dije:

—Llévalo al palacio en Camelot y entrégaselo a Amyas le Poulet, a quien yo llamo Clarence. Él ya sabe lo que ha de hacer.

—Entonces es un sacerdote —dijo el hombre yéndosele algo del entusiasmo de la cara.

—¿Cómo que un sacerdote? ¿No te dije que ningún siervo de la Iglesia puede entrar en mi Fábrica de Hombres? ¿No te dije que no podrías entrar a menos que tu religión, cualquiera que fuese, quedase de tu propiedad, libre y exclusiva?

—A fe mía que sí, y por eso estaba satisfecho; pero no me gustó, y me asaltó la duda, al oír que este sacerdote estaba allí.

—Pero ya te digo que no es un sacerdote.

El hombre distaba mucho de estar satisfecho. Me replicó:

—¿No es un sacerdote y, sin embargo, sabe leer?

—No es sacerdote y sabe leer, sí. También sabe escribir. Yo mismo le enseñé.

—El rostro de aquel hombre volvió a resplandecer.

—Es lo primero que te enseñan en esa Fábrica —añadí.

—¿A mí? Daría sangre de mi corazón para poder conocer ese arte. Bueno, me convertiré en vuestro esclavo, en vuestro...

—No, no lo serás, no serás esclavo de nadie. Coge a tu familia y márchate. Tu señor el obispo confiscará tu pequeña hacienda, pero no importa. Clarence os establecerá perfectamente.

14. «DEFENDEOS, SEÑOR»

Pagué tres peniques por el desayuno, y ya fue precio ridículo teniendo en cuenta que se podía haber dado de desayunar a una docena de personas con aquel dinero; pero ahora me iba encontrando bien y, de todas formas, siempre he sido algo manirroto. Además, esta gente me había querido regalar la comida, con lo escasas que eran sus provisiones, y así era un agradable placer realzar mi estimación y sincera gratitud con una buena ayuda financiera a quienes el dinero serviría mucho más que a mi yelmo, donde la cantidad de medio dólar era una pesada carga, puesto que los peniques estaban hechos de hierro sin escatimar nada en el peso. En aquellos días yo gastaba el dinero con demasiada libertad, hay que reconocerlo. Había una razón, y es que todavía no me había ajustado enteramente a las proporciones de las cosas, incluso después de una estancia tan prolongada en Inglaterra; aún no había sido capaz de darme cuenta de un modo absoluto que un penique en la tierra de Arturo y un par de dólares en Connecticut eran aproximadamente lo mismo: gemelos, por así decir, en poder adquisitivo. Si mi partida de Camelot se hubiese podido aplazar unos pocos días, habría pagado a esta gente con hermosas monedas nuevas de nuestra propia casa de moneda, eso me habría complacido y a ellos también en no menor grado. Había adoptado exclusivamente los valores americanos. Dentro de una o dos semanas, monedas de centavo, de cinco centavos, de diez centavos, de un cuarto de dólar, de medio dólar, irían goteando un poco de oro tenue pero continuamente a través de las venas comerciales del reino, y yo confiaba en que esta nueva sangre le reanimase la vida.

Quisiera o no, los granjeros estaban dispuestos a regalarme algo para compensar mi liberalidad, así que les permití que me diesen un eslabón y pedernal, y tan pronto como nos habían colocado, cómodamente, a Sandy y a mí sobre el caballo, encendí la pipa.

Cuando brotó la primera bocanada de humo a través de las barras de mi yelmo, toda aquella gente salió corriendo para el bosque, y Sandy saltó hacia atrás y dio en el suelo con un golpe seco. Pensaron que era uno de esos dragones que arrojaban fuego, de los que tanto habían oído hablar a los caballeros y a otros mentirosos profesionales. Me costó muchísimo persuadirlos que regresasen hasta una distancia en que me pudiesen oír. Luego les dije que era sólo un pequeño hechizo que no hacía mal a nadie salvo a mis enemigos. Y les prometí, con la mano en el corazón, que si todos los que no tenían enemistad alguna hacia mí avanzaban y pasaban frente a mí, podrían ver cómo sólo los que habían quedado atrás caían muertos. La procesión se movió con rapidez. No hubo parte de bajas porque nadie tuvo la curiosidad suficiente para quedarse detrás a ver qué pasaba.

Perdí algo de tiempo ahora con estos niños grandes porque, una vez que se había disipado su miedo, estaban tan encantados con mis fuegos artificiales productores de terror, que tuve que quedarme allí a fumar un par de pipas antes de que me permitiesen continuar. Sin embargo, el retraso no fue totalmente improductivo ya que me llevó todo ese tiempo el que Sandy se habituase por completo a la novedad, puesto que ya saben que iba tan próxima a la misma. También obturó durante algún tiempo su producción de charla, lo que fue una ventaja. Pero sobre los demás beneficios acumulados, aprendí algo: ahora estaba preparado para cualquier gigante u ogro que pudiese aparecer.

Pasamos la noche con un santo ermitaño, y mi oportunidad surgió a la mitad de la tarde siguiente. Íbamos cruzando una vasta pradera por un atajo, yo cavilando distraído, sin ver ni oír nada, cuando Sandy interrumpió de repente una observación que había comenzado por la mañana, para gritar:

—¡Defendeos, señor! ¡Peligro de muerte hacia aquel lado!

Se deslizó del caballo, corrió un poco y se detuvo. Alcé la vista para ver en la lejanía media docena de caballeros armados y sus escuderos a la sombra de un árbol. Poco después ajustaron las cinchas para montar. Tenía la pipa preparada y habría estado encendida si no me hubiera perdido en pensar en la forma de desterrar la opresión de este país y devolver al pueblo sus derechos robados y su naturaleza humana sin afrentar a nadie. La encendí inmediatamente y he aquí que llegaron en el preciso instante en que tenía una buena bocanada de humo preparada para su expulsión. Además llegaron todos juntos, nada de esas magnanimidades caballerescas sobre las que uno lee tanto, un bribón cortés de cada vez y el resto contemplando el juego limpio. No, llegaron en grupo, zumbando y en avalancha, como una descarga de una batería, con las cabezas bajas, los penachos al viento, las lanzas de frente a la misma altura. Era un bello espectáculo, un hermoso espectáculo, para un hombre que estuviese encaramado en un árbol. Dejé mi lanza en descanso, mientras me latía el corazón, hasta que la ola de hierro estuvo a punto de romper sobre mí, entonces arrojé una columna de humo blanco a través de las barras de mi yelmo. ¡Deberían haber visto cómo se rompió en pedazos y se desperdigó aquella ola! Fue un espectáculo más bonito que el anterior.

Pero se detuvieron a doscientas o trescientas yardas de distancia y esto me preocupó. Desapareció mi satisfacción y vino el miedo; consideré que estaba perdido. Pero Sandy estaba radiante y a punto de ejercitar su elocuencia, la contuve y dije que mi magia había tenido un fallo, no sabía cómo, que debía montar a toda prisa y que debíamos cabalgar para salvar la vida. No, no quería hacerlo. Contestó que mi hechizo había inutilizado a aquellos caballeros, no seguían cabalgando porque no podían; había que esperar un momento antes de que cayesen de las sillas y pudiésemos quedarnos con sus monturas y arneses. Yo no podía engañar a una simplicidad tan confiada y dije que era un error; que cuando mis fuegos mataban lo hacían instantáneamente; no, los hombres no morirían, había algo que no funcionaba en mi aparato, ignoraba la razón, pero debíamos apresurarnos porque aquella gente nos atacaría de nuevo dentro de un momento. Sandy se echó a reír y exclamó:

—¡No son de esa casta! Sir Lanzarote se enfrenta a los dragones, no se retira y los ataca una, otra y otra vez, hasta que los vence y destruye; también lo hacen sir Pellinore, sir Aglovale, sir Carados y quizá algún otro, pero no hay nadie más que se aventure a ello, digan lo que quieran los ociosos. Y en cuanto a aquellos viles fanfarrones, ¿creéis que no han recibido su merecido y que aún desean más?

—Bueno, ¿entonces qué esperan? ¿Por qué no se marchan? Nadie les pone trabas. Estoy totalmente dispuesto a olvidar lo pasado.

—¿Marchar decís? Podéis descansar sobre esa materia. Ni lo sueñan. Están esperando rendirse.

—¿Sí, eh? ¿Entonces por qué no lo hacen?

—Les gustaría muchísimo, pero si vos conocieseis la reputación de los dragones, no les censuraríais. Temen llegar hasta aquí.

—Bien, entonces supongo que soy yo el que tiene que ir hasta donde están ellos.

—Creed que no podrían soportar vuestra llegada. Iré yo.

Y lo hizo. He aquí una persona hábil para incluirla en una correría. Llevaba un encargo dudoso. Vi inmediatamente que los caballeros se retiraban y que Sandy volvía. Era un alivio. Juzgué que había fallado en el primer saque, o sea en la conversación, porque de otro modo la conversación no habría sido tan corta. Pero resultó que había arreglado bien el negocio; de hecho, admirablemente. Me contó que había dicho a aquella gente que yo era «el Jefe», y que esto «les infligió una herida de miedo y de terror», fueron sus palabras; al instante estuvieron prestos a admitir lo que ella quisiese. Así que les hizo jurar que dentro de dos días se presentarían en la corte de Arturo y se entregarían, con caballos y arneses, para ser caballeros míos, en adelante, y estar sujetos a mis órdenes. Lo arregló todo mucho mejor de lo que yo mismo hubiera podido hacer. Era un encanto.

15. LA HISTORIA DE SANDY

De modo que soy propietario de varios caballeros —dije según nos alejábamos cabalgando— ¡Quién se habría imaginado que yo iba a vivir para tener estos valores en cartera! A menos que los rife no sé qué voy a hacer con ellos. ¿Cuántos son, Sandy?

—Siete, señor, con sus respectivos escuderos.

—Es una buena redada. ¿Quiénes son? ¿Dónde suelen circular?

—¿Dónde suelen circular?

—Sí, que dónde viven.

—No os comprendo. A poco de esto os lo narraré.

Luego musitó con suavidad, repitiendo delicadamente las palabras:

—Suelen circular..., suelen circular..., dónde suelen..., dónde suelen circular... Ahora ya está bien, dónde suelen circular. En verdad que la frase tiene una gracia hermosa y atractiva, con graciosa redacción. La repetiré continuamente en mis ratos de ocio, y acaso pueda aprenderla. Dónde suelen circular. Ya se desprende con agilidad y ligereza de mi lengua, y visto que...

—No te olvides de los vaqueros, Sandy.

—¿Vaqueros?

—Sí, ya sabes, los caballeros. Me ibas a hablar de ellos hace un momento, acuérdate. Metafóricamente hablando, comienza el partido.

—Partido...

—Sí, sí, sí. Venga te toca. Quiero decir que te pongas a trabajar en tus estadísticas y que no quemes demasiadas teas para que arda el fuego. Háblame de los caballeros.

—Lo haré y empezaré con presteza.

Así, pues, los dos partieron y penetraron a caballo en un gran bosque. Y...

—¡Demonio!

Ya ven, inmediatamente me di cuenta de mi error. Había visto cómo tomaba posiciones. Tardaría treinta días en bajar a la realidad. Generalmente empezaba sin introducción y terminaba antes de acabar un hecho. Si la interrumpía, o continuaba sin hacer caso, o contestaba con un par de palabras, para volver, luego, a repetir la misma frase. Las interrupciones tan sólo servían para empeorar. Sin embargo, yo tenía que interrumpir y, además, con frecuencia para poder salvar la vida. Cualquier persona moriría si no evitaba su monótono gotear a lo largo de todo el día.

—¡Demonio! —exclamé desesperado.

Ella volvió adonde había quedado y comenzó de nuevo:

—Así, pues, los dos partieron y penetraron a caballo en un gran bosque. Y...

—¿Qué dos?

—Sir Gawaine y sir Uwaine.

Y llegaron a un monasterio y los alojaron bien. Al alba escucharon sus misas en la abadía, y partieron, cabalgando hasta llegar a un gran bosque; diose cuenta sir Gawaine de que en un valle, al pie de una pequeña torre había doce hermosas damas y dos caballeros armados, jinetes en grandes caballos; las damas iban de un sitio para otro junto a un árbol. Y luego sir Gawaine diose cuenta de que habían colgado un escudo blanco en aquel árbol y siempre que las damas llegaban junto a él, lo escupían y arrojaban algo de fango...

—Mira, Sandy, si yo mismo no hubiera visto cosas similares en este país, no lo creería. Pero lo he visto, y, ahora puedo ver a esas criaturas desfilando ante el escudo y obrando de ese modo. Ciertamente aquí las mujeres obran con la mayor energía. Me refiero a los mejores y más selectos modelos de la sociedad. La telefonista más humilde, a través de diez mil millas de cable, podría enseñar delicadeza, paciencia, modestia y modales a la más alta duquesa de la tierra de Arturo.

—¿Telefonista?

—Sí, pero no me pidas que te lo explique; es una clase nueva de muchacha; por aquí no las hay. Frecuentemente se les contesta mal, cuando no tienen la menor culpa, y luego se lamenta y uno se avergüenza durante mil trescientos años por una conducta tan vil e infundada; de hecho ningún caballero se comporta así, aunque yo..., tengo que confesarlo...

—Por ventura ella...

—No te preocupes de ella, no; jamás podría explicarlo para que tú lo entiendas.

—Sea así, ya que estáis tan preocupado.

Luego, sir Gawaine y sir Uwaine fueron a saludarlas y a preguntar por qué hacían aquel desprecio al escudo. Señores, contestaron las damas, os lo contaremos. Hay un caballero en este país que posee este escudo blanco, y que es un hombre sumamente esforzado pero, como odia a todas las damas, le hacemos este desprecio a su escudo. Os diré —dijo sir Gawaine— que no es propio de un caballero el despreciar a las damas y, acaso, aunque os odie tenga alguna razón, acaso ama y es amado en otro lugar, y que un hombre de tal destreza como éste...

—Hombre de tal destreza..., sí, ése es el hombre que les agrada, Sandy. Hombre de cerebro, no, eso es algo en lo que nunca piensan. Es lástima que no estuvieran aquí Tom Sayers, John Heenan, John L. Sullivan. A las veinticuatro horas hubieran tenido las piernas debajo de la Tabla Redonda y un «sir» delante de los nombres; a las siguientes veinticuatro habrían logrado una nueva distribución en la corte, de las princesas y duquesas casadas. De hecho, esto no es más que una corte de comanches algo pulidos, y no hay ni una mujer que no esté preparada en menos que canta un gallo a huir con el tipo que lleve la mayor ristra de cabelleras a la cintura.

—...y que un hombre de tal destreza como éste, ¿cómo se llama? Contestaron: señor, su nombre es Marhaus, hijo del rey de Irlanda.

—Te refieres al hijo del rey de Irlanda. La otra forma no quiere decir nada. Ten cuidado ahora, cógete fuerte que tenemos que saltar esta zanja... Ya está. Este caballo también es del circo, ha nacido antes de tiempo.

—Le conozco bien —dijo sir Uwaine— es un caballero tan esforzado como cualquier otro viviente...

—Si tienes alguna falta, Sandy, es que eres un poco arcaica. Pero eso no importa.

—...porque una vez lo comprobé en justas que reunieron a muchos caballeros; en aquel tiempo ningún hombre podía resistirle. Pues, paréceme —dijo sir Gawaine— que hay que censuraros, porque hay que suponer que quien ahí colgó el escudo no tarde en regresar, y entonces quizá esos caballeros puedan competir con él, y eso ya sería más apropiado, puesto que yo no soportaré más tiempo ver deshonrado el escudo de un caballero. Y con esto, sir Uwaine y sir Gawaine se retiraron un poco, cuando sir Marhaus apareció, jinete en gran caballo, dirigiéndose hacia ellos. Tan pronto las doce damas lo divisaron, huyeron en dirección a la torre, como si estuvieran locas, de tal modo que algunas cayeron en el camino. Entonces uno de los caballeros de la torre aprestó su escudo y dijo en alta voz: «Sir Marhaus, defendeos». Y chocaron tan fuertemente que el caballero rompió su lanza sobre Marhaus, y sir Marhaus le golpeó con tal vigor que le rompió el cuello y al caballo el lomo.

—Sí, es lo malo de estas cosas, se estropean demasiados caballos.

—Lo vio el otro caballero de la torre y se dirigió hacia Marhaus con tal presteza que pronto él y su caballo cayeron muertos...

—Otro caballo menos; te digo que es una costumbre que debía suprimirse. No comprendo cómo la gente con algún sentimiento puede aplaudir esto.

—Así, estos dos caballeros chocaron con tanta velocidad...

Vi que me había dormido y había perdido un capítulo, pero no dije nada. Consideré que el caballero irlandés se había metido en dificultades con los dos visitantes, y eso es lo que resultó.

—...que sir Uwaine golpeó a sir Marhaus rompiendo en pedazos la lanza sobre el escudo, y sir Marhaus le golpeó tan fuerte que derribó a caballo y jinete al suelo, e hirió a sir Uwaine en el lado izquierdo...

—La verdad es, Alisande, que los arcaísmos son demasiado sencillos; el vocabulario es demasiado limitado y, en consecuencia, las descripciones sufren de falta de variedad; de hecho van demasiado al nivel del Sahara y carecen de detalles pintorescos; esto las rodea de un cierto aire de monotonía. Las luchas son todas iguales: un par de personas chocan a gran velocidad, velocidad es una buena palabra, y también exégesis, holocausto, desfalco, usufructo y un centenar de otras, pero ¡vaya! hay que distinguir; chocan a gran velocidad, se rompe una lanza, una parte rompe el escudo y la otra cae a tierra, por encima de la cola de su caballo, que se rompe el cuello; luego el candidato siguiente viene a gran velocidad y rompe su lanza, y el otro el escudo, y aquel cae a tierra, por encima de la cola de su caballo y se rompe el cuello, y luego se escoge a otro, y a otro y a otro, hasta que se consume todo el material; cuando se pone uno a calcular los resultados, no se diferencia un combate de otro, ni aun quien venció; y en cuanto a cuadro de batallas vivas, furiosas y rugientes, ¡bueno! son pálidas y silenciosas, sólo fantasmas que forcejean metidos en una niebla. ¿Qué arrancaría este árido vocabulario al más potente de los espectáculos? Por ejemplo el incendio de Roma en la época de Nerón, diría simplemente: «Ciudad quemada; sin asegurar; muchacho rompe una ventana, bombero se rompe el cuello.» ¡Menudo cuadro!

Me pareció que era una conferencia bastante apropiada, pero no perturbó a Sandy ni un ápice; el vapor volvió a remontarse con firmeza en el instante en que quité la tapadera.

—Luego sir Marhaus hizo girar a su caballo y se lanzó hacia Gawaine. Y cuando sir Gawaine lo vio, aprestó el escudo; enfilaron las lanzas y chocaron con todo el vigor de sus caballos, ambos caballeros se golpearon fuertemente en la mitad de los escudos y la lanza de sir Gawaine se rompió.

—Sí, tenía que ocurrir.

—Y la de sir Marhaus resistió, así que sir Gawaine y su caballo se desplomaron al suelo...

—Exactamente y se rompió la espalda.

—...y sir Gawaine se levantó con presteza, sacó la espada y se dirigió a pie hacia sir Marhaus, al punto chocaron y se golpearon de tal modo con las espadas, que los escudos les volaron en pedazos, abollaron los yelmos y cotas y se hirieron. Pero sir Gawaine después de dar las nueve, y durante tres horas, creció en vigor hasta que su fuerza aumentó tres veces. Sir Marhaus lo contemplaba y se llenaba de asombro, y se hirieron gravemente y luego cuando el mediodía era casi llegado...

El sonsonete de todo esto me transportó a escenas y sonidos de mi infancia.

—¡N-e-w Haven! ¡Diez minutos de parada! ¡El conductor tocará la campana dos minutos antes de que salga el tren, pasajeros para la línea de Shore que, por favor, tomen asiento en el coche último, este coche ya no sigue más; ¡manzanas, naranjas, plátanos, bocadillos, palomitas de maíz!

—...y pasó el mediodía y llegaba la hora de vísperas. La resistencia de sir Gawaine disminuía y se debilitaba hasta tal punto que no podría aguantar más, y sir Marhaus cada vez era más fuerte...

—Lo cual hacía estirar su armadura, por supuesto; pero poco le habría importado a esa gente una cosa como ésta.

—...y así, señor caballero —dijo sir Marhaus—, he comprendido bien que sois un caballero muy bueno, y hombre de una fuerza tan maravillosa como jamás he conocido otra, nuestra desavenencia no es grande y por eso sería lástima que os hiciese daño ahora que veo que estáis muy débil. Gentil caballero —dijo sir Gawaine—, decís lo que yo hubiera dicho. Y con esto se quitaron los yelmos y se besaron, y allí se juraron amarse como hermanos...

Ahí perdí el hilo y me adormilé lamentando que hombres de una fuerza tan descomunal, fuerza que les permitía aguantar, encajados en hierro cruelmente pesado, empapados de sudor, acuchillándose, apaleándose y golpeándose durante seis horas seguidas, no hubiesen nacido en una época en que la hubiesen podido aprovechar útilmente. Por ejemplo, tomemos un asno; tiene esa clase de fuerza y la usa para un fin útil, para este mundo tiene valor porque es precisamente un asno; pero el noble al ser un asno no tiene ese valor. Se trata de una mezcla siempre ineficaz, y que, desde luego, nunca debería de haber sido experimentada. Sin embargo, una vez que se inicia un error, ya se tiene la perturbación y no se sabe qué saldrá de todo ello.

Cuando volví de nuevo en mí y comencé a escuchar, observé que había perdido otro capítulo y que Alisande había recorrido mucho camino con su gente.

—Y así, cabalgando, penetraron en un profundo valle lleno de piedras, y allí vieron una hermosa corriente de agua; al fondo se hallaba el nacimiento de la corriente, una hermosa fuente junto a la que se sentaban tres damas. A este país —dijo sir Marhaus—, desde que le dieron nombre, nunca vino caballero alguno que no encontrara extrañas aventuras...

—No son buenas formas, Alisande. Sir Marhaus, el hijo del rey de Irlanda, habla como los demás; deberías darle un acento especial o al menos una interjección característica; de este modo se le reconocería en cuanto hablase, sin necesidad de tener que citar su nombre. Es un artificio literario usual entre los grandes autores. Deberías hacerle decir: «A este país, cáspita, desde que le dieron nombre, nunca vino caballero alguno que no encontrara extrañas aventuras, cáspita.» Ya ves como suena mejor.

—Nunca vino caballero alguno que no encontrara extrañas aventuras, cáspita. En verdad, así es, buen señor, si bien es difícil de decir; aunque quizá con el uso se logre más velocidad. Y entonces llegaron hasta las damas y se saludaron mutuamente, la más vieja llevaba una como guirnalda de oro en torno a la cabeza y era de edad de sesenta inviernos o más...

—¿Tantos?

—Sí, mi querido señor, y su pelo era blanco bajo la guirnalda...

—Dentadura postiza; seguro que a nueve dólares una, de esa clase que queda suelta y cuando se come sube y baja como el rastrillo de una fortaleza y que se cae al reírse.

—La segunda dama tenía treinta inviernos y tenía un cerco de oro en torno a la cabeza. La tercera dama no tenía más que quince años...

¡Los recuerdos inundaron mi alma y la voz se desvaneció de mi oído!

¡Quince! ¡Se me parte el corazón! ¡Mi amor perdido! ¡Exactamente la edad de quien era tan gentil, tan hermosa, y el mundo entero para mí, y a quien nunca volveré a ver! A través de anchos mares de recuerdos su memoria me transporta a una época vagamente difusa, una época feliz, a muchos, muchos siglos de distancia, cuando yo solía despertarme en las suaves mañanas de verano, después de haber soñado dulcemente con ella, y exclamaba: ¡Hola, central!, para escuchar su voz amada que me contestaba: ¡Hola, Hank!, que sonaba a mi oído como música de las esferas celestiales. Ganaba tres dólares a la semana, pero los valía.

No podía seguir la explicación siguiente de Alisande acerca de quiénes eran los caballeros que habían sido capturados; es decir, en el caso en que ella llegase alguna vez a explicarlo. Mi interés se había desvanecido; mi pensamiento estaba lejos, y muy triste. Por reflejos ocasionales de la narración, que captaba de vez en cuando, percibí de un modo vago que cada uno de estos caballeros montó a la grupa de su caballo a una de las damas, y uno marchó al norte, otro al este y el otro al sur, para buscar aventuras y reunirse de nuevo y mentir después de algún tiempo. ¡Un año y un día, y sin equipaje! Estaba a la misma altura de la simplicidad general del país.

El sol se estaba poniendo. Aproximadamente a las tres de la tarde Alisande había empezado a contarme quiénes eran los vaqueros, así que había hecho un buen progreso. Llegaría alguna vez, sin duda, pero no era una persona a la que se pudiese meter prisa.

Nos estábamos acercando a un castillo situado en una elevación; una estructura vasta, fuerte y venerable cuyas grises torres y baluartes estaban encantadoramente cubiertos de hiedra. Toda aquella masa majestuosa estaba bañada con los esplendores del sol poniente. Era el castillo más grande que yo había visto, así que pensé que podía ser el que íbamos buscando, pero Sandy dijo que no. No sabía de quién era, había pasado sin entrar cuando se dirigió a Camelot.

16. LA MAGA MORGANA

Si hubiera que creer a los caballeros andantes no todos los castillos son lugares apropiados para buscar hospitalidad. De hecho, los caballeros andantes no son personas a las que se pueda creer siguiendo el criterio moderno de veracidad; sin embargo, para aquella época y con una escala adecuada, se obtenía la verdad. Era muy sencillo: de una afirmación había que descontar el noventa y siete por ciento, lo que quedaba era el hecho puro. Después de hacer esta concesión, tenía la duda de si yo sabía algo de un castillo antes de tocar la campanilla, me refiero al saludar a la guardia. Por lo tanto quedé complacido al ver un jinete que doblaba la última curva de la carretera que bajaba del castillo.

Según nos acercábamos observé que llevaba un yelmo emplumado y que parecía revestido de acero, pero también con una curiosa adición, una rígida vestidura cuadrada similar a la de los heraldos. Tuve que sonreírme de mi propio carácter olvidadizo, cuando al aproximarnos pude leer este letrero sobre su ropa:

JABÓN DE PERSIMMONS. LO USAN TODAS LAS VEDETTES

Era una pequeña idea mía con varios propósitos saludables en perspectiva en orden a civilizar y elevar a la nación. En primer lugar, era un golpe bajo y furtivo asestado a esa bobada de la caballería andante, aunque nadie lo sospechase. Había lanzado a cierto número de personas, los más valientes caballeros que pude conseguir, cada uno convertido en un hombre-sandwich, entre anuncios de diferentes cosas. Consideré que, poco a poco, cuando fuesen bastante numerosos empezarían a parecer ridículos; entonces, incluso el asno revestido de acero que no llevaba ningún anuncio empezaría a parecer ridículo.

En segundo lugar, sin crear sospechas ni levantar alarmas, estos misioneros irían introduciendo gradualmente entre la nobleza una limpieza rudimentaria, y desde aquí pasaría al pueblo, si se podía evitar que se moviesen los sacerdotes. Esto minaría la Iglesia. Es decir sería un paso en ese sentido. El siguiente, la educación; el siguiente, la libertad, y luego empezaría a desmoronarse. Al ser mi convicción que cualquier Iglesia oficial es un crimen oficial, un corral de esclavos oficial, carecería de escrúpulos, estaba deseoso de asaltarlo del modo que fuera y con cualquier arma que pudiese hacer daño. En mi época anterior, en los siglos remotos que aún no se agitaban en las entrañas del tiempo, había viejos ingleses que se imaginaban que habían nacido en un país libre: Un país «libre» donde aún seguía en vigor la ley de corporaciones y la de Prueba[22], piedras arrojadas contra la libertad del hombre y conciencias deshonradas con las que apuntalar un anacronismo oficial.

Mis misioneros habían aprendido a deletrear los dorados signos de sus vestiduras. El llamativo dorado fue una buena idea. Podría haber hecho que el rey llevase un anuncio sólo por aquel esplendor bárbaro. Tenían que deletrear estos signos y explicar a los señores y a las demás qué era el jabón. Si le cogían miedo, hacer que probasen con un perro. El paso siguiente era lograr que se reuniese la familia y probarlo sobre sí mismo. No debía detenerse ante ningún experimento, por desesperado que fuera, para convencer a la nobleza de que el jabón era inofensivo. Si todavía existía alguna duda, debía coger a un ermitaño —los bosques estaban llenos—; se llamaban a sí mismos santos y como a tales se les consideraba. Si un ermitaño podía sobrevivir a un lavado y eso no lograba convencer a un duque, había que desistir y dejarle solo.

Siempre que mis misioneros alcanzaban a un caballero andante en la carretera, lo lavaban y cuando se restablecía le hacían jurar que iría con un anuncio divulgando el jabón y la civilización durante el resto de sus días. El resultado era que los trabajadores de este sector aumentaban gradualmente, y la reforma se

---

[22] Por las que se excluía a los disidentes de todos los cargos municipales y se hacía a los funcionarios públicos prestar el juramento de la supremacía del rey sobre el papado y tomar la comunión según el rito anglicano. (N. T.)

extendía firmemente. Mi fábrica de jabón sintió la presión enseguida. Al principio sólo tenía dos empleados, pero antes de partir
ya tenía quince, trabajando día y noche. La atmósfera quedaba tan
cargada que el rey tenía desmayos y jadeaba, decía que no creía
que pudiese aguantarlo mucho tiempo, y sir Lanzarote no hacía
más que subir y bajar del tejado jurando, aunque yo le había dicho
que allí era el peor sitio, pero él afirmaba que necesitaba mucho
aire; siempre se andaba quejando que un palacio no era un lugar
para una fábrica de jabones, y que si un hombre fuese a iniciar una
en su casa, maldita sea si no lo estrangulaba. Había damas presentes, pero a esta gente no le importaba nada; juraban delante de los
niños, si les llegaba el viento cuando la fábrica estaba funcionando.

El nombre del caballero era La Cote Male Taile, y dijo que
este castillo era la morada de la maga Morgana, hermana del rey
Arturo y esposa del rey Uriens, monarca de un reino del tamaño
del distrito de Columbia. Uno podía colocarse en el centro y arrojar ladrillos al reino de al lado. Los «reyes» y los «reinos» eran tan
abundantes en Bretaña como en la pequeña Palestina de la época
de Josué, cuando la gente tenía que dormir con las rodillas encogi-
das por no poder extenderlas sin pasaporte.

La Cote venía muy deprimido porque había obtenido el mayor
fallo de su campaña. No había vendido ni una pastilla, a pesar de
haber probado todas las estratagemas del negocio, incluso el
lavado de un ermitaño, pero el ermitaño murió. Se lamentaba y se
afligía este pobre sir La Cote Male Taile. Me sentí movido a con-
fortarle y apoyarle. Por lo tanto, dije:

—Reprime tu pena, buen caballero, porque esto no es una
derrota. Tenemos cerebro tú y yo. Para los que tienen cerebro no
hay derrotas, sino solamente victorias. Fíjate cómo vamos a transformar este aparente desastre en un anuncio; un anuncio de nuestro
jabón, el mayor que jamás se hubiera podido pensar. Pondremos
en tu anuncio: «Patrocinado por el Elegido». ¿Qué te parece?

—¡Magníficamente pensado!

—Bueno, hay que admitir que para un sencillo anuncio de una
sola línea está estupendamente.

Así se desvanecieron las penas del pobre viajante espiritual.
Era un individuo valiente que, en su día, había realizado notables

hechos de armas. Su principal celebridad descansaba en los acontecimientos de una excursión como la mía, llevando a una dama denominada Maledisant, de lengua tan ágil como la de Sandy, aunque de una clase diferente puesto que sólo producía injurias e insultos, mientras que la música de Sandy era de un tipo más amable. Yo conocía bien su historia y pude interpretar la composición que reflejaba su rostro cuando se despidió. Suponía que yo lo estaba pasando tan mal como él entonces.

Según nos alejábamos, Sandy y yo hablamos de esta historia. Decía ella que la mala suerte de La Cote había empezado en el mismo comienzo del viaje; el bufón del rey le había derribado el primer día y la costumbre en tales casos era que la muchacha se fuera con el vencedor, pero Maledisant no lo hizo y, además, persistió en ir con él aun después de sus derrotas. Pero —pregunté— supongamos que el vencedor no aceptase el botín. Ella contestó que eso no serviría, tenía que hacerlo, no podía rehusar, no habría sido normal. Tomé nota de todo. Si alguna vez la música de Sandy se volvía demasiado pesada, me dejaría vencer por algún caballero para tener la oportunidad de que me abandonara.

A su debido tiempo nos dio el alto la guardia del castillo desde lo alto de las murallas y, tras un parlamento, fuimos admitidos. No tengo nada agradable que contar de aquella visita. No fue una desilusión porque conocía la reputación de la señora, y no esperaba lo contrario. Tenía aterrorizado al reino entero por haber hecho creer a todo el mundo que era una gran hechicera. Su comportamiento era malvado y sus instintos diabólicos. Estaba cubierta hasta la coronilla de fría maldad. En su negra historia de delitos el asesinato era corriente. Yo tenía tanta curiosidad por verla, como habría tenido por ver a Satanás. Me llevé la sorpresa de que era hermosa, los negros pensamientos no habían podido volver repulsiva su expresión; la edad no había podido arrugar su piel satinada ni echar a perder su florida lozanía. Podía haber pasado por la nieta del viejo Uriens, podían haberla tomado por la hermana de su propio hijo.

Tan pronto como atravesamos las puertas de su castillo, ordenó que fuéramos llevados a su presencia. Estaba allí el rey Uriens, un viejo de rostro amable con expresión sumisa; y el hijo, sir Uwaine le Blanchemains, a quien yo tenía interés en conocer porque había combatido con treinta caballeros, y por su viaje con sir Gawaine y sir Marhaus con el que Sandy me había estado echando años encima. Pero Morgana era la principal atracción, la personalidad más sobresaliente, estaba claro que era el jefe de la casa. Nos hizo sentar y luego comenzó a hacerme preguntas con toda clase de gentilezas. Era, según hablaba, como un pájaro o una flauta. Me convencí de que la fama de esta mujer estaba desfigurada, que habían mentido acerca de ella. Seguía trinando y trinando; en aquel momento, un hermoso paje, con un vestido como el arco iris y con un movimiento tan gentil como el de una ola, entró con alguna cosa en una bandeja de oro y, al arrodillarse para ofrecérsela, extralimitó su gentileza, perdió el equilibrio y tropezó ligeramente con su pierna. De un modo tan natural como otra persona hubiera atravesado a una rata, ella le clavó un puñal.

¡Pobre niño! Se derrumbó al suelo, retorció sus miembros de seda en una contorsión de dolor y quedó muerto. El viejo rey ahogó una involuntaria exclamación de dolor. La mirada que recibió le cortó en seco y le impidió alargar la exclamación. Sir Uwaine, a una señal de su madre, fue a la antecámara por algunos criados y, mientras tanto, la señora siguió desgranando dulcemente su charla.

Vi que era una buena ama de casa porque mientras hablaba seguía con el rabillo del ojo a los criados para cerciorarse de que no cometían equivocaciones al sacar el cuerpo; cuando regresaron con toallas recién limpias envió por otras, y cuando habían terminado de limpiar el piso, les indicó una mancha carmesí del tamaño de una lágrima que sus ojos embotados habían pasado por alto. Era claro que La Cote Male Taile no pudo ver a la dueña de la casa. Frecuentemente las pruebas circunstanciales hablan más alto y con más claridad que cualquier lengua.

Morgana seguía hablando tan musicalmente como antes. Una mujer maravillosa. ¡Qué mirada tenía! Cuando reprochaba a los criados, se encogían y se acobardaban como la gente tímida al ver al relámpago surgir de las nubes. Hasta yo podría haber cogido la costumbre. Lo mismo le ocurría al pobre viejo Uriens, no le podía mirar sin empezar a pestañear.

En medio de la charla dejé caer unas palabras de cumplido para el rey Arturo sin darme cuenta en aquel momento que aquella mujer odiaba a su hermano. Aquel pequeño cumplido fue bastante. Se nubló como una tormenta y llamó a la guardia, exclamando:

—¡Arrastrad a estos lacayos a las mazmorras!

Esto me dejó helado. Sus mazmorras tenían una buena reputación. No se me ocurrió hacer ni decir nada. Pero no fue así en cuanto a Sandy. Tan pronto como la guardia me puso una mano encima exclamó con la más tranquila de las confianzas:

—¡Por las llagas de Cristo! ¿Buscáis la destrucción, maniáticos? ¡Es el Jefe!

¡Qué idea tan feliz y tan sencilla! Sin embargo a mí no se me habría ocurrido. Había nacido modesto, por lo menos en algunos aspectos y éste era uno.

El efecto sobre la señora fue como el de una descarga eléctrica. Se le aclaró el semblante y regresaron sus sonrisas y gentilezas persuasivas, a pesar de lo cual no pudo ocultar por completo que estaba aterrorizada.

—¡Escuchad a vuestra doncella! ¡Como si alguien dotado de mis poderes pudiese decir en serio lo que acabo de decir al que venció a Merlín! Por mis hechizos sabía que vendríais por aquí y os conocí cuando entrasteis. Hice esta pequeña broma con la esperanza de sorprenderos en alguna exhibición de vuestras artes, porque, sin duda, habríais volado a la guardia con fuegos ocultos, consumiéndolos en el propio terreno, una maravilla más allá de mi propia habilidad pero que yo hacía mucho que tenía la infantil curiosidad de ver.

La guardia estaba menos curiosa, y salió tan pronto como se le dio permiso.

17. UN BANQUETE REAL

La señora, viéndome pacífico y sin resentimientos, juzgó sin duda que su excusa me había engañado, ya que su temor se disolvió y se puso tan pesada en darme una exhibición de cómo mataba a alguien que la cosa ya resultaba embarazosa. Menos mal que la interrumpieron con la llamada a la oración. Debo decir esto en favor de la nobleza: eran tiranos, asesinos, codiciosos y moralmente podridos, pero al mismo tiempo profunda y entusiásticamente religiosos. Nada podía apartarlos del cumplimiento regular y piadoso de las devociones prescritas por la Iglesia. Más de una vez había yo visto a un noble que había cogido a un enemigo en situación desventajosa, pararse a rezar antes de cortarle el cuello; más de una vez había yo visto a un noble, después de una emboscada y de matar a su enemigo, retirarse a una capilla cercana y dar humildes gracias sin pararse ni a robar el cuerpo. No había nada más delicado ni en la vida de Benvenuto Cellini, aquel santo tallado en bruto diez siglos más tarde. Todos los nobles y sus familias asistían cotidianamente a los servicios divinos por la mañana y por la noche, y hasta el peor de ellos tenía, además, culto familiar cinco o seis veces al día. El saldo de esto pertenecía enteramente a la Iglesia.

Tras la oración cenamos en la gran sala de los banquetes, alumbrada por cientos de recipientes con grasa. Todo era tan delicado, tan pródigo y tan rudamente espléndido como correspondía al rango real de los huéspedes. A la cabecera de la sala estaba, sobre un estrado, la mesa del rey, de la reina y de su hijo, el príncipe Uwaine. Desde aquí, y sobre el suelo, se extendía por la sala la mesa general. Ocupando un puesto de honor, se sentaban a ella los nobles y los miembros adultos de sus familias, de hecho la corte residente, sesenta y una personas; después venían los cargos menores de la casa real, con los subordinados más importantes, lo que hacía que ciento dieciocho personas sentadas y aproximadamente un número igual de criados de uniforme de pie detrás de las sillas o sirviendo una cosa u otra. En una galería una orquesta con címbalos, cuernos, arpas y otros horrores atacó el comienzo de lo que parecía ser el primer borrador o agonía original del lamento conocido a las generaciones posteriores como: «En el dulce adiós.» Era nuevo y lo debían de haber ensayado un poco más. Por una u otra razón la reina hizo que colgasen al compositor, una vez transcurrida la cena.

Después de esta música, el sacerdote que permanecía de pie tras la mesa real, dio unas largas y nobles gracias en algo que parecía latín. Luego el batallón de camareros partió de sus lugares, y se lanzó, se precipitó, voló, cogió y transportó, y así comenzó la potente alimentación; no se oía ni una palabra, sólo había atención para el negocio que se estaba tratando. Las filas de mandíbulas se abrían y cerraban al unísono, y su ruido era como el apagado ronroneo de una maquinaria subterránea.

El estrago continuó durante hora y media y es de imaginar la destrucción de víveres. De la principal característica del festín, el enorme jabalí de aspecto majestuoso e imponente al principio, no quedaba más que algo parecido a un miriñaque; y no era más que el símbolo de lo que había sucedido a los otros platos.

Con las pastas y lo demás comenzó el beber a fondo y la conversación. Desaparecía galón tras galón de vino e hidromiel, todo el mundo, uno y otro sexo, se encontró cómodo, luego feliz, después espumeantemente alegre, y poco a poco muy alborotado. Los hombres contaban anécdotas terroríficas pero nadie se sonrojaba; cuando llegaba el meollo todo el auditorio prorrumpía en una risotada de caballo que hacía tambalear la fortaleza. Las damas replicaban con historietas que habrían casi hecho esconderse tras un pañuelo a la reina Margarita de Navarra o incluso a la gran Isabel de Inglaterra, pero aquí no se escondía nadie, sino que se reían, o mejor aullaban. En muchas de estas terribles historias los intrépidos héroes eran los eclesiásticos, lo que no preocupaba ni lo más mínimo al capellán que unía su risa a los restantes; incluso, cuando se lo pedían, rugía en un canto que era tan atrevido como el que más de los entonados aquella noche.

A medianoche todo el mundo estaba rendido, enfermo de risa y, por regla general, borracho: unos llorando, otros afectuosos, otros riendo, otros peleando y otros muertos debajo de la mesa. De las damas el peor espectáculo lo daba una joven y hermosa duquesa en la víspera de la boda, en verdad un buen espectáculo. Según estaba podía haber posado con anticipación para el retrato de la hija menor del Regente de Orleans, en la cena famosa de donde la llevaron a su cama maldiciendo, borracha y sin poderse valer, en los días aciagos y lamentables del Antiguo Régimen.

De repente, mientras el sacerdote elevaba las manos y todas las cabezas conscientes se inclinaban con reverencia ante la próxima bendición apareció bajo la arcada de una lejana puerta al fondo de la sala, una dama vieja, encorvada, con el pelo blanco, apoyándose sobre una muleta; la levantó y, apuntándola hacia la reina, exclamó:

—La ira y la maldición de Dios caiga sobre ti, mujer sin piedad, que has matado a mi inocente nieto y has dejado desolado a este viejo corazón que no tenía hijos, amigos, descanso ni consuelo en todo este mundo salvo él.

Todo el mundo se santiguó aterrorizado porque una maldición era algo terrible para esta gente, pero la reina se levantó, majestuosa, con el brillo de la muerte en sus pupilas y ordenó con dureza:

—¡Cogedla! ¡Al cadalso con ella!

Los soldados abandonaron sus lugares para obedecer. Era una vergüenza, era cruel ver esto. ¿Qué se podía hacer? Sandy me miró, me di cuenta de que tenía otra inspiración. Yo le dije:

—Haz lo que te parezca.

Se levantó mirando fijamente a la reina. Me señaló y dijo:

—Señora, él dice que no puede ser. Revocad la orden o deshará el castillo, que se desvanecerá como el inconstante tejido de los sueños.

¡Maldita sea, qué obligación para que una persona se comprometiese a realizarlo! Y si la reina...

Pero mi consternación no pasó de ahí y mi pánico desapareció. La reina, desfallecida, no mostró resistencia sino que dio una señal de anular la orden, y se hundió en su asiento. Toda la reunión se levantó sin ninguna ceremonia, y se precipitó hacia la puerta, tirando sillas, machacando la vajilla, arrastrando, luchando, empujando, amontonándose, cualquier cosa que les permitiese salir antes de que yo cambiase de opinión e hiciese volar el castillo a los infinitos vacíos del espacio. Bien, bien, bien, realmente eran supersticiones.

La pobre reina estaba tan amedrentada y humilde que hasta tenía miedo de colgar al compositor sin consultarme primero. Yo lo sentía mucho por ella porque estaba sufriendo de verdad, realmente a cualquiera le hubiera pasado lo mismo. Yo estaba dispuesto a hacer lo que fuera razonable y no tenía ganas de llevar las cosas a extremos inútiles. Por lo tanto, consideré concienzudamente el asunto y terminé por hacer que los músicos viniesen a nuestra presencia para tocar otra vez el «En el dulce adiós», cosa que hicieron inmediatamente. Entonces vi que ella tenía razón y le di permiso para que colgase a toda la orquesta. Esta pequeña relajación de la severidad produjo un buen efecto sobre la reina. Un estadista gana poco con el ejercicio arbitrario de una autoridad férrea en todas las ocasiones que se ofrezca, porque esto hiere el justo orgullo de sus subordinados y así tiende a minar su fuerza. Una pequeña concesión, de vez en cuando, donde no pueda hacer daño, es la más sabia política.

Ahora que la reina volvía a encontrarse con desenvoltura y moderadamente feliz, el vino empezó a hacer valer sus derechos de nuevo, y ella recobró el ímpetu. Quiero decir que la campana de plata de su lengua se puso a tocar su propia música. Era una experta habladora. Yo no podía sugerir que era muy tarde y que estaba cansado y con mucho sueño. Ojalá me hubiese ido a la cama cuando tuve la oportunidad. Ahora tenía que aguantar, no había más remedio. Ella seguía retintineando en el profundo y fantasmal silencio del castillo dormido, hasta que al poco llegó hasta nosotros como si viniera de las profundidades, un sonido lejano parecido a un grito ahogado, tenía una expresión de agonía que me hizo poner la carne de gallina. La reina se detuvo y sus ojos se iluminaron de placer, ladeó su graciosa cabeza como un pájaro cuando está escuchando. El sonido volvió a traspasar el silencio.

—¿Qué es? —dije.

—En verdad es un alma testaruda, y resiste mucho. Lleva muchas horas.

—¿Resiste qué?

—El potro. Venid a ver un hermoso espectáculo. Si no revela su secreto ahora, le veréis despedazado en dos.

Era de una perversidad suave como la seda, llena de compostura y serenidad, mientras a mí los tendones de las piernas me dolían por afinidad con el dolor de aquel hombre. Conducidos por soldados recubiertos de cota de malla que portaban resplandecientes antorchas, fuimos a lo largo de lóbregos corredores, bajamos escaleras de piedra que rezumaban humedad y olían a moho y a siglos de noche aprisionada; fue un recorrido frío, pavoroso y largo, que no se acortó ni animó por la charla de la hechicera, que era acerca de la víctima y de su delito. Un informante anónimo le había acusado de matar un ciervo en el vedado real.

—Un testimonio anónimo no es correcto del todo, Alteza. Sería más justo enfrentar al acusado con el acusador.

—Como no era muy importante, no pensé en ello. Pero aunque lo hubiera hecho, habría sido imposible porque el acusador vino enmascarado a decírselo de noche al guardabosque, desapareció inmediatamente y así el guardabosque no le conoce.

—¿Entonces, el desconocido es la única persona que vio matar al ciervo?

—A fe mía que nadie vio la muerte, pero este desconocido vio al miserable cerca del lugar donde yacía el ciervo y vino, con celo leal, a denunciarlo al guardabosque.

—¿Así que el desconocido también estaba cerca del ciervo muerto? ¿No es posible que él mismo fuese el autor de la muerte? Su lealtad con máscara parece un poco sospechosa. Pero ¿por qué pensó en darle tormento? ¿Qué se sacaba de ahí?

—No quiere confesar, y, de este modo, su alma se pierde. La ley le priva de la vida, y ya me preocuparé de que así sea, pero sería peligroso para mi propia alma el dejar que muriese sin confesión y sin absolución. Sería tonta si yo misma me lanzase al infierno por las conveniencias de éste.

—Pero, Alteza, supongamos que no tiene nada que confesar.

—Bueno, eso la vamos a ver pronto. Si le doy tormento hasta que muera y no confiesa nada, quizá eso muestre que en realidad no tenía nada que confesar, concederéis que esto es agradable.

Como ya no me condenaría por un hombre sin confesar, que no tiene nada que confesar, estaría a salvo.

Era la testarudez de la época. Era inútil discutir con ella. Los argumentos no tienen alternativa frente a la educación fosilizada, la desgastan tanto como las olas a una escollera. Y su educación era la de todo el mundo. La inteligencia más brillante del país no habría sido capaz de ver que su postura era defectuosa.

Al entrar en la celda de tortura vi un cuadro que no se apartará de mí, ojalá fuera de otro modo. Un joven gigante de unos treinta años yacía tendido sobre la espalda, con las muñecas y los tobillos atados a unas cuerdas que se prolongaban hasta unas cabrias. Había perdido el color, sus rasgos estaban contorsionados y transpuestos, las gotas de sudor empapaban su frente. Un sacerdote se inclinaba sobre él a cada lado, el verdugo esperaba de pie, los soldados en postura rígida, las humeantes antorchas colgaban en los huecos de las paredes, en un rincón se acurrucaba una pobre criatura, joven, con la cara afilada por la angustia, con una mirada medio salvaje y acorralada en sus ojos, y con un niño pequeño en su regazo. Cuando cruzábamos el umbral, el verdugo dio una vuelta ligera a su aparato, que arrancó un grito del prisionero y de la mujer, pero yo lancé una exclamación y el verdugo soltó sin esperar a ver quién hablaba. No podía permitir que continuase este horror. El verlo me habría matado. Pedí a la reina que me dejase despejar el lugar para hablar a solas con el prisionero; ella iba a poner objeciones pero en voz baja le dije que no deseaba hacer una escena delante de sus criados, si bien había de ser como yo quería, porque era el representante el rey Arturo y en su nombre hablaba. Vio que tenía que ceder. Solicité de ella que me respaldase ante esta gente y que luego me dejaran solo. No le era agradable pero se tragó la píldora e incluso fue más lejos de lo que yo pedía, que no era más que el apoyo de su autoridad, y dijo:

—Haréis en todo lo que este caballero ordene. Es el Jefe.

Era una buena palabra con la que conjurar, como pudo verse por el movimiento de estas ratas. Los soldados de la reina se colocaron en fila y con ella, precedidos de los portadores de las antorchas, se alejaron, mientras el ruido uniforme de sus pisadas despertaba el eco de los cavernosos sótanos. Hice que quitasen al prisionero del tormento y lo tendiesen en la cama, se le aplicaron medicamentos a sus heridas y se le hizo beber vino. La mujer se arrastró hasta él y le contempló con ansiedad, con amor, pero temerosa como alguien que tiene miedo a una repulsa; trataba, a hurtadillas, de tocarle la frente, y retrocedió de un salto, con la misma imagen del terror, cuando inconscientemente me di la vuelta hacia ella. Era tristísimo.

—¡Dios mío! Abrázale si quieres, muchacha. Haz lo que quieras, no te preocupes de mí le dije.

Sus ojos estaban tan agradecidos como los de un animal al que se hace una caricia que puede entender. Dejó al bebé y en un instante su mejilla estaba junto a las del hombre, acariciándole el pelo con las manos y llorando agradecida. El hombre revivió y acarició a su mujer con la mirada, que era lo único que podía hacer. Me pareció conveniente despejar la mazmorra. Eché a todos, salvo a la familia. Luego, dije:

—Ahora, amigo, cuéntame tu versión del asunto. Ya conozco la otra.

El hombre movió la cabeza con gesto negativo. Pero me pareció que la mujer se alegraba de mi sugerencia. Continué:

—¿Me conoces?

—Sí, todo el mundo os conoce en los reinos de Arturo.

—Si ha llegado hasta ti mi fama, sabrás que no debes tener miedo de hablar.

La mujer interrumpió ansiosa:

—¡Mi buen señor, persuadidle! Podéis hacer lo que queráis. Él sufre de este modo, y es por mí, por mí. No puedo soportarlo. ¡Ojalá pudiese verlo morir rápida y dulcemente! ¡Hugo, no puedo resistir esta muerte!

Y ella rompió en sollozos, arrastrándose a mis pies. ¿Qué imploraba? ¿La muerte del hombre? Yo no podía entender nada. Pero, Hugo la interrumpió diciendo:

—No sabes lo que pides. ¿Voy a matar de hambre a quien amo para ganar una muerte benigna? Entonces no me conoces bien.

—Bien —dije— no puedo descifrarlo. Es un enigma, pero...

—¡Buen señor, persuadidle! ¡Considerad cómo me hieren estas torturas! ¡No hablará! Mientras que el remedio y el descanso que yacen en una bendita muerte rápida...

—¿De qué hablas? Él va a salir de aquí libre, no va a morir.

La pálida faz del hombre se iluminó y la mujer se lanzó hacia mí con un estallido sorprendente de alegría, exclamando:

—¡Está salvado! ¡Es la palabra del rey en boca del servidor del rey Arturo, el rey cuya palabra es de oro!

—Bueno, después de todo creéis que se puede confiar en mí. ¿Por qué no lo hicisteis antes?

—Nadie dudaba, ni yo ni ella.

—Entonces, ¿por qué no me contabas tu historia?

—No habíais hecho promesa alguna, si no hubiera sido diferente.

—Ya veo, ya veo y, sin embargo, me parece que no veo del todo. Aguantaste la tortura y no quisiste confesar y eso demuestra claramente, aun al más obtuso, que no tenías nada que confesar...

—¿Yo, señor? ¿Cómo que no? ¡Yo fui el que mató al ciervo!

—¿Tú? ¡Es la cosa más confusa que jamás...!

—Buen señor, le supliqué de rodillas que confesase pero...

—¿Qué tú hiciste eso? Cada vez es más oscuro. ¿Para qué querías que lo hiciera?

—Le habría traído una muerte rápida y le hubiese ahorrado este cruel dolor.

—Sí, eso es una razón. Pero él no quería la muerte rápida.

—¿Él? Claro que la quería.

—Pero, entonces, ¿por qué demonios no confesó?

—¡Buen señor! ¿Para dejar a mi esposa e hijo sin pan y sin resguardo?

—¡Ahora lo veo, qué corazón de oro! La dura ley arranca la hacienda del hombre convicto y convierte en mendigos a su mujer y a sus huérfanos. Te podrían torturar hasta la muerte pero sin estar convicto y confeso no podrían robar a tu mujer y a tu hijo. Aguantaste por ellos como un hombre, y tú, verdadera esposa y mujer, le habrías aliviado de la tortura al coste de tu hambre y de tu muerte; rinde el ánimo pensar lo que tu sexo puede hacer cuando se trata del propio sacrificio. Os inscribiré en mi colonia; os gustará, es una fábrica donde voy a transformar autómatas, que andan a tientas y escarban, en verdaderos hombres.

18. EN LAS MAZMORRAS DE LA REINA

Lo arreglé todo e hice que enviasen al hombre a su casa. Tuve muchas ganas de dar tormento al verdugo, no por ser un buen funcionario, concienzudo y buen atormentador, porque no era un oprobio el que llevase a cabo perfectamente sus funciones, sino por devolverle los golpes injustificables y la angustia que proporcionó a aquella mujer. Los sacerdotes me hablaron acerca de esto y estaban suficientemente ansiosos de que se le castigase. Algo de esto surgía de vez en cuando. Me refiero a episodios que mostraban que no todos los sacerdotes eran falsarios y egoístas, sino que muchos, incluso la mayor parte de los que andaban entre la gente corriente, eran sinceros y de buen corazón, y se dedicaban a aliviar las dificultades y sufrimientos humanos. Era algo que no se podía remediar, así que rara vez me irritaba con esta materia y, si lo hacía, durante no mucho tiempo; nunca me he preocupado de lo que no tiene arreglo.

No podía atormentar al verdugo ni pasar por alto la justa queja de los sacerdotes. Había que castigarlo de un modo o de otro, así que le degradé de su cargo y le hice director de la nueva orquesta que se iba a organizar.

La reina se sintió muy ultrajada, cuando supo a la mañana siguiente que no se iba a quedar ni con la vida ni con la hacienda de Hugo. Le dije que debía llevar su cruz, que aunque, de acuerdo con la ley y la costumbre, le pertenecían la vida y la hacienda de aquel hombre, había circunstancias atenuantes, y así yo le había perdonado en nombre del rey Arturo. El ciervo estaba asolando sus tierras y el hombre lo había matado en un arrebato de pasión y no por la ganancia. Luego lo había transportado al bosque real para imposibilitar el descubrimiento del culpable.

¡Maldita sea! No podía hacerle ver que la pasión repentina es una circunstancia atenuante en la muerte de un venado o de una persona, así que desistí y dejé que se le pasara. Creí que iba a hacérselo ver con la observación de que su propia pasión repentina en el caso del paje modificaba aquel delito.

—¡Delito! —exclamó—. ¿Qué decís? ¡Delito! ¡Vaya, tengo que pagar por él!

No valía la pena malgastar energías con ella. Educación, educación lo es todo, lo es todo para una persona. Hablamos de la naturaleza, ¡tonterías! No hay tal cosa. Lo que así denominamos equivocadamente es herencia y educación. No tenemos pensamientos propios ni opiniones nuestras, es algo que se nos ha transmitido y dado por la educación. Todo lo que tenemos de original y que por lo tanto se nos puede o no achacar, cabe debajo de la punta de una aguja; el resto, son átomos heredados de mil millones de antepasados, desde Adán, y que nuestra raza ha desarrollado tan aburrida, tan pretenciosa y tan desventajosamente. En cuanto a mí todo mi pensamiento acerca del tráfago de esta triste peregrinación, de este patético ir a la deriva por la eternidad, es para mirar al exterior y vivir una vida pura, elevada y sin mácula que salve ese único átomo microscópico que hay en mí y que es mi verdadero yo. El resto puede irse al infierno y, por lo que a mí respecta, ser allí bien recibido.

No, ¡maldita sea!, la reina no era tonta, tenía suficiente inteligencia, pero su educación la convertía en un asno, desde el punto de vista de muchos siglos después. Matar al paje no era delito, era su derecho, y a él se acogía con serenidad inconsciente de su culpa. Era el resultado de generaciones educadas en la creencia inexpugnable de que la ley que permite al señor matar a un súbdito cuando quiere, es una ley perfectamente justa.

Debemos dar incluso a Satanás lo que le corresponde. La reina se merecía un cumplido por una cosa y traté de hacérselo, pero las palabras se me ahogaron en la garganta. Ella tenía derecho a matar al muchacho pero de ningún modo obligada a pagar por ello. Eso era la ley, que obligaba a los súbditos, no a ella. Ella sabía que hacía algo grande y generoso al pagar por aquel muchacho; y yo debía de corresponder con algo delicado, pero no podía, mi boca rehusaba hacerlo. No podía borrar de la imaginación aquella pobre abuela con el corazón destrozado, y aquella joven y bella criatura yaciendo muerta como un animal, con sus pequeñas pompas y vanidades de seda adornadas con su sangre. ¡Cómo podría ella pagar por él! ¿A quién podría pagar? Y de este modo, con el conocimiento de que esta mujer, tal como había sido educada, merecía alabanza, incluso adulación, yo no era capaz de expresarla. Lo más que pude hacer fue buscar un cumplido superficial, y lo lamentable es que era verdad:

—Señora, vuestro pueblo os adorará por esto.

Totalmente cierto. Yo quería decir que la colgarían, si pudiesen, algún día.

Algunas de estas leyes eran demasiado malas. Un señor podía matar a su esclavo por nada: por simple despecho, por maldad o para pasar el rato, según estábamos viendo en aquella cabeza coronada. Un caballero podía matar a un plebeyo libre y pagar por él, en metálico o en especies. Un noble podía matar a otro noble sin gasto alguno en lo concerniente a la ley, pero era de esperar que hubiera represalias. Cualquiera podía matar a cualquiera, menos el plebeyo y el esclavo, éstos no tenían privilegios. Si mataban era asesinato y la ley no soportaba el asesinato. Terminaba rápidamente con el que lo había intentado y además con su familia, si el muerto pertenecía a las categorías ornamentales. Si un plebeyo producía a un noble un arañazo que no le matase ni siquiera le hiriese, le reducían a guiñapos, a jirones, descuartizándole atando caballos a sus miembros. Todo el mundo acudía a presenciar el espectáculo, a soltar chistes y a pasarlo bien. Pero las cosas de algunos de la mejor gente que se hallaba presente eran tan poco confesables, como las que divulgó el agradable Casanova al contarnos la desmembración del pobre enemigo de Luis XV.

En estos momentos, ya estaba harto de este espantoso lugar, y quería marcharme, pero no podía porque me andaba algo por la cabeza sobre lo que mi conciencia me aguijoneaba constantemente y no me permitía olvidar. Si yo pudiese volver a hacer al hombre, lo haría sin conciencia. Es una de las cosas más desagradables relacionadas con las personas y, aunque hace mucho bien, no se puede decir que a la larga compense; sería mucho mejor tener menos bien y más comodidad. Sin embargo, esto es solamente mi opinión, otros con menos experiencia pueden pensar de otro modo. Tienen derecho a su propio punto de vista. Yo sólo afirmo esto: he observado mi conciencia durante muchos años y sé que me ha causado más molestias y dificultades que cualquier otra cosa. Supongo que al principio me enorgullecía, porque nos enorgullecemos de todo lo que es nuestro, y, no obstante, es tonto pensar así. Si lo miramos desde otro punto de vista nos damos cuenta de que es absurdo. ¿Si tuviese un yunque dentro de mí me enorgullecería? Desde luego que no. Y, sin embargo, si uno se pone a considerarlo, no hay verdadera diferencia entre una conciencia y un yunque, en cuanto a comodidad. Lo he observado mil veces. Se puede disolver un yunque con ácidos cuando uno ya no lo aguanta, pero no hay forma de deshacerse de la conciencia. Al menos yo no sé cómo hacerlo.

Había algo que deseaba realizar antes de partir, pero se trataba de un asunto desagradable que me preocupó durante toda la mañana. Se lo podía haber dicho al viejo rey, pero, ¿de qué hubiera servido? No era más que un volcán extinguido. En su tiempo había sido activo pero hacía mucho que su fuego se había apagado y ahora sólo era un majestuoso montón de cenizas, suficientemente gentil y suficientemente amable para mi propósito, sin duda, pero sin utilidad. El llamado rey no era nada, la reina era el único poder. Y la reina era un Vesubio. Por hacer un favor ella podría consentir en proporcionar calor a una bandada de gorriones, pero luego volvería a aprovechar la misma oportunidad para quemar una ciudad. Sin embargo, yo pensaba que, muchas veces, cuando uno espera lo peor, se obtiene algo que, después de todo, no es tan malo.

Así, pues, cobré ánimos y le expuse el asunto a su Alteza Real. Dije que en Camelot y en los castillos cercanos estaba dando un indulto general y que, con su permiso, me gustaría examinar su colección de curiosidades, es decir, sus prisioneros. Se resistió, como yo esperaba. Pero al final consintió. También lo esperaba, pero no tan pronto. Hizo que viniesen la guardia y las antorchas y bajamos a las mazmorras. Estaban debajo de los cimientos del castillo y, en su mayor parte, eran pequeñas celdas excavadas en la roca viva. Algunas no tenían nada de luz. En una de ellas se encontraba una mujer cubierta de sucios harapos que no contestó ni habló una sola palabra, sólo nos miró una o dos veces a través de una telaraña de pelo enmarañado como para ver qué es lo que podría ser aquel sonido y luz que turbaban el oscuro sueño sin sentido en que se había convertido su vida; después de eso se sentó, con los sucios dedos enlazados sobre su regazo y sin dar más señales de vida. Esta pobre ruina de huesos era, aparentemente, una mujer de mediana edad, pero sólo en apariencias. Llevaba allí nueve años y había entrado a los dieciocho. Era una plebeya y había sido enviada aquí en su noche de bodas por sir Breuse Sance Pité, un señor vecino a quien el padre de la novia quiso escamotear el llamado «derecho del señor»; y, más aún, había opuesto violencia a la violencia y había derramado unas gotas de la sagrada sangre del caballero. En aquel momento intervino el joven esposo, creyendo en peligro la vida de la desposada, y le lanzó al recibidor en medio de los humildes y temblorosos invitados, y allí le había dejado atónito por este extraño tratamiento e implacablemente enfurecido contra los esposos. Como el dicho señor tenía abarrotadas todas sus mazmorras, había pedido a la reina que acomodase a sus dos criminales, y en esta fortaleza habían permanecido desde entonces. Aquí habían venido a parar a la hora de su delito y ya no se habían vuelto a ver. Aquí estaban como sapos encerrados en la misma roca. Habían pasado nueve años en una oscuridad total, a quince metros de distancia y sin saber si el otro estaba vivo o no. En los primeros años su única pregunta, hecha con lágrimas y súplicas que habrían terminado por mover a las rocas, pero los corazones no son rocas, había sido: ¿vive él? ¿Vive ella? Pero nunca obtuvieron respuesta y por fin ya no preguntaron más.

Quise ver al hombre después de escuchar todo esto. Tenía treinta y cuatro años y parecía tener sesenta. Estaba sentado sobre un trozo cuadrado de piedra, con la cabeza inclinada, los brazos descansando sobre las rodillas, su largo pelo colgándole como un fleco por delante de la cara y estaba hablando solo. Levantó la barbilla y nos miró lentamente, con indiferencia, parpadeando ante la luz de las antorchas, luego volvió a dejar caer la cabeza y ya no nos hizo caso. Había presentes varios testigos patéticamente mudos. En las muñecas y tobillos se veían cicatrices, viejos costurones uniformes, y sujeta a la piedra sobre la que se sentaba había una cadena con esposas y grillos, pero este aparato yacía sin utilizar, en el suelo, totalmente cubierto de orín. Las cadenas no se necesitan cuando el espíritu ha desaparecido del hombre.

No pude animar al hombre, así que dije que lo llevaríamos a presencia de la novia que para él una vez fue lo más hermoso de la tierra; rosas, perlas y rocío hechos carne. Su contemplación haría vibrar su sangre embotada; su contemplación...

Pero fue una desilusión. Se sentaron juntos en el suelo y se miraron confusamente a la cara durante un instante, con una especie de débil curiosidad animal, luego se olvidaron de la presencia del otro, bajaron los ojos y notamos que volvían a vagar en una lejana tierra de sueños y sombras de la que no sabíamos nada.

Hice que se les sacase de la prisión y que se les enviasen a sus amigos. A la reina no le gustó mucho. No es que tuviese ningún interés personal en el asunto, pero le parecía una falta de respeto hacia sir Breuse Sance Pité. Le aseguré que si él no podía aguantarlo ya le arreglaría yo para que pudiese.

Solté a cuarenta y siete prisioneros de estas horrorosas ratoneras, y sólo dejé a uno en cautividad. Era un señor que había matado a otro señor algo pariente de la reina. El otro le había puesto una emboscada para asesinarlo, pero éste le había podido cortar el cuello. Sin embargo, no fue por esto por lo que le dejé en prisión sino por destruir dolosamente la única fuente pública de una de sus miserables aldeas. La reina quería colgarlo por matar a su pariente, pero yo me opuse. Dije que me parecía mejor que lo colgase por destruir la fuente. La reina terminó por resignarse y lo dejó en las mazmorras.

¡Dios mío, por qué ofensas más nimias estaban encerrados allí estos cuarenta y siete hombres y mujeres! En realidad, algunos estaban sin haber cometido ninguna ofensa sino sólo para satisfacer el despecho de alguien, y no siempre el de la reina sino el de un amigo. El delito del prisionero más reciente consistía en una simple observación que había hecho. Dijo que él creía que todos los hombres eran iguales, y que un hombre era tan bueno como su vecino, si se exceptúan las ropas. Dijo que creía que si se desnudaba a la nación y se metía a un forastero en medio de la multitud, no podría diferenciar al rey de un curandero, ni a un duque de un empleado de hotel. Aquí había un hombre cuyo cerebro no se había idiotizado por la ineficaz educación. Lo solté y lo envié a mi fábrica.

Algunas de las celdas excavadas en la roca viva estaban inmediatamente detrás del precipicio, y en cada una de ellas se había horadado una saetera hacia la luz del día, y así el cautivo tenía un débil y bendito rayo de sol para su consuelo. El caso de uno de estos pobres individuos era duro en particular. Desde su oscuro nido colgado en la enorme pared rocosa podía atisbar a través de la saetera y ver a lo lejos en el valle su propia casa; durante veintidós años la había estado contemplando, con pena y ansiedad, siempre que miraba por la ranura. Por la noche podía ver brillar las luces, y durante el día ver cómo las figuras entraban y salían; algunas de ellas su mujer y sus hijos, aunque él no podía distinguirlos en la distancia. En el transcurso de los años observaba las festividades, y trataba de alegrarse preguntándose si serían bodas o qué. Observaba los funerales que atenazaban su corazón. Podía ver los ataúdes pero sin determinar el tamaño y sin poder decir si era la esposa o los hijos. Podía ver cómo se formaba la procesión, con los sacerdotes y el duelo, y cómo se ponía en movimiento llevándose consigo el secreto. Había dejado tras de sí cinco hijos y esposa, y en diecinueve años había visto salir cinco funerales y ninguno de ellos lo suficientemente humilde como para que fuese de un criado. Había perdido cinco de sus tesoros, debía de quedar uno todavía, uno que ahora era infinita e inexpresablemente precioso, pero, ¿cuál? ¿Esposa o hijo? Esta pregunta le atormentaba de día y de noche, despierto o dormido. Tener algún interés de la clase que sea y medio rayo de luz cuando se está en una mazmorra, es un gran apoyo para el cuerpo y una protección para el espíritu. Este hombre aún estaba en bastante buena condición. Cuando terminó de contarme su penoso relato yo me hallaba en el mismo estado mental que cualquiera de ustedes si tienen la curiosidad normal del género humano, es decir que yo ardía por descubrir qué miembro de la familia era el que quedaba. Así que yo mismo lo llevé a su casa, y fue la más extraordinaria fiesta improvisada que pueda pensarse. ¡Tifones y ciclones de frenético júbilo! ¡Niágaras enteros de lágrimas de felicidad! Encontramos a la antigua joven matrona encaneciendo al filo del medio siglo, y los niños convertidos en hombres y mujeres, algunos casados y con familia, ni uno solo había muerto. Piensen en la maldad ingeniosa de aquella reina. Tenía un odio especial a este prisionero y se había inventado todos estos funerales para atormentar su corazón. Y lo genial había sido dejar la factura familiar con un funeral de menos para que este pobre hombre se preguntase de quién sería.

Si no hubiera sido por mí, nunca habría salido. Morgana le odiaba con todo su corazón y jamás se habría ablandado. Y, sin embargo, su delito se había cometido más por inconsciencia que por maldad deliberada. Había dicho que ella tenía el pelo rojo. Bueno, de hecho lo tenía, pero eso no es forma de hablar. Cuando los pelirrojos están en un determinado nivel social su pelo es castaño.

Fíjense en esto; entre los cuarenta y siete cautivos había cinco cuyos nombres, delitos y fechas de encarcelamiento ya no se conocían. Una mujer y cuatro hombres, todos patriarcas encorvados, arrugados y de mente extinta. Ellos mismos habían olvidado hacía mucho estos detalles, tenían algunas vagas ideas acerca de ellos, nada definido y nada que repitiesen dos veces del mismo modo. La sucesión de sacerdotes cuyo oficio había consistido en rezar diariamente con los cautivos y recordarles que Dios les había puesto allí con uno u otro sabio propósito y para enseñarles que la paciencia, la humildad y el someterse ante la opresión era lo que a Él le gustaba ver en las gentes de rango subordinado, sostenían tradiciones acerca de estas pobres ruinas humanas, pero nada más. E incluso con la ayuda de la tradición lo único que se podía probar era que ninguno de los cinco había visto la luz del día durante treinta y cinco años, no se podía llegar a una cifra superior. El rey y la reina no sabían nada de estas pobres criaturas, excepto que eran bienes familiares, valores heredados junto con el trono. Con las personas no se había trasmitido nada de la historia correspondiente, y así los herederos los habían considerado sin valor y no mostraron ningún interés por ellos.

—¿Entonces, por qué demonios no los libertaron?

La pregunta era un enigma. Ella no lo sabía, nunca se le había ocurrido. Aquí la teníamos trazando sin saberlo la verdadera historia de los futuros prisioneros del castillo de If [23]. Me parecía que con esta educación, estos prisioneros heredados eran simplemente una propiedad, ni más ni menos. Sí, como cuando heredamos algo, que no se nos ocurre tirarlo aunque no tenga ningún valor.

---

[23] Célebre prisión francesa situada en el golfo de León. Dumas, en el *Conde de Montecristo,* encarcela allí a su héroe. (N. T.)

Cuando saqué mi procesión de murciélagos humanos al mundo exterior y a la claridad del sol de la tarde, tapándoles los ojos previamente para no dañarlos con la luz que durante tanto tiempo no les había dado, eran un buen espectáculo que contemplar. Esqueletos, esperpentos, espantajos, patéticos. Musité sin darme cuenta:

—¡Ojalá pudiera fotografiarlos!

Habrán visto esa clase de personas que jamás admiten que desconocen el significado de una nueva palabra. Cuanto más ignorantes son, más pretenden disimularlo. La reina era precisamente de esa clase y por eso cometía las más estúpidas equivocaciones. Dudó un momento, luego su cara se iluminó con la comprensión súbita y dijo que lo haría en mi honor.

Yo pensé para mí. ¿Ella? ¿Qué puede saber ella de fotografía? Pero no era tiempo para pensar. Cuando volví la vista, ya iba hacia la procesión con un hacha.

Ciertamente era curiosa esta maga Morgana. He conocido muchas clases de mujeres, pero a todas las vencía en variedad. Y este episodio era profundamente característico suyo. Tenía tanta idea de fotografiar una procesión como la habría tenido un caballo, pero como tenía dudas, era propio de ella tratar de hacerlo con un hacha.

19. La caballería andante como oficio

Con las primeras claridades del día siguiente, Sandy y yo estábamos de nuevo en la carretera. Era magnífico dilatar los pulmones y aspirar deliciosas bocanadas del aire bendito de Dios, puro, saturado de rocío, oliendo a bosque, después de dos días y dos noches en el hedor moral y físico de aquel intolerable y viejo nido de buitres. Hablo por mi parte ya que el lugar fue perfectamente agradable para Sandy, que siempre había estado acostumbrada a la vida elevada.

¡Pobre muchacha! Sus mandíbulas habían gozado de un aburrido descanso durante algún tiempo, y yo esperaba sufrir las consecuencias. Tenía razón; pero en el castillo ella había estado a mi lado del modo más útil y me había apoyado y reforzado poderosamente con tonterías gigantescas que en aquella ocasión valieron más que una sabiduría que hubiera sido el doble de grande; así que consideré que se había ganado el derecho de hacer funcionar su maquinaria durante un rato si quería; por lo tanto no sentí ninguna congoja cuando comenzó:

—Ahora volvamos a sir Marhaus que cabalga con la dama de treinta inviernos en dirección al sur...

—¿Vas a ver si puedes elaborar otro poco de la ruta de los vaqueros, Sandy?

—Así es, mi buen señor.

—Adelante, pues. Esta vez, si puedo evitarlo, no te interrumpiré. Empieza de nuevo, inicia bien el movimiento y suelta los rizos, yo cargaré la pipa y te prestaré toda la atención.

—Ahora volvamos a sir Marhaus, que cabalgaba con la dama de treinta inviernos en dirección al sur. Y así penetraron en un profundo bosque y se les hizo de noche, y cabalgaron por un profundo camino y por fin llegaron a una mansión donde moraba el duque de South Marches y allí pidieron cobijo. Y por la mañana el duque mandó llamar a sir Marhaus y le pidió que se preparase. Y así sir

Marhaus se levantó, se armó, se dijo una misa cantada en su presencia y rompió el ayuno, luego montó a caballo en el patio del castillo donde tendría lugar el combate. El duque ya estaba a caballo, bien armado, y con sus seis hijos al lado, cada uno tenía una lanza en la mano; y de este modo se enfrentaron el duque y dos de sus hijos contra él, rompiendo las lanzas sobre su escudo, pero sir Marhaus alzó su lanza y no tocó a ninguno. Después llegaron los otros cuatro hijos, por parejas, y todos rompieron sus lanzas. Y sir Marhaus no tocó a ninguno. Luego sir Marhaus corrió contra el duque y le golpeó de tal modo con la lanza que derribó a tierra a caballo y jinete. Y lo mismo hizo con los hijos. Y luego sir Marhaus descabalgó y pidió al duque que se rindiese o de lo contrario le mataría. Y algunos de los hijos se recobraron e iban hacia sir Marhaus. Entonces sir Marhaus dijo al duque: «Que cesen vuestros hijos o bien os mataré a todos». Cuando el duque vio que no podía escapar a la muerte gritó a sus hijos que se rindiesen a sir Marhaus. Y todos ellos se arrodillaron y dirigieron las empuñaduras de sus espadas hacia el caballero y así él los aceptó. Luego de común acuerdo prometieron a sir Marhaus no ser nunca enemigos del rey Arturo y que el próximo domingo de Pentecostés, él y sus hijos se entregarían a la gracia del monarca[24].

Así es la historia, buen señor. Ahora habréis de saber que el duque y sus seis hijos son los mismos que hace pocos días vos vencisteis y enviasteis a la corte de Arturo.

—¡No lo dirás en serio, Sandy!

—Si no digo verdad, que me ocurra lo peor.

—¡Bueno, bueno! ¿Quién lo habría podido pensar? ¡Un duque y seis duquecillos! Vaya, Sandy, fue una elegante redada. La caballería andante es un negocio tonto y además un trabajo muy aburrido, pero empiezo a ver que, después de todo, hay dinero en él si uno tiene suerte. No es que vaya a dedicarme a ella como negocio, porque no lo haría. Ningún negocio seguro y legítimo puede montarse sobre una base de especulación. Un aspecto afortunado en la caballería andante, pero cuando se sopla la tontería y se llega a los hechos escuetos, ¿qué queda? Sólo un monopolio de carne de cerdo,

---

[24] La historia está tomada, con palabras y todo, de la Morte d'Arthur. (Mark Twain.)

y no hay quien pueda sacar nada más. Uno se hace rico de repente, durante un día, quizá durante una semana; luego alguien, por su cuenta, monopoliza el mercado y nos hunde el negocio de compraventa. ¿No es así, Sandy?

—Ya sé que mi mente falla al revelar el lenguaje corriente de modo que las palabras parecen venir seguidas y contrarias...

—No sirve de nada no ir al grano y tratar de dar vueltas de esa manera, Sandy; es así, tal como digo. Sé que es así. Más aún, cuando se llega al fondo de las cosas, la caballería andante es peor que el cerdo; porque pase lo que pase, el cerdo siempre queda, y siempre hay alguien que se beneficia; pero cuando el mercado se hunde en un movimiento de la caballería andante, y todos los caballeros de la empresa presentan sus cheques, ¿qué se tiene de capital? Sólo un montón de desperdicios de cadáveres destrozados y un barril o dos de ferretería inútil. ¿Se puede llamar a eso capital? Dame cerdo siempre. ¿No tengo razón?

—Quizá mi cabeza está aturdida por los variados asuntos a que las confusiones de estos últimos acontecimientos y venturas con que no sólo yo, ni vos sólo, sino cada uno de nosotros, paréceme...

—No, no es tu cabeza, Sandy. Tu cabeza está perfectamente, hasta donde llega, pero no sabes de negocios; ahí es donde radica la dificultad. No te encaja bien discutir de negocios y te equivocas siempre al tratar de hacerlo. Sin embargo, dejando eso a un lado, fue una buena redada, y obtendremos una excelente cosecha de reputación en la corte de Arturo. Y hablando de los vaqueros, es un curioso país éste para mujeres y hombres que nunca envejecen. Ahí está la maga Morgana, tan fresca y juvenil como una jovencita de Vassar[25], y ahí tenemos a este viejo duque de South Marches, todavía dando tajos con la espada en esta época de su vida, tras haber levantado una familia como la que ha levantado. Según me parece, sir Gawaine mató a siete de sus hijos y todavía le quedan seis para que los llevemos a la palestra sir Marhaus y yo. Y además está la dama de sesenta inviernos todavía haciendo excursiones por ahí con su helada lozanía... ¿Cuántos años tienes, Sandy?

Fue la primera vez que no me contestó. La fábrica de palabras había cerrado por reparaciones o algo por el estilo.

---

[25] Elegante colegio superior femenino del estado de Nueva York. (N. T.)

20. EL CASTILLO DEL OGRO

Entre las seis y las nueve hicimos diez millas, lo cual era mucho para un caballo que lleva triple carga; hombre, mujer y armadura. Luego nos detuvimos a descansar bajo unos árboles al pie de un límpido arroyuelo.

En aquel momento se nos iba acercando un caballero que exhalaba dolorosos gemidos. Por sus palabras pude darme cuenta de que juraba y maldecía, sin embargo me alegré de que viniese, porque vi que llevaba un cartelón de anuncios en el que, con letras de brillante oro, estaba escrito:

USE EL CEPILLO DE DIENTES PROFILÁCTICO
DE PETERSON. ES LO QUE SE LLEVA

Me alegré de que viniese porque sólo por esta muestra sabía que era un caballero de los míos. Era sir Madok de la Montaine, un corpulento individuo cuya principal distinción era que había estado en un trís de derribar a sir Lanzarote de su caballo en cierta ocasión. Nunca estaba mucho tiempo en presencia de un desconocido sin encontrar un pretexto u otro para narrar el gran acontecimiento. Pero había otro de casi las mismas dimensiones que él nunca citaba sin que le preguntasen y que sin embargo jamás negó si lo hacían, a saber: que la razón por la que casi no triunfó fue que le interrumpieron al tirarle a él del caballo. Este inocente gordinflón no veía ninguna diferencia especial entre los dos acontecimientos. Me gustaba porque era formal en su trabajo y muy efectivo. Tenía un magnífico aspecto, con los anchos hombros recubiertos de cota de malla, con el grandioso conjunto leonado de su cabeza emplumada, y con el gran escudo que llevaba la curiosa divisa de una mano con guantelete, empuñando un cepillo de dientes profiláctico con el lema: «Pruebe Noustedno.» Era un licor dentífrico que yo estaba introduciendo.

Estaba fatigado —dijo—, y lo parecía, pero no quiso descabalgar. Iba detrás del hombre del esmalte para los fogones de cocina, y al decir esto rompió de nuevo a jurar y a maldecir. El portador de anuncios a quien se refería era sir Ossaise de Surluse, un valiente caballero de considerable celebridad por haberse enfrentado en cierta ocasión en el trascurso de un torneo nada menos que con un mongol de la categoría de sir Gaheris, a pesar de que no tuvo éxito. Era de disposición ligera y risueña y para él no había nada serio en el mundo. Ésta fue la razón por la que yo le había escogido para crear un esmalte para fogones de cocina. Aún no había fogones y así no podía haber nada serio en un esmalte para los mismos. Todo lo que tenía que hacer el agente era preparar al público, diestramente y por grados, para el gran cambio, y situarlos en el gusto por la limpieza cuando el fogón apareciese en escena.

Sir Madok estaba desagradable y estalló de nuevo en juramentos. Contó que había maldecido su alma hasta dejarla en jirones, sin embargo no quería bajarse del caballo, ni tomarse un descanso, ni escuchar palabra alguna de alivio hasta que hubiese encontrado a sir Ossaise y hubiesen ajustado las cuentas. Parecía, por lo que pude hilvanar de sus afirmaciones fragmentarias, que con el alba se había tropezado con sir Ossaise, el cual le había contado que si atajaba a través de campos, ciénagas, barrancos y cañadas, podría adelantar a un grupo de viajeros que serían extraordinarios clientes para los cepillos profilácticos y el elixir dentífrico. Con su celo característico sir Madok se había lanzado en su búsqueda y después de tres horas de horroroso cabalgar había alcanzado a su caza. ¡Los cinco patriarcas que habían sido libertados de las mazmorras la tarde anterior! Hacía veinte años que los pobres viejos no sabían qué era estar equipado con una raíz o un trozo de diente.

—Dejadme a mí si le encuentro y no le doy esmalte de cocina; porque jamás caballero alguno, salvo el gran Ossaise, pudo hacerme semejante perjuicio y esperar vivir a continuación, para lo cual he hecho un gran juramento en el día de hoy.

Con estas y otras palabras, tomó con presteza su lanza y se alejó de aquel lugar. A la mitad de la tarde nos tropezamos con uno de los patriarcas al borde de una pobre aldea. Cogía calor con el cariño de parientes y amigos a quienes no había visto desde hacía cincuenta años; en derredor suyo y acariciándole se encontraban sus propios descendientes a quienes no había visto hasta ahora; pero para él todos eran extraños. Había perdido la memoria y su mente estaba paralizada. Parecía imposible que un hombre pudiera sobrevivir medio siglo encerrado en un oscuro agujero como una rata, pero aquí estaban su vieja mujer y algunos viejos camaradas para dar testimonio. Podían recordarle en la lozanía y vigor de su juventud, cuando besó al hijo, lo entregó en manos de la madre y partió para aquel largo olvido. Al cabo de media generación la gente del castillo no podía decir cuánto tiempo llevaba este hombre encerrado por una ofensa olvidada y que no constaba en ninguna parte; pero su mujer lo sabía y su anciano hijo, que se encontraba allí entre sus hijos e hijas casados tratando de hacerse a la idea de un padre que para él siempre había sido un nombre, un pensamiento, una imagen informe, una tradición, y que ahora, de repente, se concretaba en carne y sangre real y presente ante sus ojos.

Era una situación curiosa; sin embargo no es por eso por lo que he colocado esto aquí sino por otra razón que todavía me parece más curiosa. A saber, que este terrible asunto no producía estallidos de rabia contra los opresores entre estas gentes oprimidas. Habían sido los herederos y los sujetos de la crueldad y del ultraje durante tanto tiempo que nada les podía haber sorprendido salvo una amabilidad. He aquí una curiosa revelación de las profundidades de esclavitud en que esta gente se había hundido. Su entero ser estaba reducido a una uniformidad monótona de paciencia, resignación y aceptación muda y sin quejas, de cualquier cosa que pudiese caer sobre ellos en vida. La misma imaginación la tenían muerta. Cuando se puede decir eso de un hombre, se ha tocado fondo, ya no tiene más profundidad.

Me hubiera gustado haber ido por otra carretera. No era la clase de experiencia que debe encontrar un hombre de estado que está planeando en su mente una revolución pacífica. No podía menos de hacer surgir el hecho insoslayable de que, no obstante toda la gentil hipocresía y el filosofar contrario, ningún pueblo del mundo alcanzó su libertad jamás por medio de charlas santurronas y persuasión moral; es ley inmutable que todas las revoluciones que han de triunfar deben empezar con sangre, cualquiera que sea la respuesta posterior. Si la historia enseña algo, es eso. Lo que la gente necesitaba entonces era un Reinado del Terror y una guillotina, y yo no era el hombre apropiado para ellos.

Dos días más tarde, hacia el mediodía, Sandy empezó a dar señales de excitación y de ansiedad febril. Dijo que nos estábamos acercando al castillo del ogro. Quedé desfavorablemente sorprendido. El objeto de nuestra búsqueda había ido desapareciendo gradualmente de mi cabeza; durante un momento esta repentina reaparición lo hizo parecer algo real y sorprendente y excitó en mí un vivo interés. La excitación de Sandy crecía por momentos, y lo mismo la mía porque estas cosas se pegan. Mi corazón se puso a palpitar con fuerza. No se puede razonar con el corazón, palpita con cosas que la inteligencia desdeña. Al poco, cuando Sandy, indicándome que me detuviera, se deslizó del caballo y se arrastró con la cabeza pegada casi a las rodillas hasta una fila de arbustos que bordeaban un declive, los latidos se hicieron más fuertes y más rápidos. Continuaron aumentando mientras se emboscaba y atisbaba el terreno, y lo mismo mientras yo me arrastraba sobre mis rodillas hasta llegar a su lado. Sus ojos ardían según me señalaba con el dedo y me decía con un susurro jadeante:

—¡El castillo! ¡El castillo! ¡Allí se vislumbra!

Experimenté una grata desilusión, y contesté:

—¿Castillo? No es más que una pocilga; una pocilga con una valla entrelazada alrededor.

Pareció sorprendida y angustiada. La animación se desvaneció de su semblante, quedó pensativa y silenciosa durante un buen rato hasta que dijo como si musitase para ella misma:

—En otro tiempo no estuvo encantado. Es una extraña y horrible maravilla que para la percepción de una persona esté encantado y dotado de un aspecto bajo y vergonzoso y que, sin embargo, para la percepción de otra no esté encantado, no haya sufrido ningún cambio sino que se alza firme y majestuosamente tranquilo, cercado por el foso y ondeando al cielo azul desde las torres sus banderas. ¡Dios nos proteja! ¡Cómo hiere el corazón ver de nuevo a sus graciosas cautivas, con la pena oscureciendo sus dulces semblantes! Nos hemos demorado y nos corresponde culpa.

Comprendí la sugerencia. Así que el castillo estaba encantado para mí pero no para ella. Habría sido malgastar el tiempo tratar de sacarla de su error. Por lo tanto, dije:

—Es un caso corriente, que lo encantado para unos ojos quede en su forma original para otros. Ya lo has oído otras veces, Sandy. Pero no se ha producido daño alguno. De hecho es una suerte. Si estas damas fueran cerdos para todo el mundo y para ellas mismas, sería necesario romper el hechizo, y eso resultaría imposible de no encontrar el proceso particular de su desarrollo. Y además es arriesgado, porque tratar de desencantar sin poseer la clave exacta da lugar a errores y a convertir los cerdos en perros, los perros en gatos, los gatos en ratas y así sucesivamente, hasta reducir la materia en nada o en un gas inodoro, lo que, desde luego, viene a ser lo mismo. Pero aquí, afortunadamente, no hay más ojos que los míos bajo el hechizo, y por lo tanto no hay que deshacerlo. Estas damas siguen siendo damas para ti, para ellas y para todo el mundo, y de ningún modo van a sufrir por mi engaño ya que al saber yo que un cerdo aparente es una dama, ya me es bastante para saber cómo tratarla.

—Gracias, mi buen señor, habláis como un ángel. Y sé que las libertaréis porque sois inclinado a las grandes hazañas y sois un caballero tan fuerte con vuestros brazos y tan valiente en vuestros hechos como no hay otro igual.

—No dejaré una princesa en una pocilga, Sandy. ¿Son aquellos tres de allá que para mis confusos ojos parecen famélicos porqueros...?

—¿Los ogros? ¿También han cambiado? Es maravilloso. Ahora tengo miedo. ¿Cómo podréis golpear con tino cuando cinco de sus nueve codos de estatura son invisibles? Id con cautela, buen señor, es una empresa muy difícil.

—Tranquila, Sandy. Todo lo que necesito saber es cuánta parte de ogro es invisible, luego ya sé cómo localizar sus puntos vitales. No tengas miedo, acabaré en seguida con estos tramposos. Quédate donde estás.

Dejé a Sandy arrodillada con una cara de cadáver pero animosa y esperanzada, y bajé hasta la pocilga donde hice un trato con los porqueros. Conquisté su gratitud comprando todos los cerdos al precio global de dieciséis peniques, que estaba muy por encima de las últimas cotizaciones. Llegué exactamente a tiempo ya que la Iglesia, el señor del feudo y el resto de los recaudadores de impuestos iban a venir al día siguiente y se habrían llevado la mayor parte de las existencias, dejando a los porqueros con muy pocos cerdos y a Sandy sin princesas. Pero ahora se podía pagar en metálico a los de los impuestos y aún quedaría una ganancia. Uno de los hombres tenía diez hijos y contó que el año anterior cuando llegó un sacerdote y cogió el más gordo de los cerdos como diezmo, su mujer se abalanzó hacia él ofreciéndole un niño y diciendo:

—Bestia con entrañas sin piedad, ¿por qué dejáis a mi hijo y me robáis con qué alimentarlo?

Muy curioso. Lo mismo había ocurrido en el País de Gales de mi época, bajo la misma Iglesia oficial, de la que muchos suponían que había cambiado cuando lo que había cambiado era el disfraz.

Hice marchar a los tres hombres y luego abrí la puerta de la pocilga, haciendo señas a Sandy para que se aproximase, lo que hizo no con calma sino con el ímpetu del fuego de las praderas. Y cuando la vi lanzarse sobre estos cerdos, con lágrimas de alegría corriendo por sus mejillas, apretándolos contra su corazón, besándolos, acariciándolos y llamándolos reverentemente con nombres principescos, me avergoncé de ella, me avergoncé de la raza humana.

Tuvimos que llevarlos a casa. Jamás hubo damas más veleidosas y contradictorias. No querían ir por carretera ni por sendero, se abrían paso a través de los matorrales, corrían en todas las direcciones, sobre las rocas, por las colinas, por los lugares más escarpados que encontraban. Y no se les podía golpear o acosar con rudeza, Sandy no soportaba verlas tratadas de manera que no conviniese a su rango. La cerda más vieja y molesta de toda la piara tenía el tratamiento de alteza. Es molesto y difícil batir el terreno con armadura puesta tras unos cerdos. Había una pequeña condesa con un anillo de hierro en el hocico y sin apenas un pelo en la espalda, que era el demonio de la perversidad. Me proporcionó una carrera de una hora sobre toda clase de terreno, volviendo al sitio donde habíamos empezado, sin haber avanzado ni un metro. Por fin la cogí por el rabo y la llevé chillando. Cuando alcancé a Sandy, la encontré horrorizada y dijo que era el último grado de la indelicadeza arrastrar a una condesa por la cola de su vestido.

Conseguimos llevar a la mayor parte de los cerdos a casa al atardecer. Faltaba la princesa Nerovens de Morganore, y dos de las damas de su séquito, a saber: la señorita Ángela Bohun y la dama Elaine Courtemains. La primera era una cerda joven y negra con una estrella blanca en la frente; la última, una de color castaño con piernas delgadas y débil cojera a estribor, en la pata de delante. Eran un par de bichos de lo más difícil de conducir que yo haya visto en mi vida. Entre las que faltaban había varias baronesas, y yo deseaba que siguiesen faltando; pero no, había que encontrar a toda aquella carne de salchicha, así que se envió un grupo de criados para que, con ese objeto, recorriesen bosques y colinas.

Desde luego la piara entera se alojó en la casa y, ¡demonio!, bueno, yo jamás he visto cosa similar. Ni jamás he escuchado cosa por el estilo. Ni he olido nunca cosa igual. Fue como una rebelión en una fábrica de gases.

21. LOS PEREGRINOS

Cuando por fin me metí en la cama estaba indeciblemente cansado. Estirar y relajar los músculos era un lujo y una delicia; pero eso era todo lo que podía conseguir, de dormir no había que hablar, por el momento. La nobleza rompía, rasgaba, chillaba por salas y corredores, y me mantenía totalmente despierto. Naturalmente mi cabeza estaba ocupada principalmente con el curioso engaño de Sandy. Aquí la teníamos, una persona tan sana como el reino podría producir y, sin embargo, desde mi punto de vista, actuando como una loca. ¡El poder de la educación! ¡De la influencia! ¡De la crianza! Pueden hacer que alguien crea cualquier cosa. Tenía que ponerme en el lugar de Sandy para darme cuenta de que no era una lunática. Sí, y colocarla a ella en el mío para demostrar lo fácil que es parecer lunático a una persona que no ha sido educada como uno mismo. Si yo le hubiese contado a Sandy que había visto un vehículo, no influenciado por ningún hechizo, rodar a cincuenta millas por hora; que había visto a un hombre, falto de poderes mágicos, meterse en una cesta y perderse de vista entre las nubes; y que había escuchado, sin la ayuda de ningún nigromante, la conversación de una persona que estaba a varios cientos de millas de distancia, Sandy no sólo habría supuesto que yo estaba loco, habría pensado que lo sabía con certeza. Todo el mundo creía en los encantamientos, nadie tenía la menor duda. Dudar que un castillo podía transformarse en una pocilga y sus ocupantes en cerdos habría sido lo mismo que si yo me hubiese puesto a dudar entre la gente de Connecticut sobre la realidad del teléfono y de sus maravillas. Ambos casos habrían sido prueba absoluta de una mente enferma y de una razón desequilibrada. Sí, Sandy estaba cuerda, hay que admitirlo. Si yo también quería estarlo para Sandy, debía guardar mis supersticiones acerca de locomotoras no encantadas ni milagrosas, globos y teléfonos para mí mismo. También yo creía que el mundo no era plano, y que no tenía unos pilares para sostenerlo, ni un dosel por encima para evitar un universo de agua que ocupaba el espacio circundante; pero como yo era la única persona en el reino aquejada de tales opiniones impías y criminales, reconocía que sería de buen criterio no mover el asunto tampoco, si no deseaba que todo el mundo me esquivase y rechazase como a un loco.

A la mañana siguiente Sandy reunió a los cerdos en el comedor y les dio el desayuno, sirviéndoles personalmente y manifestándoles de todos los modos posibles la profunda reverencia que los nativos de la isla, antiguos y modernos, han sentido siempre por la jerarquía, sea cual fuere su envoltura exterior y el contenido mental y moral. Yo podría haber comido con los cerdos si hubiese tenido un nacimiento cercano a mi elevado rango oficial, pero no lo tenía, y así acepté el inevitable desaire y no me quejé. Sandy y yo desayunamos en la segunda mesa. La familia no estaba en casa. Yo dije:

—Sandy, ¿cuántos hay en la familia? ¿Dónde residen ahora?

—¿Familia?

—Sí.

—¿Qué familia, mi buen señor?

—Vaya, esta familia, tu familia.

—A decir verdad, no os entiendo. Yo no tengo familia. ¿Cómo podría ser? Yo no tengo casa.

—Bien. ¿De quién es esta casa, entonces?

—Ciertamente os lo diría si lo supiera.

—Vamos, ¿que ni siquiera conoces a esta gente? ¿Quién nos ha invitado entonces?

—Nadie nos ha invitado. Tan sólo vinimos, eso es todo.

—Pero, mujer, esto es una conducta de lo más extraordinario. El descaro está más allá del asombro. Entramos gentilmente en la casa de un hombre, la atiborramos de la única nobleza de valor que el sol ha descubierto sobre la tierra, y luego resulta que ni siquiera conocemos cómo se llama el hombre. ¿Cómo te has atrevido a tomar esta extravagante libertad? Desde luego yo suponía que esta era tu casa. ¿Qué va a decir este hombre?

—¿Qué va a decir? ¿Qué otra cosa puede decir, salvo dar las gracias?

—¿Gracias por qué?

—Su cara se llenó de sorpresa.

—En verdad que turbáis mi entendimiento con extrañas palabras. ¿Acaso soñáis que uno de su categoría va a tener el honor de agasajar dos veces en su vida a unos huéspedes como los que hemos traído para adornar su casa?

—Bien, si nos ponemos en eso, no. Se puede apostar a la par que es la primera vez que tiene un obsequio como éste.

—Pues entonces que sea agradecido y lo manifieste con unas palabras de reconocimiento y con la debida humildad; de otro modo sería un perro, heredero y antepasado de perros.

Para mí la situación era incómoda, y se podía volver peor. Sería una buena idea reunir a los cerdos y marcharnos. Así que dije:

—El día se acaba, Sandy. Es hora de reunir a la nobleza y marcharse.

—¿Por qué, buen señor y Jefe?

—Queremos llevarlos a su casa, ¿no?

—¡Vaya, pues sí! ¡Son de todas las regiones de la tierra! Cada una debe apresurarse hacia su propia casa; acaso creéis que podríamos hacer todos estos viajes en una tan breve vida como ha designado Aquél que creó la vida y la muerte con ayuda de Adán, quien por el pecado cometido por la persuasión de su compañera, trabajada y aconsejada por los engaños del gran enemigo del hombre, aquella serpiente llamada Satán, en otro tiempo consagrada y separada para el mundo malvado debido a su tremendo despecho y envidia engendrados en su corazón por las ambiciones feroces que marchitaron y enmohecieron su naturaleza, antaño tan blanca y pura cuando se elevaba con las brillantes multitudes de sus hermanos en los espacios abiertos y sombras del hermoso cielo donde todos son como naturales de aquella rica hacienda y...

—¡Demonio!

—¿Señor?

—Bien, ya sabes que no tenemos tiempo para esta clase de cosas. Mira, podríamos distribuir esta gente por la tierra en menos tiempo del que te llevaría explicar que no podemos. No debemos hablar, tenemos que actuar. Tienes que tener cuidado, no debes permitir que tu molino empiece a funcionar en un momento como éste. Hay que ponerse al trabajo y la consigna es rapidez. ¿Quién va a llevar a la aristocracia a su casa?

—Sus amigos. Vendrán por ellas de todas las partes del mundo. Fue un relámpago en un cielo sin nubes, por lo inesperado; y el alivio que representó fue como el perdón a un prisionero. Ella se quedaría para entregar las mercancías, por supuesto.

—Pues entonces, Sandy, como nuestra empresa ha terminado excelentemente y con éxito, me volveré a casa a informar, y si alguna vez otro...

—Yo también estoy preparada; iré con vos.

Esto estaba anulando el perdón.

—¿Cómo? ¿Irás conmigo? ¿Por qué?

—¿Acaso pensáis que yo traicionaría a mi caballero? Sería una deshonra. No me separaré de vos hasta que en combate caballeresco sobre el terreno algún extraordinario campeón venza justamente y justamente me lleve. Sobre mí caería la censura si pensase que esto pudiera suceder alguna vez.

—Elegido para un largo plazo —suspiré para mí—. Tendré que ver lo que se puede aprovechar.

Luego alcé la voz y dije:

—Perfectamente, vámonos.

Mientras ella se iba a gritar sus despedidas a los cerdos, yo regalé toda la nobleza a los criados. Les pedí que limpiasen un poco por donde los nobles se habían alojado y paseado; pero consideraron que apenas valdría la pena y que más bien sería una grave desviación de la costumbre y que, por lo tanto, posiblemente daría que hablar. ¡Una desviación de la costumbre! Eso lo resolvía todo. Era una nación capaz de cometer cualquier crimen menos éste. Los criados dijeron que seguirían la costumbre, una costumbre convertida en sagrada a través de la práctica inmemorial; echarían juncos frescos en todas las habitaciones y salas, y así ya no sería visible el testimonio de la aristocrática visita. Era una especie de sátira contra la Naturaleza: era el método científico, el método geológico; depositaba la historia de la familia en un registro estratificado, y, de este modo, el investigador podría ir excavando y afirmar por los restos de cada período los cambios de dieta que la familia había introducido sucesivamente durante un centenar de años.

Con lo primero que nos tropezamos aquel día fue con una procesión de peregrinos. No llevaba nuestro camino; sin embargo, nos unimos a ellos; gradualmente crecía en mí la idea de que si iba a gobernar sabiamente este país, tenía que estar al corriente de los detalles de su vida, y no de segunda mano sino por observación personal.

El grupo de peregrinos se parecía a los de Chaucer en esto: que había una muestra de casi todas las ocupaciones y profesiones superiores que el país podía mostrar, y una variedad correspondiente de atavíos. Había jóvenes y viejos de ambos sexos, gente animada y gente seria. Montaban en mulas y en caballos, y no había ni una silla de mujer en todo el grupo, ya que esta especialidad permanecería aún desconocida en Inglaterra durante novecientos años.

Era un rebaño agradable, amistoso y sociable; piadoso, feliz, alegre y lleno de una grosería inconsciente e indecencias inocentes. No cesaban de escucharse ni un momento lo que ellos consideraban como narraciones festivas, que no les producía más embarazo que el que habría producido a la mejor sociedad inglesa de doce siglos más tarde. Las bromas pesadas dignas de los ingenios ingleses del primer cuarto del lejano siglo XIX surgían a lo largo de toda la comitiva y arrancaban el aplauso más regocijado; a veces, cuando aparecía una brillante observación en un extremo de la procesión e iniciaba su recorrido hacia el otro, se podía observar su progreso todo el tiempo por el surtidor burbujeante de carcajadas que brotaban a su paso de cada una de las sillas de montar, y también por el rubor de las mulas en la estela que dejaban.

Sandy conocía el objetivo y propósito de esta peregrinación y me informó.

—Viajan al valle de la Santidad para ser bendecidos por los piadosos ermitaños, beber las aguas milagrosas y ser limpios de pecado.

—¿Dónde está este balneario?

—Se encuentra situado a dos días de viaje de aquí, junto a los límites del país que se llama el Reino del Cuclillo.

—Cuéntame. ¿Es un lugar famoso?

—En verdad que lo es. No hay ninguno que lo aventaje. Hace mucho tiempo vivía allí un abad con sus monjes. Tal vez no hubiera en el mundo otros tan santos como éstos, porque se dedicaban al estudio de libros piadosos, no se hablaban los unos con los otros, ni tampoco con otras personas, comían hierbas marchitas o nada, dormían poco, rezaban mucho y nunca se lavaban; también llevaban el mismo hábito hasta que se les caía del cuerpo a causa de su mal estado. Llegaron a ser conocidos en todo el mundo por estas santas privaciones y los ricos y los pobres los visitaban y reverenciaban.

—Prosigue.

—Pero allí el agua siempre faltaba. Rezaba una vez el santo abad y como respuesta brotó milagrosamente una gran corriente de agua pura, en un lugar desierto. Los inconstantes monjes fueron tentados por el enemigo y molestaron sin cesar al abad para que construyese unos baños; cuando se fatigó y ya no pudo resistir más, dijo que hiciesen lo que quisieran y les concedió lo que pedían. Ahora observad lo que es abandonar los caminos de pureza que Él ama y malgastar el tiempo con las faltas mundanales. Estos monjes entraron en los baños y salieron limpios y tan blancos como la nieve. ¡Y en aquel momento apareció su señal como milagrosa repulsa! Porque sus ofendidas aguas cesaron de fluir y desaparecieron por completo.

—No se portaron mal, Sandy, teniendo en cuenta la clase de crimen que es en este país.

—Tal vez, pero era su primer pecado, habían sido de vida perfecta durante mucho tiempo y sin diferenciarse en nada de los ángeles. Oraciones, lágrimas, torturas de la carne, todo fue inútil para convencer al agua de que fluyese de nuevo. Incluso las procesiones, incluso las ofrendas ardientes, incluso las velas votivas a la Virgen, todo fracasaba y toda la tierra se maravillaba.

—Es extraño descubrir que hasta esta industria tiene sus pánicos financieros, y a veces ve cómo su papel moneda languidece hasta llegar a cero y todo queda paralizado. Continúa, Sandy.

—Y así en una ocasión, al cabo de bastante tiempo, el buen abad se rindió humildemente y destrozó los baños. Y, mirad. Su cólera se apaciguó en aquel instante y las aguas brotaron con fuerza de nuevo, e incluso hasta el día de hoy no han cesado de fluir en tan generosa cantidad.

—Entonces supongo que nadie se ha lavado desde entonces.

—El que lo probase tendría su soga gratis y, además, la necesitaría rápidamente.

—¿Ha prosperado la comunidad desde entonces?

—Desde aquel mismo día. La fama del milagro se extendió por todas las tierras. De todas las partes vinieron monjes, venían como los peces, en bancos; y el monasterio añadió edificio tras edificio, y otros a éstos, y así extendió ampliamente sus brazos para recibirlos a todos. Y también vinieron monjas, y luego más y todavía más, y construyeron un monasterio al otro lado del valle, y añadieron edificio tras edificio hasta que fue un potente monasterio.

—Hablabas de unos ermitaños, Sandy.

—Éstos se han reunido allí de todos los confines de la tierra. Un ermitaño progresa mejor donde halla multitud de peregrinos. No encontraréis ermitaño de clase alguna que falte. Si alguien menciona un ermitaño de una especie que crea nueva y que no se puede encontrar salvo en alguna lejana y extraña tierra, que escarbe entre los agujeros, cavernas y ciénagas que bordean el valle de la Santidad, y cualquiera que sea su casta, no importa, allí encontrará un ejemplar.

Me puse junto a un individuo corpulento con una cara gruesa y de buen humor con el propósito de hacerme agradable. No había hecho más que entablar conversación con él, cuando empezó trabajosa y ansiosamente a hablarme de la misma anécdota, la que me contó sir Dinadan, me puso en aprietos con sir Sagramor y fue la causa de que me retase. Me excusé y me escabullí hacia la cola de la procesión, deseando partir de esta dura vida, este valle de lágrimas, este día breve de un descanso roto, de nube y tormenta, de cansado batallar y monótona derrota; y, sin embargo, retrocediendo como si recordase lo larga que es la eternidad y cuántos se han ido allí que conocen la anécdota.

A primera hora de la tarde alcanzamos a otra procesión de peregrinos; pero en esta ya no había alegría, ni chistes, ni risa, ni bromas, ni devaneos felices, nada de esto ni entre los jóvenes ni entre los viejos. Sin embargo los había de todas las edades; ancianos y ancianas verables, hombres y mujeres con el vigor de la edad madura, jóvenes esposos, jóvenes esposas, chicos y chicas, y tres niños de pecho. Hasta los niños carecían de sonrisa, ni un solo rostro entre aquel medio centenar de personas dejaba de estar abatido y sin esa expresión de desesperanza que se alimenta de prolongadas y duras desgracias, una desesperación a la que ya se habían acostumbrado. Eran esclavos. Las cadenas iban desde los grillos de los pies y las esposas de las manos hasta un ceñidor de cuero que llevaban a la cintura; a excepción de los niños, todos iban encadenados, por una sola cadena que iba de cuello en cuello a lo largo de toda la hilera.

Habían caminado a pie trescientas millas en dieciocho días, con míseras raciones de comida. Todas las noches habían dormido con estas cadenas, amontonados como cerdos. Sobre sus cuerpos llevaban unos pobres andrajos, pero no se podía decir que fueran vestidos. Los hierros les habían levantado la piel de los tobillos y les habían producido llagas. Sus pies descalzos estaban heridos, y todos cojeaban. Al principio había como un centenar de estos infelices, pero aproximadamente la mitad había sido vendida en el viaje. El mercader a su cargo iba a caballo y llevaba un largo y pesado látigo de mango corto dividido en varias colas con nudos al final. Con este látigo cortaba los hombros de cualquiera que se tambalease de cansancio y dolor. Él no hablaba, el látigo expresaba su deseo sin palabras. Ni una sola de estas criaturas alzó la vista cuando pasamos a su lado, no parecieron darse cuenta de nuestra presencia. No producían más sonido que el sombrío y terrible rechinar de las cadenas de un extremo a otro de su larga fila, según se alzaban y caían al unísono los cuarenta y tres cargados pies. La fila se movía en una nube de su propia fabricación.

Todos los rostros estaban grises por una costra de polvo. Uno ha visto algo parecido en los muebles de las casas deshabitadas y ha escrito sus ociosos pensamientos con el dedo. Me acordé de esto al observar las caras de algunas de estas mujeres, madres jóvenes que llevaban sus pequeños próximos a la muerte y a la libertad. Algo de sus corazones estaba escrito en el polvo de sus rostros y, ¡con qué facilidad podía leerse, Dios mío! Era la senda de las lágrimas. Una de estas madres jóvenes no era más que una chiquilla, y me llegó al corazón leer aquella escritura pensando que procedía del pecho de semejante niña, que aún no debería conocer las dificultades, sino sólo la alegría de la mañana de la vida y, sin duda...

En aquel preciso instante ella se tambaleó, aturdida por la fatiga, y cayó el látigo arrancándole un pedacito de piel de su hombro desnudo. Me dolió como si hubiera sido yo el golpeado. El dueño detuvo la fila y saltó del caballo. Bramaba de cólera y juraba contra la chiquilla, diciendo que ya había producido suficientes molestias con su pereza y que, como era la última oportunidad que le quedaba a él, le ajustaría ahora las cuentas. Ella cayó de rodillas y levantando las manos, empezó a pedir, a llorar, a implorar, pero el dueño no prestó atención. Le arrebató al niño y luego hizo que los esclavos que iban encadenados delante y detrás de ella, la arrojasen al suelo y descubrieran su cuerpo. Entonces empezó a descargar golpes con el látigo como si estuviera loco, hasta que le desolló la espalda, mientras ella gritaba lastimosamente. Uno de los hombres que la sostenía volvió la cara, y por este rasgo de humanidad fue injuriado y azotado.

Todos nuestros peregrinos miraban y comentaban la maestría con que manejaba el látigo. Estaban demasiado endurecidos por la familiaridad cotidiana con la esclavitud para darse cuenta de que pudiese haber otra cosa que comentar en aquella exhibición. La esclavitud endurecía el sentimiento humano. Estos peregrinos eran gente de buen corazón y no le hubiesen permitido a aquel hombre que tratase de ese modo a un caballo.

Deseaba detener aquello y libertar a los esclavos, pero eso no serviría. No debía entrometerme demasiado y ganar fama de imponerme sobre las leyes del país y los derechos de los ciudadanos. Estaba dispuesto a que la esclavitud muriese por mi propia mano, si me encontraba con vida y con suerte, pero trataría de arreglarlo para que, cuando me convirtiese en verdugo, lo fuese por orden de la nación.

Precisamente en este lugar, y al lado del camino, estaba la fragua de un herrero. En aquel momento llegó un hacendado que había comprado a la muchacha unas millas antes a recoger su compra por ser aquí donde se le podían quitar los hierros. Se los quitaron, tras lo cual hubo una discusión entre el caballero y el traficante sobre quién debería pagar al herrero. En cuanto le quitaron los hierros, la muchacha, todo lágrimas y sollozos frenéticos, se precipitó en los brazos del esclavo que había apartado el rostro cuando la estaban azotando. La apretó contra su pecho, mientras llenaba de besos su cara y la del niño, bañándolos con la lluvia de sus lágrimas. Sospeché y pregunté. Tenía razón, eran marido y mujer. Tuvieron que apartarlos a la fuerza, llevándose a rastras a la muchacha que peleó, luchó y gritó como si se hubiera vuelto loca, hasta que una curva de la carretera nos la hizo perder de vista; incluso después de eso estuvimos escuchando sus gritos que se perdían en la distancia. ¿Y el esposo y padre, ya sin mujer y sin hijo, a quienes nunca volvería a ver en la vida? No se podía resistir su aspecto y me di la vuelta. Sabía que jamás arrancaría su imagen de mi mente y aún hoy es el día en que su imagen retuerce mi corazón cuando recuerdo todo aquello.

A la caída de la noche nos alojamos en la posada de un pueblo, y al levantarme a la mañana siguiente y mirar a la lejanía, en la dorada gloria de la nueva jornada, vi que se acercaba un caballero a quien reconocí como uno de los míos: sir Ozana le Cure Hardy. Estaba en el ramo de los artículos de caballero y su especialidad misionera eran los sombreros de copa. Iba revestido de acero, con la más hermosa armadura de la época, hasta donde debería de haber llevado el yelmo; pero no lo llevaba, en su lugar iba una reluciente chistera. Era el espectáculo más ridículo que se hubiese podido imaginar. Era otro de mis planes secretos para extinguir la orden de caballería, convirtiéndola en algo grotesco y absurdo. En torno a la silla llevaba cajas de cuero con sombreros y en cuanto vencía a algún caballero andante, le hacía entrar, por juramento, en mi servicio, le ajustaba una chistera y hacía que la llevase. Me vestí y bajé corriendo para dar la bienvenida a sir Ozana y enterarme de sus noticias.

—¿Cómo va el negocio? —pregunté.

—Notaréis que no me quedan más que estos cuatro, y tenía dieciséis cuando partí de Camelot.

—Lo habéis hecho hidalgamente, sir Ozana. ¿Dónde habéis estado últimamente?

—Ahora vengo precisamente del valle de la Santidad, señor.

—A ese lugar me dirijo yo. ¿Hay algo de particular entre los frailes?

—¡Por la Santa Misa que podríais no preguntarlo! Dale buen pienso al caballo, muchacho, y no se lo escatimes si precias en algo tu cabeza. Llévalo rápido al establo y haz como digo. Señor, peligrosas noticias son las que traigo y... ¿Son éstos peregrinos? Entonces, buena gente, no podéis hacer nada mejor que juntaros a escuchar lo que voy a decir, pues os concierne, y que vais a hallar lo que no queréis hallar, y a buscar lo que buscaréis en vano, sirva mi vida de prenda a mi palabra, mi palabra y mi mensaje son éstos, a saber: ha ocurrido algo que no se ha visto más que una vez en los últimos doscientos años, que fue la primera y última ocasión en que la dicha desgracia golpeó el valle Sagrado por mandato del Más Alto, por razones justas y causas a ello concurrentes, en donde el asunto...

—¡La fuente milagrosa ha cesado de fluir! —el grito brotó de veinte bocas de peregrinos a la vez.

—Decís bien, buena gente, a eso me iba aproximando cuando hablasteis.

—¿Se ha lavado alguien otra vez?

—No hay sospechas, pero nadie lo cree. Se piensa que ha de ser algún otro pecado pero nadie sabe cuál.

—¿Qué opinan de la desgracia?

—No se puede describir con palabras. La fuente lleva seca nueve días. No han cesado de día ni de noche las oraciones, las lamentaciones y las sagradas procesiones. Los monjes, las monjas y los hospicianos se encuentran todos exhaustos y alzan las oraciones escritas en pergamino, puesto que ya no les queda fuerza para levantar la voz. Por último enviaron por vos, Jefe, para que probaseis la magia y el encantamiento. Por si no podíais venir fue un mensajero a recoger a Merlín, el cual lleva ahí tres días y dice que traerá el agua aunque tenga que hacer saltar al universo y aniquilar sus reinos para lograrlo. Trabaja enormemente con su magia y llama a sus duendes para que se apresuren a venir en su ayuda, pero hasta ahora no ha logrado nada, ni el menor vaho que pueda formarse en un espejo de cobre, si es que no se cuenta el barril de sudor que derrama entre sol y sol con los terribles trabajos de su tarea, y si vos...

El desayuno estaba preparado. Tan pronto como terminamos le mostré a sir Ozana las palabras que había escrito en el interior de su sombrero: Departamento de Química, Laboratorios, Sección G. Pxxp. Envíen dos del primer tamaño, dos del n.º 3, seis del n.º 4, junto con los correspondientes detalles complementarios, y dos de mis ayudantes especializados. Luego, dije:

—Ahora, volad a Camelot tan rápido como podáis, valiente caballero, mostrad la escritura a Clarence y decidle que coloque todo el material requerido en el valle de la Santidad con toda la urgencia posible.

—Así lo haré, Jefe.

22. LA FUENTE MILAGROSA

Los peregrinos eran seres humanos. De otro modo hubieran actuado de manera diferente. Habían realizado un viaje largo y difícil, y ahora, cuando casi lo tenían terminado y supieron que la cosa principal por la que había dejado de existir, no hicieron como probablemente hubieran hecho los caballos, los gatos o las lombrices, darse la vuelta y dedicarse a algo provechoso; no, si antes estuvieron deseosos de ver la fuente milagrosa, ahora lo estaban cuarenta veces más de ver el lugar donde estuvo. La contabilidad no existe en relación con los seres humanos.

Nos dimos una buena carrera, y un par de horas antes de la puesta del sol nos encontrábamos ante el valle de la Santidad. Nuestros ojos lo recorrieron de un extremo a otro y anotaron sus características. Es decir, sus características más importantes. Éstas eran los tres grupos de edificios. Las distantes y aisladas construcciones eclesiásticas reducidas a dimensiones de juguete en la extensión solitaria de lo que parecía un desierto, y que además lo era. Una escena semejante siempre es triste por su quietud impresionante, que parece impregnada de muerte. Pero aquí había un sonido que interrumpía la quietud para aumentar la tristeza: el tañido lejano y débil de unas campanas que la brisa traía hasta nosotros tan débil, tan débil, tan suavemente, que apenas sabíamos si lo escuchábamos con los oídos o con el espíritu.

Llegamos al monasterio antes de anochecer, y allí se dio acomodo a los varones, pero a las mujeres se las envió al convento de monjas. Las campanas estaban ahora al lado y su solemne doblar hería el oído como un mensaje funesto. Una desesperación supersticiosa se había adueñado del corazón de cada uno de los monjes y se proclamaba en sus rostros fantasmales. Estos espectros de negras vestiduras, de calladas sandalias, de semblantes como la cera, aparecían por todas partes, revoloteaban y desaparecían, tan silenciosos y misteriosos como criaturas de pesadilla.

La alegría del viejo abad al verme fue patética, hasta derramar lágrimas. Me dijo:

—Daos prisa, hijo, poneos a vuestro trabajo salvador. Si no volvemos a tener el agua, y pronto, estaremos arruinados y se acabará la buena obra de doscientos años. Y mirad de hacerlo con hechizos que sean santos, porque la Iglesia no tolerará que el trabajo hecho por su causa se realice por magia del demonio.

—Cuando yo trabajo, padre, podéis estar seguro que no hay obra del demonio por medio. No usaré artes que vengan de él, y ningún elemento que no haya sido creado por la mano de Dios. Pero, ¿está Merlín trabajando estrictamente en una línea de conducta piadosa?

—Dijo que lo haría, hijo mío, dijo que lo haría, y juró cumplir su promesa.

—Bien, pues en ese caso que continúe.

—Pero seguramente no os vais a sentar ociosamente al lado, sino que prestaréis ayuda.

—No servirá el mezclar métodos, padre; y tampoco sería cortesía profesional. Dos de la misma profesión no se deben ofrecer por menos en la misma subasta. Sería rebajar las tarifas y acabar con todo. Merlín tiene el contrato, ningún otro mago puede tocarlo hasta que él lo abandone.

—Pero yo voy a quitárselo; es un caso especialísimo y por lo tanto justificado el hacerlo. Si así no fuera, ¿quién ha de dar la ley a la Iglesia? La Iglesia es la que da la ley a todos, y lo que ella quiere hacer, puede hacerlo, perjudique a quien perjudique. Se lo voy a quitar, empezaréis al instante.

—No puede ser, padre. Sin duda, como decís, donde el poder es supremo uno puede hacer como guste sin sufrir daño; pero nosotros los pobres magos no estamos en esa situación. Merlín es un buen mago de tipo menor y tiene una limpia reputación provincial. Está luchando, haciéndolo lo mejor que puede y no sería cortés por mi parte el quitarle el trabajo hasta que él mismo lo abandone.

La cara del abad resplandeció.

—Eso es sencillo. Hay modos de persuadirle para que lo abandone.

—No, no, padre, eso no sirve. Si fuese persuadido contra su voluntad llenaría esa fuente de algún hechizo malévolo que me pondría obstáculos para descubrir su secreto. Podría llevar un mes. Yo podría colocar un pequeño encantamiento mío, que yo llamo teléfono, y él no podría descubrirlo en un centenar de años. Sí, os dais cuenta, podría bloquearme durante un mes. ¿Os atreveríais a arriesgar un mes en una época seca como ésta?

—¡Un mes! Sólo pensarlo me da escalofríos. Haced como queráis, hijo mío. Pero mi corazón está cargado de desilusión. Dejadme y que mi espíritu se llene de cansancio y espera, como ha hecho estos diez largos días, simulando esa cosa que llamamos descanso, con el cuerpo extendido en señal exterior de reposo cuando en el interior no existe ninguno.

Desde luego habría sido mejor para Merlín dejar a un lado la etiqueta, abandonar y dejar de trabajar, puesto que jamás sería capaz de hacer brotar el agua, ya que era un auténtico mago de su época; lo cual es igual a decir que los grandes milagros, los que le dieron fama, siempre se habían realizado, por suerte, con nadie más que él por testigo. No podía hacer brotar el agua con toda esta multitud alrededor. Una multitud era tan mala para el milagro de un mago de aquella época, como lo era para el de un espiritista en la mía. Seguro que siempre tenía que haber algún escéptico que encendiese la luz en el momento crucial y lo estropease todo. Pero yo no quería que Merlín se retirase del trabajo hasta que yo no estuviese efectivamente preparado para cogerlo, y no podía hacerlo hasta que me llegasen las cosas de Camelot, lo cual llevaría dos o tres días.

Mi presencia dio esperanza a los monjes y les animó muchísimo; hasta tal grado que aquella noche hicieron una buena comida por primera vez en diez días. Tan pronto como sus estómagos estuvieron apropiadamente reforzados por el alimento, su ánimo empezó a elevarse con rapidez, y mucho más cuando se puso a circular el hidromiel. En el momento en que todo el mundo estaba medio borracho, la santa comunidad se encontró en buena forma para pasar una noche agradable, y nosotros nos quedamos junto al tablero y conectamos con la línea. La cosa se puso muy alegre. Se contaron buenas, viejas y dudosas historias que hacían correr las lágrimas, abrir de par en par las cavernosas bocas y agitarse a carcajadas los redondos vientres, se vociferaron dudosas canciones en un coro tan poderoso que ahogaba el tañido de las campanas.

Por último yo mismo me aventuré con una historia que tuvo un éxito enorme. No inmediatamente, desde luego, porque los nativos de esas islas, por regla general, no se deshacen con las primeras explicaciones de algo humorístico; pero la quinta vez que la conté empezaron a crujir en algunos sitios, a la octava empezaron a desmoronarse, y la duodécima repetición se rompieron en pedazos, y a la decimoquinta se desintegraron, cogí una escoba y los barrí. Este lenguaje es figurado. Estos isleños... bueno, al principio son de pago lento en el asunto de réditos a la inversión de esfuerzo que uno hace, pero al final convierten en pobres y pequeños, por contraste, los pagos de todas las otras naciones.

Al día siguiente, temprano, me encontraba en la fuente. Allí estaba Merlín trabajando en sus hechizos como un castor, pero sin recoger la humedad. No estaba de un humor agradable, cada vez que yo insinuaba que quizá este contrato era un poco demasiado grande para un novicio, desataba la lengua y juraba como un obispo, me refiero a un obispo francés de la época de la Regencia.

Las cosas estaban aproximadamente como yo había esperado encontrarlas. La fuente era un poco corriente, había sido excavado del modo corriente y se le había revestido de piedras del modo corriente. No había milagro alguno. Incluso la mentira que había dado origen a su fama no era milagrosa, yo mismo la podría haber contado con una mano atada a la espalda. El pozo se encontraba en una cámara sin luz que se alzaba en el centro de una capilla de piedra, con las paredes cubiertas de pinturas piadosas de una factura tal que habrían llenado de satisfacción a una litografía; eran pinturas históricamente conmemorativas de milagros curativos realizados por las aguas cuando nadie estaba mirando. Esto es, nadie salvo los ángeles, que siempre están sobre cubierta cuando hay un milagro a mano, quizá para que les pongan en el cuadro. Los ángeles son tan aficionados a eso como las compañías de seguros contra incendios, recuerden ustedes a los viejos maestros de la pintura.

La cámara donde se encontraba el pozo estaba difusamente iluminada por lámparas; el agua se sacaba por medio de una cabria y una cadena que accionaban los monjes, y se vertía en unas artesas que la hacían pasar a unos aljibes de piedra situados en la capilla, cuando había agua, naturalmente. Nadie más que los monjes podía entrar en la cámara. Yo entré porque tenía autoridad temporal para hacerlo debido a la cortesía de mi hermano profesional y subordinado. Pero él no había entrado. Lo hizo todo por encantamientos, no trabajó con la cabeza. Si hubiese entrado y hubiese utilizado los ojos en lugar de su mente desordenada, podía haber curado el pozo por medios naturales y luego haberlo transformado en un milagro del modo acostumbrado; pero no, era un viejo zote, un mago que creía en su propia magia y no hay mago que pueda prosperar obstaculizado por una superstición como ésa.

Yo tenía la idea de que al pozo le había salido una fuga de agua, que alguna de las piedras de las paredes del fondo había caído y había dejado alguna rendija por la que el agua se escapaba. Medí la cadena. Treinta y tantos metros. Llamé a un par de monjes, cerré la puerta, cogí una vela y les hice que me bajasen en el cubo. Cuando la cadena quedó totalmente desenrollada, la vela confirmó mis sospechas: una sección considerable de la pared había caído, dejando al descubierto una buena fisura.

Casi sentí que mi teoría acerca del no funcionamiento del pozo fuese correcta, porque tenía otra bastante espectacular como milagro. Recordaba que en América, muchos siglos más tarde, cuando un pozo de petróleo cesaba de fluir, solían volarlo con una carga de dinamita. Si encontraba el pozo seco, sin ninguna explicación, podía asombrar del modo más extraordinario a esta gente, haciendo que alguna persona, sin valor especial, arrojase dentro una bomba de dinamita. Mi idea era nombrar a Merlín. Sin embargo, estaba claro que no había ocasión para la bomba. Uno no puede hacer siempre las cosas del modo que le gustaría. De cualquier manera no sirve de nada el deprimirse por una desilusión, hay que animarse. Eso es lo que hice. Me dije a mí mismo: no tengo prisa, puedo esperar, ya llegará la bomba. Y además, llegó.

Cuando de nuevo estuve arriba, hice que salieran los monjes y dejé caer un sedal. ¡El pozo tenía cincuenta metros de profundidad y había trece metros de agua! Llamé a un monje y le pregunté:

—¿Qué profundidad tiene el pozo?

—Lo ignoro, señor, porque jamás me lo han dicho.

—¿Dónde suele estar el nivel del agua?

165

—Durante los dos últimos siglos, cerca de la superficie, según cuenta el testimonio que nos ha sido transmitido por nuestros predecesores.

Era verdad, al menos en la época más reciente, porque había testigos mejores que un monje; sólo de ocho a diez metros de la cadena daban muestras de haber sido usados, el resto permanecía herrumbroso y sin utilizar. ¿Qué había ocurrido la vez anterior en que el pozo dejó de dar agua? Sin duda, alguna persona práctica se había introducido por allí y había arreglado la fuga, luego había subido a contar al abad que sabía, por medio de la adivinación, que si los pecaminosos baños se destruían, el pozo volvería a fluir de nuevo. Ahora se había vuelto a producir la fuga y estos niños rezaban, hacían procesiones, doblaban las campanas en petición de socorro celestial, hasta quedar resecos y estallar, sin que a ningún inocente de ellos se le hubiese ocurrido lanzar un sedal o bajar a ver qué es lo que realmente pasaba. Entre las cosas más difíciles de este mundo se encuentra el desembarazarse de los viejos hábitos mentales. Se transmiten como la forma física y las facciones, y para un hombre de aquella época el haber tenido una idea que no hubiesen tenido sus antepasados le habría colocado bajo la sospecha de ser ilegítimo. Le dije al monje:

—Hacer que un pozo seco vuelva a tener agua es un milagro difícil, pero lo intentaremos si mi hermano Merlín fracasa. El hermano Merlín es un artista muy pasadero, pero sólo en la especialidad de magia de salón, y puede que no tenga éxito; de hecho lo más probable es que no lo tenga. Pero eso no lo desacreditaría, el hombre que pueda hacer esta clase de milagro conoce lo suficiente para dirigir un hotel.

—¿Hotel? No creo haber oído...

—Hotel es lo que llamáis hostería. El hombre que pueda hacer este milagro puede dirigir una hostería. Yo puedo hacer este milagro, yo haré este milagro; sin embargo, no trato de ocultaros que es un milagro abusar de los poderes ocultos en exceso.

—Ciertamente nadie lo sabe mejor que la comunidad, porque consta que la vez anterior fue extremadamente difícil y llevó un año. No obstante, rezaremos para que Dios os conceda el éxito.

En plan de negocios era una buena idea hacer circular que la cosa era difícil. Muchas cosas pequeñas se han convertido en grandes merced a la clase apropiada de publicidad. Aquel monje estaba lleno de la dificultad de la empresa, él lo comunicaría a los otros. En dos días la preocupación estaría en su punto culminante.

Cuando regresaba a casa a mediodía, me encontré con Sandy. Había estado examinando las diferentes clases de ermitaños.

—Me hubiera gustado hacerlo yo mismo —dije—. Estamos a miércoles. ¿Hay sesión de tarde?

—¿Lo qué, señor?

—Sesión de tarde. ¿Abren por las tardes?

—¿Quiénes?

—Los ermitaños, por supuesto.

—¿Abren?

—Sí, abren. ¿No está suficientemente claro? ¿Cierran a mediodía?

—¿Cierran?

—¿Cierran? Sí, cierran. ¿Qué le pasa a cierran? Nunca he visto a nadie tan zoquete. ¿Es que no puedes entender nada? Con términos sencillos: cierran la tienda, dejan la partida en tablas, cubren el fuego...

—Cierran la tienda, dejan...

—Bueno, no importa, déjalo; me cansas. Parece que no entiendes ni la cosa más simple.

—Quisiera poder agradaros, señor, y es para mí angustia y congoja fracasar, si bien puesto que no soy más que una simple dama sin nadie que me haya enseñado, sin bautizar desde la cuna en las profundas aguas del saber que ungen de soberanía a aquel que participa de ese nobilísimo sacramento, invistiéndole de un reverendo estado ante los ojos mentales del humilde mortal, quien por el obstáculo y falta de la gran consagración ve en su propio estado de ignorancia un símbolo de esa otra clase de falta y pérdida que los hombres proclaman ante los ojos compadecidos con vestiduras de tela de saco sobre las que cenizas de dolor yacen espolvoreadas y esparcidas, y así, cuando en la oscuridad de su mente encuentra estas doradas frases de elevado misterio, estos cierran-la-tienda, y dejan-la-partida-en-tablas, y cubren-el-fuego, no es más que por la gracia de Dios por lo que no estalla de envidia frente a la mente que puede producirlas, y la lengua que puede producir tales grandes y melodiosos milagros del lenguaje, y si se sigue confusión en

167

aquella mente más humilde, y se fracasa en adivinar el significado de estas maravillas, entonces si así es que esta falta de entendimiento no es vana sino real y verdadera, sabed bien que es la propia sustancia del homenaje de adoración y que no puede ser despreciada a la ligera, si vos habéis observado esta disposición de ánimo y de mente y habéis entendido que aquel quisiera no sabría, y aquel no sabría no podría, ni siquiera podría ni sabría, ni no podría ni no sabría, podrían, por suerte, cambiarse en el deseado quisiera, y así ruego a vuestra misericordia por mi falta, y que por vuestra bondad y caridad queráis perdonarla, mi buen dueño y queridísimo señor.

No pude descifrarlo todo, es decir, los detalles, pero me quedé con la idea general y con la cantidad suficiente para quedar avergonzado. No era correcto lanzar esos términos técnicos del siglo XIX sobre una niña inculta del siglo VI y luego injuriarla porque no podía coger el rumbo; además ella estaba haciendo la mejor carrera que podía, y ni era culpa suya si no llegaba al punto requerido; por lo tanto pedí disculpas. Luego nos fuimos charlando tranquilamente hacia los agujeros de los ermitaños, y como los mejores amigos del mundo.

Gradualmente iba adquiriendo una reverencia misteriosa y llena de temblor hacia esta muchacha; siempre que arrancaba de la estación e iniciaba la ruta de su tren a través de una de sus frases transcontinentales y sin horizontes, me venía la idea de que estaba ante la terrible presencia de la madre del idioma alemán. Me impresionaba de tal modo, que, a veces, cuando ella empezaba a vaciar una de estas frases encima de mí, inconscientemente yo adoptaba una actitud de reverencia y me descubría; si las palabras hubieran sido agua seguramente que me habría ahogado. Lo hacía exactamente a la manera alemana; cualquier cosa que pensase pronunciar, ya fuese una simple observación, un sermón, una enciclopedia, o la historia de una guerra, la metía en una sola frase o moría. Siempre que el alemán literario se zambulle en una frase, ya es lo último que se ha visto de él hasta que sale al otro lado del Atlántico con el verbo en la boca.

Fuimos de ermitaño en ermitaño toda la tarde. Era un zoo extrañísimo. La principal competencia entre ellos parecía que era ver quién se las arreglaba para estar más sucio y más floreciente de bichos. Su conducta y actitudes eran la última expresión de la virtud auto-complacida. El orgullo de un anacoreta era yacer desnudo en el fango, permitiendo que los insectos le picasen y le hiciesen ampollas sin ser molestados; el de otro era estar inclinado contra una roca durante todo el día, atrayendo la admiración del tropel de peregrinos y rezando; el de otro era estar desnudo e ir a cuatro patas; el de otro arrastrar un año sí y otro no ochenta libras de hierro; el de otro no tumbarse nunca para dormir, sino estar de pie entre arbustos espinosos y roncar siempre que había peregrinos, mirando; una mujer, que tenía el pelo blanco por la edad y ningún otro vestido, estaba negra de la cabeza a los pies debido a la santa abstinencia de agua durante cuarenta y siete años. Grupos de peregrinos mirando, estaban en torno a todos y cada uno de estos extraños objetos, llenos de admiración reverente y envidiosos de la santidad sin mancha que estas piadosas penitencias les habían ganado de un exigente cielo.

Al cabo de algún tiempo llegamos a ver a uno de los que se hallaban en la cúspide de la importancia. Era una celebridad notabilísima, su fama había penetrado en toda la cristiandad; los nobles y la gente renombrada venían desde las tierras más lejanas del globo para prestarle reverencia. El puesto lo tenía colocado en el centro de la parte más ancha del valle, y todo aquel espacio lo necesitaba para albergar a las multitudes.

Su puesto consistía en un pilar de veinte metros de alto con una amplia plataforma en la cima. Ahora estaba realizando lo que había estado haciendo todos los días durante los últimos veinte años, doblar el cuerpo sin cesar y con rapidez casi hasta los pies. Era su forma de rezar. Le medí el tiempo con un cronómetro y realizó mil doscientas cuarenta y cuatro revoluciones en veinticuatro minutos y cuarenta y seis segundos. Parecía una lástima malgastar toda esta energía. Una de las nociones más útiles en mecánica es el movimiento de pedal, así que puse una indicación en mi libro de notas con el propósito de aplicarle algún día un sistema de cuerdas elásticas para que hiciese funcionar una máquina de coser. Con el tiempo pude desarrollar el plan y me proporcionó un buen servicio durante cinco años; en ese tiempo produjo más de dieciocho mil camisas de lino de primera calidad, lo que venía a ser a diez diarias. Le hacía trabajar domingos y todo. Él funcionaba los domingos lo mismo que los restantes días de la semana y no valía la pena malgastar la energía. Estas camisas no me costaban nada, salvo la menudencia del material, que lo proporcionaba yo, puesto que no habría estado bien que lo pusiese él; se vendían como rosquillas a los peregrinos, a dólar y medio la pieza, que era el precio de cincuenta vacas o de un caballo de carreras de pura sangre en el reino de Arturo. Se consideraban como la perfecta protección contra el pecado y así lo anunciaban mis caballeros por todas partes, con el bote de pintura y los patrones de las letras. No había escollera, peña o muro en Inglaterra en el que no se leyese desde una milla de distancia:

COMPRÉ LA ÚNICA, AUTÉNTICA CAMISA SAN ESTILITA; PATROCINADA POR LA NOBLEZA. PATENTE EN TRÁMITE

En este negocio había más dinero del que uno sabría cómo utilizar. Según se fue ampliando, produje una serie de artículos propios para reyes, y una cosa llamativa para duquesas y esa gente, con volantes fruncidos en la escotilla y el aparejo recubierto de punto en zig-zag a sotavento, y luego ceñido con un brandal e izado con una media vuelta en las jarcias muertas de proa de los aferravelas de sotavento. Sí, una monada.

Pero por aquel tiempo me di cuenta que a la energía motriz le había dado por ponerse sobre una pierna, y descubrí que a la otra le pasaba algo; así que acumulé existencias y me deshice de las mercancías, lanzando financieramente a la palestra a sir Bors de Ganis con algunos de sus amigos. Al cabo de un año la fábrica se había parado y el buen santo logró su descanso. Pero se lo había ganado. Puedo decirlo en su favor.

Cuando le vi por vez primera, su condición personal no admitía la descripción en este lugar. Pueden leerla en las Vidas de Santos [26].

---

[26] Todos los detalles de este capítulo que se refieren a los ermitaños procedan de Lecky, pero muy modificados. Puesto que este libro no es una historia sino solamente una narración, la mayor parte de los detalles al vivo del historiador eran demasiado fuertes para que los reprodujésemos aquí. (Nota del original.)

23. LA RESTAURACIÓN DE LA FUENTE

El sábado a mediodía me fui hasta el pozo a echar un vistazo. Merlín seguía quemando polvos y dando manotadas al aire y musitando una jerigonza con la energía de costumbre, pero parecía muy deprimido porque no había podido conseguir todavía ni una gota de transpiración en el pozo. Al cabo de un rato le dije:

—¿Qué tal se promete la cosa esta vez, socio?

—Mirad, estoy ocupado experimentando el encantamiento más poderoso conocido a los príncipes de las artes ocultas de las tierras de Oriente; si falla, nada podrá servir. Guardad silencio hasta que termine.

En esta ocasión levantó una humareda que oscureció toda la región, debió molestar bastante a los ermitaños, porque el viento soplaba en aquella dirección y lo lanzó sobre sus antros en una niebla espesa y ondulada. Para hacer juego vertía cantidades enormes de palabras, contorsionaba su cuerpo y cortaba el aire con las manos del modo más extraordinario. Después de veinte minutos se desplomó resoplando y casi exhausto. En este momento llegó el abad con varios centenares de monjes y monjas, y detrás de ellos una multitud de peregrinos y un par de acres de hospicianos, reunidos todos por la enorme cantidad de humo y en un gran estado de excitación. El abad preguntó ansiosamente por los resultados. Merlín contestó:

—Si el hechizo que anuda estas aguas pudiese romperse por medio del esfuerzo del poderío humano, lo que acabo de probar lo habría realizado. Ha fracasado; por lo tanto ahora sé con certeza que aquello que yo había temido es una verdad establecida; la señal de este fracaso es que el más potente espíritu conocido por los magos del Oriente, cuyo nombre nadie puede pronunciar y seguir viviendo, ha lanzado su hechizo sobre este pozo. No respira ni respirará mortal alguno que pueda penetrar en el secreto de ese hechizo, y sin el secreto nadie puede romperlo. El agua no fluirá jamás, buen padre. He hecho lo que el hombre podría hacer. Permitidme que me vaya.

Por supuesto que esto produjo una gran consternación al abad. Se volvió hacia mí con las mismas señales en la cara, y dijo:

—Habéis oído. ¿Es verdad?

—En parte, sí.

—¡Entonces, todo no! ¿Qué parte es verdad?

—Que aquel espíritu de nombre ruso ha puesto su hechizo en el pozo.

—¡Por las llagas de Cristo, entonces estamos arruinados!

—Posiblemente.

—Pero ¿ciertamente no? ¿Queréis decir que ciertamente no?

—Así es.

—Así, pues, queréis decir que cuando él dice que nadie puede romper el hechizo...

—Sí, cuando él dice eso, dice lo que no es verdad necesariamente. Existen condiciones bajo las cuales un esfuerzo puede tener alguna probabilidad, alguna pequeña e insignificante probabilidad de éxito.

—Las condiciones...

—No son nada difícil. Solamente éstas: quiero que el pozo y el terreno circundante por espacio de media milla, quede enteramente para mí desde hoy a la puesta del sol hasta que levante la prohibición, y que a nadie se le permita cruzar el terreno sin mi permiso.

—¿Son sólo éstas?

—Sí.

—¿Y no tenéis miedo de hacer la prueba?

—Ninguno. Por supuesto que uno puede fallar, y también tener éxito. Hay que probar y estoy preparado para correr el riesgo. ¿Se me conceden las condiciones?

—Éstas y todas las que podáis citar. Dictaré una orden en ese sentido.

—Esperad —dijo Merlín con una sonrisa malvada—. ¿Sabéis que quien vaya a romper el hechizo ha de conocer el nombre del espíritu?

—Sí, conozco su nombre.

—¿Y sabéis también que saberlo sólo no sirve, sino que hay que saber cómo se pronuncia?

—Sí, también lo sé.

—¡Lo sabéis! ¿Sois un loco? ¿Estáis dispuesto a pronunciar el nombre y perecer?

—¿Pronunciarlo? Ciertamente. Lo pronunciaría aunque fuese galés.

—Entonces sois hombre muerto. Iré a decírselo a Arturo.

—Perfectamente. Coge tu bolsa y lárgate. Lo que tienes que hacer es marcharte a casa y a predecir, John W. Merlín.

Fue un disparo certero que le hizo parpadear, porque era el fracaso atmosférico más grande del reino. Siempre que ordenaba que se colocasen las señales de peligro por la costa, se producía una calma que duraba una semana, y cada vez que pronosticaba buen tiempo, llovían hasta tejas. Pero yo le seguía conservando en el Departamento Atmosférico para minar su reputación. No obstante el disparo aumentó su bilis y en lugar de partir a casa para informar de mi muerte, dijo que se quedaría para disfrutar de ella.

Mis dos especialistas llegaron por la tarde muy fatigados por haber viajado sin descanso. Trajeron bestias de carga con ellos con todo lo que yo necesitaba: herramientas, una bomba, tubería de plomo, fuegos artificiales, manojos de grandes cohetes, candelas romanas, surtidores de fuegos de colores, aparatos eléctricos y un montón de cosas variadas, todo lo necesario para un imponente milagro. Cenaron y se echaron un rato a descansar; hacia la medianoche salimos, cruzando una soledad tan totalmente vacía y completa que sobrepasaba en mucho las condiciones requeridas. Tomamos posesión del pozo y de sus alrededores. Mis muchachos eran especialistas en toda clase de cosas, desde revestir de piedras un pozo hasta construir un instrumento matemático. Una hora antes de la salida del sol teníamos arreglada la fuga de un modo perfecto, y el agua empezó a elevarse. Luego almacenamos nuestros fuegos artificiales en la capilla, cerramos el lugar y nos fuimos a dormir.

Antes de que terminase la misa de doce, estábamos otra vez en el pozo. Todavía había que hacer mucho y yo había determinado hacer surgir el milagro antes de medianoche por razones comerciales: puesto que un milagro hecho para la Iglesia en un día de semana vale mucho, vale seis veces más si se efectúa en domingo. En nueve horas el agua se había elevado a su nivel acostumbrado, es decir, se encontraba a ocho metros de la superficie. Colocamos una pequeña bomba de hierro, una de las primeras producidas por mis fábricas de cerca de la capital; horadamos un aljibe de piedra que estaba contra la pared exterior de la cámara donde se encontraba el pozo e insertamos una sección de tubería de plomo lo suficientemente larga para llegar a la puerta de la capilla y proyectarse más allá del umbral, donde el chorro de agua sería visible para los doscientos cincuenta acres de gente que yo pretendía estuvieran presentes frente a la pequeña y santa loma en el momento apropiado.

Arrancamos la tapadera de un tonel vacío y lo subimos al tejado de la capilla, donde lo aseguramos firmemente, vertimos pólvora en el interior hasta que hubo una pulgada de profundidad y después pusimos los cohetes en tanta cantidad como se pudo para que estuvieran de pie. Eran cohetes de todas las clases diferentes que puede haber y he de decir que eran un conjunto grandioso e imponente. Colocamos un alambre de una batería eléctrica de bolsillo en la pólvora, situamos un polvorín entero de fuegos griegos en cada ángulo del tejado, azul en uno, verde en otro, rojo en otro y púrpura en el último, y conectamos un alambre a cada uno.

A unos doscientos metros de distancia, en la llanura, construimos un cercado de maderas de poco más de un metro de alto, colocamos encima unos tablones y así quedó hecha una plataforma. La revestimos de elegantes tapicerías, prestadas para aquella ocasión, y lo coronamos todo con el propio trono del abad. Cuando se va a realizar un milagro para una raza ignorante, se necesita estar en todos los detalles que puedan contar; es preciso que todos los accesorios impresionen al ojo del público; hay que proporcionar comodidad al invitado de honor; después de todo eso, uno ya puede aflojar y jugarse el capital por lo que valga. Un milagro nunca está demasiado preparado. Da molestias, trabajo y algunas veces cuesta dinero, pero al final compensa. Pues bien, llevamos los alambres al suelo de la capilla y desde allí, bajo tierra, hasta la plataforma, donde escondimos las baterías. Con una cuerda hicimos un cuadrado de treinta metros en torno a la plataforma para separar a la gente vulgar, y con eso terminamos el trabajo. Mi idea era abrir las puertas a las diez treinta y comenzar la representación a las once y veinticinco en punto. Me hubiera gustado cobrar entrada, pero, desde luego no hubiera servido. Di instrucciones a mis muchachos para que a las diez ya estuviesen en la capilla, antes de que nadie merodease por allí, y para que manejasen las bombas en el momento apropiado y armasen la gresca. Luego nos fuimos a casa a comer.

En este momento las noticias del desastre ocurrido al pozo habían viajado ya hasta muy lejos; desde hacía dos o tres días una avalancha continua de gente se había ido desparramando por el valle. La parte más baja se había convertido en un vasto campamento, no es necesario decir que íbamos a tener público en abundancia. Desde las primeras horas de la tarde fueron anunciando los pregoneros el inminente acontecimiento, lo que aceleró el pulso de todos hasta una temperatura de fiebre. Avisaron de que el abad y su comitiva oficial saldrían con gran ceremonia y ocuparían la plataforma a las diez treinta, momento hasta el cual toda la zona que se encontraba bajo mi prohibición debería permanecer sin gente. En aquel instante las campanas dejarían de doblar, señal para que las multitudes pudieran aproximarse y ocupar sus lugares.

Yo estaba en la plataforma preparado para hacer los honores tan pronto como la solemne procesión del abad se presentase a la vista, cosa que no hizo hasta que no estuvo casi en la cuerda divisoria, ya que era una noche negra y sin estrellas, y no se permitían las antorchas. En ella venía Merlín, que cogió un asiento delantero en la plataforma. Por una vez había sido hombre de palabra. No se podía ver las multitudes contenidas como por un dique más allá de la zona de prohibición, pero allí estaban exactamente igual. Tan pronto como pararon las campanas, estas masas rompieron el dique y se derramaron por encima de la línea como una enorme ola negra. Durante media hora siguieron fluyendo, para solidificarse después. Se podía haber caminado sobre un pavimento de cabezas humanas hasta..., bueno, muchas millas.

Tuvimos un preludio solemne durante unos veinte minutos. Era algo con lo que yo había contado para producir efecto. Siempre es bueno permitir que el público de uno tenga la oportunidad de aumentar su expectación. Al fin, del silencio partió un noble canto en latín, voces de hombre solo, que aumentó y retumbó en la noche. Una impresionante marea de melodías. También lo había arreglado yo, y fue uno de los mejores efectos que jamás logré. Cuando terminó, me puse de pie en la plataforma y extendí mis manos a lo lejos, durante dos minutos, con la cara levantada hacia arriba. Esto siempre produce un silencio mortal, y luego pronuncié lentamente esta fantasmal palabra, de un modo tan terrible que hizo temblar a centenares y a muchas mujeres desmayarse:

¡Constantinopolitanischerdudelsackspfeienmarchergsellschafft! [27]

Según gemía los trozos finales de esta palabra, di a una de mis conexiones eléctricas, y todo aquel oscuro universo de gente quedó al descubierto en un horroroso resplandor azul. ¡Era un efecto inmenso! La gente gritaba, las mujeres se desmayaban y corrían en todas las direcciones, los hospicianos se desplomaban a pelotones. El abad y los monjes se santiguaban velozmente y sus labios se movían rápidos con agitadas plegarias. Merlín aguantó firme, pero estaba asombrado hasta la planta de los pies. Jamás anteriormente había visto nada que empezase de ese modo. Ahora era el momento de ir acumulando efectos. Levanté las manos y me quejé como si estuviera en la agonía con estas palabras:

¡Nihilistendynamittheaterkaestchenssprengungsattentatsversuchungen! [28]

¡Y encendí el fuego rojo! ¡Deberían haber escuchado aquel Atlántico de gente gemir y aullar cuando el infierno carmesí se unió al azul! Al cabo de sesenta segundos grité:

¡Transvaaltruppentropentransporttrampeltiertreiberrauungstränentragoedie!

---

[27] Mark Twain continúa aquí la broma sobre el idioma alemán y su construcción gramatical antes citada. La expresión, formada por varias palabras, significa. «Sociedad constantinopolitana de productores de gaitas» (*Constantinopolitanischer-dudelsackspfeien-marcher-gesellschafft!*).

[28] Es decir «Dinamita de nihilistas/caja de teatro/explosión como prueba de asesinato (*Nihilisten-dynamit/theater kaestchens/sprengungs-atentats-versuchngen*). En las siguientes «fórmulas mágicas». Twain realza la ironia con sendas aliteraciones (figura retórica que consiste en la repetición de consonantes o grupos de sonido), aliteraciones que se mantienen sólo en parte al traducirlas al español: «Transporte de tropas tropicales de Transvaal/ojeador de camellos/boda lacrimógena-trágica» (*Transvaal-truppen-tropen-transport/trampel-tiertreiber/trauungsstränen-tragoedie*); «Asesino en masa de musulmanes de La Meca/madre de moro, productor de monumentos de mármol» (*Mekka-muselmannen-massenmenschen-mörder/mohren-mutter/marmor-monumenten-macher*).

¡Y encendí el fuego verde! Tras esperar ahora sólo cuarenta segundos, extendí mis brazos e hice retumbar las devastadoras sílabas de esta palabra de las palabras:

¡Mekkamuselmannenmassenmenschenmördermohrenmut-termarmormonumentenmacher!

¡E hice funcionar el resplandor púrpura! ¡Allí estaban todos a la vez: rojo, azul, verde, púrpura! Cuatro furiosos volcanes lanzando a lo alto vastas nubes de humo radiante, y esparciendo una claridad cegadora, de arco iris, hasta los más remotos confines de aquel valle. Allá lejos, en la distancia, podía verse a aquel tipo, de pie, rígido, contra el fondo del cielo, con su movimiento de vaivén detenido por vez primera en veinte años. Yo sabía que los muchachos estaban ya preparados junto a la bomba de extracción. Así que dije al abad:

—El momento ha llegado, padre. Estoy a punto de pronunciar el terrible nombre y de ordenar al hechizo que se deshaga. Tened firmeza y agárrese a algo.

Luego me dirigí al pueblo, gritando:

—¡Atención! Dentro de un minuto el hechizo quedará roto, o ningún mortal podrá hacerlo. Si se rompe, todos lo sabremos, porque veréis brotar el surtidor de agua desde la puerta de la capilla.

Me detuve durante algunos momentos para dar la oportunidad a los que me habían oído de comunicar mi anuncio a los que no podían hacerlo, y llegar hasta las filas más alejadas. Luego hice una grandiosa exhibición de posturas y gestos, y exclamé:

—¡Ordeno al fiero espíritu que posee la fuente sagrada, que vomite hacia los cielos sus fuegos infernales que aún quedan en él, que deshaga inmediatamente el hechizo y huya hacia los abismos para quedar sujeto durante un millar de años. Lo ordeno en su propio y terrible nombre: BGWJJILLIGKKK!

En aquel instante hice estallar el tonel de cohetes, y un enorme surtidor de resplandecientes lanzas de fuego se precipitó hacia el firmamento con un impetuoso silbido, para romperse en mitad del cielo en una tempestad de deslumbrantes joyas. La masa de gente prorrumpió en un gemido de terror que se transformó en vivas de alegría repentinamente porque, allí, iluminada por el pavoroso resplandor, vieron cómo brotaba el agua liberada.

El viejo abad, sofocado por las lágrimas y la emoción, no podía pronunciar una palabra. Me apretó entre los brazos hasta deshacerme. Fue más elocuente que un discurso. Y también más difícil de recobrarse después, en un país donde realmente no había médicos que valiesen un céntimo sobra.

Había que haber visto aquellos acres repletos de gente arrojarse al agua y besarla; sí, besarla, acariciarla, mimarla y hablarle como si estuviera viva, y darle la bienvenida con los nombres afectuosos que utilizaban con sus amores, como si hubiese sido un amigo que se hubiese marchado y perdido hacía mucho tiempo y que de nuevo estuviese de vuelta. Era bonito el verlo y me hizo pensar en ellos más que antes.

Hice regresar a Merlín, que temblaba de horror. Cuando pronuncié aquel terrible nombre, fue como si hubiera hecho presa de él un derrumbamiento, del que aún no se había recuperado. Él nunca había escuchado aquel nombre antes, ni yo tampoco, pero era el correcto para su manera de entender. Más tarde admitió que ni la propia madre del espíritu lo hubiera podido pronunciar mejor. Jamás entendió cómo sobreviví, y yo no se lo conté. Sólo los magos jóvenes propalan un secreto de tal categoría. Merlín pasó tres meses entre hechizos destinados a averiguar el difícil ardid de pronunciarlo y sobrevivir. Pero no pudo descubrirlo.

Cuando me dirigí a la capilla, la masa se iba descubriendo y se retiraba reverentemente para dejarme más espacio, como si yo hubiera sido una especie de ser superior, lo que efectivamente era. Me daba perfecta cuenta de ello. Me llevé un relevo nocturno de monjes para enseñarles el misterio de la bomba, y les puse a trabajar, porque estaba claro que gran parte de la gente se iba a quedar de pie junto al agua toda la noche, y por lo tanto era justo que tuviesen toda la que quisieran. Para los monjes la bomba en sí ya era un buen milagro, y estaban llenos de admiración por la efectividad extraordinaria que demostraba.

Fue una noche grande, una noche inmensa. La fama la inundaba. La gloria apenas me permitió conciliar el sueño.

24. Un mago rival

Mi influencia en el valle de la Santidad era ya algo prodigioso. Valía la pena intentar transformarla en algo rentable. Me vino la idea al día siguiente, sugerida al ver a uno de mis caballeros del ramo del jabón que se aproximaba. De acuerdo con la historia, dos siglos antes, los monjes de este lugar fueron lo suficientemente mundanos como para desear lavarse. Podría ser que aún permaneciese un fermento de esta inicuidad. Por lo tanto sondeé a un hermano:

—¿Os gustaría daros un baño?

Se estremeció ante este pensamiento, el pensamiento del peligro que ello representaba para el pozo, pero dijo sentidamente:

—No es preciso preguntarlo a un pobre hombre que no ha conocido esa bendita frescura desde que era muchacho. ¡Ojalá Dios quisiera que me pudiera lavar! Pero no puede ser, buen señor. No me tentéis, está prohibido.

Después de decir esto suspiró de un modo tan lastimero que resolví que era necesario removerle al menos una capa de sus bienes raíces, si esto aumentaba mi influencia y hacía quebrar al resto de los capitales. Así que me fui al abad y le pedí un permiso para este hermano. Palideció ante la idea, no quiero decir que se le pudiese ver palidecer, porque, desde luego, no era posible sin primero rasparle, y a mí no me importaba lo suficiente como para rasparle yo mismo, pero, de todas formas, yo sabía que la palidez estaba allí a una distancia del grosor de un libro de la superficie. Palideció y tembló:

—¡Hijo, pedid cualquier otra cosa y se os concederá, donada libremente por un corazón agradecido, pero esto, esto...! ¿Querríais ahuyentar las benditas aguas de nuevo?

—No, padre, no las ahuyentaré. Tengo un misterioso conocimiento que me comunica la existencia de un error la vez anterior en que se creyó que la institución de los baños desterró el agua de la fuente.

Un gran interés empezó a surgir en el semblante del viejo.

—Este conocimiento me informa que los baños fueron inocentes de aquella desgracia, causada por otra clase totalmente diferente de pecado.

—Son palabras valientes, pero bienvenidas si fuesen verdad.

—Ciertamente que lo son. Permitidme construir de nuevo los baños, padre, permitídmelo y la fuente correrá por siempre jamás.

—¿Lo prometéis? ¿Lo prometéis? Decidlo. ¡Decid que lo prometéis!

—En verdad que lo prometo.

—¡Entonces yo mismo me daré el primer baño! Id, poneos a vuestro trabajo. No os demoréis, marchad.

Mis muchachos y yo nos pusimos inmediatamente a la obra. Las antiguas ruinas del baño todavía se encontraban en los sótanos del monasterio sin que faltase ni una piedra. Así habían quedado durante generaciones, evitadas con miedo piadoso como cosas malditas. En dos días lo tuvimos todo hecho y con el agua dentro: una espaciosa piscina con agua clara y pura en la que se podía nadar. Hasta era agua corriente. Entraba y salía a través de las antiguas cañerías. El viejo abad cumplió con su palabra y fue el primero en intentarlo. Bajó negro y tembloroso, dejando a toda la negra comunidad arriba, inquieta, preocupada y llena de oscuros presagios, pero regresó blanco y gozoso. ¡El juego se había realizado y había que anotar otro triunfo!

Fue una buena campaña la que realizamos en aquel valle de la Santidad. Estaba satisfecho y preparado para marchar cuando tuve un contratiempo. Cogí un catarro muy fuerte que me hizo revivir un antiguo reuma. Se me colocó en mi lugar más débil y allí me atacó. Era precisamente donde el abad colocó sus brazos en torno de mí y me estrujó la vez que me demostró su gratitud con un abrazo.

Cuando me recobré, era una sombra. Pero todo el mundo estaba lleno de atenciones y amabilidades, lo cual me devolvía el ánimo y fue la clase apropiada de medicina para que un convaleciente recobrase rápidamente la salud y la fuerza. Así me restablecí pronto.

Sandy quedó agotada con su labor de enfermera, por lo que decidí hacer un crucero yo solo, dejándola a ella con las monjas para que se restableciese. Mi idea era disfrazarme de hombre libre de clase campesina y vagar por el país a pie, durante una o dos semanas. Esto me proporcionaría la oportunidad de comer y alojarme con la clase más baja y pobre de ciudadanos libres, en igualdad de condiciones. No había otro modo de informarme perfectamente de su vida cotidiana y de la actuación de las leyes sobre ella. Si me introducía en medio de ellos como caballero, habría reparos y convencionalismos que me separarían de sus alegrías y penas particulares; de ese modo no llegaría más que a la concha exterior.

Una mañana salí a dar un paseo a fin de hacer músculos para mi viaje. Había subido ya la loma que bordeaba la extremidad septentrional del valle cuando me tropecé con una abertura artificial frente a un pequeño precipicio. Por la situación lo reconocí como la caverna de un ermitaño muy celebrado por la suciedad y austeridad, que frecuentemente me habían indicado. Sabía que hacía poco le habían ofrecido una colocación en el Sáhara, donde los leones y las moscas del desierto convertían la vida del ermitaño en algo peculiarmente atractivo y difícil, y que se había ido a África a tomar posesión. Me decidí a echar un vistazo para ver cómo la atmósfera de esta caverna estaba de acuerdo con su reputación.

Mi sorpresa fue grande; el lugar estaba recién barrido y fregado. Luego vino otra sorpresa. Hacia el fondo de la caverna, en la oscuridad, escuché el sonido de una campanilla, y luego lo siguiente:

—¡Hola, central! ¿Es Camelot? ¡Atención! Vuestro corazón puede alegrarse si tenéis fe para creer en lo maravilloso cuando llega de forma insospechada y se manifiesta en lugares imposibles. ¡Aquí se encuentra personalmente su grandeza el Jefe, y con vuestros propios oídos le oiréis hablar!

Esto sí que era una reversión absoluta de las cosas. Un revoltijo de extravagantes incongruencias, una fantástica conjunción de cosas opuestas e irreconciliables. ¡La casa del milagro falso se había convertido en la casa del milagro auténtico! ¡La caverna del ermitaño medieval se había transformado en una central de teléfonos!

El empleado de teléfonos salió a la luz y le reconocí como uno de mis jóvenes.

—¿Cuánto tiempo lleva esta central aquí, Ulfius?

—Nada más que desde medianoche, buen Jefe. Vimos muchas luces en el valle y consideramos que sería conveniente establecer un puesto aquí ya que tantas luces necesariamente debían indicar una ciudad de buen tamaño.

—Perfectamente. No es una ciudad en el sentido usual de la palabra pero, de todas formas, es una buena posición. ¿Sabes dónde estás?

—No he tenido tiempo de hacer averiguaciones acerca de eso ya que cuando mis compañeros partieron de aquí para proseguir sus trabajos, dejando esto a mi cargo, me puse a descansar con el propósito de investigar cuando despertase e informar a Camelot del nombre del lugar, para que quedase constancia.

—Bien, éste es el valle de la Santidad.

No ocurrió nada, no le sobresaltó como yo hubiera supuesto que ocurriría. Simplemente dijo:

—Así lo informaré.

—Las regiones circundantes están llenas del ruido de las últimas maravillas aquí sucedidas. ¿No has oído hablar de ellas?

—Recordaréis que nos movemos de noche y que evitamos hablar con todo el mundo. No sabemos más que lo que nos dicen por teléfono desde Camelot.

—Pero ellos lo saben todo. ¿No te han contado nada acerca del gran milagro de la restauración de una fuente sagrada?

—¡Ah! ¿Eso? Ciertamente que sí. Pero el nombre de este valle difiere excesivamente del de aquél. Ciertamente que no sería posible el diferir más...

—¿Qué nombre era, entonces?

—El valle de la Malicia Infernal.

—Eso lo explica. Cosas de los teléfonos. Son el mismo demonio para producir similaridades de sonido que son milagros de divergencia en cuanto al significado. Pero no importa, ahora ya sabes el nombre. Llama a Camelot.

Lo hizo y se buscó a Clarence. Era agradable volver a escuchar otra vez la voz del muchacho. Era como estar en casa. Tras algunas expresiones afectuosas y alguna noticia acerca de mi reciente enfermedad, le dije:

—¿Qué hay de nuevo?

—El rey, la reina y muchos de la corte parten en estos momentos para vuestro valle a fin de prestar piadoso homenaje a las aguas que habéis restaurado, limpiarse ellos mismos de pecado y ver el lugar desde donde el espíritu infernal arrojó verdaderas llamas del infierno hasta las nubes. Si escucháis atentamente me podréis oír guiñar el ojo y sonreír, puesto que fui yo quien seleccionó esas llamas de nuestras existencias y las envié según vuestro pedido.

—¿Conoce el rey el camino hasta este lugar?

—¿El rey? No, ni quizá ningún otro de sus reinos, pero los muchachos que os ayudaron en vuestro milagro serán su guía y dirigirán el recorrido, fijando los lugares para descansar a mediodía y dormir durante la noche.

—¿Cuándo llegarán aquí?

—A media tarde del tercer día.

—¿Hay alguna otra cosa nueva?

—El rey ha comenzado la leva del ejército permanente que le sugeristeis; ya hay completo un regimiento con sus oficiales.

—¡El muy diablo! Eso quería llevarlo yo mismo. Sólo existe en el reino un cuerpo de hombres que sirva para mandar un ejército regular.

—Sí. Y ahora os maravillará saber que no hay ni uno de West Point en ese regimiento.

—¿De qué hablas? ¿Lo dices en serio?

—Es exactamente como he dicho.

—Vaya, esto me intranquiliza. Cuéntame a quiénes escogieron y qué método se utilizó. ¿Exámenes en competencia?

—En verdad que no sé nada del método. Sólo sé que estos oficiales son todos de familias nobles y de nacimiento, ¿cómo los llamáis?, zoquetes, sí.

—Hay algo que va mal, Clarence.

—Animaos, entonces, porque dos candidatos a una lugartenencia viajan desde aquí con el rey, ambos son jóvenes y nobles, y si esperáis escucharéis las preguntas que se les hacen.

—Eso son noticias. De todas formas haré que entre uno de West Point. Manda a un hombre a caballo en dirección a aquella escuela con un mensaje; si es necesario que reviente los caballos, pero debe estar allí antes de la puesta de sol de hoy y dirá...

—No es preciso. He tendido un cable hasta la escuela. Os conectaré con ella si os place.

¡Estupendo! En esta atmósfera de teléfonos y comunicación instantánea con regiones distantes, yo volvía a respirar el aliento vital tras un largo sofocamiento. Me di cuenta entonces de lo horrorosamente rastrera, oscura e inanimada que esta tierra había sido para mí durante todos estos años, y en qué estado de ahogamiento mental me había encontrado para llegar a acostumbrarme a ella casi hasta perder la capacidad de observarlo.

Di personalmente las órdenes al superintendente de la Academia. También le pedí que me trajesen algo de papel, una pluma estilográfica y unas cajas de cerillas. Me estaba hartando de carecer de estas comodidades. Ahora podía tenerlas porque, de momento, no iba a llevar más armadura y, por lo tanto, podía llegar a mis bolsillos.

Cuando regresé al monasterio, encontré que se estaba desarrollando algo de interés. El abad y sus monjes se encontraban reunidos en el gran salón observando con asombro y fe infantil la actuación de un nuevo mago, un recién llegado. Su atavío era el extremo de lo fantástico, tan llamativo y tonto como lo que lleva un hechicero indio. Hacía muecas, mascullaba palabras, gesticulaba y dibujaba figuras míticas en el aire y en el suelo, ya saben, lo corriente. Era una celebridad que provenía de Asia, eso es lo que decía y ya era bastante. Esta clase de prueba tenía tanto valor como el oro, y servía en todas partes.

Era barato y fácil ser un gran mago según las condiciones de este individuo. Su especialidad consistía en contar qué era lo que cualquier individuo sobre la faz de la tierra se encontraba haciendo en aquel momento, qué es lo que haría en el futuro. Preguntó si a alguien le gustaría saber qué es lo que estaba haciendo el emperador del Oriente precisamente entonces. El centellear de los ojos y el frotar satisfecho de las manos fueron una respuesta elocuente de que a esta reverenda asamblea le gustaría saber qué es lo que el monarca hacía precisamente en aquel instante. La superchería se prosiguió con un ceremonial ridículo para, por fin, anunciar gravemente:

—El alto y poderoso emperador del Oriente en estos momentos está colocando una suma de dinero en la palma de un santo fraile mendicante, una, dos, tres monedas, y todas de plata.

Un murmullo de exclamaciones de admiración brotó de todos los circunstantes:

—¡Es maravilloso! ¡Extraordinario! ¡Qué estudios y qué trabajos para poder adquirir un poder tan sorprendente!

¿Les gustaría saber qué estaba haciendo el supremo señor de la India? Sí. Les contó qué estaba haciendo el supremo señor de la India. Luego les dijo a qué se dedicaba el sultán de Egipto. Más tarde, el rey de los Mares Remotos. Y así continuó y continuó. Con cada nueva maravilla el asombro ante su precisión crecía más y más. Creían que alguna vez tendría que vacilar por fuerza, pero no, jamás dudaba, siempre lo sabía con exactitud infalible. Me di cuenta que si esto continuaba yo iba a perder mi supremacía, el individuo éste cogería mis seguidores para dejarme a la intemperie. Debía ponerle la zancadilla y además rápidamente. Por lo tanto, dije:

—Si me es permitido preguntar, me gustaría mucho saber qué está haciendo determinada persona.

—Hablad libremente. Os lo diré.

—Será difícil, quizá imposible.

—Mi habilidad desconoce esa palabra. Cuanto más difícil sea, con más certeza os lo revelaré.

Ya ven que procuraba aumentar el interés. Ya estaba bastante alto; podía verse por los cuellos estirados y por el aliento entrecortado. Así que lo llevé hasta su punto culminante:

—Si no cometéis ningún error, si me decís verdaderamente lo que deseo saber, os daré doscientos peniques de plata.

—¡Ya es mía la fortuna! Os diré lo que queráis saber.

—Entonces, decidme qué estoy haciendo con mi mano derecha.

Hubo una exclamación general de sorpresa. A nadie de aquella multitud se le había ocurrido la sencilla treta de preguntar por algo que no estuviese a diez mil millas de distancia. Le dio de lleno. Se trataba de una emergencia jamás recibida por su experiencia con anterioridad, y le dejó parado en seco. No sabía cómo arreglárselas. Parecía confuso y sorprendido, y no podía decir ni una palabra.

—Vamos —dije—. ¿A qué esperáis? ¿Es posible que podáis contestar inmediatamente lo que alguien está haciendo al otro extremo de la tierra y, sin embargo, no podéis decir qué es lo que hace una persona situada a un metro de vos? Las personas que están detrás de mí saben lo que estoy haciendo con mi mano derecha y os lo corroborarán si lo decís correctamente.

Él seguía mudo.

—Muy bien. Entonces os diré por qué no habláis: porque no sabéis. ¡Un mago! Amigos míos, este vagabundo no es más que una superchería y un mentiroso.

Esto afligió y aterrorizó a los monjes. No estaban acostumbrados a que se insultase a estos seres terribles y no sabían cuáles podrían ser las consecuencias. Hubo un silencio mortal; todas las mentes estaban llenas de presagios supersticiosos. El mago empezó a recobrar el ánimo y cuando, por fin, sonrió indiferentemente, un murmullo de alivio recorrió toda la sala; indicaba que él no tenía ánimo destructor.

—Me ha dejado sin palabras la frivolidad del habla de esta persona. Que sepan todos, si por casualidad hay alguno que lo ignora, que los magos de mi categoría no se dignan preocuparse de las acciones de nadie que no sea rey, príncipe o emperador, de aquellos que han nacido en la púrpura y sólo de ellos. Si me hubiese preguntado qué estaba haciendo Arturo el gran rey, hubiera sido diferente y yo lo hubiese dicho; pero las acciones de un súbdito no me interesan.

—No os comprendí bien. Pensé que decíais «cualquiera», y supuse que «cualquiera» incluía, bueno, a cualquiera; o sea a todo el mundo.

—Efectivamente, a cualquiera que sea de noble cuna, y mejor si es real.

El abad vio la oportunidad de suavizar las cosas y de evitar el desastre y así, dijo:

—Me parece que eso bien podría ser, puesto que no sería posible que un don tan maravilloso como éste se confiriese para revelar las preocupaciones de seres menores que aquellos que han nacido cerca de las cumbres de la grandeza. Nuestro rey Arturo...

—¿Querríais saber algo de él? —interrumpió el mago.

—Con mucho gusto y agradecimiento.

Estos idiotas incorregibles volvían a estar llenos de espanto e interés. Contemplaron los encantamientos, absortos, y me miraron con aire de decir: ¿Qué, qué es lo que podéis decir a eso ahora? Entonces llegó el anuncio:

—El rey está cansado de cazar y lleva reposando en su palacio dos horas, duerme tranquilamente.

—¡Dios le bendiga! —dijo el abad, santiguándose—. Que el sueño le sirva de descanso para su cuerpo y para su alma.

—Y así podría ser, si estuviera dormido —dije—. Pero el rey no duerme, el rey monta a caballo.

Otra vez problemas, conflicto de autoridades. Nadie sabía a cuál de los dos creer; aún me quedaba algo de reputación. El desdén del mago se excitó y dijo:

—En los días de mi vida he visto muchos maravillosos adivinos, profetas y magos, pero jamás he visto a nadie que se sentase, ocioso, a ver las entrañas de las cosas sin un encantamiento que le ayudase.

—Has vivido en el bosque y por eso has perdido mucho. Yo mismo los uso, como no ignora esta buena comunidad, pero sólo en ocasiones de importancia.

Reconozco que sé cómo hacerlo cuando se trata del sarcasmo. El golpe hizo retorcerse al individuo. El abad preguntó por la corte y por la reina y obtuvo esta información:

—Todos duermen, rendidos de fatiga, igual que el rey.

—Eso es sencillamente una mentira. La mitad están en sus diversiones y la otra mitad, junto con la reina, no duermen sino que cabalgan. Ahora quizá puedas ampliar un poco y decirnos adónde van el rey, la reina y los que con ellos cabalgan.

—Duermen, según he dicho, pero mañana montarán a caballo porque van de viaje hacia el mar.

—¿Dónde estarán pasado mañana a la hora de vísperas?

—Muy al norte de Camelot, con la mitad de su viaje realizado.

—Eso es otra mentira de una longitud de ciento cincuenta millas. Su viaje no estará realizado a la mitad sino que estará hecho del todo, y estarán aquí, en este valle.

¡Eso sí que fue un buen disparo! Puso al abad y monjes en medio de un torbellino de excitación e hizo tambalear al mago hasta su base. Continué con lo mismo:

—Si el rey no llega haré que me pongan en un poste, pero si llega te pondré a ti en mi lugar.

Al día siguiente fui a la central de teléfonos y me enteré de que el rey había pasado a través de dos ciudades situadas en la línea. Del mismo modo seguí su progreso al día siguiente. De todo esto no dije nada a nadie. Los informes del tercer día mostraron que si continuaba con ritmo semejante llegaría sobre las cuatro de la tarde. En ningún lugar se percibía señal de interés por su llegada; no parecía que hubiese preparativos para recibirlo con ceremonia, algo extraño, en verdad. Sólo había una cosa que lo explicase: que el otro mago estuviera haciendo labor de zapa contra mí. Y así era. Pregunté a un monje amigo mío y me contó que el mago había realizado más encantamientos y había descubierto que la corte había decidido no hacer ningún viaje, sino quedarse en casa. ¡Hay que fijarse en esto! Así se hacían las reputaciones en este país. Esta gente me había visto realizar la exhibición más espectacular de magia de la historia, la única de valor positivo que pudiesen haber conocido, y, sin embargo, aquí estaban, preparados para aceptar a un aventurero sin más pruebas de su poderío que su simple palabra.

No obstante, no era buena política dejar que el rey entrase sin ninguna ceremonia, así que solicité una procesión de peregrinos, ahumé unas cuevas para reunir algunos ermitaños, y a las dos los envié a su encuentro. Ésa fue la clase de pompa que le recibió. El abad quedó impotente de cólera y humillación cuando le llevé a un balcón para mostrarle la entrada del jefe del Estado sin tener a mano un monje que le diese la bienvenida, sin bullicio, sin campanas que alegrasen su espíritu. Echó un vistazo y voló a animar sus fuerzas. Al minuto siguiente las campanas tocaban con furia, y todos los edificios vomitaban monjes y monjas que se precipitaban en masa hacia la comitiva que se aproximaba; con ellos iba aquel mago, en un poste por orden del abad. Su reputación quedó por los suelos y la mía de nuevo en el firmamento. Sí, en un país semejante un hombre puede mantener su marca de fábrica, pero no puede hacerlo sentado, tiene que estar en la cubierta y atendiendo todo el tiempo su negocio.

25. EXÁMENES EN COMPETENCIA

Cuando el rey viajaba para cambiar de aires, en visita oficial o para ver a algún noble distante a quien deseaba arruinar con los gastos de su estancia, parte de la administración se trasladaba con él. Era la moda de la época. La comisión encargada de examinar a los candidatos a puestos en el ejército vino con el rey al valle, aun cuando podían haber realizado su cometido exactamente igual en casa. Y aunque esta expedición era estrictamente una excursión de vacaciones para el rey, seguía haciendo funcionar algunas de sus actividades oficiales exactamente lo mismo. Como de costumbre, a la salida del sol abría el tribunal en el lugar acostumbrado y juzgaba los casos él mismo porque era el justicia mayor del Tribunal Supremo del reino.

En este cargo brillaba notablemente. Era un juez sabio y humano y lo hacía del modo más honesto y justo, de acuerdo con sus luces. Esto ya es una buena reserva. Sus luces, es decir, su crianza, coloreaban a menudo sus decisiones. Cuando había alguna disputa entre un noble o caballero y una persona de categoría inferior, la inclinación y simpatía del rey siempre eran para la primera clase, lo sospechase él o no. Era imposible que fuese de otro modo. Los efectos embotadores de la esclavitud sobre la percepción moral del propietarios de esclavos son universalmente conocidos y admitidos; una clase privilegiada, una aristocracia, no es más que una banda de propietario de esclavos bajo otro nombre. Parece duro, y, sin embargo, no debería ser ofensivo, ni para el propio noble, a menos que el hecho en sí sea una ofensa, ya que la afirmación simplemente formula un hecho. La característica repulsiva de la esclavitud es la cosa, no su nombre. No se necesita más que escuchar a un aristócrata hablar de las clases que están por debajo de él para reconocer, casi sin modificación, el mismo aire y tono del auténtico propietario de esclavos; y detrás de esto viene el espíritu del propietario de esclavos, y el sentimiento embotado del propietario de esclavos. En ambos casos provienen de la misma causa: la vieja e innata costumbre del poseedor de considerarse a sí mismo como un ser superior. Los juicios del rey producían injusticias con frecuencia, pero era simplemente culpa de su educación, de sus simpatías naturales e inalterables. Se encontraba tan poco adaptado a la justicia como la madre corriente lo habría estado para el cargo de distribuidor de leche para niños famélicos en época de hambre. Sus propios hijos estarían algo mejor atendidos que el resto.

Un caso muy curioso se presentó ante el rey. Una joven huérfana, con una hacienda considerable, se había casado con un muchacho que no tenía nada. La propiedad de la muchacha estaba dentro de un señorío que correspondía a la Iglesia. El obispo de la diócesis, un arrogante vástago de una gran familia noble, reclamó la hacienda de la muchacha basándose en que se había casado privadamente y así había quitado a la Iglesia uno de los derechos que, como señor, le correspondía, el conocido precisamente con el nombre de «derecho del señor». El castigo por evitarlo o por rehusarlo era la confiscación. La defensa de la muchacha consistía en que el dominio del señorío estaba investido en el obispo, y que el derecho particular de que aquí se trataba no era transferible, sino que debía ser ejercido por el propio señor o quedar vacante, y que una ley más antigua, de la propia Iglesia, prohibía estrictamente al obispo su ejercicio. En verdad que se trataba de un caso muy extraño.

Esto me recordó algo que había leído en mi juventud acerca de la manera ingeniosa con que los regidores de Londres habían recaudado el dinero para la construcción de la Mansion House. Una persona que no hubiese recibido el sacramento según el rito anglicano no podía presentarse como candidato para oficial de la justicia de Londres. Así los disidentes no eran elegibles; no podían presentarse si se les pedía y no podían ocupar el cargo si se les elegía. Los regidores, que sin duda alguna eran yanquis disfrazados, utilizaron este nítido plan: aprobaron unos estatutos que imponían una multa de cuatrocientas libras a cualquiera que rehusase ser candidato a oficial de la justicia, y una multa de seiscientas libras a cualquier persona que, después de ser elegido, rehusase servir.

Luego se pusieron al trabajo y eligieron a un grupo de disidentes, uno tras otro hasta recaudar quince mil libras en multas; y ahí está la majestuosa Mansion House hasta el día de hoy, para recordar a los sonrojados ciudadanos un día lamentable en el que una banda de yanquis llegó a Londres y efectuó unos juegos de una clase tal como la que ha dado a su raza una reputación única y dudosa entre todos los pueblos verdaderamente buenos que ha habido en esta tierra.

El caso de la muchacha me parecía fuerte, el del obispo lo mismo. No veía cómo el rey iba a salir de este agujero. Pero salió. Anoto su decisión:

—En verdad que encuentro poca dificultad aquí, el asunto es cosa de niños en cuanto a simpleza. Si la joven novia hubiese dado aviso, como estaba obligada, al obispo, su señor feudal, dueño y protector, ella no habría sufrido pérdida, porque el dicho obispo podría haber obtenido una dispensa haciéndole, por conveniencia temporal, elegible para el ejercicio del referido derecho, y así ella habría conservado todo lo que tenía. Mientras que, fallando en su primer deber, por eso fallaba en todo; porque quienquiera que cogido a una cuerda la corta por encima de sus manos, debe caer; no es defensa afirmar que el resto de la cuerda está en buen estado, ni sirve para librarse del peligro, según descubrirá. El caso de la mujer está podrido en su base. Este tribunal decreta que pierda sus bienes en favor del dicho señor obispo, que los pierda hasta el último céntimo que posea, y que pague las costas del juicio. ¡Siguiente!

He aquí un final trágico para una hermosa luna de miel que no tenía aún tres meses. ¡Pobres criaturas! Durante estos tres meses habían vivido envueltos en comodidades mundanas. Las joyas y ropas que llevaban eran tan hermosas y elegantes como la interpretación más astuta de las leyes suntuarias podía permitir a la gente de su categoría; y con estas hermosas ropas, ella llorando en el hombro de él, y él tratando de animarla con palabras de esperanza compuestas según la música de la desesperación, partieron desde el lugar del juicio hacia el mundo sin hogar, sin lecho, sin pan; los mismos mendigos de las carreteras no eran tan pobres como ellos.

Pues sí, el rey había salido del agujero y en términos satisfactorios para la Iglesia y el resto de la aristocracia, sin duda. Los hombres escriben muchos hermosos y plausibles argumentos en apoyo de la monarquía, pero, subsiste el hecho de que donde cada uno de los hombres del estado posee un voto, las leyes brutales son imposibles. Desde luego que la gente de Arturo eran un pobre material para una república porque llevaban mucho tiempo envilecidos por la monarquía; y, sin embargo, hasta ellos habrían sido lo suficientemente inteligentes como para desembarazarse de la ley que el rey acababa de administrar si se hubiese sometido a su voto libre. Hay una frase que se ha hecho tan corriente en la boca del mundo que parece que ha llegado a tener sentido y significado: es la frase que se refiere a ésta, a aquélla o a la otra nación como posiblemente «capaces de autogobierno». El sentido implícito es que ha habido una nación en algún sitio y en alguna época u otra que no fue capaz, que no fue tan capaz de gobernarse como algunos especialistas autonombrados lo fueron o lo serían. Las mentes maestras de todas las naciones, en todas las épocas, han surgido en poderosa multitud de la masa de la nación, y solamente de la masa, no de sus clases privilegiadas; y así, sin importar el grado intelectual de la nación, ya fuese alto o bajo, el grueso de la habilidad ha radicado en las largas filas de sus innominados y de sus pobres, y así jamás vio el día en que no tuviese material en abundancia con que gobernarse. Lo cual es afirmar un hecho que siempre se ha probado por sí mismo: que incluso la monarquía mejor gobernada, más libre y más ilustrada está por detrás de la mejor condición que pueda alcanzar su pueblo; y que lo mismo es verdad de los gobiernos afines de menos categorías, hasta llegar al grado inferior.

El rey Arturo había activado el asunto del ejército más allá de mis cálculos. Yo no había supuesto que se fuese a mover en aquel asunto mientras yo estuviera ausente. Así no había fijado un plan para determinar los méritos de los oficiales, sino sólo había hecho la observación de que sería inteligente someter a cada candidato a un examen completo. En mi interior lo que pretendía era reunir una lista de condiciones militares que nadie podría contestar salvo los míos de West Point. Tenía que haber atendido a esto antes de marcharme, porque el rey estaba tan atraído por la idea de un ejército permanente que no pudo esperar, sino que se puso a ello en seguida elaborando un plan de exámenes tan bueno como podía salir de su cabeza.

Estaba impaciente por ver cómo era el tal plan y, además, por mostrar a la comisión examinadora el mío, que era mucho más admirable. Se lo insinué al rey con gentileza y esto excitó su curiosidad. Cuando la comisión se reunió le seguí y, detrás de nosotros, entraron los candidatos. Uno de éstos era uno de mis brillantes jóvenes de West Point, y con él venían un par de profesores de la Academia.

Cuando vi la comisión no supe si llorar o reír. El presidente era el oficial conocido a las generaciones posteriores como Tercer Rey de Armas. Los otros dos miembros eran jefes de sección de su departamento, los tres eran sacerdotes, desde luego. Todos los cargos que sabían leer y escribir eran sacerdotes.

Mi candidato fue el primer llamado, por cortesía hacia mí, y el presidente de la comisión se dirigió hacia él con solemnidad oficial:

—¿Nombre?

—Maleza.

—¿Hijo de...?

—Webster.

—Webster... Webster... Mi memoria falla en recordar ese nombre. ¿Cóndición?

—Tejedor.

—¡Tejedor! ¡Dios nos asista!

El rey se tambaleó de la cabeza a los pies. Un escribiente se desmayó y a los otros les faltó poco. El presidente recobró la calma y dijo, indignado:

—Es suficiente. Marchaos de aquí.

Sin embargo yo apelé al rey. Solicité que mi candidato fuese examinado. El rey estaba propicio, pero la comisión imploró al rey que les evitase la indignidad de examinar al hijo de un tejedor. Yo sabía que, de todas formas, no sabían lo suficiente para examinarle, así que uní mis súplicas a las de ellos y el rey pasó el deber a mis profesores. Había hecho que preparasen una pizarra, la colocaron y empezó el circo. Era hermoso escuchar al muchacho exponer las ciencias de la guerra, y chapotear en detalles de batallas y asedios, de intendencia, transportes, minas y contraminas, tácticas grandiosas, estrategia grande y pequeña, servicio de señales, infantería, caballería, artillería y todo lo que había que saber acerca de cañones de asedio, cañones de campaña, ametralladoras Gatling, rifles, armas de ánima lisa, práctica de mosquetón, práctica de revólver, y ya se darán cuenta que estos tontos no podían entender ni una sola palabra de todo esto. Era magnífico verle dibujar con la tiza pesadillas matemáticas que habrían puesto en un apuro a los mismos ángeles, y además hacerlo como si nada. Acerca de los eclipses, de los cometas, solsticios, constelaciones, tiempos medios, tiempos siderales, tiempos de comer, tiempos de acostarse y cualquier otra cosa por encima o por debajo de las nubes, con lo que se podía haber asediado a un enemigo e intimidarle hasta hacerle desear no haber venido. Cuando, por fin, el muchacho hizo el saludo militar y se retiró hacia un lado, me enorgulleció tanto como para darle un abrazo. El resto de la gente estaba tan sorprendida que, en parte, parecían petrificados, en parte, bebidos, y, por entero, cogidos de improviso y sepultados por la nieve. Consideré que el pastel era nuestro por una gran mayoría.

La educación es una gran cosa. Se trataba del mismo joven que había llegado tan ignorante a West Point que al preguntarle:

—Si a un general le matan el caballo que monta en el combate, ¿qué debe hacer?

—Levantarse y cepillarse —respondió con ingenuidad.

Ahora llamaron a uno de los jóvenes nobles. Pensé que debería hacer alguna pregunta yo mismo:

—¿Sabe su señoría leer?

Su cara enrojeció indignada y replicó:

—¿Me tomáis por un escribiente? Estimo que mi sangre...

—¡Responded a la pregunta!

Se tragó la cólera y respondió:

—No.

—¿Sabéis escribir?

Quería volver a manifestar su agravio, pero le dije:

—Ateneos a las preguntas y no hagáis comentarios. No estáis aquí para airear vuestra sangre o vuestras gracias, y no se permitirá nada semejante. ¿Sabéis escribir?

—No.

—¿Sabéis la tabla de multiplicar?

194

—Ignoro a qué os referís.

—¿Cuántas son nueve por seis?

—Es un misterio que me está oculto debido a que la urgencia que requiere su profundo conocimiento no ha ocurrido en los días de mi vida, así, no teniendo necesidad de conocerlo, vivo desprovisto de este saber.

—Si A negocia con B un barril de cebollas, que valen a dos peniques la fanega, a cambio de ovejas por valor de cuatro peniques y de un perro que vale un penique, y C mata al perro antes de la entrega, porque ha sido mordido por el mismo, que le confundió con D. ¿Qué suma debe todavía B a A? ¿Quién paga por el perro, C o D? ¿Quién se queda con el dinero? Si es A, ¿es suficiente el penique o puede reclamar daños consiguientes bajo la forma de dinero adicional que represente la posible ganancia que podría obtener del perro, y clasificable como incremento ganado, es decir, usufructo?

—Verdaderamente, con la sapientísima e insondable providencia de Dios que hace mover sus maravillas de manera misteriosa, jamás he escuchado pregunta igual en cuanto a lograr la confusión mental y a congestionar los conductos del pensamiento. Por lo tanto os suplico que dejéis al perro, las cebollas y a toda esa gente de nombres extraños y ateos, que los dejéis lograr la salvación de sus lamentables y maravillosas dificultades sin mi ayuda, porque, ciertamente, sus penalidades ya son suficiente como están, mientras que si yo tratase de ayudarles no haría más que perjudicar su causa y hasta yo podría morir al ver la desolación.

—¿Qué sabéis de las leyes de atracción y gravitación?

—Si existen tales cosas, quizá su majestad el rey las promulgó mientras estuve enfermo a primeros de año y, por lo tanto, no escuché su promulgación.

—¿Qué sabéis de la ciencia óptica?

—Sé de gobernadores de lugares, de senescales de castillos, de oficiales de justicia de los condados y de muchos otros pequeños cargos y títulos de honor similares, pero nunca he oído hablar de quien llamáis Ciencia Óptica, quizá sea una nueva dignidad.

—Sí, en este país sí.

¡Intenten ustedes concebir a este molusco solicitar gravemente cualquier cargo oficial bajo las estrellas! Tenía todas las señales inequívocas de una mecanógrafa, si se deja a un lado la disposición a contribuir con enmiendas no solicitadas de gramática y puntuación. No tenía nada que ver el que no intentase ninguna ayuda de esa clase de su extraordinaria provisión de incapacidad para el empleo. Pero eso no probaba que no tuviese material para tal disposición, sólo probaba que todavía no era mecanógrafa. Después de pincharle otro poco, le solté los profesores para que lo volviesen del revés en el terreno de la guerra científica, y para que, desde luego, le encontrasen vacío.

Sabía algo de los asuntos bélicos de la época, dar palos a los arbustos en busca de ogros, corridas de toros en el campo de los torneos y cosas por el estilo, pero por lo demás estaba vacío y era un inútil. Luego cogimos al otro joven noble que teníamos a mano y resultó gemelo del anterior en cuanto a ignorancia e incapacidad. Entregué a ambos en manos del presidente de la comisión con la conciencia satisfecha de que el pastel estaba crudo. Fueron examinados según el orden previo de precedencia.

—Nombre, por favor.

—Pertipole, hijo de sir Pertipole, barón de Barley Mash.

—¿Abuelo?

—También sir Pertipole, barón de Barley Mash.

—¿Bisabuelo?

—Mismo nombre y título.

—¿Tatarabuelo?

—No tenemos, honorable señor, porque falta la ascendencia al llegar tan atrás.

—No importa. Son cuatro buenas generaciones y llenan los requisitos que prescriben las reglas.

—¿Qué regla? —pregunté.

—La regla que requiere cuatro generaciones de nobleza para que el candidato sea elegible.

—¿No se puede elegir a un hombre para una lugartenencia del ejército a menos que pueda probar cuatro generaciones de ascendencia noble?

—Así es. No se puede nombrar a nadie teniente ni ningún otro cargo sin ese requisito.

—Vaya, es una cosa sorprendente. ¿Qué tiene de bueno un requisito como ése?

—¿Que qué tiene de bueno? Es una ardua pregunta, buen señor y Jefe, puesto que incluso impugnaría la sabiduría de nuestra propia santa madre Iglesia.

—¿Cómo es eso?

—Pues, porque ha establecido la misma regla en relación con los santos. Según su ley, no se puede canonizar a nadie que no lleve muerto cuatro generaciones.

—Ya veo. Es lo mismo. Es maravilloso. En un caso un hombre yace vivo-muerto durante cuatro generaciones, momificado por la ignorancia y por la pereza, y eso le capacita para mandar gente viva, y tener en sus manos impotentes su felicidad y su desgracia; en el otro, un hombre yace con la muerte y los gusanos durante cuatro generaciones y eso le capacita para un cargo en el campamento celestial. ¿Aprueba la gracia del rey esta ley extraña?

El rey contestó:

—Pues, en verdad no veo nada extraño. Todos los lugares de honor y provecho corresponden, por derecho natural, a los que son de sangre noble, y así estas dignidades del ejército son de su propiedad y lo serían sin esta o aquella regla. La regla no sirve más que para marcar un límite. Su propósito es evitar la sangre demasiado reciente, que haría despreciar estos cargos y a los hombres de alto linaje volverles las espaldas y desdeñar ocuparlos. Sobre mí recaería la censura si permitiese esta desgracia. Vos podéis permitirlo si lo creéis oportuno, porque tenéis la autoridad delegada, pero sería la locura más extraña e incomprensible para cualquiera si el rey lo hiciese.

—Me rindo. Proseguid, jefe del Colegio de los Heraldos.

El presidente volvió a tomar la palabra del modo siguiente:

—¿Por qué proeza ilustre en favor del trono y del estado se elevó el fundador de vuestro linaje a la sagrada dignidad de la nobleza británica?

—Construyó una cervecería.

—Señor, la comisión encuentra a este candidato perfecto en todos los requisitos y cualidades precisos para el mando militar, y deja su caso abierto para la decisión tras el debido examen de su competidor.

El competidor se adelantó e igualmente probó cuatro generaciones de nobleza. Hasta ahora había un empate en cuanto a cualidades militares.

Se retiró durante un momento y se preguntó de nuevo a sir Pertipole:

—¿De qué condición era la esposa del fundador de vuestro linaje?

—Provenía de los más elevados hidalgos campesinos, si bien no era noble. Era afable, pura y caritativa, de vida y carácter sin mancha, tanto que en estos aspectos era igual a la mejor señora del país.

—Eso sirve. Retiraos:

Llamaron al noble competidor y a su vez la preguntaron:

—¿Cuál fue el rango y la condición de la bisabuela vuestra que confirió la nobleza británica sobre vuestra gran casa?

—Fue amante de un rey y ascendió hasta esa espléndida eminencia por su propio mérito, sin ayudas, desde la cloaca en que nació.

—Verdaderamente esto es auténtica nobleza, es la mezcla justa y perfecta. La lugartenencia es vuestra, buen señor. No la tengáis a menos, es el humilde escalón que os llevará a grandezas más propias del esplendor de un origen como el vuestro.

Yo me encontraba en el pozo sin fondo de la humillación. Me había prometido un triunfo fácil y apoteósico y he aquí el resultado.

Casi tenía vergüenza de mirar a la cara a mi pobre cadete desilusionado. Le dije que regresara y que tuviese paciencia porque esto no era el final.

Tuve una audiencia privada con el rey y le hice una proposición. Le dije que estaba perfectamente bien el nombrar a los nobles para la oficialidad de ese regimiento, y que no podría haber hecho nada más sabio. También sería una buena idea añadirle quinientos oficiales. De hecho añadirle tantos oficiales como nobles y parientes de nobles existían en el país, incluso si terminaba por haber cinco veces más oficiales que soldados, y así convertirlo en el regimiento de primera categoría, el regimiento envidiado, el regimiento del rey, autorizado para luchar a su propio modo y cuenta e ir a donde quisiera y venir cuando gustase en tiempo de guerra, y ser totalmente distinguido e independiente. Esto convertiría al regimiento en el mayor deseo de la nobleza y todos estarían satisfechos y felices. Después organizaríamos el resto del ejército permanente con materiales vulgares, haríamos oficiales a cualquiera, como era lo apropiado, seleccionados simplemente por su eficiencia, someteríamos este regimiento a la disciplina, no le permitiríamos la aristocrática libertad frente a toda sujeción, y le obligaríamos a hacer todo el trabajo duro y persistente, con el objeto de que siempre que el «regimiento del rey» se encontrase cansado y desease marcharse para variar las cosas y andar revolviendo en busca de ogros y pasarlo bien, lo pudiese hacer sin intranquilidad sabiendo que los asuntos quedaban en buenas manos, y que todo iba a continuar a la vieja usanza, como de costumbre. El rey quedó encantado con la idea.

Al darme cuenta de esto, pensé también en algo de valor. Me pareció que, por fin, veía la forma de librarme de una vieja y tenaz dificultad. Los miembros de la casa real de los Pendragon eran una raza de larga vida y muy fecundos. Siempre que a alguno de ellos les nacía un hijo, lo cual era muy frecuente, había júbilo salvaje en la boca de la nación y penoso dolor en su corazón. El júbilo era dudoso, pero la pena era auténtica, ya que el acontecimiento significaba otra petición del subsidio real. La lista de tales miembros era larga, y constituían una pesada carga, siempre en aumento, para la tesorería, además de una amenaza para la corona. No obstante, Arturo no podía creer este último hecho, y no escuchaba ninguno de mis varios proyectos para colocar algo en lugar de los subsidios reales. Si le hubiese podido persuadir y luego proporcionar algún apoyo, de su propio bolsillo, en favor de uno de estos remotos vástagos, habría organizado, con este motivo, un grandioso alboroto, y habría conseguido un buen efecto en la nación; pero no, él no quería oír hablar de tal cosa. Tenía algo así como una pasión religiosa por los subsidios reales, parecía considerarlos como una especie de botín sagrado, y no había nada que le irritase tan rápidamente y con tanta seguridad como un ataque a esta venerable institución. Si yo aventuraba, con cautela, que no había ninguna otra familia respetable en Inglaterra que se humillase a extender el sombrero, bueno, ahí era hasta donde podía llegar, me paraba en corto, de un modo perentorio.

Pero, por fin, me pareció ver mi oportunidad. Iba a formar este regimiento de primera categoría a base de oficiales solamente, sin un soldado. La mitad estaría compuesta de nobles, que ocuparían las vacantes hasta el grado de general, sirviendo gratis y pagándose los gastos; y estarían contentos de hacerlo en cuanto supiesen que el resto del regimiento estaría compuesto exclusivamente por príncipes de sangre. Estos príncipes ocuparían los empleos desde teniente general a mariscal de campo, y serían magníficamente pagados, equipados y alimentados por el estado. Más aún, y éste era el golpe maestro, se decretaría que a estos «Grandes» siempre se les tratase con un título extraordinariamente llamativo y terrible, que yo inventaría, y que ellos y solamente ellos fuesen así tratados en Inglaterra. Finalmente, todos los príncipes de sangre tendrían libre elección: unirse al regimiento, obtener aquel gran título y renunciar al subsidio real, o quedarse fuera y recibir un subsidio. El toque más fino de todos: los príncipes de sangre inminentes, pero no nacidos, podrían ya nacer dentro del regimiento, y comenzar con buen salario y empleo permanente, siempre que los padres hubiesen avisado con antelación.

Estaba seguro de que todos los muchachos se apuntarían, de este modo renunciarían a los subsidios existentes, e igualmente era cierto el que los recién nacidos harían otro tanto. Dentro de sesenta días, aquella extrañísima anomalía, el subsidio real, habría dejado de ser un hecho vivo y pasaría a formar parte de las curiosidades del pasado.

26. EL PRIMER PERIÓDICO

Al contar al rey que iba a recorrer el país disfrazado de insignificante hombre libre, para familiarizarme con la vida más humilde de la gente, en un minuto estuvo sobre ascuas ante la novedad y dispuesto él mismo a meterse en aventuras. Nada le podía detener, quería dejar todas las cosas y marcharse. Era la idea mejor con la que hubiese topado durante mucho tiempo. Quería desaparecer y comenzar inmediatamente, pero le hice ver que eso no sería adecuado. Claro, estaba anunciado que esa tarde tenía una sesión para tocar a los escrofulosos, y no estaría bien desilusionar al público; y, además, un retraso realmente no tendría importancia, ya que sólo se trataba de una parada de una noche. Yo pensaba también que debía comunicar a la reina que se ausentaría. Esto le ensombreció y le hizo poner triste. Sentí haber hablado, especialmente cuando dijo penosamente:

—Olvidáis que Lanzarote está aquí; y cuando Lanzarote está, ella no se da cuenta ni del día que marcha el rey ni del día que regresa.

Por supuesto que cambié de tema. Sí, Ginebra era hermosa, es verdad, pero tomada en conjunto era bastante fresca. Nunca me metía en estas materias, no eran cosa mía, pero me molestaba profundamente ver el cariz que estaban tomando los acontecimientos, y no me importa decirlo. Muchas veces me había preguntado: «¿Jefe, habéis visto por aquí a sir Lanzarote?» Pero si alguna vez anduvo en busca del rey, dio la casualidad de que yo no estaba por allí en aquel momento.

Tenía una buena organización lo de la escrófula, muy limpio y honesto todo. El rey se sentaba bajo un dosel de ceremonia, en torno suyo se apiñaba un gran conjunto de clérigos con todas sus vestiduras eclesiásticas. En un lugar especial y con llamativo atavío, se encontraba Marinel, un ermitaño de la especie charlatán, para presentar a los enfermos. Por todo el espacioso pavimento hasta llegar a las puertas, en un denso amasijo, se hallaban tumbados o sentados los escrofulosos, bajo una brillante luz. Estaba tan bien como un cuadro vivo, de hecho parecía que se había preparado con ese objeto, aunque no era así. Estaban presentes ochocientos enfermos. La tarea era lenta y no presentaba novedad alguna para mí porque ya había visto la ceremonia con anterioridad; se hacía aburrido, pero los cánones sociales requerían que me quedase. El médico estaba allí porque entre tanta multitud siempre había alguno que creía que le pasaba cualquier cosa, muchos que conscientemente se encontraban sanos pero que deseaban el inmortal honor del contacto personal con el rey y todavía había otros que fingían la enfermedad para obtener la moneda que acompañaba al contacto. Hasta ahora la moneda había sido una diminuta pieza de oro de un valor aproximado de un tercio de dólar. Si se consideraba lo que aquella cantidad de dinero podía comprar en aquella época y país, y lo corriente que era estar escrofuloso, cuando no muerto, se comprenderá fácilmente que el crédito anual para la escrófula era exactamente la ley de Ríos y Puertos de aquel gobierno por el zarpazo que daba a la tesorería y la oportunidad que proporcionaba de deshacerse de los excedentes.

Así que decidí, privadamente, tocar la misma tesorería para lo de la escrófula. Deposité seis séptimas partes del crédito en la tesorería, antes de marcharme de Camelot en pos de aventuras, y ordené que la otra séptima parte fuese emitida en monedas de cinco centavos y puesta en manos del oficial mayor del Departamento de Escrófula; cada una de ellas tomaría el lugar de una moneda de oro y serviría lo mismo. Por regla general, no soy partidario de la inflación, pero este caso me parecía justo; después de todo era sólo un regalo. Naturalmente que un regalo puede hincharse lo que se quiera, yo lo hago generalmente. Las viejas monedas de oro y plata solían ser de origen antiguo y desconocido, pero algunas eran romanas; tenían formas bastas y rara vez eran más redondas que la luna a la semana de haber sido llena; se hacían a martillazos, no se acuñaban, los lemas que portaban eran tan ilegibles como las verrugas y, además, tenían el mismo aspecto. Estimé que una moneda nueva, brillante y bien diseñada, con un retrato de primera categoría del rey en un lado y de la reina en el otro, con un esplendoroso lema piadoso, serviría igual que una moneda más noble y gustaría más a los de la escrófula. Resultó que tenía razón.

Era la primera hornada que se había experimentado y funcionó estupendamente. El ahorro de gastos supuso una notable economía. Lo verán por las cifras: tocamos a algo más de setecientos de los ochocientos pacientes; según las antiguas tarifas, esto habría supuesto al gobierno unos doscientos cuarenta dólares; con las nuevas nos las arreglamos con unos treinta y cinco, ahorrando así más de doscientos dólares de un golpe. Para poder apreciar la magnitud total de la operación, tengan en cuenta estas otras cifras: los gastos anuales de un gobierno ascienden al equivalente que resultaría de la contribución del salario medio de tres días de todos los habitantes, contándolos a todos como si fueran hombres. Si tomamos una nación de sesenta millones, con salarios medios de dos dólares al día, los salarios de tres días contribuidos por cada uno de los habitantes, proporcionarían trescientos sesenta millones de dólares que servirían para pagar los gastos del gobierno. En mi época y en mi país, este dinero se recaudaba a través de impuestos, y el ciudadano se imaginaba que los importadores extranjeros eran quienes lo pagaban, quedando satisfecho al pensarlo de este modo; mientras que, de hecho, era el pueblo americano quien lo pagaba, y estaba tan exactamente distribuido entre ellos, que el costo para el supermillonario y para el niño de pecho del trabajador manual, era exactamente el mismo: cada uno pagaba seis dólares al año. Reconozco que nada podía ser más equitativo que esto. Puse bien, Escocia e Irlanda eran tributarios de Arturo, y la población total de las islas Británicas ascendía a algo menos del millón de habitantes. El salario medio de un artesano, cuando él se pagaba la alimentación, era de tres centavos al día. Según esto, los gastos del gobierno eran de noventa mil dólares al año, o sea doscientas cincuenta dólares diarios. Sustituyendo el oro por centavos en un día de escrófula, no solamente no perjudicaba a nadie ni le dejaba insatisfecho, sino que todos los interesados quedaban contentos y ahorraba en la operación cuatro quintas partes del gasto nacional de aquel día, ahorro que habría sido equivalente a ochocientos mil dólares de mi época en América. Al hacer esta sustitución había utilizado la sabiduría de una fuente muy lejana, la sabiduría de mi infancia, porque el verdadero estadista no desprecia sabiduría alguna por ínfimos que puedan ser sus orígenes. En mi infancia siempre había ahorrado mis peniques y había contribuido con botones a la causa de las misiones en el extranjero. Para el ignorante salvaje los botones servían tanto como las monedas, éstas me servían a mi más que los botones, todos quedábamos felices y nadie recibía daño.

Marinel recibía a los pacientes según iban llegando. Examinaba al candidato, si no reunía las condiciones necesarias se le despedía, si las reunía se le pasaba al rey. Un sacerdote pronunciaba las palabras: «Pondrán sus manos sobre los enfermos y sanarán.» Luego el rey tocaba las úlceras mientras seguía la lectura; finalmente el paciente se graduaba y recibía su moneda, el propio rey se colgaba del cuello, y así marchaba. ¿Pensarían ustedes que eso iba a curar? Pues ciertamente lo hacía. Por Astolad había una capilla donde la Virgen se había aparecido a una muchacha que solía guardar gansos por allí, así lo contó la muchacha. Sobre aquel lugar construyeron una capilla en la que colgaron un cuadro que representaba el acontecimiento, cuadro que se hubiera podido pensar peligroso para cualquier persona enferma que se aproximase. Miles de cojos y enfermos venían a rezar ante él cada año para regresar sanos y enteros. Hasta los que estaban bien podían mirarlo y sobrevivir. Por supuesto que cuando me contaron estas cosas no me las creí, pero cuando fui a verlo tuve que rendirme a la evidencia. Yo mismo vi cómo se efectuaban las curas, eran auténticas, y sin ningún género de duda. Vi tullidos a quienes había visto por Camelot durante años con muletas, venir a rezar ante el cuadro y dejar las muletas para marcharse sin una simple cojera. Había montones de muletas dejadas por aquellas personas como testimonio.

En otros lugares se trabajaba sobre la mente de un paciente, sin decirle una palabra al respecto, y éste se curaba. En otros, los expertos reunían a los pacientes en una habitación, rezaban por ellos apelando a su fe, y los pacientes se marchaban curados. Siempre que se encuentren con un rey que no puede curar la escrófula, pueden estar seguros que la superstición más valiosa que apoya su trono, la creencia de los súbditos en el nombramiento divino de su soberano, ha desaparecido. En mi juventud los monarcas de Inglaterra habían cesado de tocar para la escrófula, pero no había lugar para la desconfianza, la habrían podido curar cuarenta y nueve veces de cincuenta.

Después de que el sacerdote llevaba tres horas ronroneando y el buen rey dando brillo a las pruebas que se le presentaban, con los enfermos empujándose para abrirse paso, me sentí intolerablemente cansado. Estaba sentado junto a una ventana abierta no lejos del dosel real. Era la vez quinientas que un paciente se adelantaba a que le tocasen su llaga repulsiva, sonaban las mismas palabras: «Pondrán sus manos sobre los enfermos», cuando, en el exterior, vibró como un clarín una nota que encantó mi alma y derribó en mis oídos trece siglos sin valor:

—¡El *Hosanna Semanal y Volcán Literario de Camelot*! ¡La última invasión, con todas las noticias sobre el gran milagro del valle de la Santidad!

Había aparecido algo más grande que los reyes: el vendedor de periódicos. Pero de toda aquella multitud, la única persona que conocía el significado de este poderoso nacimiento y qué es lo que este mago imperial venía a hacer en el mundo, era yo.

Arrojé una moneda por la ventana y compré mi ejemplar. El Adán de los vendedores de periódicos dobló la esquina para buscarme el cambio, por allí sigue todavía. Era delicioso volver a ver un periódico, sin embargo, cuando mis ojos cayeron sobre los primeros titulares, recibí un secreto golpe. Había vivido en una cerrada atmósfera de reverencia, respeto y deferencia durante tanto tiempo, que un escalofrío recorrió todo mi ser:

¡GRAN JARANA EN EL VALLE DE LA SANTIDAD!

¡EL DEPÓSITO DE AGUA TAPONADO!

¡EL HERMANO MERLÍN MANIPULA SUS ARTES, PERO QUEDA DERROTADO!

¡El Jefe se anota los tantos en su primera Intervención!

¡El Pozo Milagroso Descorchado entre horrorosos estallidos de

FUEGO INFERNAL Y HUMO Y TRUENOS!

¡REGOCIJO SIN PARALELOS!

Etc., etc. Sí, era demasiado ruido. En una época yo había disfrutado con él y no había visto nada de particular, pero ahora su nota era discordante. Era buen periodismo de Arkansas, pero esto no era Arkansas. Además la penúltima línea estaba calculada para ofender a los ermitaños, y quizá nos haría perder su publicidad. En verdad había demasiada alegre petulancia en todo el periódico. Estaba claro que yo había sufrido un cambio considerable sin darme cuenta. Me encontraba desagradablemente afectado por las pequeñas irreverencias atrevidas que me habrían parecido donaires verbales, apropiados y graciosos, en una etapa más joven de mi vida. Abundaba la siguiente ralea de artículos, que me producía incomodidad:

HUMO Y CENIZAS LOCALES

Sir Lanzaiote se encontró inesperadamente con el viejo Rey A grivance de Irlanda, la semano pasada en el páramo situado al sur del apacentadero de los cerdos de sir Balmoral el Maravilloso. Se le notificó a la viuda.

La expedición n° 3 partirá atroximadamente a comienzos del bróximo mgs en busca d8 sir Sagramor el Deseoso. Va mandada por el renombrado caballero de los Rojos Prados ayudaddo por sir Persant de Inde, que es compete9te, inteligente, cortés y que es un buen muchacho en todos los aspectos, adeMás le ayuda sir Palamides el Sarraceno que no le va a la zaga. No es una excursión, estos muchachos van en seri&. Los, lectores del «Hosanna» lamentarán saber que el elegnate y popular sir Charolais de Gaul, quien durante su estancia de cuatro semanas en el Toro y la Solla de esta ciudad, ha ganado los corazones de tocos por sus refinadas maneras y elegante c?nversación, pArtirá hoy hacia su residencia habitual. ¡A ver cuando te das otra vuelta, Carlitos!

El aspecto prffesional del funeral del difunto Sir Dalliance el hijo del duque de Cornualles, muerto en un encuentro con el Gigante de la Clava Nudosa el pasado Martes en los límites de la Llanura del Encantamiento, estuvo en las manos del siempre afable y eؤiciente Munble, príncipe de los enderradores, nadie realiza mejor que él los últimos y tristes servicios. Dadle una oportunidad.

Se dan las gracias más corniales por parte de las oficinas del *Hosanna*, desde el director al botones, al siempre cortés y considerado Tercer Camarero Ayudante del Lord Mayordomo Mayor de Palacio, por varios platؤs de helAdo de una calidad calculada para humedecir de grat tus los ojos de los destinatarios, cosa que ocurrió. Cuando esta administración desee señalar un hombre apropiado para ascenso rápido, al «Hosanna» le gustaría tener la oportunidad de hacer una sugernecia.

La señorita Irene Ɔewlap, de South Astolat, está visitando a su tío, el popular anfitrión de la P&nsión de los Ganaderos, en el Callejón del Higado de esta ciudad.

El joven Barker, el reparador de fuelles, se encuentra de nuevo en su dOmicilio, muy mejorado por su gira de vacaciones entre las fraguas cercanas. Ved su anuncio.

Desde luego, para empezar, era un periodismo bastante bueno. Lo sabía perfectamente y, sin embargo, desilusionaba algo. La *Circular de la Corte* me gustó más. Ciertamente que su respeto simple y digno representaron para mí un claro alivio tras todas esas desgraciadas familiaridades. Pero también se podía haber mejorado. Se haga lo que se haga, reconozco que no hay forma de introducir un aire de variedad en una circular de la corte. Hay una profunda monotonía en torno a sus hechos que frusta y derrota los más sinceros esfuerzos para infundirles ánimo y entusiasmo. La mejor manera de solucionarlo, de hecho el único modo razonable, es disfrazar esa monotonía bajo una variedad de forma: quitar la piel al hecho cada vez y hacerle una nueva con otras palabras. Esto engaña al ojo, se cree que es algo nuevo, da la idea de que la corte hace cosas. Esto le anima a uno y le hace tragarse la columna entera con buen apetito sin darse cuenta de que es un barril de sopa hecho de una sola alubia. El estilo de Clarence era bueno, sencillo, digno, directo y profesional. Todo lo que puedo decir es que no era la mejor manera de hacerlo:

CIRCULAR DE LA CORTE

Lunes, el *Я*ey cabalgó por el parque.

Martes	»	»	»
Miércoles	»	»	»
Jueves	»	»	»
Viernes	»	»	»
Sábado	»	»	»
Domingo	»	»	»

Sin embargo, tomando el periódico en conjunto, yo estaba muy satisfecho de él. Se podían observar pequeñas faltas de tipo gráfico[29], pero no llegaban a ser gran cosa y de todas formas estaba bastante bien para una corrección de pruebas en Arkansas, y mucho más de lo que se necesitaba en la época y reino de Arturo. Por regla general, la gramática hacía agua y la construcción estaba más o menos coja. Son defectos corrientes en mí, y no se debe criticar a los demás en terrenos donde uno no lo haría mejor.

Estaba lo suficientemente hambriento en cuanto a literatura para desear tragarme el periódico entero de una sentada, pero sólo le di algunos mordiscos y después tuve que aplazarlo porque los monjes que se encontraban a mi alrededor me asediaban con ansiosas preguntas: ¿Qué es esta curiosidad? ¿Para qué sirve? ¿Es un pañuelo? ¿Una silla de montar? ¿Parte de una camisa? ¡Qué delicado y frágil es! ¡Cómo cruje! ¿Creéis que no lo estropeará la lluvia? ¿Es escritura lo que aparece en él o sólo ornamentación? Sospechaban que era escritura porque los que sabían leer latín y tenían alguna noción de griego, reconocieron algunas letras pero no podían descifrar nada. Informé del modo más sencillo que pude:

—Es un periódico, en otra ocasión explicaré qué es eso. No es tela, está hecho de papel, alguna vez explicaré qué es el papel. Las líneas que lleva son la lectura. No está escrito a mano, está impreso. Pronto explicaré qué es la imprenta. Se han hecho mil

---

[29] Twain reproduce las erratas tipográficas tan usuales en los períodos decimonónicos. La aparición de letras «al revés» se debía a la composición mediante tipos móviles de imprenta, pequeños paralelepípedos metálicos que llevaban en una de sus caras una letra en relieve. El texto se componía colocando uno a uno estos tipos, de ahí la posibilidad de que alguno de ellos quedara mal colocado. Posteriormente, las líneas se entintaban y se oprimían contra el papel.

hojas de éstas exactamente iguales hasta sus más diminutos detalles, no se pueden diferenciar unas de otras.

Todos prorrumpieron en exclamaciones de sorpresa y admiración.

—¡Mil! Verdaderamente es algo enorme, un año de trabajo para muchos hombres.

—No. Simplemente un día de trabajo para un hombre y un muchacho.

—¡Ah, un milagro, una maravilla! Una oscura labor de encantamiento.

Dejé pasar esto. Luego, a tantos como pudieron meter sus afeitadas cabezas en el radio de audición leí en voz baja parte de la crónica de la milagrosa restauración del pozo, acompañado todo el tiempo por exclamaciones atónitas y reverentes:

—¡Ahhh! ¡Cuán verdad es! ¡Sorprendente, sorprendente! ¡Son los mismos acontecimientos con una exactitud maravillosa!

¿Podían coger esta extraña cosa en las manos, sentirla y examinarla? Tendrían mucho cuidado. Sí, la cogieron, manejándola con cautela y devotamente como si fuese algo sagrado venido de alguna región sobrenatural. La tocaban con cuidado, acariciaban su agradable superficie lisa con tacto prolongado y examinaban los caracteres misteriosos con ojos fascinados. ¡Estas cabezas inclinadas, estas caras encantadas, estos ojos que hablaban, qué hermosos eran para mí! ¿No era este mi favorito? ¿No era todo este asombro mudo, este interés y este homenaje, el tributo más elocuente y el cumplido más espontáneo? Me di cuenta entonces de lo que una madre siente cuando otras mujeres, extrañas o amigas, cogen su hijo recién nacido, y lo rodean con impulso ansioso e inclinan sus cabezas sobre él en adoración estática que hace desaparecer al mundo de su consciencia, como si no existiese en aquel momento. Me di cuenta de lo que siente una madre y de que no hay otra ambición satisfecha, de rey, conquistador o poeta, que llegue a la mitad de aquella serena cumbre o que proporcione la mitad de una satisfacción tan divina.

Durante todo el resto de la sesión mi periódico viajó de grupo en grupo por todo aquel vasto salón, mientras mis ojos felices lo seguían continuamente. Me senté inmóvil, empapado de satisfacción, borracho de alegría. Sí, esto era el cielo; lo estaba probando por una vez, aunque no lo volviera a probar nunca.

27. EL YANQUI Y EL REY VIAJAN DE INCÓGNITO

A la hora de acostarse llevé al rey a mi residencia privada para cortale el pelo y ayudarle a poner las humildes vestiduras que tenía que llevar. Las clases altas llevaban el pelo cortado en forma de flequillo por la frente mientras que el resto les colgaba, libre, por los hombros. Las clases inferiores de plebeyos lo llevaban con flequillo por delante y corto por detrás. Los esclavos no tenían flequillo y dejaban que el pelo les creciese con entera libertad. Por lo tanto le coloqué al revés una escudilla en la cabeza y le corté todos los bucles que sobresalían. Le arreglé también las patillas y el bigote hasta que no tuvieron más que medio centímetro de longitud; tuve éxito en mi intento de hacerlo sin arte alguno. Era una desfiguración infame. Cuando se colocó sus zafias sandalias y su larga vestidura de lino áspero y oscuro que le colgaba desde el cuello hasta los tobillos, ya no era el hombre más gentil del reino sino uno de los más burdos, vulgares y faltos de atractivos. Íbamos vestidos y arreglados exactamente igual, podríamos pasar por pequeños granjeros, administradores de una granja, pastores, carreteros o hasta por artesanos del pueblo, si lo preferíamos, porque nuestra ropa era de uso universal entre los pobres, a causa de su resistencia y baratura. No voy a decir que fuese realmente barata para una persona muy pobre sino que era el material más barato que pudiese haber para el atavío masculino, me refiero a material manufacturado, claro.

Una hora antes del alba nos escabullimos, y cuando el sol ya estaba bien en lo alto, habíamos hecho ocho o diez millas y nos encontrábamos en una zona escasamente poblada. Yo llevaba una mochila bastante pesada, iba cargada de provisiones; provisiones para que fuese agotando el rey hasta que se adaptara a la ruda comida del país, sin daño alguno.

Encontré un lugar cómodo al lado de la carretera para que el rey se sentase y le di un bocado o dos para que fuese aguantando. Luego dije que iba a buscar algo de agua y me alejé. Parte de mi proyecto era perderme de vista para sentarme a descansar un poco. Siempre había tenido la costumbre de permanecer de pie en su presencia incluso en las reuniones del consejo, excepto en aquellas ocasiones raras en las que la sesión se prolongaba durante horas; además mi pequeña carga era tan cómoda como un dolor de muelas. No quería hacer las cosas de golpe sino gradualmente. Nos tendríamos que sentar juntos cuando tuviésemos compañía o la gente se diese cuenta, pero no sería buena política por mi parte andar jugando a la igualdad cuando no había necesidad para ello.

Encontré el agua a unos cien metros de distancia, y había descansado durante veinte minutos cuando oí voces. «Perfectamente, pensé, campesinos que van al trabajo. No es posible que nadie más ande por ahí tan temprano». Pero inmediatamente los que se aproximaban aparecieron a la vista al doblar la carretera. Era gente de calidad, vestida con elegancia, con acémilas y criados en su comitiva. Salté como una bala a través de los arbustos por el atajo más corto. Por un momento pareció como si esta gente fuese a pasar ante el rey antes que yo; pero la desesperación le da a uno alas, ya se sabe, incliné el cuerpo hacia adelante, inflé el pecho, retuve el aliento y volé. Llegué. Y exactamente a tiempo.

—Perdón, mi rey, pero no hay tiempo para la ceremonia. ¡Saltad! ¡Poneos en pie! ¡Se acerca gente de importancia!

—¿Y eso es una maravilla? Que vengan.

—¡Pero, mi señor! No os deben ver sentado. ¡Alzaos! Adoptad una humilde postura mientras pasan. Sois un campesino, recordadlo.

—Es verdad, lo había olvidado. Me había perdido cuando estaba planeando una vasta campaña contra la Galia...

Ahora ya se había puesto de pie, pero un granjero lo habría hecho con más rapidez si hubiese habido cualquier clase de aumento de precios en los bienes raíces.

—...y en aquel instante un pensamiento vino por azar a chocar contra este majestuoso sueño que...

—¡Una actitud más humilde, mi señor, rápido! ¡Inclinad la cabeza más, todavía más, hundidla!

Lo hizo lo mejor que pudo, pero esto no era mucho. Parecía tan humilde como la torre inclinada de Pisa. Esto es lo más que se puede decir. Fue un éxito tan pobre que levantó ceños sorprendidos a lo largo de toda la comitiva, y un vistoso lacayo que iba al final alzó su látigo. Salté a tiempo y estaba debajo cuando cayó, y entre las groseras carcajadas que se siguieron, hablé con rapidez al rey para avisarle de que no se diese por enterado. Por el momento se contuvo, pero fue difícil; quería devorarse a toda la procesión.

—Eso terminaría inmediatamente con nuestras aventuras, y al no tener armas no podríamos hacer nada contra esa banda armada. Si queremos tener éxito en nuestra empresa no sólo debemos tener aspecto de campesinos sino actuar como tales.

—Eso es sabiduría, nadie puede negarlo. Continuemos, Jefe. Tomaré nota para aprender y lo haré lo mejor que pueda.

Mantuvo su palabra. Lo hizo lo mejor que pudo pero los he visto mejores. Si alguna vez han visto a algún niño vivaz, atolondrado y emprendedor salir de una travesura para caer en otra, y así durante todo el día, con una madre ansiosa pegada constantemente a sus talones y salvándole por un pelo de morir ahogado o de romperse el cuello con cada nuevo experimento, nos habrán visto al rey y a mí.

Si hubiese podido prever cómo iba a ser la cosa, hubiera dicho que no. Si alguien quiere ganarse la vida exhibiendo a un rey disfrazado de campesino, que se quede con el espectáculo, a mí me va mejor una colección de animales salvajes; hasta duro más tiempo. Sin embargo, durante los primeros tres días no le dejé que entrase en una choza ni en ninguna otra vivienda. Si había algún sitio donde podía ser aceptado durante el comienzo de su noviciado era solamente en las pequeñas posadas y en la carretera. Ciertamente lo hacía lo mejor que podía, pero eso no servía de nada. No le vi mejorar un ápice.

Me asustaba constantemente, siempre con sorpresas nuevas y en los más variados lugares. Hacia el atardecer del día segundo sacó de dentro de sus vestiduras nada menos que un puñal.

—¡Caramba, mi señor! ¿De dónde habéis sacado eso?

—De un contrabandista, en la posada de ayer por la tarde.

—¿Qué os hizo comprar eso?

—Hemos escapado de diversos peligros por el ingenio, el vuestro, pero he creído que sería prudente además llevar yo un arma. Podría ser que fallaseis en algún momento de apuro.

—Pero la gente de nuestra condición no tiene permiso para llevar armas. ¿Qué diría un señor, o una persona de cualquier otra categoría, si un presuntuoso campesino fuese cogido con un puñal sobre sí?

Tuvimos la suerte de que nadie pasó por allí en aquel momento. Le convencí para que tirase el puñal, lo que fue tan fácil como persuadir a un niño de que se deshiciese de un modo recién descubierto de matarse. Continuamos nuestro camino, silenciosos y pensativos. Al cabo de un rato el rey dijo:

—Cuando sabéis que estoy meditando algo inconveniente o que tiene alguna clase de peligro, ¿por qué no me avisáis para que abandone el proyecto?

Era una pregunta sorprendente y un enigma. No supe por dónde tomarla ni qué decir, así que terminé por contestar lo más natural:

—Pero, señor, ¿cómo puedo saber cuáles son vuestros pensamientos?

El rey se detuvo en seco y se me quedó mirando:

—Creí que erais más grande que Merlín, y ciertamente en cuanto a la magia lo sois. Pero la profecía es mayor que la magia. Merlín es un profeta.

Vi que había cometido una equivocación. Tenía que recuperar el terreno perdido. Después de una profunda reflexión y de un planeamiento cuidadoso, dije:

—Señor, no me habéis entendido bien. Me explicaré. Hay dos clases de profecías. Una es el don de pronosticar cosas que están un poco alejadas, la otra es el don de pronosticar cosas que se encuentran a generaciones y siglos de distancia. ¿Cuál creéis que es el don más poderoso?

—¡Por supuesto que la última!

—Es cierto. ¿Lo tiene Merlín?

—En parte, sí. Expuso misterios acerca de mi nacimiento y de mi futuro reinado con una lejanía de veinte años.

—¡Válgame el cielo, es maravilloso! ¿Pero qué son estos en comparación conmigo? No son nada.

—¿Qué? ¿Podéis verdaderamente mirar más allá de una extensión tan...?

—¿Setecientos años? Mi señor, mi visión profética penetra como la vista de un águila y expone al desnudo el futuro de este mundo por casi trece siglos y medio.

¡Había que haber visto los ojos del rey abrirse lentamente y crecer una pulgada! Eso arregló lo del hermano Merlín. Con esta gente nunca había oportunidad de probar los hechos, sólo había que afirmarlos. Nunca se le ocurría a nadie dudar de una afirmación.

—Pues bien —continué—, yo podría hacer ambas clases de profecías, la larga y la corta, si me molestase en practicarla; pero rara vez ejercito alguna salvo la larga porque la otra está por debajo de mi dignidad. Es más propia de la especie de Merlín, profetas de poco pelo, según los denominamos en la profesión. Desde luego, alguna vez me animo y hago una profecía de tipo inferior, pero no con frecuencia; de hecho, casi nunca. Recordaréis que se habló mucho cuando llegasteis al valle de la Santidad, de que yo había profetizado vuestra llegada, con la hora exacta, con dos o tres días de anticipación.

—Ciertamente, ahora lo recuerdo.

—Pues lo podría haber hecho cuarenta veces más fácil, y haber amontonado mil detalles más si hubiese estado a quinientos años de distancia en lugar de a dos o tres días.

—¡Habría sido sorprendente!

—Sí, un auténtico experto puede pronosticar una cosa con más facilidad si está a quinientos años que si está solamente a quinientos segundos.

—Y sin embargo lo razonable sería lo otro; debería ser quinientas veces más fácil pronosticar lo último que lo primero, porque en verdad está tan cerca que alguien sin inspiración casi podría verlo. Ciertamente las leyes de la profecía contradicen la probabilidad, haciendo extrañamente lo difícil, fácil y lo fácil, difícil.

Era una sabia cabeza. El gorro de un campesino no era un disfraz apropiado para ella; se podría haber conocido que era la de un rey hasta debajo de una campana de buzo si se hubiese oído funcionar a su intelecto.

214

Yo había descubierto un nuevo y atareado negocio. El rey estaba deseoso de saber de los próximos trece siglos como si esperase vivir en ellos. Desde aquel instante profeticé sin cesar, tratando de dar abasto a la demanda. En mi vida he hecho algunas cosas indiscretas, pero esto de hacerme pasar por profeta no necesita tener cerebro. Por supuesto que está bien el tenerlo para las exigencias corrientes de la vida, pero en el aspecto profesional no tiene objeto. Es la profesión más descansada que existe. Cuando el espíritu profético viene sobre uno, todo lo que se tiene que hacer es cocer el cerebro y colocarlo en un lugar fresco para que repose, se suelta la mandíbula y se la abandona, funciona por sí sola: el resultado es la profecía.

Todos los días nos encontrábamos con algún caballero andante cuya vista excitaba el espíritu marcial del rey sistemáticamente. Se habría olvidado de sí mismo y les hubiese dicho algo en un estilo sospechosamente por encima de su categoría aparente, así que siempre le quitaba de la carretera a tiempo. Luego se ponía en pie y miraba con toda intensidad mientras que una luz orgullosa iluminaba sus ojos y las ventanas de sus narices se hinchaban como las de un caballo de combate. Entonces yo sabía que estaba ansiando tener una escaramuza con ellos. A mediodía de la tercera jornada, me detuve junto a la carretera para tomar una precaución que me había sugerido el latigazo que me tocó dos días antes; precaución que después había decidido abandonar porque detestaba manejarla; pero ahora había tenido un nuevo aviso: mientras caminaba sin preocupaciones, a mandíbula batiente y con el cerebro en reposo, tropecé y caí al suelo. Quedé tan pálido que durante un instante no pude pensar, luego me levanté con cuidado y desaté mi mochila. En ella llevaba una bomba de dinamita, envuelta en lana y metida en una caja. Era una buena cosa que trasportar. Ya llegaría, quizá, el tiempo en que podría hacer una valioso milagro con ella, pero era algo peligroso de llevar y no quería pedir al rey que la transportase. Tenía que tirarla o pensar en alguna forma segura de aguantar su compañía. La saqué y la estaba metiendo en la bolsa cuando aparecieron un par de caballeros andantes. El rey, imponente como una estatua, se quedó mirando hacia ellos, otra vez se había olvidado, y antes de que yo pudiese avisarle, tuvo que saltar y bien que lo hizo. Había supuesto que pasarían por un lado.

¿Pasar al lado para evitar atropellar a unos sucios campesinos? ¿Cuándo lo había hecho él, o cuándo había tenido la oportunidad de hacerlo si un campesino le veía a él o a otro noble caballero con el tiempo suficiente para ahorrarle la molestia? Los caballeros no le prestaron ni la menor atención, a él le tocaba cuidar de sí y si no se hubiese escabullido le habrían pisoteado y además se hubieran reído de él.

El rey estaba ardiendo de furia y lanzó su reto y sus epítetos con el mayor vigor real. Los caballeros ya se habían alejado un poco. Se detuvieron muy sorprendidos, y volvieron la vista atrás, doblándose sobre las sillas como si se preguntasen si valía la pena molestarse por una hez semejante. Luego giraron y se dirigieron hacia nosotros. No se podía perder ni un momento. Me fui a ellos. Pasé a su lado a buena velocidad, al tiempo que les lanzaba trece insultos encadenados que erizaban los cabellos y quemaban el alma; comparativamente lo del rey era pobre e inocuo a su lado. Los saqué del siglo XIX, cuando había expertos en insultos. Tenían tal delantera que estaban casi junto al rey antes de poderse detener, luego, frenéticos de cólera, contuvieron los caballos sobre las patas traseras, giraron y al momento siguiente vinieron hacia mí, hombro con hombro. Yo me encontraba a veintitantos metros, subiendo a un peñasco al lado de la carretera. Cuando llegaron a diez metros pusieron sus largas lanzas en ristre, bajaron las cabezas cubiertas de cota de malla, y así, con sus penachos de pelo de caballo flotantes al viento, componiendo una bizarra estampa, el expreso, como un relámpago, vino contra mí. Cuando estuvieron a cinco metros les lancé la bomba con puntería certera y dio en el suelo ante los morros de los caballos.

Sí, fue algo muy limpio y muy bonito. Pareció la explosión de un barco de vapor en el Mississipí; durante los siguientes quince minutos estuvimos bajo una lluvia continua de microscópicos fragmentos de caballeros, ferretería y carne de caballo. Digo nosotros, porque el rey se unió al público, desde luego, tan pronto como recobró el aliento. Había un hoyo que podría proporcionar trabajo continuo a toda la región durante los años venideros, me refiero al tratar de explicarlo, porque el llenarlo se haría comparativamente pronto y caería sobre unos pocos elegidos, campesinos de aquella señoría, y que además no cobrarían nada por ello.

216

Se lo expliqué al rey. Le dije que lo había hecho con una bomba de dinamita. Esta información no podía producir daño alguno, por que le dejó tan enterado como antes. Sin embargo a sus ojo era un buen milagro, y otra liquidación para Merlín. Me pareció bastante bien explicarle que era un milagro de una clase tan rara que no se podía realizar a menos que se contase con las condiciones atmosféricas apropiadas. De otro modo me habría pedido que lo repitiese siempre que tuviésemos una buena oportunidad lo cual no sería conveniente ya que no llevaba más bombas.

28. EJERCITANDO AL REY

Al amanecer del cuarto día, cuando llevábamos una hora andando con el frescor de la aurora, llegué a una determinación: había que hacer que el rey se ejercitase; las cosas no podían seguir así, había que cogerlo y ejercitarlo deliberada y conscientemente, o de otro modo no nos podríamos ni aventurar a entrar en una vivienda. Hasta los gatos se darían cuenta de que este mascarón era un farsante y no un campesino. Así que ordené parar y dije:

—Señor, en cuanto a las ropas y al aspecto vais perfectamente, no hay discrepancias; pero en cuanto a vuestro porte, todo va mal, existe una discrepancia notabilísima. Vuestro paso militar, vuestro porte señorial, no os traiciona. Estáis demasiado recto, vuestra mirada es demasiado alta y demasiado segura. Las preocupaciones de un reino no inclinan los hombros, no hacen caer la barbilla, no bajan el alto nivel de la mirada, no ponen la duda y el temor en el corazón ni colocan sus señales en un cuerpo vacilante y en un andar inseguro. Los sórdidos cuidados de los de baja cuna son los que producen estas cosas. Tenéis que aprender las tretas, tenéis que imitar las marcas registradas de la pobreza, miseria, opresión, insulto y las otras varias y corrientes crueldades que extraen lo varonil del hombre y le convierten en un súbdito probado, leal y propio, y en una satisfacción para sus dueños, de otro modo hasta los niños se darán cuenta de que sois diferente de vuestro disfraz y terminaremos mal en la primera choza que nos detengamos. Por favor, tratad de andar así.

El rey tomó cuidadosa nota y luego trató de imitar.

—Bastante bien, bastante bien. La barbilla un poco más baja, por favor; ahí, muy bien. Los ojos van demasiado altos, por favor, no miréis al horizonte, mirad al suelo, a diez pasos enfrente de vos. Eso es mejor, muy bien. Esperad, por favor; denotáis demasiado vigor, demasiada decisión; necesitáis vacilar más. Miradme, por favor, esto es lo que quiero decir... Ahora lo vais cogiendo, esa es la idea, al menos se acerca... Sí, está bastante bien. Pero... Hay algo importante que falta y no sé exactamente de qué se trata. Por favor, andad diez metros, para que pueda verlo con perspectiva... Vamos a ver... la cabeza va bien, la velocidad, los hombros, los ojos, la barbilla, el andar, el porte, el estilo general, todo va bien. Y, sin embargo, subsiste el hecho; el conjunto no convence. Es una cuenta que no ajusta. Hacedlo de nuevo, por favor... creo que ahora empiezo a ver de qué se trata. Sí, ya di con ello. Mirad, lo que falta es la auténtica falta de espíritu, ahí es donde está la dificultad. Todo es de aficionado, los detalles mecánicos están perfectamente, casi hasta el detalle, es perfecto todo lo del engaño excepto que no engaña.

—¿Entonces qué es lo que hay que hacer para seguir adelante?

—Permitidme pensar... Me parece que no lo cojo del todo. De hecho no hay nada que pueda enderezar el asunto salvo la práctica. Éste es un buen sitio para hacerlo, hay raíces y suelo pedregoso para romper vuestro porte majestuoso, es una región donde no nos van a interrumpir; sólo hay un campo y una choza a la vista, y tan alejados que no es posible que nos vean desde allí. Será conveniente apartarnos un poco de la carretera y pasar el día entero haciendo ejercicio, señor.

Después de estar haciéndolo durante algún tiempo, dije:

—Ahora, señor, imaginad que estamos a la puerta de la choza que se encuentra allá lejos, y que la familia se encuentra ante nosotros. Adelante, por favor, dirigios al jefe de la casa.

El rey, inconscientemente se estiró como una estatua, y con una austeridad helada dijo:

—Lacayo, tráeme un asiento y sírveme la comida que tengas.

—Majestad, así no está bien.

—¿Qué es lo que le falta?

—Estas gentes no se llaman los unos a los otros lacayos.

—¿No?

—Sí, sólo los que están sobre ellos se lo llaman.

—Entonces hay que probar de nuevo. Le llamaré villano.

—No, no; puede ser un hombre libre.

—Bueno, entonces quizá le puedo llamar amo de la casa.

—Eso ya serviría, majestad, pero aún sería mejor si le llamaseis amigo o hermano.

—¡Hermano! ¿A una porquería como ésa?

—Ya, pero nosotros pretendemos serlo también.

—Es verdad. Lo diré. Hermano, tráeme un asiento y, con él, la comida que tengas. Ahora ya está bien.

—No del todo, falta algo. Habéis pedido para uno, no para ambos; comida para uno y asiento para uno.

El rey pareció sorprendido, intelectualmente no era un peso pesado. Su cabeza era un reloj de arena, podía almacenar una idea, pero sólo un grano de cada vez, no toda la idea de gólpe.

—¿Tendríais que coger vos también un asiento y sentaros?

—Si no me sentase, el hombre se daría cuenta que sólo estábamos pretendiendo ser iguales, y que, además, lo estábamos haciendo bastante mal.

—¡Muy bien dicho! ¡Qué maravillosa es la verdad, aunque venga en la forma más inesperada que sea! Sí, nos debe traer asientos y comida para los dos y no servirnos el aguamanil y la toalla con más respeto al uno que al otro.

—Todavía queda un detalle que necesita corrección. Él no va a sacar nada al exterior, tendremos que entrar entre la suciedad y posiblemente otras cosas repulsivas, y comer con los habitantes de la vivienda, y según su costumbre, y en términos de igualdad, a menos que el hombre sea siervo; y, finalmente, no habrá ni aguamanil ni toalla, sea siervo o libre. Por favor, andad de nuevo, mi señor. Así va mejor, muy bien, pero no es perfecto. Los hombros no han conocido carga más innoble que la cota de malla y, de ese modo, no se doblan.

—Dadme, entonces, la carga. Voy a aprender el espíritu que llevan los pesos que no tienen honor. Es el espíritu el que dobla los hombros, me imagino, y no el peso. La armadura es pesada pero es una carga orgullosa y un hombre permanece erguido dentro de ella. No, no me pongáis peros, no me ofrezcáis objeciones. Lo voy a coger. Atádmelo a la espalda.

Ya estaba completo con la mochila puesta, y tenía tan poco aspecto de rey como cualquier otro hombre que yo hubiese visto en mi vida. Pero eran unos hombros obstinados, no parecía que pudiesen aprender el arte de inclinarse con alguna naturalidad. Continuó el ejercicio, avisando y corrigiendo.

—Ahora, pensad que estáis lleno de deudas y comido por deudores inexorables; estáis sin trabajo, digamos que sois herrador, y no podéis encontrar nada, vuestra esposa está enferma, vuestros hijos lloran porque tienen hambre...

Y así continuamente. Le adiestré para que, por turnos, fuese representando toda clase de gente sin fortuna y sufriendo toda clase de horribles privaciones y desgracias. Pero no eran más que palabras, sólo palabras. Para él no significaban nada en absoluto, lo mismo hubiera dado que yo me hubiese puesto a silbar. Las palabras no representan nada, no vivifican nada para uno, a menos que se haya sufrido en la propia persona lo que las palabras tratan de describir. Hay gente sabia que habla con conocimiento y con complacencia acerca de las clases trabajadoras y se convencen de que un día de duro trabajo intelectual es mucho más duro que uno de trabajo manual, y que, por lo tanto, tiene justo derecho a mucha mayor paga. En realidad piensan de ese modo porque lo saben todo acerca de uno y no han probado jamás el otro. Pero yo conozco perfectamente ambos, y, en lo que a mí se refiere, no hay dinero en el mundo que me pueda comprar para manejar un pico durante treinta días, mientras que puedo hacer la especie más ardua de trabajo intelectual por casi tan poco como lo que ustedes puedan calcular, y además, satisfecho de hacerlo.

El «trabajo» intelectual está mal denominado; es un placer, una disipación, y en sí tiene su propia y elevadísima recompensa. El peor pagado de los arquitectos, ingenieros, generales, autores, escultores, pintores, conferenciantes, abogados, legisladores, actores, predicadores y cantantes está en el cielo cuando está trabajando; y en cuanto al músico con el arco del violín en la mano, que se sienta en medio de la gran orquesta con los efluvios del divino sonido bañándole, ciertamente se encuentra trabajando, si así lo quieren llamar, pero, señor, es un sarcasmo exactamente igual. La ley del trabajo parece absolutamente injusta, pero ahí está y no hay nada que pueda cambiarla: cuando más pago en placer recibe el trabajador, más pago en metálico recibe también. Y ésta es igualmente la ley de esas transparentes estafas, la nobleza hereditaria y la monarquía.

29. LA CHOZA DE LAS VIRUELAS

Cuando llegamos a aquella choza a media tarde no vimos señales de vida alrededor. El terreno cercano había sido despojado de su cosecha algún tiempo antes y tenía un aire despellejado por lo exhaustivamente que lo segaron y espigaron. Las vallas, cobertizos, todo tenía un aspecto arruinado y eran manifestación elocuente de la pobreza. No se veía en ningún sitio animal alguno, ni cosa con vida. La tranquilidad era horrorosa como la tranquilidad de la muerte. La cabaña era de un solo piso, con el tejado negro por los años y destrozado por la ausencia de reparaciones.

La puerta estaba algo entornada. Nos acercamos furtivamente, de puntillas y reteniendo el aliento, porque es lo que uno se ve obligado a hacer en tales ocasiones. El rey llamó a la puerta. Esperamos sin obtener respuesta. Llamamos de nuevo sin que nos contestasen. Empujé ligeramente la puerta y miré hacia el interior. Pude divisar algunas formas confusas y una mujer saltó desde el suelo y se quedó mirándome como quien despierta de un sueño. Recobró el habla al instante:

—¡Piedad —suplicó— se han llevado todo, ya no queda nada!

—No he venido a llevarme nada, pobre mujer.

—¿No sois un sacerdote?

—No.

—¿Ni venís de parte del señor de la hacienda?

—No, soy forastero.

—Entonces, por temor de Dios, que visita con la miseria y con la muerte a los inofensivos, no os demoréis aquí. ¡Huid! Este lugar está maldito por Él y por su Iglesia.

—Dejadme que os ayude, estáis enferma y con dificultades.

Ya me iba acostumbrando a la oscuridad. Podía ver sus ojos hundidos fijos en mí. Podía ver lo demacrada que estaba.

—Os digo que este lugar está bajo el entredicho de la Iglesia. Salvaos y marchaos antes de que algún vagabundo os vea por aquí y os denuncie.

—No os preocupéis por mí; no me importa nada la maldición de la Iglesia. Dejadme que os ayude.

—Que los buenos espíritus, si es que hay alguno, os bendigan por tales palabras. ¡Ojalá Dios me permitiese tomar un sorbo de agua! No, no, olvidad lo que he dicho y huid. Aquí hay algo que tiene que temer incluso aquel que no teme a la Iglesia. ¡La enfermedad por la que morimos! Dejadnos, valiente y buen forastero, y llevaos la bendición sincera que los malditos pueden otorgar.

Pero antes de esto yo había cogido una escudilla de madera y dejaba a un lado al rey en mi camino hacia el arroyuelo. Estaba a tres metros de distancia. Cuando regresé el rey estaba dentro, abriendo el postigo que cerraba el agujero que servía de ventana, para que entrasen el aire y la luz. Aquel lugar estaba lleno de un hedor insoportable. Puse la escudilla en los labios de la mujer y según lo asía con sus garras ansiosas, el postigo se abrió del todo y la luz le dio de lleno en el rostro. ¡Viruela!

—¡Salid al instante, señor! Esta mujer se muere de la enfermedad que asoló los alrededores de Camelot hace dos años.

Ni se inmutó.

—En verdad que me quedaré a ayudar.

Le susurré de nuevo:

—Mi señor, no puede ser, tenéis que marcharos.

—Tenéis buena intención y no habláis sin sentido. Pero sería vergonzoso que un rey conociese el miedo, e igualmente que un armado caballero retirase la mano donde hay quien necesita socorro. No me marcharé. Sois vos quien debéis iros. La prohibición de la Iglesia no reza conmigo, pero está prohibido que permanezcáis aquí, y os tratará con dureza si llega a sus oídos vuestra infracción.

Era un lugar peligrosísimo para que él permaneciese y podría costarle la vida, pero no había forma de discutir con él. Si consideraba que su honor caballeresco se encontraba allí en evidencia, se había terminado la discusión. Se quedaría, sin que nada pudiese impedirlo; yo ya lo sabía. Abandoné el tema. En aquel momento la mujer habló:

—Buen señor, ¿tendríais la amabilidad de subir por aquella escalera y traerme noticias de lo que halléis? No tengáis miedo de decírmelo, porque pueden llegar los tiempos en que hasta el corazón de una madre puede ya no romperse, puesto que lo está ya.

—Quedaos —dijo el rey— y dad a la mujer algo de comer. Iré yo.

Dejó en el suelo la mochila. Intenté ir yo, pero el rey lo hizo antes. Se detuvo y contempló a un hombre que yacía en la oscuridad del suelo y que no se había dado cuenta de nuestra presencia ni había hablado.

—¿Es vuestro marido?

—Sí.

—¿Está dormido?

—A Dios sean dadas las gracias por tal caridad, sí, hace tres horas. ¡Cómo podré mostrar mi gratitud! Mi corazón está rebosante por el sueño que duerme.

—Tendremos cuidado —dije—. No le despertaremos.

—Ah, no, no lo haréis porque está muerto.

—¿Muerto?

—Sí. ¡Qué victoria es saberlo! Ya no le pueden hacer daño ni insultar. Está en el cielo y feliz; o, si no se encuentra allí, habita en el infierno y está contento, ya que en aquel lugar no encontrará ni abad ni obispo. Crecimos juntos, y fuimos marido y mujer durante veinticinco años. Hasta hoy no nos hemos separado. Esta mañana deliraba y en su fantasía volvíamos a ser otra vez niños y a vagar por los campos felices; y así, en aquella inocente y alegre plática, siguió caminando mientras hablaba con ligereza, y entró en los otros campos que no conocemos y se separó del resto de los mortales. Así no hubo separación porque en su imaginación yo iba con él, con mi mano en la suya, mi mano joven y suave, no esta garra marchita. Sí, marcharse sin saberlo, separarse sin saberlo. ¿Cómo podría uno marcharse de un modo más pacífico? Fue la recompensa por la vida cruel que soportó con paciencia.

Hubo un ligero ruido que vino del rincón oscuro donde se encontraba la escalera. Era el rey que descendía. Pude ver que llevaba algo en un brazo y que se apoyaba con el otro. Llegó a la luz.

sobre su pecho llevaba una delgada muchacha de quince años. Estaba medio inconsciente, moría de la viruela. Aquí estaba el heroísmo en su última y más elevada posibilidad, en su cumbre más absoluta. Esto era retar a la muerte a campo abierto y sin armas, con todas las probabilidades en contra, sin recompensa en la lucha, sin un mundo de seda y ropajes de oro que admirase y aplaudiese, y, sin embargo, el porte del rey era tan serenamente bravo como siempre lo había sido en aquellas luchas más baratas en donde un caballero se enfrenta con otro en igual combate y revestidos de acero protector. Ahora era grande, sublimemente grande. Las rudas estatuas de sus antepasados que se encontraban en su palacio deberían tener una adición, ya me ocuparía yo de eso. No sería un caballero con armadura matando a un gigante o a un dragón, igual que los demás, sería un rey con atavío de plebeyo que llevaba la muerte en sus brazos para que una madre campesina pudiese mirar por última vez a su hija y animarse con ello.

Colocó a la muchacha junto a la madre, cuyo corazón derramaba frases de afecto y caricias, se podía adivinar el revoloteo de una débil luz en los ojos de la niña, pero eso era todo. La madre la apretaba contra sí, la besaba, la acariciaba, le suplicaba que hablase, pero los labios se movían sin exhalar sonido alguno. Cogí mi frasco de licor de mi mochila, pero la mujer me lo impidió, diciendo:

—No, no sufre; es mejor así. Eso podría devolverla a la vida. Nadie tan bueno y amable como vos le haría ese cruel daño. Porque mirad, ¿para qué va a vivir? Sus hermanos se han ido, su padre se ha ido, su madre se marcha, tiene encima la maldición de la Iglesia y nadie la puede cobijar o amparar aunque estuviese muriendo en la carretera. Está sola. No os he preguntado, hombre de buen corazón, si su hermana vive todavía ahí arriba; no hubiera sido necesario porque habríais vuelto, para no dejar a la pobrecilla abandonada.

—Descansa en paz —interrumpió el rey con voz sumisa.

—Yo no escogería otra cosa. ¡Qué día más rico en felicidad! Mi Annis, pronto te reunirás con tu hermana, vas de camino, y estos misericordiosos amigos no lo impedirán.

Y ella volvió a hablar en voz queda y a arrullar a su hija, acariciándole suavemente la cara y el pelo, pero ya apenas había respuesta en aquellos ojos abiertos. Vi cómo las lágrimas brotaban de los ojos del rey y cómo se deslizaban por sus mejillas. La mujer también lo observó y dijo:

—Conozco esa señal: tienes una esposa en casa, pobre, y ambos os habéis acostado hambrientos muchas veces para que los pequeños pudiesen tener vuestro mendrugo; sabéis lo que es la pobreza, los insultos diarios de los superiores, la mano pesada de la Iglesia y del rey.

Ante este disparo accidental, el rey parpadeó pero conservó la calma; estaba aprendiendo su papel y, además, lo estaba representando bien para ser un obtuso principiante. Cambié de tema. Ofrecí a la mujer alimento y licor, pero ella rehusó ambas cosas. No quería que nada se interpusiese entre ella y el alivio de la muerte. Me separé un momento y traje a la niña muerta, desde arriba, para colocarla a su lado. Esto la deshizo nuevamente y hubo otra escena llena de dolor. Al poco volví a cambiar de tema y la animé a que nos contase su historia.

—Vosotros mismos la conocéis porque la habéis sufrido, ya que en verdad, nadie de nuestra condición escapa a ella en Inglaterra. Es el viejo y aburrido cuento. Luchamos, batallamos y triunfamos, llamando triunfo a vivir y no morir, no se puede pedir más que eso. No tuvimos ninguna dificultad a la que no pudiéramos sobrevivir, hasta que llegó este año y entonces, de golpe por así decir, vinieron todas y nos abrumaron. Hace años el señor de la hacienda plantó ciertos árboles frutales en nuestra tierra y en la mejor parte de ella, además, una dolorosa injusticia y vergüenza...

—Pero era su derecho —interrumpió el rey.

—Ciertamente que nadie lo niega; y la ley quiere decir cualquier cosa, lo que es del señor es suyo, y lo que es mío también es suyo. La tierra era nuestra por arriendo, por lo tanto igualmente era suya para hacer de ella lo que quisiere. Hace poco tiempo se descubrieron tres de esos árboles cortados. Nuestros tres hijos mayores corrieron asustados a denunciar el delito. Ahora yacen en las mazmorras de su señoría que dice que allí se pudrirán hasta que confiesen. No tienen nada que confesar puesto que son inocentes, así que allí quedarán hasta que mueran. Me imagino que conocéis eso bien. Pensad cómo nos dejó esto: un hombre, una mujer y dos niñas para recoger una cosecha que fue plantada por una fuerza mucho mayor, sí, y para protegerla de noche y de día de palomas y animales de presa que son sagrados y a quienes nadie puede tocar. Cuando la cosecha de mi señor estuvo lista para la recolección, también lo estuvo la nuestra. Cuando la campana nos convocó a sus campos para que le recolectásemos la cosecha sin que nada le costase, no consintió que mis dos hijas y yo contásemos por mis tres hijos cautivos, sino solamente por dos de ellos; así que por el que faltaba nos multaban diariamente. Durante todo este tiempo nuestra cosecha se estaba perdiendo por falta de cuidados, y así el sacerdote y su señoría nos multaron porque su parte estaba sufriendo daño. Al final las multas se comieron toda nuestra cosecha, y ellos se quedaron con todo, se quedaron con todo y nos la hicieron recoger para ellos, sin pago ni alimento, y moríamos de hambre. Luego ocurrió lo peor cuando yo, fuera de mí por el hambre y la pérdida de mis hijos, y afligida al ver a mi esposo y a mis pequeñas hijas, andrajosos, miserables y desesperados, lancé una enorme blasfemia, ¡un millar de ellas! contra la Iglesia y las maneras de la Iglesia. Fue hace diez días. Yo había caído enferma con esta dolencia y dije al sacerdote esas palabras porque había venido a reñirme por la falta de la debida humildad ante la mano castigadora de Dios. Llevó mi delito a sus superiores, yo me obstiné, por lo tanto sobre mi cabeza y sobre todas las cabezas de los seres queridos para mí cayó la maldición de Roma.

—Desde aquel día todos nos han evitado, apartados con horror de nosotros. Nadie se ha acercado a esta choza a saber si vivimos o no. El resto de los míos cayeron enfermos. Luego yo me animé a levantarme, como esposa y madre. En cualquier caso era poco lo que podrían haber comido y era menos que poco lo que había para que comiesen. Pero había agua y eso les daba. ¡Cómo la ansiaban y cómo la bendecían! No obstante el fin llegó ayer. Mis fuerzas se desplomaron. Ayer fue la última vez que vi a mi esposo y a mi hija menor vivos. He estado aquí tumbada durante todas esas horas, años mejor, escuchando, escuchando cualquier sonido que...

Miró rápidamente a su hija mayor, y luego exclamó: «¡Hija mía!», apretando débilmente la rígida forma entre sus brazos protectores. Había reconocido el estertor de la muerte.

30. LA TRAGEDIA DE LA CASA SEÑORIAL

A medianoche todo había terminado y nos sentábamos en presencia de cuatro cadáveres. Los cubrimos con los andrajos que fuimos capaces de encontrar y nos marchamos cerrando la puerta detrás de nosotros. Su hogar debía servirles de tumba puesto que no se los podía enterrar cristianamente ni admitirlos en terreno sagrado. Eran como perros, bestias salvajes o leprosos, y nadie que estimase su esperanza de vida eterna, la arrojaría a un lado para tener algo que ver con estos parias censurados y castigados.

No habíamos andado cuatro pasos cuando capté el sonido de unos como pasos en la grava del sendero. Se me subió el corazón a la garganta. No debían vernos salir de aquella casa. Cogí de la vestidura al rey y retrocedimos a escondernos tras la esquina de la cabaña.

—Ahora estamos a salvo —dije—, pero por poco. Si la noche hubiera sido más clara nos habría visto, sin duda, por lo cerca que parecía estar.

—Quizá no tiene nada de hombre y es una bestia.

—Es verdad. Pero hombre o bestia, es mejor quedarse aquí un minuto y dejar que se quite de en medio.

—¡Silencio! Viene hacia aquí.

Era verdad. El sonido de los pasos venía hacia nosotros, directamente hacia la choza. Debía de ser una bestia, entonces, y podíamos habernos ahorrado la alarma. Yo estaba a punto de salir cuando el rey me puso la mano sobre el brazo. Hubo un momento de silencio y, luego, escuchamos un golpe suave sobre la puerta de la choza. Me dio un escalofrío. El golpe se repitió y ahora escuchamos estas palabras con voz queda:

—¡Madre! ¡Padre! Abrid, estamos libres y os traemos noticias que empalidecerán vuestras mejillas pero que alegrarán vuestros corazones. No podemos detenernos, ¡tenemos que huir! Y... ¡Pero no contestan! ¡Padre! ¡Madre!

Me llevé al rey hasta el otro extremo de la cabaña y susurré:

—Vamos, ahora podemos llegar hasta la carretera.

El rey dudaba, iba a poner objeciones, pero en ese momento escuchamos cómo cedía la puerta y nos dimos cuenta de que aquellos desolados hombres se encontraban en presencia de sus muertos.

—¡Vamos, mi señor! Van a encender la luz y entonces os rompería el corazón oír lo que va a seguir.

Esta vez no dudó. En cuanto estuvimos en la carretera me eché a correr y él, tras un momento, dejó la dignidad a un lado y me siguió. Yo no quería pensar en lo que estaba sucediendo en la choza, no podía soportarlo, quería quitármelo de la cabeza y así toqué el primer tema que se me ocurrió.

—He tenido la enfermedad de la que ha muerto esa gente, por lo tanto no tengo nada de qué temer, pero si vos no la habéis sufrido...

Me interrumpió para decirme que tenía reparos de conciencia:

—Esos jóvenes dicen que están libres, pero ¿cómo? No es posible que su señor les haya dado la libertad.

—No. No me cabe la menor duda de que han escapado.

—Ese es mi reparo. Tengo miedo de que sea así y vuestra sospecha lo confirma puesto que tenéis el mismo temor.

—Yo no utilizaría ese nombre. Realmente sospecho que han escapado; pero si lo hicieron, en verdad que no lo siento.

—Yo no lo siento. Yo pienso... pero...

—¿Qué pasa? ¿Qué ocurre para tener reparos?

—Si efectivamente escaparon, entonces tenemos el deber de capturarlos y entregarlos de nuevo a su señor. No es propio que alguien de su calidad sufra un ultraje tan insolente y despótico por parte de personas de esa ínfima categoría.

Ya lo teníamos de nuevo. No podía ver más que un lado de la cuestión. Había nacido de este modo, así le habían educado, sus venas estaban llenas de sangre ancestral podrida por esa clase de brutalidad inconsciente, transmitida hereditariamente por una larga procesión de corazones que habían puesto su parte, todos, en el emponzoñamiento de la corriente. Poner en prisión a estos hombres sin pruebas, matar de hambre a sus familiares, no era un agravio, puesto que no eran más que campesinos sujetos a la voluntad y al placer de su señor, sin importar la forma que pudiese adaptar; pero el que estos hombres rompiesen la injusta cautividad, eso sí que era insulto y ultraje y algo que no podía admitir ninguna persona de conciencia que conociese su deber para con su sagrada casta.

Me costó más de media hora conseguir que cambiase de tema, y aun así tuvo que ser un acontecimiento externo el que lo hiciera por mí. Fue algo que atrajo nuestra mirada al llegar a la cima de una pequeña colina, un resplandor rojo a lo lejos.

—Eso es un fuego —dije.

Los fuegos me interesaban mucho porque ya tenía bastante trabajado un negocio de seguros. Adiestraba algunos caballos y estaba construyendo algunas bombas contra incendios, a vapor, con la vista fija en un departamento de bomberos de plantilla. Los sacerdotes se oponían a las dos cosas, los seguros de vida y de incendios, afirmando que era un intento insolente poner obstáculos a los decretos de Dios; y si se insinuaba que no ponían ni el más mínimo obstáculo a tales decretos sino que sólo se modificaban sus duras consecuencias si uno cogía las pólizas y tenía suerte, replicaban que eso era apostar contra los decretos de Dios y era igual de malo. De este modo se las arreglaron para dañar más o menos estas industrias. Sin embargo, yo continué invariable en mi negocio de accidentes. Por regla general un caballero es una persona torpe y estúpida y por lo tanto abierta a los más pobres argumentos cuando vienen, a la ligera, de un traficante en supersticiones, pero hasta el mismo caballero podía ver, de vez en cuando, el lado práctico de algo; y así últimamente no se podía limpiar el campo de un torneo y amontonar los restos sin descubrir una de mis pólizas de accidentes en cada yelmo.

Permanecimos quietos un momento en la espesa oscuridad y en el silencio, mirando en la lejanía la mancha rojiza y tratando de descifrar el significado de un distante murmullo que crecía y bajaba a intervalos en la noche. Algunas veces se hacía más potente y, durante un instante, parecía menos alejado; pero, en cuanto albergábamos la esperanza de que nos descubriese su origen y naturaleza, se ensordecía y volvía a descender llevándose consigo el misterio. Bajamos la colina siguiendo su dirección, y la tortuosa carretera nos introdujo de nuevo en una oscuridad que casi podía palparse, oscuridad apelmazada entre dos altas laderas de bosque. Anduvimos a tientas quizá durante media milla, mientras el murmullo se hacía cada vez más claro y la tormenta se acercaba. De vez en cuando, una pequeña ráfaga de aire, el débil resplandor de un relámpago y el seco retumbar de un trueno. Yo caminaba delante y choqué contra algo, algo suavemente pesado que cedió ligeramente al impulso de mi peso. En aquel mismo instante vibró un relámpago, y a unos centímetros de mi cara vi la faz contraída de un hombre que colgaba de la rama de un árbol. Parecía estar haciendo muecas pero no era así. Era un espectáculo espeluznante. Acto seguido estalló un trueno que rompía los tímpanos y las puertas del cielo se abrieron de par en par; empezó a diluviar. No importaba, debíamos tratar de bajar a este hombre por si había alguna probabilidad de que siguiese con vida. Los relámpagos ahora se sucedían con rapidez y aquel lugar parecía alternativamente mediodía y media noche. Unas veces aquel hombre colgaba delante de mí iluminado por una luz intensa y otras veces volvía a desvanecerse en la oscuridad. Dije al rey que deberíamos bajarlo. Él se opuso al instante.

—Si él mismo se ha colgado, quería privar de su propiedad al señor. Si otros le colgaron, probablemente tenían derecho a hacerlo. ¡Que cuelgue!

—Pero...

—No me pongáis peros, dejadle como está. Todavía hay otra razón. Cuando el relámpago vuelva a brillar, mirad ahí.

¡Otros dos colgaban a quince metros de nosotros!

—No está el tiempo para andar haciendo cortesías inútiles a los muertos. Ya no os lo pueden agradecer. Vamos, no vale la pena el quedarnos aquí.

Tenía razón en lo que decía. Nos marchamos. A la luz de los relámpagos y en una sola milla contamos hasta seis ahorcados más, era una excursión espeluznante. Aquel murmullo ya no lo era, era un rugido, rugido de voces humanas. En la oscuridad vimos difusamente a un hombre que huía perseguido por otros. Desaparecieron. Volvió a ocurrir una y otra vez. Al volver un recodo de la carretera topamos con el fuego. Era una gran casa señorial, de la que ya quedaba muy poco o nada. Por todos los lugares se veían hombres que huían y otros persiguiéndolos.

Avisé al rey que éste no era un lugar seguro para forasteros. Haríamos mejor en retirarnos de la luz hasta que las cosas mejorasen. Nos apartamos un poco y nos escondimos al borde del bosque. Desde nuestro escondrijo veíamos cómo hombres y mujeres eran perseguidos por una muchedumbre. Esta terrible tarea continuó hasta el amanecer. Entonces con el fuego apagado y la tormenta alejada, las voces y las pisadas cesaron, y volvió a reinar la oscuridad y el silencio.

Nos aventuramos a abandonar nuestro refugio y cautelosamente iniciamos la marcha. Aunque estábamos deshechos y soñolientos continuamos hasta dejar este lugar a unas millas de distancia. Luego pedimos asilo en la choza de un carbonero. Una mujer estaba levantada y trajinando, pero el hombre aún estaba dormido en un camastro de paja sobre un suelo de arcilla. La mujer pareció intranquila hasta que le explicamos que éramos viajeros que habíamos perdido el camino y habíamos estado vagando toda la noche por el bosque. Entonces se volvió locuaz y nos preguntó si nos habíamos enterado de los terribles acontecimientos de la casa señorial de Abblasoure. Sí, nos habíamos enterado, pero lo que ahora necesitábamos era descansar y dormir. El rey interrumpió:

—Vendednos la casa y marchaos porque somos compañía peligrosa, acabamos de estar con personas que han perecido de la Muerte Manchada.

Estaba bien por su parte pero era innecesario. Uno de los adornos más corrientes en el país era el rostro como un molde de hacer barquillos. Ya me había dado cuenta antes de que la mujer y su marido estaban adornados de ese modo. Nos dio una cordial bienvenida sin ningún miedo; estaba patente que había quedado inmensamente impresionada por la proposición del rey; desde luego era un gran acontecimiento en su vida tropezar con una persona de la humilde apariencia del rey que estuviese preparado a comprar una casa sólo por el alojamiento de una noche. Esto le dio un gran respeto por nosotros y la hizo estirar al máximo las pocas posibilidades de su choza para que nos sintiésemos cómodos.

Dormimos hasta bien avanzada la tarde y nos despertamos lo suficientemente hambrientos como para que la comida de un pobre campesino fuese totalmente apetitosa para el rey, y más aún por ser escasa en cantidad. Y lo mismo en cuanto a la variedad, consistía únicamente en cebollas, sal y el pan negro nacional hecho de pienso de caballo. La mujer nos habló de lo que había ocurrido la tarde anterior. Sobre las diez u once de la noche cuando todo el mundo estaba en cama, la casa del señor estalló en llamas. Toda la campiña se precipitó al rescate y la familia se salvó con una excepción, el dueño. Éste no apareció. Todos estaban frenéticos buscándole y dos valientes labradores sacrificaron sus vidas buscando entre la casa en llamas a aquel valioso personaje. Pero al cabo de algún tiempo se encontró lo que de él quedaba, que era su cadáver. Estaba en un matorral a cien metros de distancia, atado, amordazado y apuñalado en doce lugares diferentes.

¿Quién lo había hecho? Las sospechas recayeron sobre una humilde familia de las cercanías que en los últimos tiempos había sido tratada con singular rudeza por el barón, por lo que las sospechas se extendieron fácilmente a todos sus familiares. Con la sospecha era bastante; los servidores del señor proclamaron una cruzada inmediata contra aquella gente y pronto fueron seguidos por la comunidad en general. El marido de aquella mujer había participado con la multitud y no había vuelto a casa hasta cerca del amanecer. Había salido a enterarse de cuál había sido el resultado general. Aún estábamos hablando cuando regresó de sus pesquisas. El informe era repugnante. Dieciocho personas colgadas o descuartizadas, y dos labradores y trece prisioneros perdidos en el fuego.

—¿Y cuántos prisioneros había en los subterráneos?

—Trece.

—Entonces perecieron todos.

—Sí, todos.

—Pero la gente llegó a tiempo de salvar a la familia; ¿cómo es que no pudieron salvar a ninguno de los prisioneros?

Pareció sorprendido y dijo:

—¿Es que iba uno a abrir los subterráneos en tal momento? Pues sí, se podría haber escapado alguno.

—¿Queréis decir entonces que nadie les abrió?

—Nadie se les acercó ni para cerrar ni para abrir. Es natural que los cerrojos estuviesen echados, así bastaba con poner una guardia. Si alguno rompía las cadenas no podría escapar, lo cogerían. No se cogió a nadie.

—Sin embargo escaparon tres —dijo el rey— y haréis bien en proclamarlo y hacer que les siga la justicia porque esos asesinaron al barón y prendieron fuego a su casa.

Yo estaba esperando precisamente que saltase con eso. Durante un instante el hombre y su esposa demostraron un interés ansioso por la noticia e impaciencia por salir a difundirla. Luego, algo diferente fue apareciendo en sus rostros. Yo mismo contesté a las preguntas y observé atentamente los resultados que producían. Quedé satisfecho de que el conocimiento de quiénes eran aquellos tres prisioneros había cambiado algo la atmósfera; de que la continua ansiedad de nuestros huéspedes por salir a difundir las noticias ahora era sólo pretendida y no auténtica. El rey no observó el cambio, de lo cual yo quedé satisfecho. Llevé la conversación en torno a otros detalles de lo acontecimientos de la noche anterior y me di cuenta del alivio que les representaba la nueva dirección.

Lo penoso en torno a todo este asunto era la presteza con la que esta comunidad oprimida había vuelto sus crueles manos contra su propia clase, en interés del opresor común. Este hombre y esta mujer parecían sentir que en una disputa entre una persona de su propia clase y su señor, lo natural, apropiado y justo para la entera casta de aquel pobre diablo era alinearse al lado de su dueño y librar la batalla por él, sin pararse siquiera a preguntar sobre lo justo o injusto del asunto. Este hombre había estado ayudando a colgar a sus vecinos, y había efectuado su tarea con celo, sabiendo que no había nada contra ellos salvo una simple sospecha y sin nada que pudiese describirse como pruebas; sin embargo ni él ni su mujer parecían encontrar cosa alguna horrible en ello.

Era deprimente, en especial para un hombre que albergaba el sueño de república en la cabeza. Me hizo recordar una época a trece siglos de distancia cuando los «blancos pobres» del Sur de los Estados Unidos, despreciados y frecuentemente insultados por los dueños de esclavos que tenían alrededor, que debían su baja condición simplemente a la presencia de la esclavitud en medio de ellos, a pesar de todo se alinearon con los señores de esclavos en todas las maniobras políticas, para defender y perpetuar la esclavitud y al final se echaron sus mosquetones al hombro y derramaron

234

sus vidas en un esfuerzo para impedir la destrucción de la misma institución que les degradaba. Sólo había un rasgo redentor unido a esa penosa época de la historia; y era que, en secreto, el «blanco pobre» detestaba al señor de esclavos y sentía vergüenza. Este sentimiento no había llegado a la superficie, pero el hecho de que existiese y de que se le podría haber hecho brotar al exterior bajo condiciones favorables ya era algo, de hecho ya era bastante. Demostraba que un hombre, después de todo, en el fondo es un hombre aunque no se note al exterior.

Pues bien, según se demostró, este carbonero era exactamente el gemelo del «blanco pobre» del Sur en el lejano futuro. Entonces, el rey demostró impaciencia y dijo:

—Si estáis charlando aquí todo el día la justicia fracasará. ¿Creéis que los criminales se van a quedar en la casa de su padre? Van huyendo, no esperarán. Deberíais procurar que una partida a caballo se pusiese tras su pista.

La mujer palideció ligeramente pero a ojos vistas, y el hombre parecía confuso y dudoso.

—Vamos, amigo —dije— caminaremos juntos un poco y os indicaré la dirección que me imagino que van a tomar. Si no fuesen más que infractores de algún impuesto o algo tan absurdo por el estilo, yo trataría de evitar que los capturasen; pero cuando los hombres asesinan a una persona de alto rango y le queman la casa, eso ya es otro asunto.

Mi última observación era para el rey, a fin de que se tranquilizase. Ya en la carretera, aquel hombre reunió todas sus fuerzas y comenzó a caminar con paso seguro pero sin ninguna prisa. Al poco le dije:

—¿Qué parentesco teníais con esos hombres? ¿Primos?

Se quedó tan blanco como la capa de carbón que llevaba encima le permitió, se detuvo temblando.

—¡Dios mío! ¿Cómo lo sabéis?

—No lo sabía, fue una conjetura al azar.

—Pobres muchachos, están perdidos. Y eran unas buenas personas.

—¿Ibais en realidad a denunciarlos?

No sabía cómo encajar esto pero dijo, dudando:

—Sí.

—Entonces creo que sois un maldito canalla.

Esto le puso tan contento como si le hubiese dicho que era un ángel.

—Decid esas palabras de nuevo, hermano, porque de seguro queréis decir que no me vais a traicionar si no cumplo mi deber.

—¿Deber? No hay ningún deber en este asunto, excepto el de quedarse callado y dejar que esos hombres se escapen. Han llevado a cabo una hazaña justa.

Pareció complacido pero, al mismo tiempo, con algo de aprehensión. Miró hacia arriba y hacia abajo de la carretera para comprobar que no venía nadie y entonces dijo con voz cautelosa:

—¿De qué tierra venís, hermano, para que pronunciéis palabras tan peligrosas sin tener miedo alguno?

—No son peligrosas si las digo a alguien de mi propia casta. ¿No diréis a nadie que las he dicho?

—¿Yo? Antes me despedazarían unos caballos salvajes.

—Pues entonces dejadme decir lo que digo. No tengo miedo de repetíroslo. Pienso que ha sido terrible lo que se ha hecho a esos pobres inocentes la noche pasada. El viejo barón obtuvo lo que se merecía. Si fuese por mí, todos los de su especie tendrían la misma suerte.

El miedo y la depresión desaparecieron de la actitud de aquel hombre y ocuparon su lugar el agradecimiento y una animación valiente.

—Aunque fueseis un espía y vuestras palabras una trampa para que yo cayera, son un alivio tal que por escucharlas, iría feliz al patíbulo, como el que al menos ha tenido un buen festín en una vida famélica. Y voy a decir lo que pienso, podéis denunciarme si os parece conveniente. Ayudé a colgar a mis vecinos porque hubiera sido peligroso para mi propia vida el mostrar falta de celo en favor del señor; los demás ayudaron por la misma razón. Todos se alegran hoy de que esté muerto, pero todos andan con aspecto apesadumbrado y derraman hipócritas lágrimas porque ahí radica la seguridad. Ya lo dije. ¡Ya lo dije! Las únicas palabras que me han dejado buen sabor en la boca, y esa recompensa ya es bastante. Si queréis podéis conducirme al cadalso porque estoy preparado.

236

Ahí lo teníamos. En el fondo un hombre es un hombre. Siglos enteros de ultrajes y opresión no pueden arrancarle su esencia. Quien piense que esto es un error, se equivoca. Sí, hay material suficientemente bueno para hacer una república en el pueblo más degradado que pueda haber existido, hasta en los rusos; hay abundancia de masculinidad, hasta en los alemanes; sólo habría que sacarles de su retraimiento tímido y suspicaz, para derribar y pisotear en el fango cualquier trono que se haya levantado y cualquier nobleza que lo haya apoyado. Aún tendríamos que ver algunas cosas, teniendo esperanza y fe. Primero una monarquía modificada, hasta que desapareciese Arturo, luego la destrucción del trono, la abolición de la nobleza, con todos sus miembros dedicados a alguna actividad útil, la institución del sufragio universal y todo el gobierno depositado en las manos de los hombres y mujeres de la nación. Todavía no era tiempo de abandonar mi sueño.

31. MARCO

Ahora caminábamos perezosamente mientras charlábamos. Disponíamos aproximadamente de la cantidad de tiempo que nos hubiera llevado el llegar hasta la pequeña aldea de Abblasoure, y poner a la justicia en la pista de aquellos asesinos y regresar de nuevo a la cabaña. Mientras tanto tenía yo otro interés que aún no había palidecido y que nunca había perdido su novedad para mí desde que llegué al reino de Arturo: la conducta, nacida de las subdivisiones exactas de casta, entre los diversos transeúntes que se encontraban por casualidad. Ante el rapado monje que caminaba con dificultad, la capucha inclinada hacia atrás y el sudor corriéndole por su gruesa papada, el carbonero se mostraba profundamente reverente; con el caballero se mostraba abyecto; con el pequeño campesino y el artesano libre, era cordial y locuaz; cuando un esclavo pasaba a su lado, inclinado respetuosamente, la nariz del individuo subía hacia arriba, ni siquiera le veía. Bueno, hay veces en que a uno le gustaría colgar a todo el género humano y acabar con la farsa.

Tuvimos un incidente. Un pequeño grupo de muchachos y muchachas, medio desnudos, salió en tropel del bosque, asustados y gritando. Los mayores no tenían más de doce o catorce años. Pedían ayuda, pero estaban tan fuera de sí que no podíamos entender de qué se trataba. Sin embargo nos metimos en el bosque mientras ellos corrían adelantándose, y pronto se descubrió lo que ocurría. Habían colgado a uno de sus compañeros con una cuerda hecha de corteza de árbol, y éste pateaba y luchaba a punto de asfixiarse. Pudimos rescatarle. Era propio de la naturaleza humana, ¡los pequeños admiradores imitando a las personas mayores! Estaban jugando a las multitudes y habían logrado un éxito que prometía ser bastante más serio de lo que ellos habían calculado.

No me resultó aburrida la excursión. Me las arreglé para ocupar bien el tiempo. Hice varias amistades y en mi calidad de forastero pude hacer todas las preguntas que quise. Algo que, naturalmente, me interesaba en mi condición de hombre de estado. Era el asunto de salarios. Aquella tarde recogí todo lo que pude bajo aquel epígrafe. Alguien que no haya tenido mucha experiencia, o que no piense, es posible que mida la prosperidad o no prosperidad de una nación simplemente por la magnitud de los salarios en vigor. Si los salarios son altos, la nación es próspera; si son bajos, no lo es. Eso es un error. Lo importante no es la suma que se obtiene sino lo que se pueda comprar con ella, eso es lo que le dice a uno si su salario es alto efectivamente, o sólo de nombre. Yo recordaba la época de nuestra gran guerra civil en el siglo XIX. En el Norte un carpintero ganaba tres dólares al día, estimados en oro; en el Sur ganaba cincuenta en papeles confederados que valían a dólar la fanega. En el Norte unos zahones valían tres dólares, el salario de un día; en el Sur, setenta y cinco, es decir el salario de dos días. Las restantes cosas eran proporcionales. Consecuentemente los salarios eran el doble en el Norte que en el Sur, porque tenían mucho más poder adquisitivo.

Sí, hice varias amistades en la aldea, y algo que me llenó de satisfacción fue encontrar circulando nuestras nuevas monedas, muchas de centésimas de centavo, de una décima de centavo, de un centavo, de cinco, y algunas de plata, todo esto generalmente entre los artesanos y gente corriente. También había algo de oro, pero en el banco, es decir en el orfebre. Me dejé caer por allí, mientras Marco, hijo de Marco, regateaba con un tendero sobre una libra de sal, y pedí cambio para una moneda de oro de veinte dólares. Me lo dieron, después de haberla mordido, hecho sonar en el mostrador, vertido ácido, haberme preguntado dónde la había conseguido, quién era yo, de dónde venía, a dónde iba, cuándo esperaba llegar y quizá un par de cientos más de preguntas. Cuando embarrancaron les proporcioné voluntariamente un montón de información. Les dije que tenía un perro que se llamaba Vigilante, que mi primera esposa era Baptista de la Libre Voluntad, que su abuelo era Partidario de la Prohibición, que yo conocí a un hombre que tenía dos pulgares en cada mano y una verruga en la parte interna del labio superior, que murió con la esperanza de una gloriosa resurrección y etcétera, etcétera, etcétera. Entonces aquel hambriento preguntón de aldeano empezó a parecer satisfecho y también un poco desconcertado; pero tenía que respetar a un hombre de mi potencia financiera y no me soltó ninguna fresca, si bien me di cuenta de cómo lo compensaba con sus subordinados, cosa que era perfectamente natural. Sí, me cambiaron mi moneda de veinte, pero me pareció que ponía al banco en apuros porque resultaba lo mismo que entrar en el miserable almacén de un pueblo en el siglo XIX y pedir al dueño que nos cambiase un billete de dos mil dólares, de repente. Quizá podría hacerlo, pero al mismo tiempo se preguntaría cómo un pequeño granjero podía andar por ahí con tanto dinero en el bolsillo, lo que probablemente era también el pensamiento de este orfebre, ya que me acompañó hasta la puerta y se me quedó mirando, según me alejaba, con reverente admiración.

Nuestro nuevo dinero no sólo estaba circulando estupendamente, sino que su vocabulario corría igualmente con fluidez, es decir, la gente había abandonado los antiguos nombres y hablaba de que las cosas valían tantos dólares, centavos, décimas de centavo o centésimas. Era una gran satisfacción. Era seguro que estábamos progresando.

Conocí algunos maestros artesanos, pero el individuo más interesante de todos ellos era el herrero Dowley. Era hombre activo y brillante conversador, tenía dos jornaleros y tres aprendices; y su negocio iba prosperando. De hecho se estaba haciendo rico progresivamente y era respetado por todas partes. Marco estaba muy orgulloso de tener a tal hombre por amigo. Aparentemente me había llevado hasta allí para que pudiera ver el gran establecimiento que le compraba tanto carbón, pero en realidad había sido para que viese la confianza y casi familiaridad que tenía con el gran hombre. Dowley y yo fraternizamos al instante; yo había tenido gente tan escogida, individuos espléndidos en la fábrica de armas Colt. Tenía que verle más veces, así que le invité a que viniese a casa de Marco, el domingo, a comer con nosotros. Marco quedó sorprendido, contuvo el aliento, y cuando aquella grandeza aceptó, estaba tan agradecido que casi olvidó el quedar atónito ante tamaña condescendencia.

La alegría de Marco era exuberante, pero sólo durante un momento; luego se quedó pensativo, después triste, y cuando me oyó decir a Dowley que invitaría también a Dickon, el maestro albañil, y a Smug, el maestro carretero, la capa de carbón de su rostro se transformó en yeso y perdió el dominio de sí. Yo ya sabía qué le pasaba, se trataba de los gastos. Veía la ruina delante de sí, consideraba que sus días financieros estaban contados. Sin embargo, cuando íbamos a invitar a los restantes, le dije:

—Me vais a permitir que haga venir a estos amigos, y también me vais a permitir que pague los gastos.

Su cara se iluminó y dijo animado:

—Pero no todo, no todo. No podéis soportar una carga como ésta.

Le detuve para decir:

—Vamos a poner las cosas en claro, amigo. Es verdad que no soy más que el administrador de una granja; pero, sin embargo, no soy pobre. Este año he sido muy afortunado, os asombraría lo que he podido prosperar. Os digo la pura verdad al afirmar que podría pagar una docena de banquetes como éste sin preocuparme por los gastos.

Chasqueé los dedos según terminaba. Me podía ver crecer a centímetros en la estimación de Marco, pero al acabar me había convertido en una auténtica torre en cuanto a estilo y altura.

—Ya veis que hay que dejarme. No podéis contribuir a esta orgía ni con un centavo.

—Es grande y bueno por vuestra parte...

—No, no lo es. Nos habéis abierto vuestra casa a Jones y a mí del modo más generoso. Jones me lo decía hoy, antes de que volvieseis del pueblo; aunque es posible que no os dijese nunca tal cosa, ya que no es hablador sino apocado cuando está entre gente, tiene buen corazón y es agradecido, y sabe apreciar cuando le tratan bien; sí, vos y vuestra mujer habéis sido muy hospitalarios con nosotros...

—¡Hermano; no es nada semejante hospitalidad!

—Pero es algo; lo mejor que un hombre tiene, dado libremente, es siempre algo y tan bueno como lo que un príncipe puede hacer, y está a su altura, porque hasta un príncipe sólo puede hacer lo más que pueda. Así que vamos a ir de compras para organizar todo esto, y no os preocupéis por los gastos. Soy uno de los peores derrochadores que haya podido jamás nacer. A veces en una sola semana gasto... pero no importa, de todos modos no me lo ibais a creer.

Y así estuvimos callejeando, entrando en un sitio y en otro, preguntando precios, charlando con los tenderos acerca del tumulto de la noche anterior, y de vez en cuando encontrándonos con patéticos recuerdos en las personas que quedaban de las familias cuyas casas les habían sido arrebatadas y sus padres acuchillados o colgados. La ropa de Marco y de su mujer era de áspero lino y de una mezcla de hilo y de lana respectivamente. Parecían planos de ciudades, porque estaban hechos casi exclusivamente de remiendos añadidos, ciudad a ciudad en el transcurso de cinco o seis años, hasta que apenas quedaba del vestido original más que el ancho de una mano. Yo deseaba equipar a esta gente con nuevos trajes debido a la elegante compañía que íbamos a tener; no sabía cómo tocar el problema con delicadeza hasta que se me ocurrió que lo mismo que había sido liberal en inventar palabras de gratitud por parte del rey, podía ahora respaldarlo con pruebas de tipo sustancial.

—Marco, hay otra cosa —dije— que debéis permitir, por amabilidad hacia Jones, ya que no querríais ofenderlo. Tenía muchos deseos de hacer patente su agradecimiento de algún modo, pero es tan apocado que no se podía atrever y, así, me pidió que comprase algunas pequeñas cosas para regalároslas a vos y a la señora Phyllis y que se le permitiese pagar por ellas sin que supieseis que venían de él, ya sabéis lo que sienten las personas delicadas acerca de estas cuestiones. Yo le dije que lo haría y que no diríamos nada al respecto. Pues bien, su idea eran unas ropas nuevas para ambos...

—¡Oh, es un derroche! No puede ser, hermano, no puede ser. Considerad la enormidad de la suma...

—¡Al diablo con la enormidad de la suma! Tratad de callaros durante un rato, no hay quien pueda meter una palabra, habláis demasiado. Debíais curar eso, Marco, ya sabéis que no es de buena educación, y seguirá creciendo si no lo detenéis. Vamos a entrar aquí; ahora preguntad el precio del género de este hombre, y no olvidéis que no hay que hacer saber a Jones que sabéis algo de esto. No os podéis imaginar lo sensible y orgulloso que es. Es labrador, un labrador muy acomodado, y yo soy un administrador pero, ¡tiene una imaginación! A veces cuando se olvida de sí mismo y la deja escapar, se pensaría que es uno de los grandes de la tierra. Se le podría escuchar durante cien años sin tomarle por labrador, especialmente si habla de agricultura. Cree que es el no va más de un labrador, se cree que es el viejo Grayback de Wayback; pero, entre nosotros, sabe más de dirigir un reino que de agricultura. Sin embargo, siempre que se ponga a hablar, es preciso dejar caer la mandíbula y escuchar, lo mismo que si jamás se hubiese escuchado tal increíble sabiduría y se tuviese miedo de morir antes de tener la suficiente. Eso le gustará a Jones.

Marco se divirtió hasta el máximo al escuchar hablar acerca de un carácter tan raro, pero esto también le dejó preparado para algún accidente. Según mi experiencia cuando se viaja con un rey que simula ser otra cosa y no puede recordarlo más que la mitad del tiempo, toda precaución es poca.

Éste era el mejor almacén con que nos habíamos encontrado. Tenía de todo, en pequeñas cantidades, desde yunques y lencería hasta pescado y bisutería. Decidí gastarme aquí todo y no preguntar más el precio. Así que me quité de en medio a Marco, mandándole a invitar al albañil y al carretero, con lo que me dejó el campo libre. Nunca me gusta hacer las cosas de un modo sencillo, tiene que haber teatro o de lo contrario carece de interés para mí. Descuidadamente mostré suficiente dinero para atraer el respeto del tendero, y luego le escribí una lista de las cosas que quería y se la entregué para ver si sabía leerla. Sabía y estaba orgulloso de demostrarlo. Dijo que le había educado un sacerdote y que sabía leer y escribir. La repasó y observó, con satisfacción, que era una cuenta muy elevada. Efectivamente lo era para un pequeño negocio como aquél. No sólo estaba preparando una buena cena sino además algunas otras cosas fuera de serie. Ordené que todo aquello fuese entregado en la vivienda de Marco, hijo de Marco, el sábado por la tarde y que se me enviase la factura el domingo a la hora de comer. Me dijo que podía confiar en su rapidez y exactitud, era norma de la casa. También observó que pondría, gratuitamente un par de pistolas de aire comprimido para los Marcos, que ahora todo el mundo los usaba. Tenía una elevada opinión de ese ingenioso utensilio. Yo le contesté:

—Y, por favor, llenadlos hasta la marca del medio y ponedlos en la factura.

Lo haría con gusto. Los llenó y los llevé conmigo. No podía aventurarme a decirle que aquello era una pequeña invención mía y que había ordenado oficialmente que todos los tenderos del reino los tuviesen en existencias y que los vendiesen al precio fijado por el gobierno, que era una bagatela; el tendero se quedaba con esto, no el gobierno. Nosotros los proporcionábamos gratuitamente.

Cuando regresamos al anochecer el rey apenas nos había echado de menos. Desde muy temprano se había lanzado a su sueño de una grandiosa invasión de la Galia con toda la fuerza de su reino a las espaldas, y la tarde se le había pasado sin siquiera haber vuelto en sí.

32. La humillación de Dowley

Cuando llegó el cargamento a la caída de la tarde del sábado, estuve ocupadísimo para evitar que los Marco se desmayasen. Estaban seguros de que Jones y yo nos habíamos arruinado absolutamente, y se sentían culpables, en parte, de semejante bancarrota. Además de lo comestible, que ya era una buena suma, yo había comprado unos cuantos artículos extras para la comodidad futura de la familia: por ejemplo un gran montón de trigo, una delicadeza tan rara en las mesas de la gente de su clase como lo hubiese sido un helado en la de un ermitaño; una mesa de comedor de buen tamaño, dos libras enteras de sal, lo que representaba otra extravagancia a los ojos de aquella gente, loza, banquetas, ropas, un pequeño barril de cerveza, etcétera. Instruí a los Marco a fin de que no descubriesen esta suntuosidad para darme la oportunidad de sorprender a los invitados y pavonearme un poco. En cuanto a las ropas nuevas, aquella sencilla pareja era como los niños, estuvieron en vela toda la noche, para ver si ya era de día y podían ponérselas, y lo hicieron lo menos una hora antes de que amaneciese. Entonces su placer, por no decir delirio, fue tan inocente, tan nuevo y tan emocionante que su simple contemplación me pagó bien las interrupciones que había sufrido mi sueño. El rey había dormido exactamente igual que siempre, como un muerto. Los Marco no podían darle las gracias por las ropas, puesto que estaba prohibido pero trataban de todos los modos imaginables de hacerle ver lo agradecidos que le estaban. Lo cual no servía de nada porque él no se dio cuenta de cambio alguno.

Nos resultó uno de esos extraordinarios y raros días de otoño en que parece que estuviéramos en junio y es una delicia estar al aire libre. Los invitados llegaron hacia el mediodía, nos reunimos bajo un gran árbol y pronto nos llevamos tan bien como viejos amigos. Incluso la reserva del rey se derritió un poco, aunque le resultaba algo difícil adaptarse al nombre de Jones. Yo le había pedido que no se olvidase de que era un labrador, pero también me había parecido prudente indicarle que dejase así las cosas y no inventase nada. Era exactamente la clase de persona que se puede confiar en que va a estropear una pequeña cosa como ésta si no se le avisa, debido a lo expedito de su lengua o de su espíritu complaciente y a su incierta información.

Dowley estaba muy animado, en seguida le puse en movimiento y diestramente le hice tomar su historia como texto y su persona como héroe. Se estaba a gusto allí, sentados y escuchándole el sonsonete. Ya saben, se trataba del hombre que se ha hecho a sí mismo. Saben hablar. Y en verdad que merecen más crédito que cualquier otra especie de hombre, y también están entre los primeros en descubrirlo. Nos contó que había empezado como huérfano sin dinero y sin amigos que le pudieran ayudar; que había vivido como los esclavos del dueño más miserable suelen vivir; que su día de trabajo era de dieciséis a dieciocho horas, y que eso sólo le proporcionaba el suficiente pan negro como para estar alimentado a medias; que finalmente sus honrados esfuerzos habían atraído la atención de un buen herrero, que casi le mató de amabilidad ofreciéndole repentinamente, cogiéndole de improviso, tomarle de aprendiz durante nueve años, darle la comida y las ropas y enseñarle el oficio, o «misterio» como Dowley lo llamaba. Fue su primera gran elevación, su primer fabuloso golpe de suerte. Se veía que todavía no podía hablar de aquello sin que se le notase una especie de elocuente asombro y delicia porque tal dorado ascenso hubiese correspondido a un ser humano corriente. Mientras fue aprendiz no recibió ropas nuevas, pero el día de su graduación su maestro le atavió con ropa de lino nueva que le hizo inexpresablemente rico y elegante.

—¡Me acuerdo de aquel día! —exclamó con entusiasmo el carretero.

—¡Y yo también! —gritó el albañil—. No podía creer que fuesen tuyas, en verdad que no podía.

—¡Ni nadie! —vociferó Dowley con los ojos relucientes—. Podía perder la fama si los vecinos suponían que quizá había estado robando. Fue un gran día, sí, un gran día. Son cosas que no se olvidan.

Sí y su maestro una buena persona, próspero, con carne dos veces al año, y además con pan blanco, auténtico pan de trigo; vivía como un señor, por así decir. Con el tiempo Dowley le reemplazó en el negocio y se casó con la hija.

—Y ahora considerad lo que ha venido a ocurrir —dijo solemnemente—. Dos veces al mes se pone carne fresca sobre mi mesa.

Hizo una pausa para que todos pudiesen entender bien aquello y añadió:

—Y ocho veces carne salada.

—Es la verdad —dijo el carretero, con aliento entrecortado.

—Lo sé personalmente —dijo el albañil con la misma reverencia.

—En mi mesa aparece el pan blanco todos los domingos del año —añadió el maestro herrero con gravedad—. Dejo a vuestras propias conciencias, amigos, si esto no es también verdad.

—A fe mía que sí —exclamó el albañil.

—Puedo atestiguarlo y así lo hago —dijo el carretero.

—Y en cuanto a mobiliario ya sabéis cuál es mi equipo.

Agitó la mano en un elegante gesto que concedía libertad de palabra, franca y sin trabas, y siguió:

—Hablad como os parezca, hablad como si yo no estuviera delante.

—Tenéis cinco taburetes de la mejor artesanía, aunque en la familia no sois más que tres —dijo, respetuosamente el carretero.

—Y seis copas de madera, seis fuentes de madera y dos de peltre para comer y beber —dijo solemnemente el albañil—. Lo digo sabiendo que Dios es mi juez, y que aquí no nos demoraremos mucho sino que tendremos que contestar el último día por lo que hemos dicho en vida, fuese verdad o mentira.

—Ahora ya sabéis qué clase de hombre soy, hermano Jones —dijo el herrero con elegante y amistosa condescendencia— y sin duda esperáis verme como un hombre celoso del respeto que se le debe y casi evitando salir con forasteros hasta que su rango y calidad queden demostrados, pero tranquilizaos en cuanto a esto; sabréis que en mí vais a encontrar un hombre que está deseoso de recibir a cualquiera como compañero e igual, siempre que tenga un buen corazón dentro del pecho y aunque su hacienda temporal sea modesta. Y en prueba de lo que digo, ahí va mi mano, y digo con mi propia boca que somos iguales, iguales.

Y sonrió a toda la reunión con la satisfacción de un dios que hace algo distinguido y gentil y se da perfecto cuenta de su acción.

El rey tomó la mano con repugnancia mal disimulada y la dejó con tanto gusto como una dama deja un pez; todo lo cual fue de buen efecto ya que se consideró como una turbación natural en alguien que se deslumbra por la grandeza.

La señora sacó ahora la mesa y la puso debajo del árbol. Causó un movimiento visible de sorpresa porque era nueva y suntuosa. Pero la sorpresa se hizo aún mayor cuando la señora, rezumando indiferencia por todos los poros, pero con los ojos relucientes de vanidad que estropeaban lo anterior, desdobló lentamente un auténtico mantel y lo colocó sobre la mesa. Esto ya era una marca por encima del esplendor doméstico del herrero y fue un duro golpe para él, se podía observar con facilidad. Pero igualmente se podía ver que Marco estaba en el paraíso. Luego la dama trajo dos hermosos taburetes nuevos, fue sensacional, se les veía en los ojos. A continuación trajo dos más, con toda la calma que pudo. Otra vez la sensación con murmullos aterrorizados. Ahora trajo otros dos, caminando por el aire de puro orgullo. Los invitados estaban petrificados y el albañil musitó:

—Hay pompas mundanas que hasta mueven a reverencia.

Según la señora daba la vuelta, Marco no pudo menos de machacar en el punto culminante mientras aún estaba todo al rojo; así que dijo con lo que intentaba ser un aire lánguido y que no era más que una pobre imitación:

—Con estos bastan, no traigas más.

¡Así que todavía había más! Fue un magnífico efecto. Ni yo mismo podría haber jugado mejor aquella baza.

A partir de este momento la señora acumuló las sorpresas con tal ímpetu que el asombro general subió a ciento cincuenta grados a la sombra paralizando al mismo tiempo la expresión de tal asombro que quedaba reducida a unos ahogados «¡Oh! ¡Ah!», y a levantar en silencio las manos y los ojos. Trajo la loza, nueva y en abundancia, copas nuevas de madera y otros artículos para la mesa, cerveza, pescado, pollos, un ganso, huevos, carne asada, cordero asado, un jamón, un lechón asado y una gran cantidad de auténtico

pan blanco de trigo. Aquella exhibición dejaba muy en la sombra
todo lo que hubieran podido ver antes. Y mientras permanecían
estupefactos por el asombro y el terror, moví mi mano como por
accidente y el hijo del tendero apareció de repente diciendo que
había venido a cobrar.

—Perfectamente —dije con indiferencia—. ¿A cuánto
asciende? Decidnos los apartados.

Leyó la factura. Mientras aquellos tres asombrados hombres
escuchaban, serenas oleadas de satisfacción inundaban mi alma y
otras de terror y admiración la de Marco:

2 libras de sal	200
8 docenas de cuartillos de cerveza, en barril	800
3 fanegas de trigo	2.700
2 libras de pescado	100
3 gallinas	400
1 ganso	400
3 docenas de huevos	150
1 asado de vaca	450
1 asado de cordero	400
1 jamón	800
1 lechón	500
2 vajillas de mesa	6.000
2 trajes de hombre y ropa interior	2.800
1 vestido de paño y 1 de hilo y lana, y ropa interior	1.600
8 copas de madera	800
Varios artículos de mesa	10.000
1 mesa de pino	3.000
8 taburetes	4.000
2 pistolas de aire comprimido, cargadas	3.000

Se detuvo. Hubo un profundo y terrible silencio. No se movía
nada. Ni las ventanas de las narices denunciaban el paso de la res-
piración.

—¿Es eso todo? —pregunté con perfecta calma.

—Todo, señor, salvo que ciertos artículos de poca importancia
van agrupados en un apartado de varios, muy elevado. Si queréis
os lo separa...

—No importa —dije acompañando las palabras con un gesto de la máxima indiferencia— decidme el total por favor.

El muchacho se inclinó contra un árbol para resistir, y dijo:

—¡Treinta y nueve mil ciento cincuenta centésimas!

El carretero cayó del taburete, los restantes se agarraron a la mesa para que no les ocurriera lo mismo y hubo una exclamación profunda y general:

—¡Dios sea con nosotros en el día del desastre!

El muchacho se apresuró a decir:

—Mi padre me encarga que os diga que no puede honradamente requeriros que lo paguéis todo esta vez y que, por lo tanto, solamente os ruega que...

No presté más atención que si hubiera sido un soplo de aire, sino que con una indiferencia rayana en el aburrimiento, saqué mi dinero y arrojé cuatro dólares sobre la mesa. ¡Había que haberlos visto mirar!

El muchacho estaba atónito y encantado. Me pidió que me quedase con uno de los dólares como prenda hasta que fuese a la ciudad y...

—¿Qué? ¿Para traer nueve centavos? —interrumpí. ¡Bobadas! Quedaos con todo. Podéis guardar el cambio.

El murmullo asombrado de todos los circunstantes era:

—¡Verdaderamente este hombre está hecho de dinero! Lo tira como si fuera basura.

El herrero estaba anonadado.

El muchacho cogió su dinero y se marchó ebrio de felicidad. Entonces dije a Marco y a su esposa:

—Buena gente, he aquí una bagatela para vosotros.

Y les entregué las pistolas de aire comprimido como si careciesen de valor, aunque cada uno de ellos contenía quince centavos de dinero sólido. Mientras las pobres criaturas se deshacían de asombro y gratitud, me volví a los otros para decir con tanta calma como si estuviese preguntando la hora:

—Bueno, si todos estamos preparados, creo que la comida está. Vamos a ello.

¡Fue inmenso! ¡Algo magnífico! No creo que haya preparado nunca nada mejor, o que haya logrado efectos más espectaculares con el material disponible. El herrero, simplemente triturado. No me hubiera gustado sentir lo que aquel hombre sentía por nada en el mundo. Había estado hinchándose y jactándose de sus grandiosos festines de carne dos veces al año, de su carne fresca dos veces al mes, de su carne salada dos veces a la semana y de su pan blanco todos los domingo del año; todo para una familia de tres, con un coste total no superior a 69-2-6 (sesenta y nueve centavos, dos décimas y seis centésimas) y de repente aquí viene un hombre que deshace casi cuatro dólares de un golpe, y no solamente eso, sino que actúa como si le fatigase manejar sumas tan pequeñas. Sí, Dowley quedó acobardado, encogido y desmayado; tenía el aspecto de un globo que ha sido pisado por una vaca.

33. Economía política del siglo sexto

Le había dado de lleno pero antes de que la tercera parte de la comida terminase, le había vuelto a hacer feliz. Era fácil en un país de rangos y castas. Claro, en un país de tal categoría, un hombre no es siempre un hombre, es sólo una parte, jamás puede llegar a su desarrollo total. Uno le prueba la superioridad propia en posición social, rango o fortuna, y ya se acabó, se somete. Después de eso ya no se le puede insultar, bueno, no quiero decir exactamente eso, desde luego se le puede insultar, sólo que resulta difícil; y, así, a menos que se disponga de mucho tiempo libre, no vale la pena el intentarlo. Ahora yo gozaba de la reverencia del herrero, porque, aparentemente, era inmensamente próspero y rico; podía haber tenido su adoración si hubiese disfrutado de algún pequeño título de nobleza de baratillo. Y no solamente la suya, sino la de cualquier plebeyo del país, aunque fuera el producto más importante de todas las épocas en cuanto a intelecto, valor y carácter, y yo la quiebra total en los tres. Esto iba a durar de esta manera mientras Inglaterra existiese sobre la tierra. Imbuido del espíritu profético, podía mirar al futuro y verla erigir estatuas y monumentos a sus incalificables Jorges y demás reales y nobles perchas, y dejar sin honores a los creadores de este mundo, después de Dios, Gutenberg, Watt, Arkwright, Whitney, Morse, Stephenson y Bell.

El rey embarcó su carga y, luego, como la charla no versaba sobre batallas, conquistas o duelos revestidos de armadura, se fue embotando hasta la somnolencia y se marchó a echar una siesta. La señora Marco limpió la mesa, dejó el barril de cerveza a mano, y se retiró a tomar los restos de la comida en humilde apartamento; el resto pronto nos metimos en los problemas que teníamos más cerca y que nos eran más queridos, los negocios y los salarios, por supuesto. A primera vista parecía que las cosas iban extraordinariamente prósperas en este pequeño reino tributario, cuyo señor era el rey Bagdemagus, en comparación con la situación en mi región. Tenían un sistema proteccionista funcionando con todo rigor, mientras que nosotros nos encaminábamos hacia el comercio libre, gradualmente, y nos hallábamos a medio camino. No transcurrió mucho sin que Dowley y yo llevásemos toda la conversación, al tiempo que los otros escuchaban con avidez. Dowley se animó, olfateando cierta ventaja y empezó a hacerme preguntas que consideraba incómodas para mí, y algo de eso tenían.

—En vuestro país, hermano, ¿cuál es el salario de un administrador de una granja, de un labriego, carretero, pastor, porquero?

—Veinticinco centésimas al día, es decir, un cuarto de centavo.

La cara del herrero se iluminó de alegría.

—¡Entre nosotros ganan el doble! ¿Y qué puede ganar un artesano, carpintero, pintor, albañil, herrero, carretero y similares?

—Por término medio cincuenta centésimas, medio centavo al día.

—¡Pues vaya! ¡Cualquier buen artesano gana entre nosotros un centavo diario! Dejo fuera al sastre, pero no a los otros, ganan un centavo y a veces más, hasta ciento diez y ciento quince centésimas. Esto último lo he llegado a pagar yo en esta semana. ¡Hurra por la protección y al diablo con el libre comercio!

Y su cara resplandeciente se volvió hacia el auditorio como un sol radiante, pero no me intimidó. Preparé mi dispositivo de sacudir mazazos y me concedí quince minutos para derribarlo a tierra, del todo, derribarlo hasta que ni la curva de su cráneo sobresaliese del suelo. Empecé de este modo:

—¿Qué pagáis por una libra de sal?

—Cien centésimas.

—Nosotros pagamos cuarenta. ¿Qué pagáis por la carne de vaca y de cordero, cuando la compráis?

Esto sí que fue un buen golpe, le hizo asomar los colores.

—Varía algo, pero no mucho; se puede decir que unas setenta y cinco centésimas la libra.

—Nosotros pagamos treinta y tres. ¿Qué pagáis por los huevos?

—Cincuenta centésimas la docena.

—Nosotros veinte. ¿Qué pagáis por la cerveza?

—Nos cuesta ocho centésimas y media el cuartillo.

—A nosotros cuatro, veinticinco botellas por un centavo. ¿Qué pagáis por el trigo?

—A razón de novecientas centésimas la fanega.

—Nosotros cuatrocientas. ¿Qué pagáis por un traje de lino para hombre?

—Trece centavos.

—Nosotros seis. ¿Qué pagáis por un vestido de paño para la esposa de un trabajador o de un artesano?

—Ocho centavos, cuatro décimas.

—Bien, observad la diferencia; pagáis ocho centavos y cuatro décimas, nosotros sólo cuatro centavos.

Me iba preparando para sacudirle bien ahora.

—Querido amigo, mira: ¿en qué se han convertido vuestros elevados salarios de los que os jactabais hace unos minutos?

Al mismo tiempo de decir esto paseé la vista por los circunstantes con plácida satisfacción, porque le había ido llevando gradualmente hasta atarle de pies y manos sin que se diese cuenta de lo que le ocurría.

—¿En qué se han convertido vuestros estupendos salarios? Me parece que los he vaciado por completo.

Pero si me han de creer, él sólo pareció sorprendido y nada más. No se daba cuenta en absoluto de la situación, no sabía que había entrado en una trampa, no descubría que estaba en una trampa. Le podría haber disparado un tiro por la irritación que me causaba. Con la vista nublada y con la mente en pleno esfuerzo, contestó:

—A fe mía que no entiendo. Se ha probado que nuestros salarios son el doble que los vuestros, ¿cómo es que entonces los habéis vaciado? Si no he utilizado mal esta asombrosa palabra, es la primera vez que con la gracia y providencia de Dios me ha sido concedido el escucharla.

Quedé sorprendido; en parte por la inesperada estupidez y, en parte, porque sus compañeros estuviesen tan manifiestamente de su lado y de acuerdo con su mentalidad, si es que se puede llamar mentalidad. Mi postura era suficientemente sencilla, suficientemente clara, ¿cómo se podría simplificar más? Sin embargo tenía que intentarlo.

—Mirad, hermano Dowley, ¿no veis? Vuestros salarios son solamente más altos que los nuestros en el nombre, pero no en la realidad.

—¡Vaya! Son el doble, lo habéis confesado vos mismo.

—Sí, sí, no lo niego. Pero no tiene nada que ver. A lo que ascienden los salarios en simples monedas, con nombres sin sentido unidos a ellas para que se las reconozca, no tiene nada que ver. Lo importante es cuánto se puede comprar con los salarios. Ésa es la idea. Si bien es verdad que entre vosotros un buen artesano gana unos tres dólares y medio al año, y entre nosotros solamente un dólar y setenta y cinco...

—Ahí está. Otra vez lo·confesáis.

—¡Maldita sea! ¡Os digo que nunca lo he negado! Lo que digo es esto. Entre nosotros, medio dólar compra más cosas que entre vosotros un dólar y, por lo tanto, es lógico y del mayor sentido común que nuestros salarios son más elevados que los vuestros.

Parecía aturdido y exclamó desesperadamente:

—En verdad que no puedo entenderlo. Acabáis de decir que los nuestros son los más elevados y con el mismo aliento lo retiráis de nuevo.

—¡Demonio! ¿No es posible que una cosa tan sencilla os entre en la cabeza? Mirad, os voy a poner un ejemplo. Nosotros pagamos cuatro centavos por un vestido de paño de mujer, vosotros ocho centavos y cuatro décimas, es decir, cuatro décimas más del doble. ¿Qué pagáis a una mujer que trabaja en el campo?

—Dos décimas diarias.

—Muy bien, nosotros la mitad. Solamente le pagamos una décima de centavo diaria.

—Volvéis a confe...

—Esperad. Ya veis que la cosa es muy sencilla. Esta vez lo vais a entender. Por ejemplo, a vuestra mujer le lleva cuarenta y dos días ganarse el vestido, a dos décimas diarias, siete semanas de trabajo; pero la nuestra gana el suyo en cuarenta días, dos días menos de siete semanas. Vuestra mujer tiene un vestido y ha terminado con el salario entero de siete semanas. La nuestra tiene un vestido y le quedan dos días de salario para comprarse cualquier otra cosa. ¿Ahora lo entendéis?

Tenía un aspecto..., bueno, simplemente dudoso. Es todo lo más que puedo decir, y lo mismo los otros. Esperé para que la idea se abriese camino. Dowley habló por fin para denunciar el hecho de que aún no se había apartado de sus arraigadas y cimentadas supersticiones. Dijo con algo de duda:

—Pero, no podéis dejar de conceder que dos décimas al día es mejor que una sola.

¡Cáscaras! Bien, desde luego odiaba tener que renunciar y por lo tanto me lancé de nuevo:

—Supongamos un caso. Supongamos que uno de vuestros jornaleros va a comprar los siguientes artículos:

> 1 libra de sal.
> 1 docena de huevos.
> 1 docena de cuartillos de cerveza.
> 1 fanega de trigo.
> 1 traje de lino.
> 5 libras de carne de vaca.
> 5 libras de cordero.

—El total le va a resultar por treinta y dos centavos. Le lleva treinta y dos días de trabajo ganar el dinero, cinco semanas y dos días. Vamos a ponerlo entre nosotros, trabajando treinta y dos días en los que gana la mitad de aquel salario, puede comprar todas esas cosas por algo menos de catorce centavos y medio, le costarán algo menos de veintinueve días de trabajo y se ahorrará los salarios de media semana. Si trasladamos esto al año entero, ahorraría casi el salario de una semana cada dos meses, y vuestro hombre nada; así, al año vendría a ahorrar el salario de cinco o seis semanas, y vuestro hombre ni un centavo. Supongo que ya comprenderéis que «salarios altos» y «salarios bajos» son palabras que no significan absolutamente nada hasta que se sepa con cuál de ellos se pueden comprar más cosas.

Era aplastante.

Pero, ¡ah!, no aplastó nada. No, tuve que rendirme. Lo que esta gente estimaba eran los «salarios altos»; no parecía que tuviese consecuencia alguna el que con ellos se pudiese comprar algo o no. Eran totalmente partidarios del proteccionismo, y esto era bastante razonable porque las partes interesadas les habían engañado con la noción de que era el proteccionismo el que daba lugar a sus salarios altos. Les probé que en un cuarto de siglo no habían avanzado más que un treinta por ciento, mientras que el costo de la vida había subido en un cien por cien; y que entre nosotros, en menos tiempo, los salarios habían subido un cuarenta por ciento mientras que el costo de la vida había bajado firmemente. Pero no servía de nada. No había posibilidad de arrancarles de sus extrañas creencias.

Sí, me escocía el sentimiento de la derrota. Derrota inmerecida pero que daba igual. Eso no aliviaba en absoluto el escozor. Y encima, teniendo en cuenta las circunstancias. El primer estadista de la época, el hombre más capacitado, el mejor informado del mundo, la más elevada cabeza sin coronar que hubiese pasado por las nubes de cualquier firmamento político durante siglos, sentado aquí y aparentemente derrotado en una discusión por un ignorante herrero de pueblo. Y podía ver, además, que los otros lo sentían por mí, lo cual me sonrojó hasta un grado que podía oler el chamuscarse de mis patillas. Hay que ponerse en mi lugar, sentirse tan miserable como me sentía, tan avergonzado como estaba, ¿no habrían dado un golpe bajo para poder restablecerse? Claro que sí, es algo que va con la naturaleza humana. Pues eso fue lo que yo hice. No trato de justificarlo, sólo digo que estaba desesperado y que cualquiera lo hubiera hecho exactamente igual.

Cuando decido golpear a alguien, no planeo un golpecito amistoso; no, no es mi manera de ser. Si es que le voy a dar tiene que ser definitivo. Y no salto sobre él de repente a riesgo de dejar las cosas a medias; no, me retiro hacia un lado y le trabajo gradualmente para que no sospeche en absoluto que le voy a golpear. Al poco, como si fuera un relámpago, se encuentra de espaldas en el suelo y, aunque en ello le fuese la vida, no sabe decir cómo ocurrió. Así fui por el hermano Dowley. Empecé a hablar, aparentemente con tranquilidad a fin de pasar el tiempo. Ni el hombre más anciano del mundo podría haberse orientado acerca de mi punto de partida ni habría supuesto a dónde me iba a dirigir.

—Muchachos, existen cosas muy curiosas acerca de la ley, los usos y costumbres y todo eso, si uno se para a examinarlo; y lo mismo acerca del movimiento y progreso de la opinión humana y de su desarrollo. Hay leyes escritas, que perecen; y hay leyes no escritas, que son eternas. Tomad la ley no escrita de los salarios. Dice que tienen que subir poco a poco a través de los siglos. Fijaos en la manera que tienen de funcionar. Sabemos cuáles son los salarios de aquí, de allí y de más allá, calculamos una media y decimos que esos son los salaros de hoy. Sabemos cuáles eran los salarios hace cien años, y hace doscientos; hasta ahí podemos llegar, pero nos basta para tener la ley del progreso, la medida y la proporción del aumento periódico y, de este modo, sin un documento que nos ayude, nos aproximamos a lo que fueron los salarios de hace tres- cientos, cuatrocientos o quinientos años. Hasta aquí va bien. ¿Nos detenemos en ese lugar? No. Dejamos de mirar hacia atrás, damos la vuelta y aplicamos la ley al futuro. Amigos míos, yo puedo deciros cuáles van a ser los salarios de la gente en cualquier fecha del futuro, a cientos y cientos de años.

—¿Qué? ¿Qué?

—Sí. Dentro de setecientos años los salarios habrán subido seis veces en relación con lo que son ahora, aquí en vuestra región. Los trabajadores del campo ganarán tres centavos al día, y los artesanos seis.

—¡Ojalá pudiese morirme ahora y vivir entonces! —interrum- pió el carretero Smug con un brillo avaricioso en la mirada.

—Y no es eso todo; además tendrán la manutención. Doscien- tos cincuenta años más tarde, prestad atención ahora, el salario de un artesano, y cuidado que esto es una ley, no una suposición, el salario de un artesano será de veinte centavos diarios.

Aquello produjo una serie de sonidos inarticulados de asombro. Dickson, el albañil, murmuró alzando la vista y las manos:

—¡La paga de más de tres semanas por el trabajo de un solo día!

—¡Riquezas! ¡Riquezas! —musitó Marco, con el aliento entre- cortado por la emoción.

Los salarios seguirán subiendo, poco a poco, poco a poco, tan insistentemente como el crecimiento de un árbol, y al cabo de tres- cientos cuarenta años más, habrá al menos un país donde el salario medio de un artesano será de doscientos centavos diarios.

Les dejó totalmente mudos. Ni uno solo de ellos pudo recobrar el aliento hasta pasados dos minutos. Luego el carbonero dijo pia- dosamente:

—¡Ojalá pudiera vivir para verlo!

—¡Los ingresos de un conde! —afirmó Smug.

—¿Un conde, decís? —dijo Dowley—. Podríais afirmar más que eso sin decir mentira. No hay conde alguno en el reino de Bagdemagus que tenga tales ingresos. ¡Ingresos de un conde! ¡Bah! ¡Son los ingresos de un ángel!

—Pues bien, esto es lo que va a ocurrir en lo que concierne a los salarios. En ese lejano día, un hombre ganará con el trabajo de una semana la lista de cosas que ahora le lleva hasta cincuenta semanas. También ocurrirán otros acontecimientos bastante sorprendentes. Hermano Dowley, ¿quién determina, cada primavera, el salario particular que habrán de recibir durante el resto del año, las diversas clases de artesanos, trabajadores y criados?

—A veces los tribunales, a veces el ayuntamiento, pero corrientemente el magistrado. Sí, se puede decir en términos generales que es el magistrado el que determina los salarios.

—No pide a ninguno de esos pobres diablos que le ayude a determinar los salarios que ellos van a recibir, ¿verdad?

—¡Vaya idea! El dueño, que es quien pagará, es el que tiene derecho a estar interesado en el asunto.

—Sí, pero yo pensaba que también el otro tenía algo que ver con todo esto, y también su esposa e hijos. Los dueños son éstos: nobles, ricos, generalmente la gente próspera. Estos pocos, que no trabajan, determinan qué es lo que hay que pagar a la vasta colmena de los que efectivamente trabajan. ¿Veis? Son una camarilla, un sindicato, para acuñar una nueva palabra, que se reúnen para obligar a sus hermanos inferiores a que cojan lo que a ellos les parece conveniente dar. Dentro de mil trescientos años, eso es lo que dice la ley no escrita, la camarilla será al revés y entonces será cuando los descendientes de esta elegante gente se encolerizarán, se agitarán y crujirán los dientes por la tiranía insolente de los sindicatos. ¡Sí, ciertamente! El magistrado arreglará tranquilamente los salarios desde ahora hasta el siglo XIX; y, luego, de repente, el asalariado estimará que un par de miles de años ya es bastante para esta visión unilateral de las cosas y se levantará para colaborar en la determinación de un salario. Tendrá que saldar una cuenta muy larga y amarga de injusticias y humillaciones.

—¿Créeis que...?

—¿Qué realmente ayudará a determinar su propio salario? Claro que sí. Y entonces tendrá fortaleza y capacidad.

—¡Menuda época en verdad! —se burló el próspero herrero.

—Queda otro detalle. En aquel tiempo, un dueño podrá alquilar a un hombre por un solo día, una semana o un mes de cada vez, si así le parece.

—¿Qué?

—Así será. Más aún, un magistrado no podrá obligar a un hombre a que trabaje para su dueño durante un año seguido, lo quiera o no el hombre.

—¿Es que no habrá ley o sentido común en aquella época?

—Ambas cosas, Dowley. En aquella época un hombre será de su única propiedad, no propiedad del magistrado y del dueño. ¡Y podrá abandonar la ciudad siempre que quiera si no le convienen los salarios! Y no le podrán poner en la picota por eso.

—¡Que la perdición caiga sobre época semejante! —gritó Dowley con gran indignación—. ¡Época de perros, época desprovista de reverencia para con los superiores y de respeto para con la autoridad! La picota...

—Esperad, hermano, no digáis palabra buena por tal institución. Yo pienso que habría que abolir la picota.

—Una idea extrañísima. ¿Por qué?

—Os diré la razón. ¿Se pone en la picota a alguien por un crimen capital?

—No.

—¿Es justo condenar a un hombre a un castigo ligero por una pequeña falta y luego matarle?

No hubo respuesta. ¡Había marcado mi primer tanto! Por primera vez el herrero no se encontraba preparado. El auditorio se percató de esto. Fue un buen efecto.

—No contestáis, hermano. Hace un momento estabais a punto de glorificar la picota y sentir lástima por una época futura que no la va a utilizar. ¿Qué es lo que ocurre generalmente cuando se pone en la picota a un pobre individuo por alguna pequeña falta que no representa absolutamente nada? La gente trata de divertirse con él, ¿verdad?

—Sí.

—Empiezan a tirarle terrones de tierra, y se mueren de risa al verle tratar de esquivar un terrón para que le dé el siguiente.

—Sí.

—Luego le arrojan gatos muertos, ¿verdad?

—Sí.

—Pues bien, supongamos que entre la multitud tenga algunos enemigos personales, con rencillas secretas contra él, y supongamos que no sea popular en la comunidad por su orgullo, su prosperidad o cualquier otra cosa. Las piedras y los ladrillos ocupan inmediatamente el lugar de los terrones y de los gatos, ¿verdad?

—Sin duda.

—Por regla general queda tullido de por vida, ¿no? Las mandíbulas rotas, los dientes deshechos, o las piernas mutiladas, gangrenadas o cortadas, o un ojo saltado o los dos, ¿no?

—Dios sabe que es verdad.

—Y si es impopular puede estar seguro de que morirá sobre el propio terreno, ¿verdad?

—Seguro. Nadie puede negarlo.

—Supongo que ninguno de los aquí presentes es impopular, ya sea por orgullo, la insolencia, la patente prosperidad o alguna de esas cosas que excitan la envidia y la malicia entre la chusma vil de un pueblo, ¿verdad? No pensaríais que sería arriesgar mucho probar suerte en el cepo, ¿no?

Dowley se sobresaltó visiblemente. Estimé que le había golpeado. Pero no lo denunció con ninguna palabra. En cuanto a los otros, todos hablaron con franqueza y sentidamente. Afirmaron que habían visto bastante en relación con los cepos y que de ningún modo consentirían en entrar en uno de ellos si podían escoger una muerte rápida en la horca.

—Bien, creo que ha quedado establecido mi punto de vista sobre la abolición de los cepos. Pienso que algunas de nuestras leyes son totalmente injustas. Por ejemplo, si yo hago algo que me debiese llevar al cepo, y los aquí presentes lo saben y sin embargo se callan y no me denuncian, a ellos les corresponde el cepo si alguien les denuncia.

—Pero eso estaría muy bien —dijo Dowley— porque hay que denunciar. Así lo dice la ley.

Los otros coincidieron en lo mismo.

—Perfectamente, lo dejaremos así puesto que hay mayoría en contra de mí. Pero hay algo que ciertamente no es justo. El magistrado determina el salario de un artesano por ejemplo a un centavo diario. La ley dice que si cualquier dueño por ventura paga más de ese centavo, aunque se viese obligado por las circunstancias comerciales, y aunque sólo fuese por un día, debe ser multado y enviado a la picota; y cualquiera que sepa lo ocurrido y no lo denuncie, habrá de ocurrirle exactamente lo mismo. Ahora bien, me parece injusto y peligrosamente mortal para todos nosotros, Dowley, que al confesar inconscientemente, hace un momento, que la semana pasada habíais pagado ciento quince cen té...

Ya les dije que era un golpe para deshacer. Había que haberles visto, a todo el grupo, romperse a trozos. Había ido llevando al pobre, sonriente y satisfecho Dowley, tan fácil y suavemente que nunca sospechó que le fuese a ocurrir nada hasta que tuvo el golpe encima y le deshizo por completo.

Un buen efecto. Tan bueno como cualquiera que haya podido dar, teniendo en cuenta el poco tiempo para prepararlo.

Pero en un instante me di cuenta de que me había pasado un poco. Esperaba asustarlos pero no hasta llegar a la muerte. Sin embargo se encontraban muy cerca. Se habían pasado toda la vida aprendiendo a apreciar la picota y a tenerla mirándoles de frente. Cada uno de ellos en particular estaba a merced mía. Yo, un extraño, si me parecía conveniente ir a denunciarlos. Bueno, era horroroso, no se podían recobrar de la impresión, ni volver a tener ánimo. Pálidos, temblorosos, mudos, en un estado lastimoso. No estaban mejor que si hubieran sido otros tantos muertos. Era muy incómodo. Por supuesto pensé que me rogarían que me callase, luego nos daríamos las manos, tomaríamos una ronda, nos reiríamos y así acabaría todo. Pero no, yo era desconocido, estaba entre gente cruelmente oprimida y suspicaz, gente siempre acostumbrada a que se aprovechasen de su carácter desvalido, sin esperar nunca tratamiento justo o amable de nadie sino de sus propias familias y de sus amigos más íntimos. ¿Rogarme que fuese gentil, bueno y generoso? Desde luego que lo deseaban pero no podían atreverse.

34. EL YANQUI Y EL REY VENDIDOS COMO ESCLAVOS

¿Qué es lo que podía hacer? Por supuesto que nada apresurado. Tenía que encontrar una diversión, cualquier cosa en la que me pudiera ocupar mientras pensaba y mientras estos pobres hombres lograban de nuevo volver a la vida. Marco quedó petrificado en el acto de tratar de encontrar el quid de su pistola de aire comprimido, exactamente en la actitud que tenía cuando le dio mi mazazo, con el juguete aprisionado en sus dedos insensibles. Así que se lo cogí y les propuse explicar el misterio. ¡Misterio! Una pequeñez tan sencilla como aquella; y, sin embargo, era lo suficientemente misteriosa para aquella raza y aquella época.

Nunca vi gente más torpe con la mecánica; claro, estaban totalmente desacostumbrados. La pistola de aire comprimido era un pequeño tubo doble de cristal endurecido, con un ingenioso mecanismo de muelle, que al presionarse hacía un disparo. Pero el disparo no hería a nadie, sólo le caía a uno en la mano. Había dos medidas en el cañón, una diminuta como la semilla de mostaza y la otra varias veces mayor. Servían como dinero. El disparo del tamaño de la mostaza representaba centésimas; el mayor, décimas. Así que el cañón era una bolsa, y muy eficaz. Con ella se podía pagar en la oscuridad con total precisión. Se podía llevar en la boca o en el bolsillo del chaleco. Se habían fabricado de varios tamaños, uno tan grande que podía contener el equivalente de un dólar. El usar munición en lugar de dinero era una buena cosa para el gobierno, el metal no costaba nada y el dinero no podía ser falsificado porque yo era la única persona en el reino que sabía hacer munición. Pronto se convirtió en corriente la expresión «disparar» referida a hacer un pago. Sí, y yo sabía que los labios de los hombres lo irían pronunciando hasta el siglo XIX, sin que nadie sospechase cuándo y cómo se originó.

El rey se nos incorporó ahora, refrescado por la siesta y de buen talante. En estos momentos cualquier cosa podía ponerme nervioso, de lo intranquilo que estaba, ya que nuestras vidas estaban en peligro. Así que me preocupó detectar un aire complaciente en los ojos del rey que parecía indicar que se había estado preparando para algún tipo de representación. ¡Maldita sea! ¿Por qué tenía que escoger este momento?

Yo tenía razón. Empezó directamente, del modo más artificial, transparente y zafio, para encaminarse al tema de la agricultura. Un sudor frío me inundó por completo. Deseaba poder susurrarle al oído: «¡Hombre, estamos en un espantoso peligro! Cada instante vale un reino hasta que volvamos a tener la confianza de estos hombres.» Pero, desde luego, no podía hacerlo. ¿Susurrarle? Parecería que estábamos conspirando. Así que tuve que sentarme allí con aspecto tranquilo y feliz mientras el rey se colocaba sobre aquella mina de dinamita y vagaba sobre sus malditas cebollas y demás. Al principio el tumulto de mis pensamientos, convocados por la señal de peligro y acudiendo en tropel al rescate desde todos los rincones de mi cabeza, formaron un griterío, una confusión, un sonar de pífanos y tambores, que no pude escuchar ni una palabra, pero en cuanto la masa de planes empezaron a cristalizarse, a tomar posición y a formar línea de batalla, aparecieron el orden y la tranquilidad y escuché el retumbar de las baterías del rey, como si viniesen de una remota distancia.

—...No sería la mejor manera, me parece, aunque no se niega que los autores difieren en torno a este punto, defendiendo algunos que la cebolla no es más que una baya malsana cuando se ha separado pronto del árbol...

El auditorio empezaba a dar señales de vida, y se miraban los unos a los otros con aspecto sorprendido y preocupado.

—...mientras que otros mantienen, más razonablemente, que este no es necesariamente el caso, poniendo el ejemplo de que las ciruelas y otros cereales similares se extraen siempre en estado inmaduro...

El auditorio daba patentes muestras de angustia y de miedo.

—...sin embargo, todos son claramente saludables, más en especial cuando se mitiga lo áspero de su naturaleza con la mezcla del jugo tranquilizador de la col silvestre...

La salvaje luz del terror empezaba a fulgir en los ojos de estos hombres, y uno de ellos musitó:

—Todos son errores, todos y cada uno. Seguramente Dios ha herido la mente de este labrador.

Yo me encontraba con una angustiosa aprensión y sentado sobre espinas.

—...y más aún citando la conocida verdad de que en el caso de los animales, el joven, el que puede llamarse la fruta verde de la criatura, es el mejor; confesando todos que cuando una cabra está madura, su piel produce calor y estropea la carne, el cual defecto puesto en relación con sus varias costumbres rancias, groseros apetitos, impías actitudes mentales y biliosa calidad moral...

Se levantaron y fueron por él. Con un grito fiero:

—¡Uno quiere traicionarnos, y el otro está loco! ¡Matadlos, matadlos!

Se lanzaron sobre nosotros. La alegría iluminó los ojos del rey. Podía tener defectos en cuanto a agricultura, pero esto sí que era su especialidad. Había ayunado durante mucho tiempo y estaba hambriento de lucha. Le dio al herrero un golpe en la mandíbula que le hizo perder pie y caer de espaldas.

—¡San Jorge por Inglaterra!

Derribó al carretero. El albañil era grande pero le tiré como si nada. Los tres se volvieron a juntar y vinieron de nuevo, abajo otra vez. Vinieron otra, y siguieron repitiendo lo mismo con denuedo característicamente británico, hasta que quedaron hechos papilla, tambaleándose de agotamiento y tan ciegos que no nos podían diferenciar de ellos mismos. Sin embargo, continuaban golpeando, con las pocas fuerzas que le quedaban. Golpeándose entre ellos, porque nosotros nos habíamos separado a un lado y mirábamos, mientras rodaban, luchaban, arrancaban, aporreaban y mordían con la estricta y muda atención a su tarea de otros tantos perros de presa. Mirábamos sin preocupación porque ya no podían ni ir por ayuda en contra de nosotros y el terreno de la lucha quedaba lo suficientemente lejos de la carretera pública como para estar a salvo de toda intromisión.

Mientras se iban agotando gradualmente, se me ocurrió preguntarme de repente qué es lo que había sido de Marco. Miré alrededor y no se le veía por ninguna parte. ¡Esto tenía un aire siniestro! Tiré al rey de la manga, y nos dirigimos a toda velocidad a la choza. ¡Ni Marco, ni Phyllis! Seguro que se habían dirigido a la carretera en busca de ayuda. Dije al rey que pusiese alas a sus talones y que luego le explicaría. Cruzamos a toda prisa un terreno al descubierto y según nos precipitábamos en el cobijo de un bosque, eché la vista atrás y divisé una multitud de excitados campesinos encabezados por Marco y su esposa. Hacían muchísimo ruido pero eso no podía hacer daño a nadie. El bosque era espeso y tan pronto como nos hubiéramos adentrado un poco, nos subiríamos a un árbol y ya podían hacer lo que quisieran. Pero en aquel momento se oyó otro ruido, ¡perros! Eso ya era otra cosa. Ampliaba el problema, teníamos que encontrar una corriente de agua.

Fuimos a buen paso y pronto dejamos los ruidos atrás hasta que quedaron convertidos en un murmullo. Dimos con un riachuelo y nos metimos en él. Bajamos rápidamente por él, a la opaca luz del bosque, y a los cien metros nos encontramos con la gruesa rama de un roble que cruzaba por encima del agua. Nos subimos a ella y empezamos a dirigirnos hacia el tronco cuando volvimos a oírlos con más claridad, así que habían dado con nuestra pista. Durante un rato los ruidos se acercaron rápidamente. Y luego ya no. Sin duda los perros habían encontrado el lugar donde habíamos entrado en la corriente y ahora estaban subiendo y bajando por las riberas para tratar de encontrar de nuevo la pista.

Cuando nos encontramos cómodamente alojados en el árbol y cubiertos de follaje, el rey quedó satisfecho pero yo estaba dudoso. Me pareció que podíamos reptar por una rama y situarnos en el árbol próximo, y estimé que valía la pena. Lo intentamos con éxito aunque el rey resbaló en el empalme y casi pierde el enlace. Encontramos cómodo alojamiento y satisfactorio escondite entre las hojas y ya no teníamos más que hacer que escuchar el ruido de quienes querían cazarnos.

Al poco la oímos venir a velocidad y a ambos lados del riachuelo. Más y más alto, hasta que se convirtió en un estrépito de gritos, ladridos y pisadas que pasaron al lado como un ciclón.

—Temí que la rama que colgaba les diese alguna sugerencia —dije—, pero no me importa la desilusión. Vamos, señor, tenemos que aprovechar el tiempo. Los hemos esquivado. Dentro de poco será de noche. Si podemos cruzar el riachuelo, coger una buena delantera y tomar prestados un par de caballos del pasto de alguien para usarlos durante unas pocas horas, estaremos a salvo.

Empezamos a bajar y estábamos casi en la última rama cuando nos pareció volver a oír la cacería. Nos detuvimos a escuchar.

—Sí —dije—. Están desconcertados, han desistido y se vuelven a casa. Volvamos al nido y que pasen.

Subimos. El rey escuchó durante un momento y afirmó:

—Todavía buscan. Conozco la señal. Hicimos bien en quedarnos.

Tenía razón. Sabía más de caza que yo. El ruido seguía acercándose pero sin rapidez. Dijo el rey:

—Piensan que no podemos estar muy lejos, y que al estar a pie tenemos que estar cerca del lugar donde nos introdujimos en el agua.

—Sí, mi señor, eso es lo que ocurre según me temo, aunque yo esperaba algo mejor.

El ruido se aproximaba constantemente y pronto la vanguardia se encontró por debajo de nosotros a ambos lados de la corriente. Desde la otra orilla una voz dio el alto, gritando al mismo tiempo:

—Si se hubieran dado cuenta, podrían haber subido a aquel árbol del otro lado por la rama que cuelga, sin tener que tocar el suelo. Haréis bien en mandar un hombre hasta allá arriba.

—¡Claro que lo haremos!

Me vi obligado a admirar mi astucia al prever los acontecimientos y al cambiar de árbol para solucionar el problema. Pero ya se sabe que hay algunas cosas que pueden derrotar a la agudeza y a la previsión. La torpeza y la estupidez. El mejor espadachín del mundo no tiene nada que temer del segundo mejor clasificado; no, a quien debe temer es a algún antagonista ignorante que jamás ha tenido antes una espada en la mano; no hace lo que debe hacer, y así el experto no está preparado para él; hace lo que no debía hacer, y a menudo sorprende al experto y termina con él sobre el propio terreno. ¿Cómo podía yo, con todos mis talentos, prepararme aceptablemente contra un payaso miope, bizco y zoquete, que se dirige al árbol donde no estamos y da con el bueno? Pues eso fue lo que hizo. Se dirigió al árbol equivocado que, por supuesto, era el bueno por error, y empezó a subir.

Las cosas se ponían serias ahora. Nos quedamos quietos y esperamos los acontecimientos. El campesino subía trabajosamente. El rey se alzó y se quedó de pie, preparó una pierna, y, cuando la cabeza del recién llegado se puso al alcance, hubo un golpe seco ¡en el suelo que se estrelló el hombre! Se escuchó un salvaje estallido de cólera y la multitud empezó a acudir desde todos los lugares, para cercarnos y hacernos prisioneros. Otro hombre empezó a subir, se descubrió cuál era la rama que servía de puente y un voluntario se subió al árbol que formaba su terminación. El rey me ordenó que hiciera de Horacio y que defendiese el puente. Durante algún tiempo el enemigo vino en cantidad y con velocidad, pero no importaba, el que iba a la cabeza de cada procesión siempre se llevaba un golpe que le desalojaba de su posición tan pronto como se ponía al alcance de nosotros. Los ánimos del rey se excitaron, su gozo no tenía límites. Afirmó que si no ocurría nada que estropease los proyectos, íbamos a pasar una hermosa noche, ya que siguiendo la misma táctica podíamos defender el árbol contra todo el país.

Sin embargo, pronto la multitud llegó a la misma conclusión, así que cesaron en el asalto y empezaron a pensar en planes diferentes. No tenían armas pero había muchas piedras y esto ya podría ser eficaz. No teníamos nada que objetar. Alguna vez podría ser que nos llegase una piedra, pero no era muy probable. Nos encontrábamos bien protegidos por las ramas y el follaje y no éramos visibles desde ningún buen punto de disparo. Si pasaban tirándonos piedras solamente media hora, la oscuridad vendría en nuestra ayuda. Estábamos muy satisfechos. Podíamos sonreír y casi reírnos.

No lo hicimos y estuvo bien porque nos habrían interrumpido. Antes de un cuarto de hora de que las piedras estuvieran rompiendo hojas y rebotando entre las ramas, empezamos a oler algo. Un par de aspiraciones fue bastante: humo. Nuestra partida terminaba. Levantaron su pila de arbustos secos y de raíces húmedas cada vez más alto y cuando vieron que la nube espesa ascendía y ahogaba el árbol, prorrumpieron en un clamor de júbilo. Pude coger el suficiente aliento para decir:

—Adelante, mi señor, detrás de vos es lo correcto.

—Seguidme —masculló el rey— y luego apoyaos contra un lado del árbol y dejadme el otro. Así lucharemos. Que cada uno amontone sus muertos de acuerdo con su costumbre y gusto.

Descendió, carraspeando y tosiendo, y yo le seguí. Toqué el suelo un instante después de él, saltamos a los lugares designados y empezamos a dar y a recibir con todas nuestras fuerzas. La algarabía y el tumulto eran prodigiosos, era una tempestad de desorden, confusión y lluvia de golpes. De repente algunos jinetes se precipitaron en medio de la multitud y una voz gritó:

—¡Deteneos o sois hombres muertos!

¡Que bien sonó aquello! El propietario de aquella voz tenía todo el aspecto de un caballero: vestiduras pintorescas y costosas, aire de mando, apariencia dura, color y rasgos estropeados por la disipación. La multitud retrocedió humildemente como otros tantos perros de caza. El caballero nos inspeccionó críticamente y luego preguntó secamente a los campesinos:

—¿Qué estabais haciendo a esta gente?

—Están locos, honorable señor, y han venido vagando no sabemos de dónde y...

—¿No sabéis de dónde? ¿Pretendéis no conocerlos?

—Nuestro muy respetado señor, no decimos más que la verdad. Son forasteros y en esta región no los conoce nadie; y son los locos más violentos y sanguinarios que jamás...

—¡Silencio! No sabéis lo que decís. No están locos. ¿Quiénes sois? ¿De dónde venís? Explicaos.

No somos más que pacíficos forasteros, señor —dije— que viajamos por nuestros asuntos. Somos de un lejano país y no conocemos aquí a nadie. No hemos hecho nada malo y, sin embargo, si no hubiera sido por vuestra valiente intervención y protección esta gente nos hubiera matado. Como habéis adivinado, señor, no estamos locos, ni somos violentos ni sanguinarios.

El caballero se volvió a su comitiva y dijo con calma:

—Arrojad a latigazos a estos animales a sus perreras.

La multitud se desvaneció en un instante y, tras ellos, se lanzaron los jinetes azotándolos con los látigos y pisoteando a aquellos que eran tan poco precavidos como para ir por la carretera en lugar de por los arbustos. Muy pronto los gritos y súplicas se perdieron en la distancia y los jinetes regresaron. Mientras tanto el caballero nos había estado haciendo muchas preguntas, pero no se había enterado de nada en particular. Estábamos desbordantes de agradecimiento por el servicio que nos estaba haciendo, pero no revelamos más que éramos extranjeros de un lejano país y sin amigos. Cuando regresó la escolta, el caballero dijo a uno de sus criados:

—Traed los caballos de repuesto y montad a esta gente.

—Sí, mi señor.

Nos colocaron a retaguardia, entre los criados. Viajábamos muy rápidos y finalmente nos detuvimos algo después de oscurecer en una posada al pie del camino a unas diez o doce millas del escenario de nuestras penas. El señor se fue inmediatamente a su habitación, tras ordenar la cena y ya no le vimos más. Desayunamos al amanecer y nos preparamos para partir; pero en aquel momento el criado principal del señor se adelantó con gracia indolente y dijo:

—Habéis dicho que continuaríais por esta carretera; por lo tanto mi señor, el conde Grip, ha dado órdenes de que os quedéis con los caballos para ir montados y que algunos de nosotros cabalguemos junto a vosotros unas veinte millas hasta una hermosa ciudad llamada Cambenet, en donde estaréis fuera de peligro.

No podíamos más que dar las gracias y aceptar la oferta. Trotamos juntos, seis en total, a un paso cómodo y moderado, y por la conversación nos enteramos de que el conde Grip era un gran personaje en su región, que estaba a un día de camino de Cambenet. Perdimos tanto el tiempo que era casi media mañana cuando entramos en el mercado de la ciudad. Desmontamos, dando las gracias una vez más para el señor, y luego nos acercamos a una multitud reunida en el centro de la plaza, para ver cuál podía ser el objeto de su interés. ¡Eran los restos de aquella vieja partida peregrinante de esclavos! Habían estado arrastrando sus cadenas todo este tiempo. Aquel viejo esposo ya no estaba, y lo mismo muchos otros, y también algunas nuevas incorporaciones se habían añadido a la cuadrilla. El rey no tenía ningún interés y quería seguir adelante pero yo estaba absorto y lleno de compasión. No podía separar los ojos de estas ruinas agotadas y destrozadas. Allí estaban sentadas, amontonadas, silenciosas, sin quejarse, con las cabezas inclinadas, formando un espectáculo patético. Y en repugnante contraste, un orador pleno de redundancias, dirigía un discurso a otro grupo situado a no más de diez metros de distancia en alabanza ofensiva a: «nuestras gloriosas libertades británicas.»

Me hervía la sangre. Me había olvidado de que era un plebeyo. Estaba recordando que era un hombre. Costase lo que costase me iba a subir a aquella plataforma y...

¡Chas! ¡Al rey y a mí nos habían esposado juntos! Nuestros compañeros, aquellos criados, lo habían hecho. El conde Grip estaba contemplándolo. El rey estalló furioso:

—¿Qué significa esta broma de mal gusto?

El señor solamente dijo con frialdad a su bribón mayor:

—¡Llevad los esclavos a vender!

¡Esclavos! La palabra tenía un nuevo sonido, inexpresablemente horroroso. El rey levantó sus esposas y las dejó caer con fuerza mortal, pero el señor ya no estaba allí cuando llegaron. Una docena de criados de aquel bellaco saltaron hacia adelante y en un momento quedamos inutilizados, con las manos atadas detrás de nosotros. Proclamábamos con tal vigor que éramos libres que conseguimos la atención llena de interés del ampuloso orador de la libertad y de su patriótico auditorio, que se reunieron a nuestro alrededor y asumieron una actitud muy determinada. El propio orador nos afirmó:

—Si en verdad sois hombres libres, no tenéis nada que temer, ¡las libertades inglesas, concedidas por Dios, están en torno vuestro para serviros de escudo y cobijo! (Aplausos.) Pronto lo vais a ver. Presentad las pruebas.

—¿Qué pruebas?

—Las pruebas de que sois hombres libres.

¡Ah! Ahora lo recordé. Recobré el sentido y no dije nada. Pero el rey vociferó:

—Estás loco, hombre. Sería mejor y más razonable que este ladrón y canalla probase que no somos hombres libres.

Ya ven, él conocía sus propias leyes exactamente como otras personas suelen conocer las leyes por las palabras, no por los efectos.

Todos agitaron las cabezas y parecieron desilusionados, algunos se retiraron con todo el interés perdido. El orador dijo, y esta vez en tono profesional, no sentimental:

—No conocéis las leyes de vuestro país. No os conocemos, eso no lo negaréis. Podéis ser hombres libres, no lo negamos; pero también podéis ser esclavos. La ley es clara: no requiere que el demandante pruebe que sois esclavos, requiere que vosotros probéis que no lo sois.

Entonces yo exclamé:

—Querido señor, dadnos sólo tiempo para pedir noticias a Astolat; o dádnoslo para pedirlas al valle de la Santidad...

—Silencio, buen hombre, ésas son unas peticiones extraordinarias y no podéis esperar que se os concedan. Costaría mucho tiempo y molestaría injustificablemente a vuestro dueño...

—¡Dueño! ¡Idiota! —estalló el rey—. Yo no tengo dueño, yo mismo soy el due...

—¡Silencio, por Dios!

Pude lanzar esta exclamación a tiempo para detener al rey. Ya teníamos bastantes molestias, no nos serviría de nada que esta gente pensase que estábamos locos.

No vale la pena seguir acumulando detalles. El conde nos puso a la venta y nos vendió en la subasta. Esta misma ley infernal había existido en el sur de nuestro país en mi propia época, más de mil trescientos años más tarde, y bajo ella cientos de hombres libres que no podían probar que lo fuesen habían sido vendidos para ser esclavos de por vida, sin que esta circunstancia me hiciese una impresión particular; pero ahora que esta minuciosa ley y la plataforma de subasta entraban en mi experiencia personal, algo que con anterioridad sólo me había parecido impropio, de repente se convertía en algo infernal. Sí, así es la manera de ser de los hombres.

Fuimos vendidos en la subasta como si fuéramos cerdos. En una gran ciudad y en un gran mercado activo habríamos alcanzado un buen precio, pero este lugar estaba por completo paralizado y nos vendieron en una cantidad que me hace sentir avergonzado cada vez que pienso en ella. El rey de Inglaterra se vendió por siete dólares y su primer ministro nueve; y eso que el rey valía fácilmente doce dólares y yo con igual facilidad quince. Pero esto es lo que siempre ocurre; si se fuerza una venta en un mercado poco activo, y no me interesa a quien pueda pertenecer la propiedad, lo que se realiza es un mal negocio y hay que contentarse. Si el conde hubiera tenido la suficiente inteligencia como para...

Sin embargo no es ocasión de mostrarle mis simpatías. Vamos a dejarlo de momento; anoté su dirección, por así decir.

El mercader de esclavos nos compró a los dos y nos enganchó a la larga cadena de los que ya tenía, para constituir la retaguardia de su procesión. Cogimos el ritmo de la marcha y a mediodía pasábamos por Cambenet. Me parecía extraordinariamente extraño y curioso que el rey de Inglaterra y su primer ministro marchasen esposados, engrillados y uncidos en un convoy de esclavos, y que pudiesen moverse junto a toda clase de hombres y mujeres ociosos, y bajo ventanas donde se sentaban personas amables y encantadoras, y jamás atrajesen una mirada de curiosidad ni provocasen una sola observación. Después de todo, lo que esto demuestra es que un rey no tiene más de divino que un vagabundo. Cuando no se sabe que es un rey, es algo exactamente igual de banal y vacío. Pero en cuanto se revela su identidad, el mirarle hasta deja sin aliento. Creo que todos somos tontos de nacimiento, sin duda.

35. UN PENOSO INCIDENTE

Este es un mundo de sorpresas. El rey cavilaba, lo cual es natural. Uno se preguntaría que sobre qué podría hacerlo. Desde luego sobre la naturaleza prodigiosa de su caída, desde el lugar más elevado del mundo al más bajo, desde la más grandiosa vocación entre los hombres a la más miserable. Pues no, puedo jurar que lo que más le irritaba no era eso sino el precio que había alcanzado. Parecía que no podía recobrarse de aquellos siete dólares.

¡Maldita sea! Me estuvo aburriendo con argumentos que intentaban demostrar que en un buen mercado habría alcanzado los veinticinco dólares, cosa que a todas luces era una tontería llena de presunción; ni siquiera yo los valía. Pero éste era un terreno delicado para que yo me pusiese a discutir. Lo esquivaba y me ponía diplomático. Tenía que arrojar a un lado la conciencia y conceder descaradamente que él debería haber alcanzado los veinticinco dólares, aun sabiendo perfectamente que el mundo jamás había visto un rey que valiese la mitad de ese dinero, y que durante los trece siglos venideros no iba a ver a ninguno que valiese la cuarta parte. Sí, me cansaba. Si empezaba a hablar acerca de las cosechas, o del tiempo, o de política, o de perros, gatos, moral o teología, no importaba de qué, yo suspiraba porque sabía lo que vendría a continuación; iba a sacar de esto un alivio para aquella molesta venta de los siete dólares. Siempre que nos parábamos donde hubiese gente, me lanzaba una mirada que quería decir claramente: «Si eso se probase de nuevo con esta gente, ya veríais un resultado diferente.» Cuando le vendieron por vez primera, me divirtió en secreto ver que daban los siete dólares por él, pero antes de que terminase con sus sudores y preocupaciones, yo deseaba que hubiese alcanzado los cien. La cosa no tenía oportunidad de morir, porque todos los días, en un lugar o en otro, los posibles compradores nos miraban y frecuentemente su comentario sobre el rey era algo así:

—He aquí un zoquete de dos dólares y medio con un estilo de treinta. Lástima que el estilo no sea negociable.

Por fin esta clase de observaciones produjeron un mal resultado. Nuestro propietario era una persona práctica y se dio cuenta de que había que arreglar este defecto si esperaba encontrar comprador para el rey. Así que se puso a trabajar para arrancar el estilo de su sacra majestad. Yo le podía haber dado algún consejo de valor, pero no lo hice. No hay que ofrecer consejos a un conductor de esclavos a no ser que uno quiera perjudicar a la causa por la que se discute. Yo ya había encontrado suficientemente difícil reducir el estilo del rey a un estilo de campesino, incluso aunque él era alumno aplicado y de buena voluntad, así que tratar de reducir el estilo del rey a estilo de esclavo, y por la fuerza, ¡bueno! era un empeño grandioso. No hay que preocuparse de los detalles, se los pueden imaginar y así me ahorran el trabajo. Sólo haré la observación de que al final de la semana había pruebas suficientes de que látigo, palo y puño habían efectuado bien su trabajo. El cuerpo del rey era algo para ver, y para llorar, pero ¿y su espíritu?, bueno, ni había cambiado de fase. Hasta el zopenco de un conductor de esclavos podía ver que existía una cosa llamada esclavo que iba a seguir siendo un hombre hasta su muerte; se le podían romper los huesos pero no su carácter de hombre. Había descubierto que desde su primer esfuerzo hasta el último no podía ni llegar al alcance del rey, sino que el rey estaba listo para tirársele encima y lo hacía. Así que por fin abandonó el intento y dejó al rey en posesión de su estilo sin par. El hecho es que el rey era bastante más que un rey, era un hombre; y cuando un hombre es un hombre, eso no se le puede arrancar.

Durante un mes lo pasamos mal, vagando de un sitio para otro y sufriendo. ¿Y qué inglés era el más interesado en la cuestión de la esclavitud por aquella época? ¡Su majestad el rey! Sí, de ser el más indiferente pasó a ser el más interesado. Se estaba convirtiendo en la persona que más odiase la esclavitud de todas las que yo hubiese podido oír hablar. De este modo me aventuré a hacer una vez más la pregunta que años antes había hecho y cuya seca respuesta me había hecho considerar prudente no meterme más en el tema. ¿Aboliría él la esclavitud?

Su respuesta fue tan seca como la vez anterior, pero en esta ocasión era música celestial. No desearía escuchar nada más agradable, aunque la expresión grosera que profirió no estaba bien, unido torpemente y con la palabra gruesa casi en el medio en lugar del final, donde, desde luego, debería haber ido.

Yo ahora sí que me encontraba preparado y deseoso de buscar la libertad; antes no lo había deseado. Bueno, no es exactamente esto. Lo había deseado pero no tenía ganas de lanzarme a la desesperada y siempre había disuadido al rey de lo mismo. Pero ahora había una nueva atmósfera. La libertad valdría cualquier precio que se quisiese pagar por ella. Establecí un plan y me pareció atinado inmediatamente. Requeriría tiempo y paciencia a grandes dosis. Se podían inventar modos más rápidos y seguros, pero ninguno tan pintoresco, ninguno tan dramático. Así que no iba a dejarlo. Podía retrasarnos meses, pero no importaba, lo llevaría adelante.

De vez en cuando teníamos una aventura. Una noche nos cogió una tormenta de nieve mientras aún nos encontrábamos a una milla del pueblo adonde nos dirigíamos. Casi inmediatamente quedamos cortados como por una niebla por lo espesa que caía la nieve. El conductor de esclavos nos azotaba desesperadamente porque veía delante de sí la ruina, pero sus latigazos sólo empeoraban la situación ya que nos alejaban de la carretera y de toda posibilidad de socorro. Tuvimos que detenernos y hundirnos en la nieve en los lugares que nos encontrábamos. La tormenta no cesó hasta la medianoche. A esta hora, dos de nuestros hombres más débiles y tres de nuestras mujeres habían muerto, y otros ya no se movían y amenazaban con lo mismo. Nuestro dueño estaba casi fuera de sí. Despertó a los vivos, nos hizo poner de pie, saltar, nos golpeó, restablecer la circulación, ayudándonos todo lo que podía con su látigo.

En estos momentos apareció algo nuevo. Escuchamos gritos y alaridos y pronto llegó una mujer corriendo y gritando, la cual al ver nuestro grupo se lanzó en medio pidiendo protección. Una muchedumbre venía tras ella diciendo que era una bruja que había causado la muerte de varias vacas por medio de una extraña enfermedad, y que practicaba sus artes con la ayuda de un demonio bajo la forma de un gato negro. La pobre mujer había sido apedreada hasta casi no parecer humana por lo magullada y sangrienta que se hallaba. Aquella muchedumbre quería quemarla.

¿Qué es lo que suponen que hizo nuestro dueño? Cuando rodeamos a esta pobre criatura para protegerla, vio su oportunidad. Dijo que la tendrían que quemar allí mismo o no se la entregaría. Estuvieron de acuerdo. La ataron a un poste, trajeron leña y la apilaron a su alrededor, aplicaron la antorcha mientras ella gritaba, rogaba y apretaba contra su pecho a sus dos hijas pequeñas, y nuestro bárbaro, con el corazón solamente para los negocios, nos colocó a latigazos en torno al poste, recuperamos el calor de la vida y el valor comercial con el mismo fuego que arrancaba la vida inocente de aquella inocente madre. Ésa era la clase de dueño que teníamos. Anoté su dirección. Aquella tormenta de nieve le costó a nueve de su rebaño, pérdida que le encolerizó tanto que durante muchos días fue más brutal que nunca con nosotros.

Seguíamos teniendo aventuras. Un día nos encontramos con una procesión. ¡Y qué procesión! Parecía que en ella iba toda la canalla del reino, y además borracha. Al comienzo iba un carro con un ataúd, y sobre él iba sentada una gentil muchacha de unos dieciocho años amamantando a un bebé a quien tan pronto apretaba contra su pecho en un frenesí de amor, como enjugaba de su rostro las lágrimas que sus ojos derramaban sobre él; y siempre aquella cosita tan pequeña le sonreía, feliz y contenta, jugueteando con su pecho la mano gordezuela a la que ella acariciaba sobre su destrozado corazón.

Hombres y mujeres, muchachos y muchachas corrían al lado del carro o detrás, gritando, haciendo observaciones groseras o desvergonzadas, cantando trozos de sucias canciones, saltando, bailando, formando una verdadera fiesta de malvados, un espectáculo que ponía enfermo. Habíamos llegado a unos arrabales de Londres, fuera de las murallas, y esto era una muestra de un aspecto de la sociedad londinense. Nuestro dueño nos aseguró un buen lugar cerca del patíbulo. Un sacerdote estaba presente, ayudando a la muchacha a subir, diciéndole palabras de consuelo y haciendo que el oficial de la justicia proporcionase un taburete. Luego se colocó de pie a su lado en el patíbulo, durante un momento miró la masa de rostros que vueltos hacia arriba estaban a sus pies, luego el sólido pavimento de cabezas que ocupaban todos los espacios a ambos lados y que se perdían a lo lejos, y entonces empezó a contar la historia de aquel caso; había compasión en su voz, algo que rara vez sonaba en aquella tierra ignorante y salvaje. Recuerdo detalladamente lo que dijo, aunque no exactamente sus palabras, y por eso las cambio a las mías:

—La ley se hace para repartir justicia. Algunas veces falla. No puede evitarse. Sólo podemos lamentarnos, tener resignación y rezar por el alma de aquel que cae injustamente por el brazo de la ley y porque sean pocos los que les ocurra lo mismo. Una ley envía a esta pobre criatura a la muerte, y es justa. Pero otra ley la había colocado donde tenía que cometer su delito o morirse de hambre con su hijo, y ante Dios aquella ley es responsable por su delito y por su muerte ignominiosa.

Hace algún tiempo esta joven, esta niña de dieciocho años, era una esposa y madre tan feliz como cualquier otra en Inglaterra. Sus labios gozosos entonaban canciones, que son el lenguaje original de los corazones alegres e inocentes. Su joven esposo era tan feliz como ella, ya que cumplía con su deber, trabajando en su tarea; su pan era honrado pan ganado justamente; prosperaba, proporcionaba cobijo y alimento a su familia, contribuía con su óbolo a la riqueza de la nación. Por el consentimiento de una traicionera ley, una destrucción instantánea cayó sobre este santo hogar y lo deshizo. Aquel joven esposo fue detenido, reclutado y enviado al mar. La esposa no sabía nada de esto. Le buscó por todas partes, movió los más duros corazones con sus lágrimas y con la desgarrada elocuencia de su desesperación. Las semanas fueron pasando, y ella esperaba y esperaba mientras su mente poco a poco iba desvariando bajo el peso de la miseria. Las pocas cosas que tenía desaparecieron para lograr alimentos. Cuando ya no pudo pagar la renta, la echaron de casa. Mendigó mientras tuvo fuerzas, luego a punto de morir de hambre y faltándole la leche, robó una pieza de tela de lino de un valor de la cuarta parte de un centavo, pensando en venderla y salvar a su hijo. Pero el propietario de la tela la vio. Fue encarcelada y llevada a juicio. Aquel hombre declaró lo que había ocurrido. Se alegó en su favor su triste historia. Se dio permiso para que ella misma hablase, y afirmó que había robado la tela pero que últimamente las dificultades habían destrozado tanto su mente que cuando ya no pudo más de hambre, todas las acciones, buenas o malas, fluían sin significado alguno por su cerebro y que ya no sabía nada con certeza salvo que estaba hambrienta. De momento todos quedaron conmovidos y dispuestos a tratarla con misericordia, viendo que era tan joven y desvalida, su caso tan lastimoso y la ley que la había privado de su apoyo la culpable puesto que era la primera y única causa de su trasgresión, pero la acusación replicó que si bien todas estas cosas eran verdad y muy de lamentar, sin embargo en aquellos días había muchos robos pequeños y la misericordia inoportuna sería un peligro contra la propiedad. ¡Dios mío, no hay propiedad en los hogares arruinados, en los huérfanos y en los corazones destrozados que la ley inglesa estima de gran valor! Y, así, pedía que se cumpliese la sentencia.

Cuando el juez se colocó su caperuza negra, el propietario del lino robado se levantó temblando, con labios estremecidos y rostro tan gris como la ceniza, y cuando escuchó las horribles palabras, gritó: «¡Pobre niña, pobre niña! ¡Yo no sabía que le iban a dar la muerte!» Y se desplomó como caen los árboles. Cuando le alzaron había perdido la razón. Antes de que se pusiese el sol se había arrancado la vida. Un buen hombre. Un hombre cuyo corazón, en el fondo, era justo. Hay que añadir a esa muerte la que se va a cometer aquí en este momento, y hay que achacar ambas a quienes corresponde, a los gobernantes y a las duras leyes de Inglaterra. Ha llegado la hora, hija, déjame que rece sobre ti, no por ti, pobre inocente, sino por aquellos que son culpables de tu ruina y muerte, ellos lo necesitan más.

Después de su oración colocaron el nudo en torno al cuello de la muchacha y les costó ajustarlo porque todo el tiempo continuaba con su hijo, besándole salvajemente, apretándole contra su cara y contra su pecho, inundándole de lágrimas, y medio gimiendo y medio gritando todo el tiempo, mientras el bebé daba pequeños gritos, reía y pataleaba con delicia por lo que él consideraba bromas y juego. Cuando todo estuvo dispuesto, el sacerdote arrancó cuidadosamente al niño de los brazos de la madre, y se colocó rápidamente fuera de su alcance; pero ella apretó fuertemente las manos y dio un brinco salvaje hacia él al tiempo que lanzaba un alarido; pero la cuerda y el oficial de la justicia se lo impidieron. Entonces se puso de rodillas y alargó los brazos gritando:

—¡Un beso más, Dios mío, uno más, uno más, lo pide quien va a morir!

Lo consiguió; casi ahogó a aquella pequeña cosita. Y cuando se lo retiraron, exclamó.

—¡Hijo mío querido, va a morir! No tiene hogar, ni padre, ni amigos, ni madre...

—Tiene todo eso —dijo el buen sacerdote—. Todo eso lo seré yo hasta que muera.

¡Había que haber visto la cara de ella en aquel momento! ¿Gratitud? ¿Señor, qué se necesita para expresar eso con palabras? Las palabras no son más que fuego pintado, una mirada es el propio fuego. Ella tuvo aquella mirada y se la llevó al tesoro del cielo donde se hallan todas las cosas que son divinas.

36. ENCUENTRO EN LA OSCURIDAD

Para un esclavo, Londres era un lugar suficientemente interesante. No era más que un pueblo grande, y principalmente barro y paja. Las calles estaban llenas de fango, eran tortuosas y estaban sin pavimentar. La gente era un enjambre, constantemente en movimiento, de andrajos, esplendores, plumas que se agitaban y brillantes armaduras. El rey tenía allí un palacio, contempló el exterior al pasar. Le hizo suspirar y también jurar un poco según la pobre manera infantil del siglo VI. Vimos caballeros y grandes del reino que no nos conocían, con nuestros andrajos, suciedad, costurones y golpes; y no nos hubiesen conocido si les hubiésemos saludado ni tampoco se hubieran parado a contestar porque era ilegal hablar con esclavos que iban en cadena. Sandy pasó a tres metros, montada en una mula. Seguro que iba en mi busca. Pero lo que me rompió el corazón fue algo que ocurrió enfrente de nuestro viejo barracón en una plaza, mientras soportábamos el espectáculo de un hombre a quien estaban hirviendo en aceite por falsificar peniques. Fue la visión de un vendedor de periódicos, ¡y no poder llegar hasta él! Sin embargo era un alivio, era prueba de que Clarence estaba vivo y activo. Yo pretendía estar con él antes de mucho tiempo, aquello ya animaba.

Otro día pude ver otra cosa que me elevó el ánimo. Era un cable que iba desde el tejado de una casa hasta otra. Tenía que ser de telégrafos o de teléfonos. Ojalá pudiese tener un trozo pequeño. Era exactamente lo que necesitaba para llevar a cabo mi proyecto de huida. Mi idea era soltarme alguna noche, junto con el rey, amordazar y atar a nuestro dueño, cambiar la ropa por la suya, trasformarle a golpes en un desconocido, encadenarle al resto de los esclavos, apropiarnos de todo, marchar hacia Camelot y...

Pero ya se dan cuenta de la idea; sería una dramática sorpresa que presentaría en palacio. Era factible con que pudiese hacerme con un trozo delgado de hierro para trasformarlo en una ganzúa. Entonces podría abrir los viejos candados que aseguraban nuestras cadenas, en el momento que quisiese. Pero nunca tenía suerte, ni una sola vez me encontré con una cosa parecida en mi camino. Sin embargo, mi oportunidad llegó por fin. Un caballero que ya había venido dos veces a regatear por mí, sin resultado, vino de nuevo. Yo estaba muy lejos de esperar pertenecerle, porque el precio que se había pedido por mí desde el primer momento de mi captura era exorbitante y siempre provocaba o indignación o burla; no obstante mi dueño se mantenía testarudamente en lo mismo, veintidós dólares. No rebajaba ni un centavo. El rey era enormemente admirado, debido a su físico impresionante, pero su estilo regio estaba en contra de él, y no era vendible. Nadie quería esa clase de esclavo. Yo estaba seguro de que no me separaría de él a causa de mi extravagante precio. No, no esperaba pertenecer a este caballero del que estoy hablando, pero él tenía algo que yo esperaba que terminaría por pertenecerme, si nos visitaba con la frecuencia suficiente. Era una cosa de acero con un largo alfiler con la que su largo atavío exterior se cerraba por delante. Tenía tres. Ya me había desilusionado dos veces porque no se acercaba lo suficiente como para que mi proyecto fuese totalmente seguro, pero esta vez tuve éxito; pude coger el cierre inferior de los tres, y cuando lo echó de menos creyó que lo había perdido en el camino.

Tuve la oportunidad de estar alegre un minuto e inmediatamente la oportunidad de volver a la tristeza. Porque cuando la compra estaba a punto de fracasar, como de costumbre, el dueño alzó la voz y dijo lo que en idioma moderno sería así:

—Le diré lo que voy a hacer. Estoy harto de mantener a estos dos sin ningún beneficio. Deme veintidós dólares por éste y le regalo el otro.

La furia le hizo perder al rey el aliento. Empezó a ahogarse y a sentir náuseas, mientras el dueño y el caballero se alejaban discutiendo.

—Si mantenéis la oferta abierta...

—Está abierta hasta mañana a estas horas.

—Entonces os contestaré en ese momento —dijo el caballero marchándose con el dueño tras él.

Me costó calmar al rey pero lo arreglé. A tal objeto le susurré al oído:

—Vuestra majestad irá por nada, pero de otro modo. Y yo también. Esta noche ambos estaremos libres.

—¿Cómo?

—Con esto que he robado, abriré las cerraduras para dejar las cadenas por la noche. Cuando entre, sobre las nueve y media para inspeccionarnos por la noche, le cogeremos, le amordazaremos, le golpearemos y por la mañana será la partida de esta ciudad, propietarios de esta caravana de esclavos.

Eso es todo lo que dije pero el rey estaba encantado y satisfecho. Aquella noche esperamos pacientemente a que nuestros compañeros esclavos se pusiesen a dormir y lo hiciesen patente por la señal usual; no se debía confiar mucho en estos pobres individuos si se podía evitar. Es mejor guardarse los propios secretos. Sin duda se movieron sólo lo corriente, pero no me lo pareció. Daba la impresión de que nunca iban a empezar a roncar. Según transcurría el tiempo, yo temía nerviosamente que no nos quedase el suficiente para lo que íbamos a necesitar. Hice algunos intentos prematuros que sólo sirvieron para dilatar las cosas; parecía que no podía tocar un candado, en la oscuridad, sin arrancarle un chirrido que interrumpía el sueño de alguien que se daba la vuelta despertando a algunos más del grupo.

Finalmente pude quitarme el último hierro y ya fui de nuevo un hombre libre. Di un suspiro de alivio y cogí los hierros del rey. ¡Demasiado tarde! Entraba el dueño con una luz en una mano y con su pesado bastón en la otra. Me arrimé junto a los que roncaban para ocultar lo más posible que no tenía hierros; permanecí con presta atención, preparado para saltar por mi hombre en el momento en que se inclinase sobre mí.

Pero no se acercó. Se detuvo, mirando distraído hacia la masa oscura que formábamos, durante un minuto, evidentemente pensando en alguna otra cosa; luego apagó la luz y se dirigió, ensimismado, hacia la puerta, y antes de que se pudiese imaginar qué es lo que iba a hacer estaba fuera y había cerrado la puerta tras él.

—¡Rápido! —dijo el rey—. ¡Cogedlo!

Desde luego era lo que había que hacer, me levanté y en un instante me encontraba fuera. Pero en aquellos días no había lámparas y era una noche oscura. Divisé una figura difusa a unos pocos pasos de distancia. Me precipité sobre ella, me lancé encima y se armó una buena. Luchamos, forcejeamos y en un momento atrajimos a una muchedumbre. Tomaron un gran interés por el combate y nos animaban todo lo que podían, de hecho no podían haber sido más agradables ni más cordiales si hubiera sido su propia lucha. Luego un enorme alboroto se produjo a nuestras espaldas, y la mitad del público nos abandonó precipitadamente para fijar su atención en otro acontecimiento. Por todas las direcciones empezaron a surgir linternas, era la guardia que se juntaba desde todos los sitios. Al momento una alabarda me cruzó la espalda. Como aviso, yo ya sabía lo que quería decir. Estaba detenido. Y mi adversario también. Nos llevaron a la cárcel, a ambos lados del guardián. ¡He aquí el desastre, he aquí un hermoso plan repentinamente destruido! Traté de imaginar qué sucedería cuando el dueño descubriese que había sido yo quien había estado luchando con él, y qué sucedería si nos encarcelaban juntos en el departamento para pendencieros y pequeños transgresores de la ley, como era costumbre, y que podría...

Precisamente entonces mi antagonista volvió la cara en mi dirección, la luz vacilante de la linterna de estaño del guardián le dio de lleno y, ¡demonio!, me había equivocado de hombre.

37. UNA SITUACIÓN HORRIBLE

¿Dormir? Era imposible. Naturalmente ya hubiera resultado imposible el hacerlo en aquella ruidosa caverna que servía de cárcel, con su sarnosa muchedumbre de borrachos, pendencieros y bribones que cantaban. Pero lo que hacía que no se pudiese ni soñar en dormir era mi acuciante impaciencia por salir de este lugar y averiguar la magnitud exacta de lo ocurrido entre los esclavos a consecuencia de aquel intolerable fracaso mío.

Fue una noche muy larga pero por fin llegó la mañana. Hice una explicación total y franca al tribunal. Dije que era esclavo, propiedad del gran conde Grip, que había llegado inmediatamente después del anochecer a la posada del Tabardo, del pueblo que estaba al otro lado del río, que allí se había quedado a pasar la noche, a la fuerza, porque había caído mortalmente enfermo de una dolencia extraña y repentina. Me habían ordenado que cruzase hasta la ciudad a toda prisa y que regresase con el mejor médico. Lo hice lo mejor que pude, naturalmente iba corriendo con todas mis fuerzas, la noche era oscura, había tropezado contra la persona que estaba allí, la cual me cogió por el cuello y empezó a aporrearme, aunque yo le dije el recado que llevaba y le imploré por el peligro mortal que mi dueño, el gran conde...

Aquella persona vulgar me interrumpió diciendo que era mentira y estaba a punto de explicar cómo me precipité contra él y le ataqué sin decir una palabra...

—¡Silencio, malandrín! —le gritaron desde el tribunal—. Llevadlo de aquí y dadle unos latigazos para que aprenda a tratar al siervo de un noble de modo diferente. ¡Vamos!

Entonces me concedieron el perdón esperando que no dejase de contar a su señoría que de ningún modo había sido culpa del tribunal el que hubiese ocurrido esta arbitrariedad. Dije que lo haría y me despedí. A tiempo, ya que empezaban a preguntarme por qué no había contado todo esto cuando me arrestaron. Dije que lo hubiera hecho si lo hubiera pensado, lo cual era verdad, pero que estaba tan magullado por aquel hombre que me falló el cerebro, y etcétera, etcétera. Me marché todavía farfullando.

No esperé por el desayuno. Y tampoco la hierba creció bajo mis pies. Inmediatamente me puse en el alojamiento de los esclavos. Vacío, ¡todo el mundo se había ido! Es decir, todo el mundo excepto uno, el cuerpo del dueño. Allí yacía convertido en una masa informe, por doquier se veían las huellas de una terrorífica lucha. En un carro a la puerta, había un rudo ataúd, y los obreros ayudados por la policía estaban abriendo camino a través de la multitud boquiabierta para poder llevarlo al interior.

Escogí a un hombre lo suficientemente humilde como para condescender a hablar a alguien tan andrajoso como yo, y éste me contó su versión de los acontecimientos.

—Aquí había dieciséis esclavos. Se alzaron contra su dueño por la noche y ya se ve cómo terminó.

—Sí. ¿Cómo empezó?

—No hay más testigos que los esclavos. Dicen que el esclavo que valía más se soltó de sus hierros y escapó de un modo extraño, se cree que por arte de magia, ya que no tenía llave y los candados no están rotos ni dañados en modo alguno. Cuando el dueño descubrió la pérdida, se volvió loco de desesperación y se lanzó sobre su gente con su pesado bastón. Le hicieron resistencia y le rompieron la espalda, amén de otras varias heridas que terminaron con él rápidamente.

—Es horroroso. Sin duda que el juicio será severo para esos esclavos.

—¡Vaya que sí! Ya terminó.

—¡Terminó!

—¿Iban a estar acaso una semana con un asunto tan simple? No llegaron a estar ni un cuarto de hora.

—Pues no sé cómo en tan breve espacio de tiempo pudieron determinar quiénes eran los culpables.

—¿Quiénes? En verdad que no se pararon en detalles de ese tipo. Los condenaron en conjunto. ¿No conocéis la ley? La que dicen que dejaron los romanos al marcharse. Si un esclavo matase a su dueño que todos los esclavos de aquel hombre mueran por ello.

—Es verdad. Lo había olvidado. ¿Cuándo morirán éstos?

—Es posible que dentro de veinticuatro horas, si bien algunos afirman que se esperará un par de días más si por ventura encuentran al que falta.

—¡El que falta! Esto me hizo sentir incómodo.

—¿Es probable que le encuentren?

—Sí, antes de que transcurra el día. Le buscan por todas partes. Vigilan las puertas de la ciudad con algunos de los esclavos, que le descubrirán si aparece, y nadie puede salir sin ser primero examinado.

—¿Se puede ver el lugar donde el resto está encerrado?

—El exterior, sí. El interior, bueno, eso no querréis verlo.

Tomé la dirección de la cárcel para futuras referencias y me alejé. En el primer ropavejero que me encontré, en un callejón, me hice con un vulgar atavío propio de un marinero que se dispusiese a hacer un largo viaje, y me puse en la cara una venda, diciendo que tenía dolor de muelas. Así ocultaba mis peores golpes. Era una transformación. Ya no me parecía a mi ser anterior. Luego me dirigí a buscar aquel cable, lo encontré y lo seguí hasta su guarida. Era una pequeña habitación encima de una carnicería, lo que significa que el negocio no era muy activo en la línea telegráfica. El muchacho que estaba encargado de esto dormitaba sobre la mesa. Cerré la puerta y me guardé la enorme llave en el pecho. Esto alarmó al joven e iba a dar voces, cuando le dije:

—Ahórrate aliento; si abres la boca eres hombre muerto. Coge el aparato. ¡Rápido! Llama a Camelot.

—¡Esto me sorprende! ¿Cómo alguien así conoce algo de un asunto como...

—¡Llama a Camelot! Estoy desesperado. Llama a Camelot o apártate para que lo haga yo mismo.

—¿Qué?

—Sí, claro que sí. Deja de charlar. Llama a palacio.

Hizo la llamada.

—Ahora llama a Clarence.

—¿Clarence qué?

—No importa qué Clarence. Di que necesitas a Clarence, te contestarán.

Lo hizo. Esperamos cinco minutos que me pusieron los nervios en tensión. Diez minutos. ¡Qué largo parecía todo! Y luego escuché un chasquido que me fue tan familiar como una voz humana, porque Clarence había sido alumno mío.

—¡Ahora, muchacho, márchate! Habrían conocido mi llamada, sin duda, y así era más seguro que lo hicieses tú, pero ahora todo está perfectamente.

Se apartó y enderezó las orejas para escuchar, pero daba igual. Usé una clave. No perdí el tiempo en cortesías con Clarence, sino que fui directamente al asunto:

—El rey está aquí y en peligro. Fuimos capturados y traídos aquí como esclavos. No pudimos probar nuestra identidad y el hecho es que no estoy en situación de intentarlo. Envía un telegrama al palacio de aquí para que sirva de prueba.

Su respuesta no se hizo esperar:

—No saben nada del telégrafo, no tienen experiencia porque la línea es muy reciente. Es mejor no aventurarse en eso. Os podrían colgar. Pensad en alguna otra cosa.

¡Podrían colgarnos! Poco sabía lo cerca que estaba de la realidad. No podía pensar nada por el momento. Luego tuve una idea y dije:

—Envía a quinientos caballeros escogidos, con Lanzarote al frente: que vengan volando. Deben entrar por la puerta del sudoeste y buscar a un hombre que lleve un trapo blanco en torno a su brazo derecho.

La respuesta fue inmediata:

—Partirán dentro de media hora.

—Perfectamente, Clarence. Ahora dile al muchacho que está aquí que soy amigo y que no tengo crédito, y que ha de ser discreto y no hablar a nadie de esta visita.

El aparato empezó a hablar con el muchacho y yo me apresuré a marcharme. Me puse a hacer cálculos. Dentro de media hora serían las nueve. Caballeros y caballos con armadura pesada no podían viajar muy rápido. Cubrirían el trayecto lo más rápido que pudiesen y teniendo en cuenta que el suelo estaba en buenas condiciones, sin nieve ni fango, probablemente harían una media de siete millas; tendrían que cambiar de caballos un par de veces; llegarían sobre las seis o un poco más tarde; todavía habría bastante luz, verían el trapo blanco que yo ataría en torno a mi brazo derecho y me haría cargo del mando. Rodearíamos la prisión y sacaríamos al rey en un instante. Sería suficientemente espectacular y pintoresco aunque yo habría preferido al mediodía, ya que la cosa habría tenido más teatralidad.

Para contar con más refuerzos pensé que tendría que buscar a alguna de las personas que había reconocido y darme a conocer. Eso nos ayudaría a salir de nuestro lío sin los caballeros. Pero había que proceder con cautela porque era un asunto arriesgado. Yo necesitaba trajes suntuosos pero no podía hacerlo de golpe. Tenía que ser gradualmente, comprando ropa tras ropa en tiendas muy separadas, logrando con cada cambio un artículo un poco superior, hasta llegar finalmente a la seda y al terciopelo y estar preparado para mi proyecto. Así que comencé.

¡Pero el plan se desplomó por completo! Al doblar la primera esquina me topé de golpe con uno de los esclavos, curioseando junto con un guardián. Tosí y me echó una mirada tan repentina que me llegó hasta la médula. Me pareció que él pensaba haber oído aquella tos con anterioridad. Inmediatamente me introduje en una tienda y llegué hasta el mostrador preguntando los precios de las cosas y vigilando con el rabillo del ojo. Aquellos dos se habían detenido, hablaban entre sí y miraban a la puerta. Decidí salir por la puerta de atrás, si es que había, y le pregunté a la tendera si podía salir por allí y buscar al esclavo fugitivo, al que se suponía escondido por allí; le dije que yo era un oficial disfrazado y que mi compinche estaba a la puerta cuidando de uno de aquellos asesinos; y que si me quería hacer el favor de ir a decirle que no era preciso que esperase, sino que era mejor que se fuese en seguida al extremo de la callejuela de atrás para estar preparado a cortarle el camino en cuanto yo lo echase hacia allí.

Resplandeciente de ansiedad por ver a uno de aquellos célebres asesinos, partió al punto con el recado. Me deslicé por la parte de atrás, cerré la puerta detrás de mí, me guardé la llave en el bolsillo y me marché riendo entre dientes y satisfecho.

Pues sí, otra vez lo había estropeado, había cometido otro error. En realidad, uno doble. Había multitud de formas de quitarse de en medio a aquel vigilante, con sencillez y garantía, pero no, yo tenía que coger alguna pintoresca; es el defecto fundamental de mi carácter. Y además yo había calculado mi actuación sobre lo que el vigilante, como ser humano, tendría que hacer naturalmente; mientras que cuando menos se espera, un hombre va y hace lo que no es natural que haga. Lo natural hubiera sido que se hubiese precipitado sobre mis talones y se habría encontrado con una maciza puerta de roble perfectamente cerrada entre él y yo; antes de que la hubiese podido romper, yo estaría muy lejos, ocupado en introducirme en una serie de desconcertantes disfraces que pronto me harían disponer de una vestidura que era protección más segura frente a los perros guardianes de la ley que cualquier cantidad de inocencia simple y pureza de carácter. Pero en lugar de hacer lo natural, lo tomó al pie de la letra y siguió mis instrucciones. Y así, según salía yo a buen paso de aquel callejón sin salida, lleno de satisfacción por mi astucia, él daba la vuelta a la esquina y yo iba directo a sus esposas. Si hubiese sabido que era un callejón sin salida... Sin embargo no hay excusa que valga para un fallo de este tipo. Hay que dejarlo y anotarlo en la cuenta de pérdidas y ganancias.

Desde luego, estaba indignado y juré que acababa de desembarcar de un largo viaje y todo eso, ya saben, para ver si podía engañar al esclavo. Pero no. Me conocía. Más tarde le reproché por haberme traicionado. Se sorprendió más que sentirse herido, abrió los ojos con asombro y dijo:

—¿Qué no os colgaran con nosotros, dejándoos escapar cuando sois la causa de que nos cuelguen a nosotros? ¡Vaya!

«Vaya» era como decir: ¡qué risa! o ¡qué bien! Hablaba de un modo raro esa gente.

Había algo de justicia degenerada en su punto de vista, así que abandoné el tema. Cuando no se puede arreglar un desastre por medio de la discusión, no sirve de nada el discutir. No es mi manera de ser, así que contesté:

—No van a colgar a nadie.

Ambos se echaron a reír y el esclavo replicó:

—No teníais reputación de tonto antes. Es mejor que conservéis la fama ya que el esfuerzo no va a ser por mucho tiempo.

—Sé que resistirá. Antes de mañana estaremos libres de la prisión y podremos ir a donde queramos.

El ingenioso guardián se apuntó a la oreja izquierda con el pulgar, carraspeó y dijo:

—Fuera de la prisión, sí, decís verdad. Y libres de ir a donde queráis, también, siempre que no salgáis del sofocante reino de su majestad el Diablo.

Conservé la calma y dije con indiferencia:

—Supongo que pensáis verdaderamente que nos van a colgar dentro de un día o dos.

—Así lo creía no hace mucho, porque así se decidió y proclamó.

—Y ya habéis cambiado de opinión, ¿no?

—Exactamente. Entonces sólo lo pensaba; ahora lo sé.

Me sentí sarcástico y continué:

—¡Oh, sapiente criado de la ley, condescended a contarnos lo que sabéis!

—Que os colgarán a todos hoy, a media tarde. Eso sí que dio en el blanco, ¿eh? Apoyaos en mí.

Realmente no necesitaba apoyarme en nadie. Mis caballeros no podrían llegar a tiempo. Lo más, llegarían con tres horas de retraso. Nada en el mundo podría salvar al rey de Inglaterra, ni a mí que era más importante. Más importante, no simplemente para mí, sino para la nación, la única nación de la tierra que estaba preparada para florecer en la civilización. Me sentía mal. Ya no dije más, no había más que decir. Sabía lo que aquel hombre quería decir; que, si el esclavo que faltaba era encontrado, se revocaría el aplazamiento y la ejecución tendría lugar en aquel día. Y el esclavo que faltaba había sido encontrado.

38. Sir Lanzarote y los caballeros al rescate

Eran cerca de las cuatro de la tarde. La escena, junto a la parte exterior de las murallas de Londres. Un día fresco, agradable, magnífico, con un sol brillante; la clase de día que le hace a uno desear vivir, no morir. La multitud era enorme y se perdía a lo lejos; sin embargo nosotros, quince pobres diablos, no teníamos ni un amigo en ella. Se mire por donde se mire, aquel pensamiento tenía algo de penoso. Allí nos encontrábamos en el elevado patíbulo, como objetivo del odio y de la burla de todos aquellos enemigos. Nos habían convertido en un espectáculo de vacaciones. Habían construido una especie de grandioso palco para la nobleza e hidalgos, y allí estaban todos, junto a sus damas. Reconocimos a muchos de ellos.

La multitud recibió una breve e inesperada diversión por parte del rey. En el momento en que nos liberaron de nuestras cadenas, se alzó, con sus fantásticos andrajos, y con el resto magullado más allá de todo reconocimiento, para proclamarse como Arturo, rey de Inglaterra, y para denunciar los horribles castigos de traición que recaerían sobre todos los presentes si se tocaba un pelo de su sagrada cabeza. Le sorprendió y dejó perplejo el escucharlos prorrumpir en una estruendosa carcajada. Hirió su dignidad y se encerró en el silencio, aunque la multitud le pidió que continuase y trató de provocarle con silbidos, burlas y gritos de:

—¡Que hable! ¡El rey! ¡El rey! Sus humildes súbditos tienen hambre y sed de las palabras de sabiduría que provienen de la boca de su dueño, la Serenísima y Sagrada Andrajosidad.

Pero no servía de nada. Se colocó toda su majestad y se sentó bajo esta lluvia de desprecios e insultos sin inmutarse. Ciertamente a su modo era grande. Inconscientemente yo me había quitado la venda blanca y la había atado al brazo derecho. Cuando la multitud se dio cuenta de esto, la tomaron conmigo.

—Sin duda este marinero es su ministro, fijaos en la costosa banda de su cargo.

Les dejé seguir hasta que se cansaron, para decir entonces:

—Sí, soy su ministro el Jefe; y mañana tendréis noticias de Camelot que...

No dije más. Apagaron mi voz con su alegre burla. Pero inmediatamente se hizo el silencio; porque los oficiales de la justicia de Londres, con sus ropajes oficiales y seguidos de sus subordinados, empezaron a agitarse, lo que indicaba que el asunto estaba a punto de empezar. En ese silencio se relató el crimen que habíamos cometido, se leyó la condena de muerte y todo el mundo se descubrió mientras un sacerdote pronunciaba una oración.

Luego se le taparon los ojos a un esclavo y el verdugo preparó la cuerda. Allí estaba la lisa carretera a nuestros pies, nosotros la flanqueábamos por un costado y la multitud alineada por el otro. Una buena carretera, sin gente, despejada por la policía, ¡sería magnífico ver lanzarse a mis quinientos jinetes por ella!

Pero no, estaba fuera de lo posible. Miré según se perdía a lo lejos, ni un jinete, ni señales de uno.

Un tirón y un esclavo quedó colgando, colgando y retorciéndose horrorosamente porque no le habían atado las piernas.

Otra cuerda y en un momento otro estaba colgando.

El tercero fue al minuto siguiente. Luchaba en el aire, era espantoso. Torcí la cabeza un momento y cuando la volví, vi que faltaba el rey. ¡Le estaban tapando los ojos! Quedé paralizado, no me podía mover, me ahogaba, mi lengua estaba petrificada. Terminaron de taparle los ojos y le colocaron debajo de la soga. No podía sacudirme la impotencia que me atenazaba. Pero cuando vi que le ponían el nudo al cuello, todo se soltó dentro de mí y me lancé a rescatarlo. Según lo hacía eché una mirada a lo lejos. ¡Demonio! aquí llegaban inclinados sobre las bicicletas quinientos caballeros armados y ceñidos.

La visión más grandiosa que jamás pudo verse. ¡Señor, cómo ondeaban las plumas, cómo flameaba el sol y cómo relucía en la interminable procesión de bicicletas en cadena!

Agité mi brazo derecho según pasaba Lanzarote, el cual reconoció mi andrajo, me arranqué la cuerda y el trapo y grité:

—¡De rodillas, bribones, y saludad al rey! ¡Quién no lo haga cenará en el infierno esta noche!

Siempre utilizo ese elevado estilo cuando estoy llevando algo a su punto culminante. Era magnífico ver a Lanzarote y a los muchachos precipitarse hasta el patíbulo y tirar por la borda a los oficiales de la justicia. Y era hermoso ver a aquella atónita multitud caer de rodillas y rogar por sus vidas al rey del que acababan de mofarse y a quien acababan de insultar. Según permanecía apartado, recibiendo este homenaje vestido de andrajos, yo pensaba para mí que realmente existía algo peculiarmente grandioso en torno al porte y aspecto de un rey, a pesar de todo.

Yo estaba inmensamente satisfecho. Tomado todo en conjunto era uno de los efectos más llamativos que yo jamás hubiese conseguido.

Y en aquel momento apareció el mismo Clarence en persona, el cual guiña un ojo y dice muy modernamente:

—Una buena sorpresa, ¿verdad? Sabía que os gustaría. He hecho que los muchachos practicasen mucho tiempo en privado, y estaban deseando una oportunidad para poder exhibirse.

39. EL COMBATE DEL YANQUI CON LOS CABALLEROS

Otra vez en casa, en Camelot. Una mañana o dos más tarde encontré el periódico, húmedo aún de la impresión, junto a mi plato en la mesa del desayuno. Lo doblé por la columna de anuncios, sabiendo que tenía que encontrar algo de interés personal para mí. Era esto:

DE PARTE DEL REY

Sabido que el gran señor e ilustre cabelle SIR SAGRAMOR EL DESEOSO ha condescendido a enfrentarse con el Ministro del Rey, Hank Morgan, al que se llama el Jefe, para satisfacción de una ofensa cometida hace tiempo, estos se enfrentarán en el terreno de liza situado junto a Camelot a la cuarta hora de la mañana del día dieciseis de este próximo mes que viene. L s batalla será hasta el final dado que la dicha o fensa fue de tipo mortal, no admitiendose aRreglo.

La referencia editorial de Clarence sobre este asunto era a tenor de lo siguiente:

Se observará, echando una m7rada a nuestras columnas de anuncios que la comunidad va a ser favorecida con un aliciente de desusado interés en la especialidad de torneos. Los nombres de los artistas son garantía de buena diVersión. La taquilla estará abierta a mediodía del día trece; admisión 3 centavos, asientos reservados 5 centavos; la recaudación irá para el fondo del hospital. Ja pareja real y toda la Corte se hallarán presentes. Con estas excepciones, la prensa y el clero, se suprimen estrictamente los pases de favor. Con esto se avisa a los interesados para que no compren entradas a los especuladores ya que no serán válidas a la puerta. Todo el mundo conoce y aprecia al Jefe, todo el mundo conoce y aprecia a Sir Sag; venid, demos a los muchachos una buena despedida. ReCordad, la recaudación va a una obra de caridad grande y gratuita y cuya amplia begevolencia extiende su mano auxiliadora, calienta con la sangre de un corazón amante, a todos los que suῖren, sin tener en cuenta la raza, el credo, la condición o el color, la única obra caritativa establecida en la tierra que no pone una llave político-religiosa a su compasión sino que dice Aquí fluye la corriente, que vengan todos a beber. ¡Ꝫcudid todos los trabajadores! Traed vuestros buñuelos y vuestros chicles y pasadlo bien. En el interior del recinto se venderán empanadas y piedras para romperlas; también limonada de CIRco, tres gotas de zumo de lima por un barril de agua. N. B. Este es el primer torneo según la nueva ley, que permite a cada combatiente usar el arma que prefiera. Deben tomar nota de ᴐ25.

Hasta el día señalado, no se habló en todo el país de otra cosa que de este combate. El resto de los temas perdió importancia y desapareció del pensamiento de los hombres. No era solamente porque un torneo fuese un gran acontecimiento; tampoco porque sir Sagramor hubiese encontrado el Santo Grial, ya que no lo había encontrado; ni porque el segundo personaje oficial del reino fuese uno de los duelistas; no, todas estas características eran cosa corriente. Y, sin embargo, había razón de sobra para el extraordinario interés que el combate que se iba a celebrar estaba creando. Nacía del hecho de que toda la nación sabía que éste no era un simple duelo entre hombres vulgares, por así decir, sino un duelo entre magos poderosos; un duelo no de músculo sino de cerebro, no de habilidades humanas sino de arte y pericia sobrenatural; una lucha final entre los dos mayores encantadores de la época en pos de la supremacía. Era patente que las más prodigiosas hazañas de los caballeros más renombrados no podían compararse con un espectáculo como éste, no eran más que juegos de niños en contraste con esta misteriosa y horrible batalla de dioses. Sí, todo el mundo sabía que en realidad iba a ser un duelo entre Merlín y yo, una medida de sus poderes mágicos contra los míos. Se sabía que Merlín había estado atareado durante días y noches enteros, dotando a las armas y armaduras de sir Sagramor de sobrenaturales poderes de ataque y defensa y que de los vapores del aire le había procurado un espeso velo que convertía al portador en invisible para los ojos de su antagonista mientras que seguía siendo visible para los demás hombres. Contra sir Sagramor, así armado y protegido, ni un millar de caballeros podría lograr nada; ningún encantamiento conocido podía prevalecer contra él. Estos hechos eran seguros, en relación a ellos no había duda, ni razón para dudar. Sólo quedaba una cuestión: ¿podrían existir otros encantamientos, *desconocidos* para Merlín, que me convirtiesen en trasparente el velo de sir Sagramor e hiciesen la armadura encantada vulnerable a mis armas? Esto era lo que había que decidir en el terreno de la liza. Hasta entonces el mundo tenía que permanecer en suspenso.

Así que el mundo pensó que aquí se ventilaba mucho, y el mundo tenía razón, pero no era lo que se imaginaban. No, en la tirada de estos dados había mucho más: la vida de la caballería andante. Yo era un campeón, cierto, pero no el campeón de la frívola magia negra, yo era el campeón del frío sentido común y de la razón. Yo entraba en la lid para destruir la caballería andante o para ser su víctima.

Con lo enorme que era el terreno de combate, no había ni un solo sitio libre, fuera del espacio reservado a los combatientes, a las diez de la mañana del día dieciséis. El gigantesco palco estaba ornado de banderas, gallardetes y ricos tapices, repleto de reyes tributarios de menor cuantía, con sus comitivas y la aristocracia británica. Allí estaba nuestra propia bandera real en el lugar principal, y todos y cada uno de los asistentes convertidos en un deslumbrante foco de llamativas sedas y terciopelos; jamás vi nada igual salvo una lucha entre una puesta de sol en el Mississipí superior y la aurora boreal. El extenso campamento de tiendas de alegres colores con sus banderas al viento a un extremo del campo, con un rígido centinela en cada puerta y un brillante escudo colgando a su lado, era otro hermoso espectáculo. Allí estaban todos los caballeros que tuviesen alguna ambición o sentimiento de casta; porque mi punto de vista hacia su orden no era precisamente un secreto y aquí tenían la oportunidad. Si yo vencía a sir Sagramor, los demás tendrían el derecho de enfrentarse contra mí, mientras yo quisiera responder.

Al otro extremo no había más que dos tiendas, una para mí y la otra para mis criados. A la hora señalada, el rey hizo una señal y los heraldos, con sus vestiduras de gala, aparecieron a hacer la proclamación, nombrando a los combatientes y citando la causa de la querella. Hubo una pausa y luego un vibrante toque de clarín que fue la señal para que nosotros entrásemos. La multitud entera retuvo el aliento con la ávida curiosidad reflejada en cada semblante.

De su tienda salió cabalgando el gran sir Sagramor, imponente torre de hierro, impresionante y rígida, con la enorme lanza enhiesta atenazada por su fuerte mano, la cara y el pecho de su gran caballo recubiertos de acero, ataviado de ricas vestiduras que arrastraban casi hasta el suelo. Componía un hermoso cuadro. Produjo un enorme grito de bienvenida y admiración.

Y luego salí yo. Pero no causé ninguna ovación. Durante un momento hubo un silencio asombrado y elocuente, después una gran oleada de risas barrió aquel mar humano, pero la detuvo en seco un clarinazo de atención. Yo iba con el más sencillo y cómodo de los trajes de gimnasia, un elástico de color carne desde el cuello hasta los pies, con borlas de seda azul en la cadera y con la cabeza descubierta. Mi caballo no estaba por encima del tamaño medio, pero era vivo, de miembros finos, de músculos como muelles y veloz como un galgo. Era hermoso, reluciente como la seda, y tan desnudo como cuando nació si se exceptúan la brida y la silla.

La torre de hierro y la esplendorosa colcha se acercaron pesadamente pero haciendo gentiles piruetas por todo el campo, mientras que nosotros trotamos ligeramente a su encuentro. Nos detuvimos, la torre saludó, yo respondí; luego dimos la vuelta y juntos fuimos hasta el palco para ponernos frente al rey y a la reina y prestarles obediencia. La reina exclamó:

—¡Ay! Jefe, lucharéis desnudo y sin lanza, espada o...

Pero el rey la paró y con una o dos frases corteses le hizo entender que aquello no era de su incumbencia. Volvieron a tocar los clarines y nos separamos para ir a los extremos del campo y tomar posición. Apareció el viejo Merlín que arrojó una delicada red de hilos de gasa sobre sir Sagramor, lo que le transformó en el espectro de Hamlet; el rey hizo una señal, tocaron los clarines, sir Sagramor preparó su lanza, y al instante se precipitó en mi dirección retumbando todo el campo, con el velo flotante, mientras que yo iba como una flecha a su encuentro, aguzando el oído como si notase la posición y el avance del invisible caballero por el sonido, no por la vista. Un coro de voces de aliento estalló en su favor y una valiente voz lanzó una palabra de ánimo en mi favor:

—¡A por él, delgado Jim!

Se podía apostar con seguridad que Clarence era el que me había procurado aquel favor y quien igualmente había proporcionado el lenguaje. Cuando la formidable punta de aquella lanza estuvo a menos de un metro de mi pecho, moví el caballo hacia un lado sin esfuerzo, y el gran caballero pasó como un vendaval, anotándose un cero. Ahora conseguí gran cantidad de aplausos. Dimos la vuelta, cobramos ánimos y nos volvimos de nuevo a encontrar. Otro cero para el caballero y más aplausos para mí. Lo mismo se repitió a continuación, y consiguió tal torbellino de aplausos que sir Sagramor perdió la calma e inmediatamente cambió de táctica y se dedicó a cazarme. No tenía nada que hacer, era como jugar al marro con todas las ventajas de mi parte; me apartaba de su recorrido siempre que me parecía y en una ocasión le di unos golpecitos en la espalda al irme hacia la retaguardia. Por fin decidí coger la caza en mis propias manos, y después de eso, diese la vuelta, girase, o hiciese lo que le pareciese, ya no pudo volver a estar detrás de mí más veces; al terminar su maniobra siempre se encontraba en frente. Así que dejó aquello y se retiró al extremo de su campo. Ya había perdido por completo la calma, se olvidó de sí mismo y me lanzó un insulto que me hizo decidirme. Solté el lazo de la silla y cogí el rollo con la mano derecha. ¡Había que verle venir en esta ocasión! Seguro que venía en serio, por el aire que traía había sangre en sus ojos. Yo estaba sentado tranquilamente en el caballo haciendo girar el lazo en amplios círculos sobre mi cabeza. Cuando nos encontramos a algo más de diez metros, lancé por el aire las sinuosas espirales de la cuerda, me fui hacia un lado y di la vuelta, parando al caballo con las patas dispuestas para el tirón. Al instante siguiente la cuerda quedó tensa y arrancó a sir Sagramor de la silla. ¡Demonio, fue sensacional!

Indudablemente, lo nuevo es lo que atrae popularidad en este mundo. Aquella gente jamás había visto nada de vaqueros y esto les hizo saltar de entusiasmo. De todas partes surgió el grito:

—¡Que se repita! ¡Que se repita!

Yo me preguntaba de dónde habían sacado la expresión, pero no era el momento de investigar asuntos filológicos, porque la colmena entera de la caballería andante estaba ahora zumbando, y mis proyectos de continuación no podían ser mejores. En cuanto solté el lazo y sir Sagramor fue llevado a su tienda, tiré de la cuerda, ocupé mi puesto y empecé a hacerla girar de nuevo. Estaba seguro de que la utilizaría en el momento en que pudiesen elegir un sucesor para sir Sagramor, y no les llevaría mucho donde había candidatos tan ansiosos. Efectivamente eligieron a uno al instante: sir Hervis de Revel.

Venía lanzado, parecía una casa incendiada cuando se desploma; me ladeé, pasó como un relámpago rozando el pelo de mi caballo con su garganta; un segundo más tarde su silla estaba vacía.

Conseguí otra repetición, y otra y otra y todavía otra. Cuando ya fueron cinco los enlazados, las cosas empezaron a ponerse serias para los vestidos de hierro, y se detuvieron para celebrar consultas. El resultado fue que decidieron dejar a un lado la etiqueta y enviar contra mí a los mayores y mejores. Para asombro de aquel pequeño mundo, enlacé a sir Lamorak de Galis, y tras él a sir Galahad. Así que ya ven que no había otra cosa que hacer que jugarse la carta más alta, presentar al mejor de los mejores, al más poderoso entre los poderosos, al gran sir Lanzarote en persona.

¿Era éste un momento de orgullo para mí? Creo que sí. Allí estaba Arturo, rey de Inglaterra; allí estaba la reina; y tribus enteras de pequeños reyes y reyezuelos provinciales. En el campamento había renombrados caballeros de muchos países, e igualmente el conjunto más selecto de la caballería; los caballeros de la Tabla Redonda, los más ilustres de la cristiandad; y el hecho más importante de todos, el propio sol de su brillante sistema, allí se encontraba preparando su lanza, foco de cuarenta mil ojos que le adoraban; y aquí estaba yo solo esperándole. Por mi mente cruzó la querida imagen de cierta telefonista de West Hartford y deseé que me hubiera podido ver en aquel instante. Y en aquel momento el invencible se precipitaba como un torbellino, todos se pusieron de pie y se inclinaron hacia delante, el lazo fatídico empezó a dar vueltas por el aire y antes de que se pudiese mover un ojo ya estaba yo arrastrando a sir Lanzarote sobre su espalda y haciéndole besar mi mano en medio de una tormenta de pañuelos que flameaban y el estruendoso aplauso que me saludaba.

Según recogía el lazo y lo colgaba de la silla me iba diciendo, ebrio de gloria, que aquello era una victoria perfecta, que nadie se aventuraría en contra de mí, que la caballería andante estaba muerta. Imaginen mi asombro, y el de todos los demás también, al escuchar el peculiar clarín que anunciaba que otro competidor iba a entrar en la lid. Aquí había un misterio, no me lo explicaba. Pero entonces me di cuenta de que Merlín se escabullía de mi lado y de que mi lazo ya no estaba en su sitio. Seguro que aquel viejo prestidigitador me lo había robado, y lo llevaba escondido debajo de su ropa.

El clarín volvió a sonar. Alcé la vista y contemplé a Sagramor que volvía cabalgando, con el polvo cepillado y su pelo bien arreglado. Me dirigí a su encuentro, pretendiendo descubrirle por el ruido de los cascos de su caballo. Me dijo:

—Sois rápido de oído pero no os salvará de ésta —y tocaba la empuñadura de su gran espada—. Y si no sois capaz de verlo por el influjo del velo, sabed que no es una pesada lanza sino una espada y estimo que no seréis capaz de evitarla.

Tenía la visera levantada y había muerte en su sonrisa. Estaba claro que yo nunca sería capaz de esquivar su espada. Esta vez alguien iba a morir. Si caía sobre mí, estaba claro quién iba a ser el cadáver. Cabalgamos para saludar a la realeza. El rey parecía molesto y me dijo:

—¿Dónde está vuestra extraña arma?

—Me la han robado, señor.

—¿Tenéis otra a mano?

—No he traido más.

—No ha traido más que ésta porque no había más que ésta que traer —interrumpió Merlín—. No hay más que ésta. Pertenece al rey de los Demonios del Mar. Este hombre es un hipócrita, un ignorante; de otro modo habría sabido que esta arma no puede ser usada más que ocho veces para luego desvanecerse hacia su morada debajo de las aguas.

—Entonces está indefenso —dijo el rey— sir Sagramor, le concederéis permiso para tomar una prestada.

—¡Yo se la prestaré! —exclamó sir Lanzarote, levantándose cojeando—. Es un caballero tan valiente como cualquiera que pueda estar vivo y yo le dejaré las mías.

Puso la mano en la espada para sacarla pero sir Sagramor le detuvo:

—No puede ser. Luchará con sus propias armas; tuvo el privilegio de escogerlas y traerlas. Si se ha equivocado deberá pagar con su cabeza.

—Caballero —dijo el rey—, estáis lleno de pasión que os perturba la mente. ¿Queréis matar a un hombre indefenso?

—Si lo hace, me responderá de ello a mí —dijo sir Lanzarote.

—Responderé a quien lo desee —replicó airado.

Merlín interrumpió, frotándose las manos y con una vil sonrisa de malvada satisfacción:

—Bien dicho, muy bien dicho. Y ya está bien de hablar, dejad que mi señor el rey dé la señal de batalla.

El rey tuvo que ceder. Sonó el clarín y nos separamos para ir a nuestros puestos. Allí nos colocamos, a cincuenta metros, enfrentados, rígidos e inmóviles como estatuas ecuestres. Y así permanecimos, en medio de un silencio total, durante un minuto entero, todo el mundo mirando, sin que nadie se moviese. Me parecía como si el rey no tuviese ánimo para dar la señal. Pero por último alzó la mano, se oyó un clarín, la larga hoja de la espada de sir Sagramor describió una curva resplandeciente en el aire y fue magnífico verle venir. Me quedé quieto. Seguía viniendo. No me moví. La gente se excitó tanto que empezó a gritarme:

—¡Huid, huid! ¡Salvaos! ¡Esto es un asesinato!

No me moví ni una pulgada hasta que aquella enorme aparición llegó a quince pasos; entonces saqué un revólver de la pistolera, hubo un relámpago y un estruendo y el revólver estaba de nuevo en la pistolera antes de que nadie pudiese decir qué es lo que había sucedido.

Aquí un caballo sin jinete saltaba y allí yacía, muerto, el cuerpo de sir Sagramor.

La gente que corrió hasta él quedó muda de asombro al descubrir que la vida había abandonado a aquel hombre sin ninguna razón aparente, sin que su cuerpo tuviese daño alguno, nada que pareciese una herida. Había un agujero a través del pecho, en su cota de malla, pero no concedieron importancia a una cosa pequeña como ésta; y como las heridas de balas producen poca sangre, no salía ninguna debido al ropaje y fajado de debajo de la armadura. Arrastraron el cuerpo para que el rey y los elegantes pudiesen mirarlo. Naturalmente quedaron estupefactos de asombro. Me pidieron que fuese a explicar el milagro, pero quedé en el terreno como una estatua y exclamé:

—Si es una orden iré, pero mi señor el rey sabe que estoy donde las leyes del combate requieren que permanezca mientras alguien quiera venir contra mí.

Esperé. Nadie me retó. Continué:

—Si algunos dudan que este combate haya sido ganado bien y con justicia, no espero que me reten, los reto yo.

—Es un valiente ofrecimiento —dijo el rey— y bien que os cuadra. ¿A quién citáis primero?

—No nombro a nadie, los reto a todos. Aquí estoy y reto a la caballería de Inglaterra a que venga contra mí, ¡no individualmente, sino en masa!

—¿Qué? —gritó una veintena de caballeros.

—Ya habéis oído el reto. Aceptadlo u os proclamaré caballeros cobardes y vencidos ¡a todos!

Era un farol. En esos momentos lo que hay que hacer es poner una cara decidida y jugar la mano por cien veces lo que valga; cuarenta y nueve veces de cincuenta, nadie se atreve a responder al juego y uno se queda con las fichas. Pero esta vez, bueno, la cosa se puso borrascosa. En un instante quinientos caballeros estaban sobre sus monturas y antes de mover un ojo, una manada dispersa se ponía en movimiento y venía retumbando hacia mí. Saqué los dos revólveres de las pistoleras y empecé a medir distancias y a calcular oportunidades.

¡Bang! Una silla vacía. ¡Bang! Otra. ¡Bang, bang! Dos más. Estábamos en el momento decisivo para ver quién ganaba, y yo lo sabía. Si gastaba el undécimo disparo sin convencer a esta gente, el duodécimo hombre me mataría. Así que jamás me sentí más feliz que cuando el disparo noveno derribó a su hombre y noté la agitación de la multitud, que es preludio del pánico. Un instante perdido derrumbaría mi última oportunidad. Pero no lo perdí. Alcé ambos revólveres y los apunté; la hueste detenida mantuvo el terreno durante un momento, luego se desbandó y huyó.

El triunfo era mío. La caballería andante era una institución sentenciada. Había comenzado la marcha de la civilización. ¿Qué es lo que yo sentía? Nunca se lo podrían imaginar.

¿Y el hermano Merlín? Sus acciones habían vuelto a caer. De todas formas, siempre que la magia del cuento se enfrenta con la magia científica, la magia del cuento pierde.

40. Tres años después

Cuando rompí la columna vertebral de la caballería andante en aquella ocasión, ya no me sentí obligado a trabajar en secreto. Así que al día siguiente descubrí al mundo asombrado mis escuelas secretas, mis minas y mi vasto sistema de fábricas y talleres clandestinos. Es decir, descubrí el siglo XIX para que lo inspeccionase el VI.

Siempre es un buen plan trabajar rápidamente sobre la ventaja adquirida. Temporalmente los caballeros estaban derrotados, pero si sólo los mantenía de esa forma no hacía más que paralizarlos, y eso de poco serviría. Ya ven que era el último farol sobre el tema; era natural que ellos llegasen a esa conclusión, si les daba la oportunidad. Por lo tanto no debía darles tiempo. Y no se lo di.

Renové mi desafío, lo hice grabar en bronce, lo puse en alto donde cualquier sacerdote se lo pudiese leer, y también lo mantuve en las columnas de anuncios del periódico.

No solamente lo renové sino que aumenté sus proporciones. Dije que fijasen la fecha y con cincuenta ayudantes me enfrentaría «contra la caballería en masa de toda la tierra para destruirla».

Esta vez ya no era farol. Quería decir lo que decía; podía hacer lo que prometía. No había forma de confundir las palabras de aquel reto. Hasta el más lerdo de la caballería se daba cuenta de que éste era un caso patente de lo toma o lo deja. Fueron inteligentes y escogieron lo último. En los siguientes tres años no me produjeron molestias dignas de mención.

Piensen que ya han pasado los tres años. Ahora vuelvan a mirar a Inglaterra. Un país próspero y feliz, extrañamente cambiado. Escuelas por doquier y varios colegios superiores; un buen número de periódicos bastante aceptables. Incluso comenzaba a haber autores. Sir Dinadan el Humorista fue el primero en esta actividad con un volumen de venerables chistes que me habían sido conocidos durante trece siglos. Si hubiese dejado aquel chiste rancio acerca del conferenciante, yo no hubiera dicho nada; pero aquél yo no lo podía resistir. Suprimí el libro e hice colgar al autor.

La esclavitud había desaparecido; todos los hombres eran iguales ante la ley; los impuestos se habían hecho uniformes. El telégrafo, el teléfono, el fonógrafo, la máquina de escribir, la máquina de coser y todos los miles de hábiles sirvientes de vapor y de electricidad estaban abriéndose camino entre el gusto del público. Teníamos un barco de vapor o dos en el Támesis, teníamos barcos de guerra a vapor, y el comienzo de una flota comercial igualmente a vapor; me estaba preparando para enviar una expedición a descubrir América.

Estábamos construyendo varias líneas de ferrocarril, y la línea de Camelot a Londres ya estaba terminada y en funcionamiento. Fui lo suficientemente astuto para que todos los cargos relacionados con los servicios de pasajeros fuesen lugares de elevado y distinguido honor. Mi idea era atraer a la caballería y a la nobleza, convirtiéndoles en útiles y apartándolos del mal. El plan se desarrolló muy bien, la competición por las plazas estaba al rojo vivo. El jefe del exprés de las 4.33 era duque; ni uno sólo de los jefes de las líneas de pasajeros bajaba de conde. Eran buenas personas, todos, pero tenían dos defectos que yo no podía curar y que por lo tanto tenía que pasar por alto: no se quitaban la armadura, y hacían descuentos en las tarifas, o sea que robaban a la compañía.

Apenas había un caballero en todo el país que no tuviese algún empleo útil. Recorrían el país de cabo a rabo en toda clase de actividades misioneras útiles; su inclinación y experiencia en corretear los convertía en los más eficaces propagadores de la civilización. Iban revestidos de acero y equipados de espada, lanza y hacha de combate y si no podían persuadir a una persona de que probase una máquina de coser a plazos, un acordeón, una cerca de alambre de espinos, un periódico de la prohibición o cualquiera de las otras mil cosas que trabajaban, la quitaban del medio y seguían su camino.

Yo estaba muy feliz. Todo se dirigía sistemáticamente hacia un objetivo secretamente anhelado. Tenía dos planes en la cabeza que eran los más grandiosos entre cualquiera de mis proyectos.

Uno era derribar a la Iglesia católica y levantar sobre sus ruinas la fe protestante, pero no como Iglesia oficial; el otro consistía en proclamar al poco un decreto ordenando que a la muerte de Arturo se introdujese el sufragio ilimitado, concedido por igual a hombres y mujeres, o al menos a todos los hombres, inteligentes o no, y a todas las madres, que demostrasen saber casi tanto como sus hijos de veintiún años. Arturo rondaría los cuarenta años —mi misma edad— y yo creía que para aquella época podría haber logrado fácilmente que toda la población activa estuviese preparada y desease un acontecimiento que sería el primero de su clase en la historia de la humanidad, una revolución gubernamental completa sin derramamiento de sangre. El resultado sería una república. Bueno, también he de confesar, aunque me siento avergonzado de pensarlo que empezaba a tener el despreciable deseo de ser yo mismo el primer presidente. Sí, tenía más o menos una naturaleza humana, lo había descubierto.

Clarence estaba de acuerdo conmigo en cuanto a la revolución, pero con cierta modificación. Su idea era una república sin estamentos pero con una familia real hereditaria encabezándola en lugar de un primer magistrado electivo. Estimaba que ninguna nación que hubiese conocido el gozo de adorar a una familia real podía verse desprovista de la misma sin que se debilitase y terminase por morir de melancolía. Yo afirmaba que los reyes son peligrosos. Contestaba que entonces se podría tener gatos. Estaba seguro de que una familia real de gatos respondería a todas las necesidades. Serían tan útiles como cualquier otra familia real, tendrían igual cantidad de conocimientos, las mismas virtudes y falsedades, la misma disposición para enzarzarse en disputas con otros gatos reales; serían risiblemente vanidosos y absurdos sin darse jamás cuenta, serían absolutamente baratos; y por fin tendrían un derecho divino tan bueno como el de cualquier otra casa real y «Tom VII, Tom XI o Tom XIV, Rey por la Gracia de Dios», quedaría igual de bien como cuando se aplica a esos gatos de dos piernas que andan por palacio.

—Por regla general —decía en su pulido inglés moderno— el carácter de estos gatos estaría considerablemente por encima del carácter del rey de tipo medio, y esto significaría una inmensa ventaja moral para la nación, ya que una nación siempre modela su moralidad según la de su monarca. Puesto que la adoración de la realeza se basa en lo irracional, estos gentiles e inofensivos gatos se convertirían pronto en tan sagrados como cualquier otra familia real, incluso más fácilmente, porque se observaría enseguida que no colgaban a nadie, ni cortaban la cabeza a nadie, ni aprisionaban a nadie, ni infligían crueldades o injusticias de ninguna clase y por lo tanto debían ser merecedores de un amor y reverencia más profundos que los otorgados al rey humano corriente, y ciertamente que lo conseguirían. Los ojos del mundo entero acosado se fijarían pronto en este gentil y humano sistema, y los carniceros reales empezarían a desaparecer; sus súbditos llenarían las vacantes con gatitos de nuestra propia casa real; nos transformaríamos en una fábrica; abasteceríamos los tronos del mundo; al cabo de cuarenta años toda Europa estaría gobernada por gatos y nosotros los proporcionaríamos. El reino de la paz universal empezaría entonces para no terminar jamás. ¡Miauuuu!

Que le cuelguen. Yo suponía que iba en serio y me estaba empezando a persuadir hasta que explotó con un maullido que casi me saca de mis ropas de puro susto. Pero él nunca podía estar serio. No sabía qué era eso. Había esbozado una mejora clara, perfectamente racional y factible de la monarquía constitucional pero tenía en la cabeza demasiados pájaros para darse cuenta o para que le interesase. Estaba a punto de darle una buena reprimenda cuando Sandy se precipitó loca de terror y con unos sollozos que la ahogaban, tanto que durante un minuto no pudo ni hablar. Corrí a tomarla en mis brazos y, acariciándola, le dije suplicante:

—¡Habla, querida, habla! ¿Qué ocurre?

Su cabeza cayó contra mi pecho y con voz entrecortada, y apenas perceptible dijo:

—¡HOLA-OPERADORA!

—¡Rápido! —grité a Clarence—. Telefonea al homeópata del rey para que venga.

En un instante yo me encontraba arrodillado junto a la cuna de la niña, y Sandy estaba despachando criados por aquí, por allí y por todo el castillo. De un vistazo me hice cargo de la situación: ¡Tosferina! Inclinándome susurré:

—¡Despierta, querida! ¡Hola-Operadora!

Abrió sus dulces ojos lánguidamente y se esforzó para decir:

—Papá.

Era un alivio. La muerte aún estaba muy lejos. Envié por preparados de azufre y yo mismo agité el cacharro porque cuando Sandy o la niña están enfermas yo no me siento a esperar que vengan los médicos. Sabía cómo cuidar a ambas y había tenido experiencia. La pequeña había vivido gran parte de su reducida vida en mis brazos, y frecuentemente podía alejarle sus dificultades y hacerla reír a través de las lágrimas de sus pestañas, incluso cuando su madre no podía.

Sir Lanzarote, con su armadura más rica, cruzaba a grandes zancadas el vestíbulo de paso para la junta de accionistas; era su presidente de la misma y ocupaba el Peligroso Asedio, que había comprado a sir Galahad; la junta de accionistas estaba compuesta por los caballeros de la Tabla Redonda, que usaban ésta para cuestiones de negocios. Los asientos valían, bueno, nunca iban a creer la cifra, así que no vale la pena mencionarla. Sir Lanzarote jugaba a la baja y había logrado un monopolio en uno de los nuevos valores, aquel día se estaba preparando para obtener los resultados. Pero, ¿qué importaba? Era el mismo Lanzarote de siempre y cuando echó un vistazo al pasar y vio que su niña favorita estaba enferma, le bastó; los que jugaban a la alza y la baja podían arreglárselas como quisieran, por lo que a él se refería; iba a entrar y a quedarse junto a la pequeña Hola-Operadora. Eso fue lo que hizo. Arrojó el yelmo en un rincón; en medio minuto ya había puesto una nueva mecha a la lámpara de alcohol y estaba calentando el cacharro. Sandy había construido un dosel de mantas sobre la cuna y todo quedó preparado.

Sir Lanzarote preparó el vapor, cargamos el cacharro con cal viva y fenol con un poco de ácido láctico, lo llenamos de agua e insertamos el tubo del vapor debajo del dosel. Ahora todo estaba dispuesto, y nos sentamos a ambos lados de la cuna para iniciar nuestra guardia. Sandy estaba tan agradecida y tan aliviada que cargó un par de pipas de barro con corteza de sauce y zumaque, y nos dijo que fumásemos lo que quisiéramos, ella no podía ir debajo del dosel y estaba acostumbrada a que se fumase, por ser la primer dama del país que había visto hacerlo. No podía haber un espectáculo más feliz o reconfortante que sir Lanzarote con su noble armadura sentado serenamente al extremo de un metro de nívea pipa de barro. Era un hombre atractivo, agradable, hecho para dar la felicidad a una esposa e hijos. Pero, desde luego, Ginebra... No vale la pena llorar sobre lo que ha ocurrido y ya no tiene remedio.

Se quedó de guardia conmigo, sin un momento de descanso, durante tres días y tres noches, hasta que la niña estuvo fuera de peligro; entonces la levantó en sus grandes brazos y la besó, con las plumas cayendo sobre la dorada cabeza de ella. La volvió a poner suavemente en el regazo de Sandy y desapareció con su caminar impresionante por el gran vestíbulo, entre las filas de admirados soldados y servidores. ¡Ningún presentimiento me dijo que jamás volvería a verle en este mundo! Me rompe el corazón el pensarlo.

Los médicos nos dijeron que debíamos cambiar a la niña de aires si queríamos que volviera a tener salud y fuerza. Tenía que tomar aires de mar. Por lo tanto cogimos un barco de guerra, un acompañamiento de doscientas sesenta personas y emprendimos un crucero. Después de una quincena, desembarcamos en la costa francesa y los médicos pensaron que sería una buena idea quedarnos algún tiempo allí. El pequeño rey de aquella región nos ofreció su hospitalidad y nosotros la aceptamos con agrado. Si hubiese tenido tantas comodidades como las que le faltaban, habríamos estado bastante cómodos; incluso tal como era nos las arreglamos muy bien en su extraño y viejo castillo con ayuda de las comodidades y objetos de lujo que cogimos del barco.

Cuando transcurrió un mes envié de vuelta al barco por provisiones frescas y por noticias. Esperábamos que regresase en tres o cuatro días. Me traería junto con otras noticias, el resultado de cierto experimento que había estado ensayando. Era un proyecto para reemplazar el torneo con algo que pudiese proporcionar un escape al vapor sobrante de la caballería, mantener a esos tipos divertidos y sin que hiciesen nada malo, conservando al mismo tiempo lo que de mejor tenían, que era su arduo espíritu de emulación. Durante algún tiempo había tenido en entrenamiento privado a un escogido grupo y estaba próxima la fecha en que hiciesen su primer esfuerzo público.

Este experimento era el béisbol. Para ponerlo de moda, ya desde el comienzo, y colocarlo fuera del alcance de la crítica, escogí mis equipos por el rango, no por la capacidad. No había ni un caballero en los dos equipos que no fuese rey con cetro. Y en cuanto a material de esta clase, había plétora siempre en torno a Arturo. No se podía tirar un ladrillo en ninguna dirección sin que se baldase a un rey. Desde luego, no pude hacer que esta gente se despojase de su armadura, no lo hacían ni cuando se bañaban. Consintieron en que fueran diferentes para que la gente distinguiera los equipos, pero eso fue lo más que se pudo hacer. Por lo tanto uno de ellos llevaba unos levitones de cota de malla y el otro una armadura de chapa hecha con mi acero Bessemer. Su actuación en el terreno de juego era lo más fantástico que yo hubiese visto jamás. Como eran a prueba de bala, nunca se quitaban de en medio sino que aguantaban lo que viniese; cuando un Bessemer estaba con el bate y le golpeaba una pelota, a veces rebotaba hasta ciento cincuenta metros. Y cuando un hombre corría y se tiraba sobre el estómago para resbalar hasta su base era como un acorazado que entrase en puerto. Al principio yo nombraba gente sin categoría para que actuasen de árbitros, pero tuve que desistir. Esta gente no era más fácil de manejar que otros equipos. La primera decisión del árbitro era generalmente la última; le rompían en dos con un bate y sus amigos le llevaban a casa en una contraventana. Cuando se observó que ningún árbitro sobrevivía al partido, el arbitraje se hizo impopular. Así que me vi obligado a nombrar a alguien cuyo rango y elevada posición en el gobierno le sirviesen de protección.

He aquí los nombres de los equipos:

BESSEMERS

REY ARTURO

REY LOT DE LOTHIAN

REY DE NORTHGALIS

REY MARSIL

REY DE LA PEQUEÑA BRETAÑA

REY LABOR

REY PELLAM DE LISTENGESE

REY BAGDEMAGUS

REY TOLLEME LA FEINTES

LEVITONES

EMPERADOR LUCIUS
REY LOGRIS
REY MARHALT DE IRLANDA
REY MORGANORE
REY MARK DE CORNUALLES
REY NENTRES DE GARLOT
REY MELIODAS DE LIONES
REY DEL LAGO
EL SULTÁN DE SIRIA

ÁRBITRO: Clarence

El primer encuentro público seguro que atraería cincuenta mil personas, y valdría la pena dar la vuelta al mundo para contemplar tal espectáculo. Todo sería favorable, teníamos un hermoso y fragante tiempo primaveral y la naturaleza se vestía con sus nuevas galas.

41. El interdicto

Sin embargo mi atención se separó inmediatamente de tales asuntos. Nuestra niña empezó a perder lo recobrado y tuvimos que dedicarnos a estar con ella, por lo grave que se hacía su caso. No podíamos permitir que nadie nos ayudase en esto, así que hacíamos guardia alternativamente. ¡Qué corazón tenía Sandy!, ¡qué sencilla era!, ¡qué pura y qué buena! Era una esposa y madre sin tacha; y, sin embargo, yo simplemente me había casado con ella porque las costumbres caballerescas me daban su propiedad hasta que algún caballero me la ganase en el campo del honor. Ella había recorrido toda Inglaterra buscándome hasta que me encontró cuando me iban a colgar en las afueras de Londres, e inmediatamente había vuelto a ocupar su sitio a mi lado de la manera más tranquila y como si fuese por derecho. Yo era de Nueva Inglaterra, y según mi opinión esta clase de relación la comprometería más pronto o más tarde. Ella no podía ver cómo, pero yo corté su argumentación en seco y nos casamos.

Yo no sabía que me estaba tocando la lotería, pero es lo que me tocó. Al cabo de doce meses yo me había convertido en su adorador, y nuestra camaradería fue la mejor y más perfecta que jamás pudo existir. La gente habla de amistades hermosas entre dos personas del mismo sexo. La mejor de esa clase, ¿qué es comparada con la amistad entre marido y mujer, donde los mejores impulsos y los más altos ideales de ambos son los mismos? No se puede comparar ambas amistades, la una es terrena, la otra divina.

En mis sueños, al principio, yo aún vagaba a trece siglos de distancia, llamando y atendiendo a los vacíos, que no replicaban, de un mundo desvanecido. Muchas veces Sandy me escuchó en sueños ese grito implorante que salía de mis labios. Con una grandiosa magnanimidad aquel grito mío lo había aplicado a nuestra niña, pensando que tenía que ser el nombre de algún ser querido que yo había perdido. Hizo que me brotasen las lágrimas y que casi me desplomase cuando me sonrió como si esperase una recompensa y me presentó su original y bonita sorpresa:

—El nombre de alguien que os fue querido, se conserva aquí, aquí se hace santo, y su música siempre resonará en nuestros oídos. Ahora me habréis de besar puesto que conocéis el nombre que he dado a la niña.

Daba igual porque yo no lo sabía. No tenía ni la menor idea, pero habría sido cruel el confesarlo y destrozar su bonito juego; así que sólo dije:

—Sí, ya lo sé, querida, eres muy buena al hacer esto. Pero quiero escuchar de tus labios, que son también los míos, su primera expresión, así su música será perfecta.

Contenta hasta la médula, murmuró:

—¡HOLA-OPERADORA!

No me reí, siempre he agradecido el no haberlo hecho, pero la tensión me rompió todos los cartílagos, y durante semanas a partir de entonces podía oír cómo sonaban mis huesos al andar. Ella nunca descubrió su error. La primera vez que oyó esa forma de saludo al teléfono, quedó sorprendida y no le gustó; pero le conté que yo lo había ordenado, que a partir de entonces y para siempre el teléfono sería invocado con ese formalismo reverente, en honor y recuerdo perpetuo de mi amistad perdida y de su homónimo en nuestra pequeña. No era verdad, pero salí del paso.

Durante dos semanas y media estuvimos contemplando la cuna, y en nuestra profunda preocupación, el mundo exterior no existió para nosotros. Luego llegó nuestra recompensa: el centro del universo cambió de lugar y todo se empezó a arreglar. ¿Agradecidos? Esa no es la expresión. De hecho no hay ninguna expresión que pueda representarlo. Lo pueden saber ustedes mismos si han visto a un hijo ir por el Valle de las Sombras y volver a la vida, barriendo de un golpe la noche de la faz de la tierra con una sonrisa que lo ilumina todo y que se podría tapar con una sola mano.

¡En un instante estábamos de regreso en el mundo! Luego sorprendimos en los ojos de ambos el mismo pensamiento al mismo tiempo: el barco se había ido hacía más de dos semanas y aún no estaba de vuelta.

Al minuto siguiente yo estaba delante de mi séquito. Sus rostros mostraban que habían permanecido constantemente sumidos en funestos presagios. Pedí una escolta y galopamos cinco millas hasta una colina desde la que se divisaba el mar. Aquel reluciente espacio que mi gran comercio había transformado últimamente en una extensión poblada y hermosa, llena de rebaños de blancas alas, había sufrido un cambio. Todo se había desvanecido. De uno a otro confín no se divisaba ni una vela, ni una nube de humo, no había más que una soledad muerta y vacía, en lugar de aquella vida activa y alegre.

Regresé rápidamente, sin decir a nadie una sola palabra. A Sandy sí le conté estas terribles noticias. No podíamos imaginarnos qué es lo que podía haber ocurrido. ¿Una invasión? ¿Un terremoto? ¿Una peste? ¿Había dejado de existir la nación? Pero las conjeturas no servían de nada. Yo tenía que partir inmediatamente. Le pedí prestada al rey su flota, un «barco» no mayor que una chalupa a vapor, y pronto estuve preparado.

La separación fue difícil. Según comía a besos a mi hija, ésta empezó a parlotear en su idioma infantil, la primera vez desde hacía más de dos semanas, y nos volvió locos de alegría. No hay música que pueda sonar como la media lengua de la infancia. Cuando desaparece sustituida por la corrección, se lamenta porque jamás el oído que la perdió volverá a escucharla. Me sirvió de mucho el poder llevarme aquel gracioso recuerdo.

Me acerqué a Inglaterra a la mañana siguiente con el amplio camino del agua salada sólo para mí. En Dover había barcos en el puerto, pero desnudos de velas y sin señal de vida en torno a ellos. Era domingo; sin embargo en Canterbury las calles estaban vacías y lo más extraño de todo es que no se veía ni un sacerdote ni se oía un tañido de campana. Por todas partes se notaba el duelo de la muerte. No podía entenderlo. Donde la ciudad terminaba vi un pequeño entierro, sólo una familia y unos pocos amigos siguiendo a un ataúd, sin sacerdote; un funeral sin campanas, sin libros, sin velas; allí al lado había una iglesia pero pasaron frente a ella llorando y no entraron; alcé la vista al campanario y allí colgaba la campana, amortajada de negro y con el badajo atado. ¡Ahora me di cuenta! Ahora comprendí la sorprendente calamidad que se había abatido sobre Inglaterra. ¿Invasión? Una invasión es algo trivial en relación con esto. ¡Era el INTERDICTO!

No hice preguntas, no había necesidad de hacerlas. La Iglesia había golpeado. Lo que yo tenía que hacer era disfrazarme y además con cautela. Uno de mis criados me dio unas ropas y cuando estábamos en sitio seguro más allá de la ciudad me las puse, y a partir de aquel momento viajé solo, no podía arriesgarme al estorbo de una compañía.

Un viaje lamentable. Por doquiera un silencio desolado. Incluso en el propio Londres. El tráfico había cesado, los hombres no hablaban ni reían, ni iban en grupos, ni siquiera en parejas; se movían sin objetivos, solos, con la cabeza inclinada y la angustia y el terror en el corazón. La torre mostraba daños de guerra reciente. En verdad que habían ocurrido muchas cosas.

Desde luego yo pensaba tomar el tren para Camelot. ¡Tren! La estación estaba tan vacía como una caverna. Seguí mi camino. El viaje a Camelot fue una repetición de lo que ya había visto. El lunes y el martes no se diferenciaron en nada del domingo. Llegué muy avanzada la noche. De ser la ciudad mejor iluminada del reino por la electricidad y lo más parecido a un sol recostado que pudiera verse, había pasado a ser simplemente una mancha, una mancha en la oscuridad, es decir, era más oscura y sólida que el resto de la oscuridad, y así se la podía ver un poco mejor; me parecía algo simbólico, algo así como una señal de que la Iglesia iba a mantener su ventaja y apagar mi hermosa civilización del mismo modo. No descubrí rastro de vida en las sombrías calles. Proseguí mi camino con el corazón atenazado. El enorme castillo se elevaba, negro, sobre la cima de la colina, sin que se divisase una chispa a su alrededor. El puente levadizo estaba bajado y las grandes puertas abiertas de par en par, entré sin que me dieran el alto, y lo único que oía era el ruido de mis pasos. Aquellos enormes y desiertos patios parecían un sepulcro.

42. ¡Guerra!

Encontré a Clarence en su casa, solo, lleno de melancolía. En lugar de la luz eléctrica había vuelto a la antigua lámpara de trapos, y allí se sentaba en una penumbra espantosa con todas las cortinas bajadas. Se precipitó de un salto a mi encuentro, exclamando:

—¡Volver a mirar a una persona viva vale mil millones de milréis!

Me reconoció con tanta facilidad como si no hubiera estado disfrazado. Por supuesto que eso me aterrorizó.

—Rápido, cuéntame el significado de este terrible desastre —dije—. ¿Cómo ha ocurrido?

—Pues, si no hubiese existido una reina Ginebra, no habría venido tan pronto, aunque de todas formas hubiera llegado. Hubiera sido gracias a vos dentro de poco; por suerte ha dado la casualidad que ha sido gracias a la reina.

—¿Y a sir Lanzarote?

—Exactamente.

—Cuéntame los detalles.

—Estimo que concederéis que durante algunos años sólo ha habido un par de ojos en estos reinos que no haya mirado de reojo sistemáticamente a la reina y a sir Lanzarote...

—Sí, los del rey Arturo.

—...y sólo un corazón sin sospechas...

—Sí, el del rey; un corazón que no es capaz de pensar mal de un amigo.

—Pues bien, el rey podría haber continuado, feliz y sin sospechas, hasta el final de sus días, si no hubiese sido por una de vuestras mejoras modernas, la junta de accionistas. Cuando partisteis, tres millas del Londres-Canterbury-Dover estaban listas para los raíles y también listas y maduras para la manipulación en bolsa. Era una empresa arriesgada y todo el mundo lo sabía. Las acciones salieron a la venta con una prima. ¿Y qué es lo que hace sir Lanzarote sino...?

—Sí, ya lo sé; silenciosamente se hizo con casi todo por una bagatela; luego compró casi el doble, a entregar en cuanto se solicitase, y estaba a punto de hacerlo cuando yo me marché.

—Muy bien. Lo solicitó. Los muchachos no pudieron hacer la entrega. Los tenía cogidos y los estrujó bien. Ellos se estaban riendo por lo listos que habían sido al venderle acciones a quince, dieciséis y más, que no valían diez. Se habían reído bien con un lado de la boca así que les quedaba el otro para cambiar. Tuvieron que llegar a un acuerdo con el Invencible por doscientas ochenta y tres.

—¡Caramba!

—Los desolló vivos, y se lo merecían; de todas formas el reino entero se alegró. Entre los despellejados se encontraban sir Agravaine y sir Mordred, sobrinos del rey. Fin del primer acto. Acto segundo, escena primera, habitaciones del castillo de Carlisle, donde la corte ha ido a pasar unos días de caza. Personajes presentes: la tribu entera de los sobrinos del rey. Mordred y Agravaine proponen llamar la atención del cándido Arturo sobre Ginebra y sir Lanzarote. Sir Gawaine, sir Gareth y sir Gaheris no quieren saber nada de esto. Se produce una discusión en voz alta; en medio de ella entra el rey. Mordred y Agravaine le cuentan su terrible historia. Telón. Se tiende una trampa a sir Lanzarote por orden del rey y sir Lanzarote cae en ella. Fue lo suficientemente incómoda para los testigos emboscados, a saber Mordred, Agravaine y doce caballeros de menor categoría, ya que mató a todos salvo a Mordred; pero, desde luego, eso no podía arreglar las cosas entre Lanzarote y el rey, como así fue.

—Vaya, sólo podía resultar una cosa, ya lo veo. La guerra, y los caballeros del reino divididos en dos bandos, del rey y de Lanzarote.

—Sí, así fue. El rey envió a la reina al cadalso para purificarla con el fuego. Lanzarote y sus caballeros la rescataron, y al hacerlo mataron a varios buenos amigos nuestros; a saber, sir Belias le Orgulous, sir Sewarides, sir Griflet le Fils de Dieu, sir Brandiles, sir Aglovale...

—Me rompes el corazón.

—Esperad, aún no he terminado, sir Tor, sir Gauter, sir Gillimer...

—El mejor de mi equipo reserva. Era un jugador muy hábil.

—Los tres hermanos de sir Reynold, sir Damus, sir Priamus, sir Kay el Extraño...

—¡Otro jugador sin par! Le he visto coger una pelota rasa con los dientes. ¡No puedo resistirlo!

—Sir Driant, sir Lambegus, sir Herminde, sir Pertilope, sir Perimones y, ¿quién créeis que más?

—Sir Gaheris y sir Gareth. ¡Los dos!

—¡Increíble! Su devoción por Lanzarote era indestructible.

—Sí, fue un accidente. No eran más que espectadores, estaban desarmados y eran simples testigos del castigo de la reina. Sir Lanzarote derribó a todos los que se encontraron en el camino de su ciega furia y los mató sin darse cuenta de quiénes eran. Aquí tenemos una instantánea que nuestros muchachos sacaron de la batalla; está a la venta en todos los quioscos. La figura más próxima a la reina es sir Lanzarote con la espada en alto y al lado sir Gareth exhalando el último suspiro. Se puede notar la agonía del rostro de la reina a través de las espirales de humo. Es una fotografía al vivo.

—En verdad que lo es. Hay que tener cuidado con ella porque su valor histórico es incalculable. Continúa.

—El resto de la narración es pura y simplemente guerra. Lanzarote se retiró a su ciudad y castillo de la Alegre Guarda y reunió gran número de caballeros. El rey, con una gran hueste, se dirigió allí, y durante varios días hubo combates desesperados que tuvieron como resultado el pavimentar toda la llanura de cadáveres y hierro fundido. Entonces la Iglesia arregló una paz entre Arturo y Lanzarote y la reina y todo el mundo, todo el mundo con la excepción de sir Gawaine. Le dolía la muerte de sus hermanos, Gareth y Gaheris, y no quería la paz. Se lo notificó a Lanzarote, se preparó rápidamente y esperó el ataque. Lanzarote se embarcó para su ducado de Guyena con sus seguidores e inmediatamente Gawaine le siguió con un ejército y persuadió a Arturo para que le acompañase. Arturo dejó el reino en las manos de sir Mordred hasta que volvieseis...

—¡La acostumbrada sabiduría del rey!

—Sí. Sir Mordred se puso enseguida a trabajar para hacer su reinado permanente. Como primera medida iba a casarse con Ginebra; pero ella huyó y se encerró en la torre de Londres. Mordred atacó, el arzobispo de Canterbury cayó sobre él con el interdicto. El rey volvió; Mordred luchó contra él en Dover, en Canterbury y también en Barham Domn. Luego hubo conversaciones de paz y un arreglo. Condiciones: Mordred se quedaría con Cornualles y con Kent durante la vida de Arturo y con todo el reino después.

—¡A fe mía! Mi sueño de una república es un sueño y así va a quedar.

—Sí. Los dos ejércitos estaban cerca de Salisbury. Gawaine, su cabeza, está en el castillo de Dover porque allí cayó en combate; Gawaine se apareció a Arturo en sueños, al menos su espíritu, y le avisó para que no buscase ningún conflicto durante un mes, costase lo que costase. Pero la batalla se precipitó por accidente. Arturo había dado orden de que si durante las conversaciones sobre el propuesto tratado con Mordred, se alzaba una espada, que sonasen las trompetas y se lanzasen al ataque ya que no tenía confianza en Mordred. Éste había dado una orden similar a su gente. Una víbora mordió el talón de un caballero, éste se olvidó de la orden y tiró un tajo con la espada a la víbora. ¡En un instante ambos poderosos enemigos chocaron en combate! Lucharon encarnizadamente durante todo el día. Luego el rey, bueno, hemos hecho algo nuevo desde que partisteis, lo tiene el periódico.

—¿Qué es?

—Corresponsales de guerra.

—Eso sí que está bien.

—Sí, el periódico continuaba prosperando porque el interdicto no le había producido impresión, mientras duraba la guerra. Yo tenía corresponsales de guerra con ambos ejércitos. Voy a terminar esa batalla leyendo lo que dice uno de los muchachos:

Luego el rey miró en torno de él y entonces se dio cuenta de que de toda su hueste y de todos sus buenos caballeros no quedaban con vida más que dos caballeros, que eran sir Lucan de Butlere y su hermano sir Bedivere, y que ambos estaban malheridos. Jesús misericordioso, dijo el rey, ¿qué ha sido de todos mis nobles caballeros? ¡Que yo tenga que ver este día doloroso! Porque ahora he llegado a mi final. Pero quiera Dios que yo sepa dónde está el traidor de sir Mordred, que es la causa de todo el mal. Entonces el rey Arturo se dio cuenta de dónde estaba sir Mordred apoyado sobre la espada entre un gran montón de muertos. Dadme mi lanza, le dijo a sir Lucan, porque allí veo al traidor que ha causado todo este dolor. Señor, dejadle estar, contestó sir Lucan, porque ahora es desgraciado, y si dejáis pasar este día infeliz os vengaréis bien de él. Buen señor, recordad vuestro sueño y lo que os dijo el espíritu de sir Gawaine. Dios con su gran bondad os ha conservado hasta ahora. Así que, por amor de Dios, mi señor, dejadlo. Porque bendito sea Dios, habéis vencido, aquí estamos tres con vida y con sir Mordred no hay nadie. Si le dejáis marchar ahora el destino de este día malvado habrá pasado. Me lleve la muerte o conserve la vida, dijo el rey, ahora que lo veo solo no se escapará de mis manos porque jamás lo tendré en mejor oportunidad. Dios os conduzca bien, dijo sir Bedivere. Entonces el rey cogió la lanza con ambas manos y corrió hasta sir Mordred, gritando: traidor, ha llegado el día de tu muerte. Cuando sir Mordred oyó a sir Arturo, corrió hacia él empuñando la espada. Y entonces el rey Arturo hirió a sir Mordred por debajo del escudo y le atravesó el cuerpo con la lanza más de una braza. Cuando sir Mordred sintió que estaba herido mortalmente se arrojó con toda la fuerza que tenía sobre la lanza del rey Arturo hasta la empuñadura. Y en el mismo momento hirió a su padre Arturo con la espada que empuñaba en ambas manos en un lado de la cabeza rompiéndole el yelmo y el cráneo, y con esto sir Mordred cayó muerto al suelo. Y el noble Arturo cayó sin sentido a tierra y se desmayó muchas veces.

Eso es un buen modelo de correspondencia de guerra, Clarence. Eres un periodista de primera fila. Bueno, ¿está bien el rey? ¿Se restableció?

—No, pobre. Ha muerto.

Me sorprendió sobremanera; no se me había ocurrido que alguna herida le pudiese ser mortal.

—¿Y la reina?

—Es monja en Almesbury.

—¡Qué cambios en tan poco tiempo! ¡Es inconcebible! ¿Qué podrá ser lo siguiente?

—Puedo decir qué es lo que viene ahora.

—¿Qué es?

—¡Apostad nuestras vidas y sostenedlas!

—¿Qué quieres decir?

—La Iglesia es quien manda ahora. El interdicto os incluyó con Mordred; mientras permanezcáis vivo no se levantará. Las gentes se están reuniendo. La Iglesia ha convocado a todos los caballeros que han quedado con vida y tan pronto como os descubran tendremos trabajo.

—¡Bah! Con nuestro científico material de guerra, con nuestras huestes de entrenados...

—Ahorraos el aliento, no nos quedan ni sesenta fieles.

—¿Qué dices? Nuestras escuelas, nuestros colegios, nuestras grandes fábricas, nuestros...

—Cuando esos caballeros vengan, esos establecimientos se vaciarán y se pasarán al enemigo. ¿Creéis que habéis sacado la superstición de la gente?

—Claro que lo creo.

—Pues entonces podéis descreerlo. Aguantaron con facilidad todas las dificultades hasta el interdicto. Desde entonces solamente ponen el valor por la parte de afuera, interiormente están temblando. Acostumbraos a ese pensamiento. Cuando lleguen los ejércitos la máscara caerá.

—Son malas noticias. Estamos perdidos. Volverán nuestra propia ciencia contra nosotros.

—No, no lo harán.

—¿Por qué?

—Porque yo y un puñado de fieles hemos bloqueado ese juego. Os contaré lo que he hecho, y lo que me movió a hacerlo. Sois listo pero la Iglesia lo fue más. Fue la Iglesia la que os envió a vuestro crucero, a través de sus criados, los médicos.

—¡Clarence!

—Es la verdad. Lo sé. Todos los oficiales de vuestro barco eran criados escogidos de la Iglesia y exactamente igual todos los miembros de la tripulación.

—¡Bueno!

—Es tal como os lo cuento. No descubrí todo esto en seguida, pero terminé por descubrirlo. ¿Me enviasteis información verbal, a través del capitán del barco, diciendo que tan pronto como regresase a vos con provisiones, ibais a dejar Cádiz...

—¡Cádiz! ¡Yo nunca he estado en Cádiz!

—...que ibais a dejar Cádiz para hacer un crucero, por tiempo indefinido, en mares lejanos, por causa de la salud de vuestra familia.

—Desde luego que no. Habría escrito, ¿no?

—Naturalmente. Yo estaba molesto y tenía sospechas. Cuando el capitán se hizo de nuevo a la mar me las arreglé para embarcar con él un espía. Desde entonces no he vuelto a saber nada del barco ni del espía. Me di dos semanas para tener noticias vuestras. Luego decidí enviar un barco a Cádiz. Hay una razón por la que no lo hice.

—¿Cuál?

—Nuestra flota había desaparecido, repentina y misteriosamente. También, lo mismo de repentina y misteriosamente, el ferrocarril y el servicio de telégrafos y de teléfonos cesaron de funcionar, los hombres desertaron, los postes fueron cortados y la Iglesia prohibió la luz eléctrica. Yo tenía que ponerme a trabajar inmediatamente. Vuestra vida estaba segura, nadie de estos reinos, salvo Merlín, se atrevería a tocar a un mago como vos sin tener diez mil hombres a las espaldas. Lo único que yo tenía que pensar era prepararlo todo lo mejor posible para que no vinieseis. Yo me sentía seguro, nadie tendría ganas de tocar a uno de los vuestros. Así que esto fue lo que hice. De nuestras diversas fábricas seleccioné a todos los hombres, sobre cuya fidelidad ante cualquier presión podía yo jurar, los reuní en secreto y les di instrucciones. Hay cincuenta y dos, ninguno por debajo de los catorce ni por encima de los diecisiete.

—¿Por qué seleccionaste muchachos?

—Porque los restantes habían nacido y crecido en una atmósfera de superstición. Lo llevan en la sangre y en los huesos.

Nosotros imaginábamos que los habíamos educado, ellos también, pero el interdicto les despertó como un trueno. Se lo reveló a ellos y a mí también. Con muchachos era diferente. Los que hemos estado educando de siete a diez años, no conocen los terrores de la Iglesia, y entre éstos fue donde encontré a mis cincuenta y dos. Mi operación siguiente fue hacer una visita privada a la vieja cueva de Merlín, no la pequeña, la grande...

—Sí, donde habíamos establecido en secreto nuestra primera gran central eléctrica cuando yo estaba proyectando un milagro.

—Exactamente. Y como el milagro no había sido necesario entonces, pensé que podría ser una buena idea utilizar la central ahora. He provisionado la cueva para un asedio...

—Una buena idea, una idea de primera categoría.

—Creo que sí. Coloqué a cuatro de los muchachos de guardia, en el interior y sin que se los pudiese ver. No se iba a herir a nadie, mientras estuviese en el exterior; pero cualquier intento de penetrar... Bueno, ¡que lo intentasen! Luego me fui a las colinas, desenterré y corté los cables secretos que conectaban vuestro dormitorio con los que van a los depósitos de dinamita situados debajo de nuestras grandes fábricas, talleres, almacenes, etc., y sobre la media noche mis muchachos y yo salimos a conectar los cables con la cueva, y nadie salvo nosotros sabe a dónde va el otro extremo. Por supuesto lo colocamos bajo tierra y en un par de horas todo estaba terminado. Ahora no tendremos que abandonar nuestra fortaleza cuando queramos hacer volar nuestra civilización.

—Fue la operación apropiada, y la lógica; una necesidad militar, teniendo en cuenta el cambio de circunstancias. ¡Qué cambios! Esperábamos que en algún momento nos sitiasen en el palacio, pero... no importa, sigue.

—Después pusimos una alambrada.

—¿Alambrada?

—Sí. Hace dos o tres años lo insinuasteis.

—Sí, ya me acuerdo. Fue cuando la Iglesia trató de probar su fuerza contra nosotros por vez primera, y luego consideró mejor dejarlo para ocasión más propicia. ¿Cómo has arreglado la alambrada?

—Conecté doce alambres muy fuertes, sin aislamiento, a una gran dínamo que está en la cueva, dínamo sin escobillas excepto una positiva y una negativa...

—Así está perfectamente.

—Los alambres salen de la cueva y se enroscan en un círculo de unos cien metros de diámetro; forman doce vallas independientes a unos tres metros de distancia unos de otros, es decir, doce círculos concéntricos, y luego los alambres vuelven a entrar en la cueva.

—Perfectamente, sigue.

—Las vallas se encuentran atadas a fuertes postes de roble situados a un metro de distancia y además estos postes están enterrados unos dos metros.

—Está bien, es fuerte.

—Sí. Los cables no tienen contacto con el suelo, salvo en la cueva. Salen de la escobilla positiva de la dínamo; el otro extremo del alambre vuelve a la cueva y cada uno toma tierra independientemente.

—No, eso no sirve.

—¿Por qué?

—Es demasiado caro, consume energía para nada. No se necesita ninguna toma de tierra excepto la de la escobilla negativa. El otro extremo de cada alambre debe volverse a la cueva y asegurarse independientemente pero sin ninguna toma de tierra. Fíjate en la economía que representa. Una carga de caballería se lanza contra la valla, no consumes energía ni gastas dinero porque sólo hay una toma de tierra hasta que los caballos chocan contra el alambre; en el momento en que lo tocan hacen contacto con la escobilla negativa a través del suelo, y caen muertos. ¿No ves? No utilizas energía hasta que se necesita, la descarga está preparada como la carga de un cañón, pero no te cuesta un centavo hasta que se produce la descarga. Sí, la toma de tierra única...

—¡Claro! No sé cómo se me pudo pasar por alto eso. No sólo es más barato, sino más efectivo porque si los alambres se rompen o se enredan no ocurre nada malo.

—No, especialmente si tenemos un reloj de vigilancia en la cueva y desconectamos el alambre roto. Bien, sigue. ¿Las ametralladoras?

—Sí, eso está preparado. En el centro del círculo interior, sobre una vasta plataforma de dos metros de altura, he agrupado una batería de trece ametralladoras Gatling, con munición en abundancia.

—Muy bien. Dominan todos los accesos y cuando lleguen los caballeros de la Iglesia va a haber una buena música. El borde del precipicio por encima de la cueva...

—He colocado una alambrada y una Gatling. No nos podrán arrojar ninguna roca.

—Bien, ¿y los torpedos de dinamita de vidrio laminado?

—Ya está preparado. Es el jardín más bonito que se haya podido plantar. Es un cinturón de quince metros de ancho en torno a la valla exterior, aunque separado de ella por unos cien metros; este espacio es una especie de terreno neutral. Ni un solo metro cuadrado del cinturón carece de un torpedo. Los hemos colocado en la superficie del terreno y hemos esparcido por encima de ellos una capa de arena. Es un jardín de aspecto inocente pero dejad que un hombre meta en él un dedo de un pie y ya veréis.

—¿Habéis probado los torpedos?

—Iba a hacerlo pero...

—¿Pero qué? Es un descuido inmenso el no haber efectuado una...

—¿Prueba? Ya lo sé, pero están perfectamente. Coloqué unos pocos en la carretera pública que va más allá de nuestras líneas y ya se han probado.

—Eso ya lo varía todo. ¿Quién los probó?

—Un comité de la Iglesia.

—Qué amables fueron.

—Sí. Venían a ordenarnos que nos sometiésemos. Ya veis que en realidad no venían a probar los torpedos, eso fue sólo un incidente.

—¿Informó después el comité?

—Sí. Se oyó a una milla de distancia.

—¿Por unanimidad?

—Así fue. Después de eso he colocado algunas indicaciones para protección de futuros comités y desde entonces no hemos tenido intrusos.

—Clarence, has hecho un mundo de trabajo y lo has hecho perfectamente.

—Tuvimos tiempo de sobra; no ha habido ocasión de precipitarse.

Nos sentamos silenciosos, pensando. Luego me decidí y dije:

—Todo está listo, perfectamente en orden, no falta un detalle. Ya sé lo que voy a hacer.

—Yo también, sentarse y esperar.

—¡No, señor! Levantarse, dar golpes.

—¿Lo decís en serio?

—¡Claro que sí! Estar a la defensiva es algo que no me va, pero la ofensiva sí. Es decir, cuando llevo una buena mano, dos terceras partes mejor que la del enemigo. Sí, nos levantaremos para golpear, ése va a ser nuestro juego.

—Ciento a uno a que tenéis razón. ¿Cuándo empieza la representación?

—¡Ahora! Vamos a proclamar la república.

—Seguro que eso va a precipitar las cosas.

—Eso les va a poner al rojo vivo, te lo digo yo. Antes de mañana a mediodía Inglaterra se convertirá en un avispero, si el juego de la Iglesia no ha perdido en mañas, y sabemos que no. Escribe esto que te voy a dictar:

— PROCLAMA —

PARA CONOCIMIENTO DE TODOS

Puesto que el rey ha muerto sin dejar sucesión, es mi deber continuar con la autoridad ejecutiva de que fui investido, hasta que haya sido creado un gobierno y puesto en funcionamiento. La monarquía ha prescrito, ya no existe. Consecuentemente todo el poder político ha revertido a su fuente original, el pueblo. Con la monarquía han muerto también sus diversas añadiduras, por lo tanto la nobleza ya no existe, ni tampoco una clase privilegiada, ni tampoco una Iglesia oficial. Todos los hombres son exactamente iguales, están en el mismo nivel y hay libertad de religión. Por lo cual se proclama la república, como el estado natural de una nación cuanto toda otra autoridad ha cesado. Es deber del pueblo británico reunirse inmediatamente y elegir con sus votos representantes para poner en sus manos el gobierno.

Firmé: el Jefe, y lo feché en la cueva de Merlín.

Clarence opinó:

—Bueno, eso les dice dónde estamos y les invita a ponerse en contacto con nosotros.

—Eso es lo que pretendo. Damos golpes con la proclama, y entonces les toca a ellos jugar. Ahora haz que se componga esto, que se imprima y que se ponga en circulación inmediatamente; da la orden; luego, si tienes un par de bicicletas preparadas al pie de la colina, ¡hala!, hacia la cueva de Merlín.

—Dentro de diez minutos estaré listo. ¡Menudo ciclón se va a armar mañana cuando este trozo de papel se ponga a funcionar!

Éste era un palacio viejo y agradable; me pregunto si lo volveremos a ver, pero eso ya no importa.

43. La batalla del Cinturón de Arena

En la cueva de Merlín nos encontrábamos Clarence y yo con cincuenta y dos muchachos ingleses, flamantes, bien educados, brillantes y de mente despejada. Al amanecer envié una orden a las fábricas y a todos nuestros grandes talleres para que detuviesen el trabajo y se alejase todo ser vivo a una distancia segura, porque iba a hacer saltar todo con minas secretas, sin decir en qué momento, «por lo tanto, marchaos en seguida». Esta gente me conocía y tenía confianza en mi palabra. Despejarían sin esperar un momento y yo podría hacer la explosión cuando quisiera. No se podría lograr que uno de ellos regresase, ni en un siglo, si aún no se había efectuado la explosión.

Tuvimos una semana de espera. No me resultó aburrido porque todo el tiempo estuve escribiendo. En los tres primeros días terminé de pasar mi diario a esta forma narrativa; aproximadamente un capítulo era lo que faltaba para ponerlo al día. El resto de la semana lo pasé escribiendo cartas a mi esposa. Siempre había tenido la costumbre de escribir a Sandy todos los días, siempre que estábamos separados, y ahora por amor a mí mismo y a Sandy continuaba con la costumbre, aunque, desde luego, no podía hacer nada con las cartas después de haberlas escrito. Pero esto hacía pasar el tiempo y era casi como hablar, casi como si estuviera diciendo: «Sandy, si tú y Hola-Operadora estuvieseis aquí en la cueva, en persona, en lugar de en fotografía, lo pasaríamos muy bien». Entonces podía imaginarme a la pequeña parloteando algo, estirada en el regazo de la madre que se reía, admiraba y adoraba a su hija, y a quien de vez en cuando hacía cosquillas debajo de la barbilla para que soltase carcajadas, y quizá diciéndome algo en contestación, y así sucesivamente, bueno, ya se dan cuenta, podía sentarme en la cueva con la pluma y estar así con ellas durante horas. Era casi como si volviésemos a estar juntos.

Por supuesto todas las noches mandaba espías para obtener noticias. Con cada información, las cosas cobraban un aspecto más impresionante. Las huestes se reunían sin cesar; por todas las carreteras y caminos de Inglaterra cabalgaban los caballeros y con ellos los sacerdotes para animar a estos originales cruzados, puesto que era la guerra de la Iglesia. Toda la nobleza, grande y pequeña, estaba en camino, e igualmente todos los hidalgos. Todo estaba ocurriendo tal como se había esperado. Reduciríamos de tal modo a esta gente que el pueblo no tendría más quehacer que dar un paso al frente con la república y...

¡Qué asno fui! Hacia finales de semana, este enorme y desilusionado hecho empezó a penetrarme en la cabeza: que la masa de la nación había agitado sus gorros y gritado en favor de la república aproximadamente durante un día y ahí había terminado todo. La Iglesia, los nobles y los hidalgos habían puesto un ceño grandioso y lleno de censura que les había transformado en ovejas. Desde aquel momento las ovejas habían empezado a acudir al redil, es decir, a los campamentos, para ofrecer sus vidas sin valor y su lana valiosa a la «justa causa». Hasta los mismos hombres que habían sido esclavos hasta hacía poco, estaban en la «justa causa», glorificándola, rezando por ella, babeándola sentimentalmente, lo mismo que el resto de los plebeyos. ¡Imaginen esta basura humana, piensen en esta locura!

Sí, por todas partes ahora el «Muerte a la república», sin una voz disidente. ¡Toda Inglaterra marchaba contra nosotros! En verdad que era más de lo que yo había calculado.

Me fijaba intensamente en mis cincuenta y dos muchachos. Me fijaba en sus rostros, en su caminar, en sus actitudes inconscientes; porque todas estas cosas son un lenguaje, un lenguaje que nos ha sido dado a propósito para que nos denuncie en las épocas de dificultad, cuando tenemos secretos que deseamos guardar. Yo sabía que aquel pensamiento: «Inglaterra marcha contra nosotros», se repetía una y otra vez en sus mentes y en sus cerebros, pidiendo más atención cada vez que se repetía, forjándose más claramente en su imaginación, hasta que ni en el sueño podrían descansar de él, sino que entonces también escuchaban a las vagas y revoloteantes criaturas de los sueños decir: «¡Toda Inglaterra, TODA INGLATERRA, marcha contra nosotros!» Yo sabía que todo esto ocurriría, sabía que la presión terminaría por ser tan fuerte que saldría al exterior; por lo tanto debía tener una respuesta preparada para aquel momento, una respuesta bien escogida y tranquilizadora.

Tenía razón. Llegó el momento. Tenían que hablar. Pobres muchachos, era una pena verlos, tan pálidos, tan agotados, tan acongojados. Al principio su portavoz apenas podía encontrar ni voz ni palabras, pero luego ya consiguió ambas cosas. Esto es lo que dijo, en el buen inglés moderno que le enseñaron en mis escuelas:

—Hemos tratado de olvidar lo que somos, ¡muchachos ingleses! Hemos tratado de poner a la razón por delante del sentimiento, al deber delante del amor; nuestras mentes nos aprueban pero nuestros corazones nos reprochan. Mientras aparentemente se trataba solo de la nobleza, sólo de los hidalgos, sólo los veinticinco o treinta y cinco mil caballeros que han quedado con vida después de las últimas guerras, éramos de una sola opinión y carecíamos de cualquier duda perturbadora; todos y cada uno de los cincuenta y dos muchachos que aquí nos encontramos, decíamos: «¡Ellos lo han querido, es cosa suya!» Pero, ahora, pensad, el problema ha cambiado, ¡toda Inglaterra marcha contra nosotros! Señor, ¡considerad! ¡reflexionad! Esta gente es nuestra gente, son huesos de nuestros huesos, carne de nuestra carne, los amamos, ¡no nos pidáis que destruyamos a nuestra nación!

Bueno, esto muestra el valor de mirar hacia el futuro y de estar preparado para cuando suceda algo. Si yo no lo hubiese previsto, aquel muchacho habría podido conmigo, yo no habría podido decir ni una palabra. Pero yo estaba preparado.

—Muchachos, vuestros corazones están bien en su sitio, habéis pensado lo que había que pensar, habéis hecho lo que había que hacer. Sois muchachos ingleses, seguiréis siéndolo, y mantendréis ese nombre sin desdoro. No os preocupéis más, que vuestras mentes descansen. Considerad lo siguiente: mientras toda Inglaterra marcha contra nosotros, ¿quién va en vanguardia? ¿Quién, según las más corrientes reglas de la guerra, marchará al frente? Contestadme.

—La hueste montada de los caballeros armados.

—Cierto. Son treinta mil. Marcharán formando un espesor de muchos metros cuadrados. Ahora, fijaos. ¡Nadie más que ellos caerá en el cinturón de arena! Entonces habrá un intermedio. Inmediatamente después, la multitud civil de la retaguardia se retirará para hacer frente a sus compromisos comerciales en otras partes. Sólo los nobles y los hidalgos son caballeros y después de aquel intermedio sólo ellos se quedarán para bailar a nuestra música. Es absolutamente verdad que no tendremos que luchar más que contra estos treinta mil caballeros. Ahora hablad y se hará como decidáis. ¿Vamos a evitar la batalla y a retirarnos del terreno?

—¡¡No!!

El grito fue unánime y salió del corazón.

—¿Tenéis..., bueno, tenéis miedo de esos treinta mil caballeros?

Esta broma produjo una gran carcajada. Las dificultades de los muchachos se desvanecieron y se fueron alegremente a sus puestos. Era un encanto. Y tan gentiles como muchachas, además.

Ahora yo ya estaba preparado para el enemigo. Que llegara el gran día, nos encontraría dispuestos.

El gran día llegó puntual. Al amanecer, el centinela que estaba de guardia en el corral entró en la cueva e informó que una masa negra se movía en el horizonte acompañada de un débil sonido que él creía se trataba de música militar. El desayuno estaba preparado, así que nos sentamos a tomarlo.

Una vez terminado, dirigí a los muchachos un pequeño discurso y envié un destacamento para que manejase la batería, con Clarence al mando.

Al poco el sol se elevó y su esplendor sin obstáculos cubrió la tierra. Entonces vimos una prodigiosa hueste que se movía lentamente en nuestra dirección, con el impulso continuo y el frente de una ola. Cada vez se acercaba más y cada vez su aspecto se hacía más impresionante; sí, aparentemente allí estaba toda Inglaterra. Pronto pudimos ver los innumerables estandartes revoloteando y luego el sol cayó sobre aquel mar de armaduras, iluminándolo con una llamarada. Era un magnífico espectáculo, jamás había visto nada que lo sobrepasase.

Por fin fuimos capaces de divisar las cosas en detalle. Todas las filas delanteras, sin que se pudiese ver hasta dónde llegaba la profundidad, estaban formadas por jinetes, empenachados caballeros recubiertos de armadura. De repente escuchamos el estruendo de las trompetas, el paso lento se convirtió en galope, ¡era maravilloso! La vasta ola se movía, se acercaba al cinturón de arena. Retuve el aliento. Cada vez más cerca, la faja de hierba situada más allá del cinturón amarillo se estrechaba más y más, ya no era más que una cinta enfrente de los caballos, luego desapareció bajo los cascos. ¡Demonio! Toda la vanguardia de aquella hueste saltó por los aires en medio de un estrepitoso trueno y se convirtió en una vertiginosa tempestad de guiñapos y fragmentos. Por todo el suelo se extendió una espesa capa de humo que nos hizo perder de vista lo que quedaba de aquella multitud.

Era el momento para el segundo movimiento de nuestro plan de campaña. Toqué un botón e hice estremecer a toda Inglaterra.

Con aquella explosión todas nuestras magníficas fábricas de civilización saltaron por los aires y desaparecieron de la tierra. Era una lástima, pero era necesario. No podíamos permitir que el enemigo volviese contra nosotros nuestras propias armas.

Ahora se produjo uno de los más pesados cuartos de hora que he tenido que soportar en mi vida. Esperábamos en medio de una soledad silenciosa, encerrados en nuestras alambradas y rodeados del espeso humo que había más allá de ellas. Ni por encima ni a través de esa capa podíamos ver nada. Pero al fin empezó a romperse en jirones lentamente y al cabo de otro cuarto de hora la tierra ya había quedado limpia y pudimos alimentar nuestra curiosidad. ¡Ni un ser viviente aparecía ante la vista! Pudimos contemplar los añadidos que habían sufrido nuestras defensas. La dinamita había excavado una zanja de más de treinta metros de ancho, en torno de nosotros, alzando unos terraplenes a ambos lados de cerca de diez metros. En cuanto a la destrucción de vida era sorprendente. Más aún, estaba más allá de toda estimación. Desde luego no podíamos contar los muertos, porque no existían como individuos, sino simplemente como un protoplasma homogéneo con aleaciones de hierro y botones.

A la vista no había nada con vida, pero forzosamente tenía que haber algunos heridos en la retaguardia, a los que retirar del campo bajo la protección de la capa de humo. Tenía que haber gente en situación apurada entre los restantes; siempre la hay después de un episodio como éste. No habría refuerzos, era la última resistencia de la caballería de Inglaterra, todo lo que quedaba de la orden tras las recientes guerras aniquiladoras. Así que creí con toda certeza que la fuerza mayor que podría enfrentarnos en el futuro sería pequeña, sólo algunos caballeros. Por lo tanto, publiqué una proclama de enhorabuena para mi ejército en estas palabras:

¡SOLDADOS, CAMPEONES DE LA LIBERTAD E IGUALDAD HUMANAS!

¡Vuestro general os felicita!

Con el orgullo de su fuerza y la vanidad de su renombre, un arrogante enemigo vino contra nosotros. Estabais preparados. El combate fue breve; por vuestra parte, glorioso. Esta poderosa victoria, que ha sido alcanzada totalmente sin pérdidas, aparece sin igual en la historia. Mientras los planetas continúen moviéndose en sus órbitas, la BATALLA DEL CINTURÓN DE ARENA no desaparecerá del recuerdo de los hombres.

EL JEFE.

Lo leí muy bien, y me llenó de satisfacción el aplauso que recibí. Luego proseguí con estas observaciones:

—La guerra con la nación inglesa, como tal nación, ha terminado. La nación se ha retirado del campo y de la guerra. Antes de que los convenzan para que regresen, la guerra habrá cesado. Ésta es la única campaña que se realizará. Será breve, la más breve de la historia. También la que destruirá más vidas, considerado desde el punto de vista de la proporción de bajas en relación con el número de gente empeñada. Hemos terminado con la nación; de aquí en adelante trataremos solamente con los caballeros. Se puede matar a los caballeros ingleses pero no se los puede conquistar. Sabemos lo que tenemos por delante. Mientras uno de estos hombres quede con vida, nuestra tarea no habrá terminado, la guerra no habrá terminado. Los mataremos a todos. (Grandes y prolongados aplausos.)

Puse una avanzadilla en los grandes terraplenes que la explosión de dinamita había levantado en torno a nuestras líneas, solamente un par de muchachos como vigías para anunciar al enemigo cuando apareciese de nuevo.

Después envié a un ingeniero y a cuarenta hombres a un punto situado al sur de nuestras posiciones para cambiar el curso de un arroyuelo de montaña que había allí, y traerlo dentro de nuestras líneas a fin de que quedase a mi disposición y yo pudiese hacer uso inmediato de él en caso de necesidad. Los cuarenta hombres se dividieron en dos turnos de veinte, con relevos cada dos horas. Al cabo de diez horas el trabajo estaba terminado.

Era ya de noche y retiré las avanzadillas. Al que le había tocado hacer de vigía al norte informó acerca de un campamento, pero que sólo era visible con prismáticos. También informó que algunos pocos caballeros se habían dirigido hacia nosotros empujando ganado a través de nuestras líneas, pero que ellos no se habían acercado mucho. Eso era lo que yo esperaba. Estaban explorándonos, deseaban saber si íbamos a lanzarles el mismo terror rojo otra vez. Quizá se arriesgarían más por la noche. Me parecía saber lo que iban a intentar, porque era exactamente lo que yo intentaría si estuviera en su lugar y fuese tan ignorante como ellos. Se lo conté a Clarence.

—Creo que tenéis razón —contestó—, es la cosa más natural que puedan intentar.

—Pues si lo hacen, sentenciados a muerte.

—Seguro.

—No tendrían ni la menor oportunidad.

—Desde luego que no.

—Esto es terrible, Clarence. Es una tremenda lástima.

El pensar en ello y la preocupación que me producía me perturbaban de tal modo que no podía encontrar ni la más mínima paz. Así que por fin para aliviar mi conciencia, dirigí este mensaje a los caballeros:

AL HONORABLE COMANDANTE DE LA CABALLERÍA
INSURGENTE DE INGLATERRA:

Lucháis en vano. Conocemos vuestra fuerza, si es que se puede denominar de este modo. Sabemos que, a lo más, no podéis traer contra nosotros más de veinticinco mil caballeros. Por lo tanto no tenéis oportunidad de ninguna clase. Reflexionad: estamos bien equipados, bien fortificados, somos cincuenta y cuatro. ¿Cincuenta y cuatro qué? ¿Hombres? No, mentes. Las más capaces del mundo. Una fuerza contra la que el simple poderío animal tiene tanta esperanza de prevalecer como la tienen las ociosas olas del mar contra las barreras graníticas de Inglaterra. Sed prudentes. Os ofrecemos vuestras vidas; no rechacéis el regalo, por consideración a vuestras familias. Os ofrecemos esta oportunidad y es la última: arrojad las armas; rendíos incondicionalmente a la república y seréis perdonados.

Firmado,
EL JEFE.

Se lo leí a Clarence, diciéndole que me proponía enviarlo con una bandera de tregua. Soltó la risa sarcástica con la que había nacido y afirmó:

—De cualquier manera parece imposible que os deis plena cuenta de cómo es la nobleza. Vamos a ahorrar un poco de tiempo y de molestias. Pensad que soy el comandante de los caballeros. Ahora venís con la bandera de tregua; acercaos y entregadme el mensaje, y yo os daré la respuesta.

Le seguí la corriente. Me adelanté rodeado de una guardia imaginaria de soldados enemigos, saqué el papel y lo leí entero. Por toda respuesta, Clarence arrancó el papel de mi mano, puso un gesto desdeñoso y dijo con desprecio altivo:

—¡Desmembradme a este animal y devolvedlo al bribón de baja cuna que le envió! No tengo más respuesta.

La teoría frente a los hechos está siempre vacía. Y éstos eran los hechos y nada más. Esto es lo que habría ocurrido, no hay que darle vueltas. Rompí el papel y di a mi inoportuno sentimentalismo un descanso definitivo.

Luego, a trabajar. Probé las señales eléctricas desde la plataforma de las Gatling hasta la cueva, y me cercioré de que estaban perfectamente; probé y volví a probar las que dirigían las alambradas; con ellas podía cortar y dar la corriente eléctrica en cada una de las vallas independientemente de las otras. Coloqué la conexión con el arroyo, bajo la guardia y autoridad de tres de mis mejores muchachos, que se alternarían en turnos de dos horas toda la noche y que obedecerían inmediatamente mi orden, si tenía ocasión de darla: tres disparos de revólver en rápida sucesión. Se retiró la guardia durante la noche, y el cercado quedó sin vida; ordené que hubiese tranquilidad en la cueva y que las luces eléctricas se redujesen hasta la penumbra.

Tan pronto como hubo oscuridad total y me pareció conveniente, corté la corriente de todas las vallas y me arrastré hasta los terraplenes que nos bordeaban por la gran zanja producida por la dinamita. Repté hasta la cima y me tumbé en la pendiente para vigilar. Había demasiada oscuridad para que se pudiese ver algo. Y en cuanto a sonidos, no se oía nada. El silencio era como un silencio de muerte. Desde luego, se oían los ruidos nocturnos normales del campo, el ruido de las aves nocturnas, el zumbido de los insectos, el ladrido de los distantes perros, el suave mugido de las alejadas vacas, pero todo esto no parecía romper el silencio, sólo lo aumentaba añadiéndole una terrible melancolía.

Al cabo de poco rato dejé de mirar puesto que la noche era tan negra, pero mantuve en tensión mis oídos a la captura de cualquier ruido sospechoso, porque me parecía que lo único que tenía que hacer era esperar para no quedar frustrado. Sin embargo, tuve que esperar mucho tiempo. Por fin cogí lo que se podría llamar reflejos confusos de sonido, un sonido metálico sordo. Agucé los oídos y retuve el aliento porque esto era lo que había estado esperando. El sonido aumentaba y se acercaba desde el norte. Al poco se oía a mi misma altura, en la cima del terraplén opuesto, a unos treinta y tantos metros de distancia. Me pareció ver una fila de manchas negras que aparecían a lo largo de aquella cima. ¿Cabezas humanas? No podía decirlo; podía que no fuese nada en absoluto, uno no puede depender de sus ojos cuando se tiene la imaginación desenfocada. Sin embargo, la cuestión quedó pronto decidida. Escuché cómo el ruido metálico descendía hasta la gran zanja. Aumentaba rápidamente y se extendía por igual, inconfundiblemente me proporcionó este dato: una hueste armada estaba tomando posiciones en la zanja. Sí, esta gente nos estaba preparando una pequeña fiesta sorpresa. Hacia el amanecer podíamos esperar tener diversión, posiblemente antes.

Ahora me arrastré hasta el cercado, había visto lo suficiente. Fui a la plataforma y di la señal para que se diese la corriente a las dos vallas interiores. Entré en la caverna y encontré que todo estaba perfectamente, no había nadie despierto salvo el que estaba de guardia. Desperté a Clarence y le conté que la gran zanja se estaba llenando de hombres y que me parecía que todos los caballeros venían en bloque por nosotros. Creía que tan pronto como se acercara el alba podíamos esperar que los miles de emboscados en la zanja se encaramasen por el terraplén y se lanzasen al asalto, para ser seguidos inmediatamente por el resto del ejército.

Clarence opinó:

—Deben tener ganas de enviar un explorador o dos en plena oscuridad para realizar las observaciones preliminares. ¿Por qué no quitamos la corriente de las vallas exteriores y les damos una oportunidad?

—Ya lo he hecho, Clarence. ¿Me has visto alguna vez poco hospitalario?

—No, tenéis buen corazón. Quiero ir a...

—¿A ser el comité de recepción? Yo también iré.

Cruzamos el cercado y nos colocamos entre las dos vallas interiores. Incluso la débil luz de la cueva había perturbado algo nuestra visión, pero el foco pronto empezó a regularse y se ajustó a las presentes circunstancias. Antes habíamos tenido que ir a tientas pero ahora ya podíamos distinguir los postes de la alambrada. Habíamos iniciado una conversación en susurro, pero, de repente, Clarence se interrumpió para decir:

—¿Qué es eso?

—¿Qué es qué?

—Aquello de allí.

—¿Qué cosa? ¿Dónde?

—Un poco más allá, algo oscuro, una forma negra, contra la segunda valla.

Miré y miré, para preguntar después:

—¿Podría ser un hombre, Clarence?

—No. Me parece que no. Si os fijáis parece un po..., ¡vaya, es un hombre! está inclinado sobre la valla.

—Desde luego me parece que sí. Vamos a ver.

Reptamos sobre pies y manos hasta que estuvimos al lado y entonces alzamos la vista. Sí, era un hombre, una gran figura oscura con su armadura, erguido, con ambas manos en el alambre superior y, desde luego, había un olor a carne quemada. Pobre individuo, tan muerto como una momia, y sin haberse enterado jamás qué lo había herido. Estaba allí como una estatua, sin más movimiento que el de su plumaje que se agitaba un poco con el viento de la noche. Nos levantamos para mirar a través de las barras de su visera pero no pudimos saber si le conocíamos o no porque sus rasgos estaban demasiado oscuros y en sombras.

Escuchamos un sonido apagado que se aproximaba y nos pegamos al suelo. Vagamente pudimos descubrir a otro caballero; venía con mucha cautela y tanteando el camino. Estaba lo suficientemente cerca de nosotros para que le pudiésemos ver extender una mano, coger el alambre superior y doblarse para pasar entre éste y el inferior. Llegó hasta donde estaba el otro, y se sorprendió ligeramente al descubrirlo. Se detuvo un momento, sin duda preguntándose por qué no se movería y, luego, dijo en voz baja:

—¿Qué estáis soñando ahí, sir Mar...?

Puso una mano en el hombro del cadáver, exhaló un pequeño quejido y se desplomó muerto. Ya ven, le había matado un hombre muerto, de hecho un amigo muerto. Había algo terrible en todo esto.

Estos pájaros madrugadores empezaron a venir separadamente unos tras otros, hasta llegar a nuestras cercanías, aproximadamente uno cada cinco minutos durante media hora. No traían más armas que sus espadas; por regla general la llevaban preparada en la mano, la adelantaban y descubrían los alambres con ella. De vez en cuando divisábamos una chispa azul cuando el caballero que la causaba estaba lo suficientemente lejos como para ser invisible a nuestros ojos; pero daba igual, sabíamos lo que le había ocurrido. ¡Pobre diablo, había tocado un alambre con su espada y se había transformado en uno de los elegidos! Había breves intervalos de silencio sombrío, interrumpido con lamentable regularidad por el ruido que hacía al caer uno de los blindados. Todo esto se continuó durante mucho tiempo y en aquella oscuridad solitaria producía escalofríos.

Decidimos hacer un viaje de inspección entre las vallas más próximas. Por comodidad anduvimos erguidos. Nos pareció que si nos divisaban nos tomarían antes por amigos que por enemigos, y en cualquier caso estaríamos fuera del alcance de las espadas y parecía que esta gente no había traído consigo sus lanzas. Fue una excursión interesante. Más allá de la segunda cerca había muertos por todas partes, aún visibles, si bien no perfectamente. Contamos quince de estas patéticas estatuas, caballeros muertos con las manos colocadas en el alambre superior.

Una cosa parecía suficientemente demostrada, nuestra corriente era tan tremenda que mataba antes de que la víctima pudiese exhalar un grito. Muy pronto oímos un sonido pesado y sordo e inmediatamente dedujimos qué es lo que era. Un ataque por sorpresa. Susurré a Clarence que fuese a despertar al ejército para ordenarle que esperase hasta nuevo aviso en la cueva. Pronto estuvo de vuelta y junto a la cerca interior observamos cómo los relampagueos silenciosos efectuaban su horroroso trabajo sobre aquella enorme hueste. No se podían vislumbrar muchos detalles, pero sí se podía notar que una masa negra se iba apilando más allá de la segunda valla. Aquel montón que aumentaba era de hombres muertos. Nuestro campamento estaba rodeado por una sólida muralla de muertos, un baluarte, un parapeto de cadáveres. Algo terrible en torno a todo esto era la ausencia de voces humanas; no había aclamaciones ni gritos de guerra; puesto que intentaban atacar por sorpresa estos hombres se movían tan silenciosamente como podían, y siempre que la línea de vanguardia estaba lo suficientemente cerca de su objetivo como para juzgar conveniente empezar a preparar un grito, chocaban contra la línea fatal y caían sin dar testimonio de su presencia.

En este momento envié corriente a través de la tercera cerca y casi inmediatamente por la cuarta y quinta, por la rapidez con que los huecos se rellenaban. Me pareció que había llegado el tiempo para lograr mi punto culminante, todo el ejército debía estar ya en la trampa. De todas formas ya era hora de irse enterando. Toqué un botón y cincuenta soles eléctricos se encendieron en la cima de nuestro precipicio.

¡Qué espectáculo! Estábamos rodeados por tres murallas de muertos. Todas las otras vallas estaban casi rellenas de vivos que continuamente se abrían paso a través de las alambradas. El resplandor repentino paralizó a la hueste, la petrificó de asombro; sólo había un instante para que yo pudiese aprovechar su inmovilidad y no lo iba a perder. Claro, al momento siguiente habrían recobrado sus facultades y se habrían lanzado al ataque, al tiempo que mis alambres caerían con el peso; pero aquel instante perdido les privó de la oportunidad para siempre; mientras aún no había transcurrido aquel ligero fragmento de tiempo, di la corriente a todas las cercas y toda la hueste cayó muerta donde se encontraba. ¡Ahora sí que pudo escucharse el gemido! Era el estertor mortal de once mil hombres. Se alzó en la noche con un horrible patetismo.

Una ojeada mostró que el resto del enemigo, quizá unos diez mil, se encontraba entre nosotros y la zanja avanzando para el asalto. ¡Así que los teníamos a todos! Y ya no tenían remedio. Era la ocasión para el último acto de la tragedia. Disparé los tres tiros de revólver que querían decir:

—¡Dad el agua!

Hubo una avalancha repentina y un estruendo, y en un minuto el arroyo se precipitaba por toda la gran zanja creando un río de treinta y tantos metros de ancho y de cerca de diez de profundidad.

—¡A las ametralladoras, abrid fuego!

Las trece Gatling empezaron a vomitar la muerte sobre los diez mil predestinados. Se detuvieron, aguantaron sobre el terreno durante un instante aquel devastador diluvio de fuego y luego se desbandaron, dieron la vuelta y se precipitaron hacia la zanja como paja barrida por un vendaval. Una cuarta parte ya no llegó a la cima del terraplén, las tres cuartas partes restantes la alcanzaron para saltar por encima, hacia la muerte por inmersión.

A los diez minutos de haber abierto fuego, se había aniquilado toda resistencia armada. La campaña había terminado. Nosotros, los cincuenta y cuatro, éramos los dueños de Inglaterra. Veinticinco mil muertos yacían en torno nuestro.

¡Pero qué traidora es la fortuna! En muy poco, digamos una hora, ocurrió una cosa, sólo por mi culpa, que..., pero no tengo corazón para escribirlo. Que mi narración termine aquí.

44. Una posdata de Clarence

Yo, Clarence, debo escribirlo por él. Propuso que saliésemos los dos a ver si se podía hacer algo por los heridos. Me opuse tenazmente al proyecto. Dije que, si eran muchos, podríamos hacer poco por ellos, y que de todas formas no sería inteligente por nuestra parte confiarnos en medio de ellos. Pero rara vez se le podía hacer cambiar de un propósito cuando lo había decidido; así que cortamos la corriente de las vallas, llevamos una escolta, saltamos sobre los parapetos de caballeros muertos que nos rodeaban y salimos al campo. El primer herido que pidió ayuda estaba sentado, con la espalda contra un compañero muerto. Cuando el Jefe se inclinó para hablarle, el hombre le reconoció y le apuñaló. Aquel caballero era sir Meliagraunce, como descubrí al arrancarle el yelmo. Ya no volverá a pedir ayuda.

Llevamos al Jefe a la cueva y cuidamos su herida lo mejor que pudimos. No era muy seria. En esta operación contamos con la ayuda de Merlín, aunque no le conocimos. Iba disfrazado de mujer y tenía el aspecto de una sencilla ama de casa, campesina y anciana. Con este disfraz y con la cara teñida de oscuro y muy afeitada, había aparecido unos días después de que el Jefe fuese herido y se había ofrecido a cocinar para nosotros, diciendo que su gente se había marchado a unirse a unos campamentos que el enemigo estaba formando y que ella se moría de hambre. El Jefe se iba recuperando muy bien y se divertía terminando su narración.

Nos alegró tener esta mujer porque estábamos faltos de mano de obra. Estábamos en una trampa, ya lo ven, una trampa que nos habíamos fabricado nosotros mismos. Si nos quedábamos donde estábamos, nuestros muertos nos matarían. Si salíamos de nuestras defensas ya no seríamos invencibles. Habíamos vencido y a la vez éramos vencidos. El Jefe lo reconoció; todos lo reconocimos. Si pudiésemos ir a uno de los nuevos campamentos y arreglar alguna clase de acuerdo con el enemigo... sí, pero el Jefe no podía ir y yo tampoco porque estaba entre los primeros que enfermaron debido al aire pestilente producido por los millares de muertos. A otros les ocurrió lo mismo. Mañana...

Mañana. Ya está aquí. Y con él el final. A media noche me desperté y vi que aquella bruja estaba haciendo unos extraños pases en el aire en torno a la cabeza y rostro del Jefe, y me pregunté qué es lo que podría ser. Todo el mundo dormía profundamente salvo el vigilante de la dínamo. No se oía nada. La mujer cesó de sus tonterías misteriosas y se encaminó de puntillas hacia la puerta. Yo grité:

—¡Alto! ¿Qué estabais haciendo?

Se detuvo y dijo con acento de maligna satisfacción:

—¡Fuisteis vencedores, estáis vencidos! Éstos están pereciendo, tú también. Moriréis en este lugar, todos, excepto él. Él ahora duerme y dormirá durante trece siglos. ¡Yo soy Merlín!

Entonces le dio tal ataque de necia risa que giró como si estuviera borracho y dio contra uno de nuestros alambres. Su boca aún sigue abierta, parece que todavía se ríe. Supongo que el rostro mantendrá esa risa petrificada hasta que el cadáver se convierta en polvo.

El Jefe no se ha vuelto a mover, duerme como una piedra. Si no despierta hoy, comprenderemos qué clase de sueño es éste, y su cuerpo será llevado a un lugar en uno de los remotos escondrijos de la cueva donde nadie lo encontrará para profanarlo. En cuanto al resto de nosotros hemos convenido que si alguno escapa vivo alguna vez de este lugar, escribirá esto aquí y esconderá con lealtad el manuscrito con el Jefe, nuestro querido y buen caudillo, a quien pertenece, esté vivo o muerto.

FIN DEL MANUSCRITO

POSDATA FINAL DE MARK TWAIN

La aurora había llegado cuando dejé el manuscrito. La lluvia casi había cesado, el mundo estaba gris y triste, la agotada tormenta suspiraba y sollozaba para descansar. Fui hasta la habitación del desconocido y escuché a la puerta, que estaba ligeramente entreabierta. Pude oír su voz, así que llamé. No hubo contestación pero seguí oyendo su voz. Miré con cautela. Aquel hombre yacía de espaldas en la cama, hablando entrecortadamente pero con energía, subrayando con sus brazos que agitaba alrededor, sin descanso, como los enfermos que están en un delirio. Sus susurros y exclamaciones continuaban. Hablé, solamente una palabra, para atraer su atención. Sus ojos vidriosos y su cara cenicienta brillaron un instante llenos de placer, gratitud, alegría y bienvenida:

—¡Sandy, por fin has venido, cuánto te he echado de menos! Siéntate a mi lado, no me dejes, no me vuelvas a dejar jamás, Sandy, jamás. ¿Dónde está tu mano? Dámela, querida, déjame que la coja. Así, ahora todo está bien, todo está en paz, y soy de nuevo feliz, somos felices de nuevo, ¿no es verdad, Sandy? Estás tan ausente, tan vaga, no eres más que una niebla, una nube, pero estás aquí, y eso ya es bendición suficiente; y yo tengo tu mano, no la retires, es sólo un momento, no la necesitaré mucho... ¿Era ésa la niña? ¡Hola-Operadora!... No contesta. ¿Está quizá dormida? Tráela cuando despierte, y déjame que toque sus manos, su cara, su pelo y decirle adiós... ¡Sandy!... Sí, estás ahí. Me perdí un momento y pensé que te habías ido... ¿He estado mucho tiempo enfermo? Debe haber sido así; me han parecido meses. Y ¡qué sueños! Unos sueños extraños y terribles, Sandy. Sueños que eran tan reales como la realidad. Fíjate, pensé que el rey había muerto, pensé que estabas en la Galia y que no podías volver a casa, pensé que había una revolución; en el fantástico frenesí de estos sueños, pensé que Clarence y yo y un puñado de mis cadetes, luchábamos y exterminábamos a toda la caballería de Inglaterra. Pero eso no fue lo más extraño. Me parecía ser una criatura de una remota época aún no nacida, a siglos de distancia, y hasta eso era tan real como lo restante. Sí, me parecía haber vuelto de aquella época a la nuestra, y luego regresar otra vez para quedarme, extraño y abandonado en esa extraña Inglaterra, con un abismo de trece siglos abriéndose entre tú y yo, entre mi hogar y mis amigos y yo, entre todo lo que me es querido y yo, todo lo que podía hacer la vida merecedora de vivirse. Era horroroso, Sandy, más horroroso de lo que te puedas imaginar. Quédate a mi lado, Sandy, quédate siempre, no dejes que vuelva a desvariar; la muerte no es nada, que venga, pero no con esos sueños, no con la tortura de esos horribles sueños, no lo puedo soportar otra vez... ¿Sandy?...

Estuvo musitando incoherentemente un poco más; luego durante un rato permaneció silencioso, parecía que se hundía hacia la muerte. Después sus dedos empezaron a aferrarse al cobertor, por esto me di cuenta de que su fin estaba próximo. Con la primera sugestión del estertor de la muerte en su garganta se sobresaltó ligeramente y pareció escuchar, luego dijo:

—¿Un clarín? ¡Es el rey! ¡El puente levadizo, venga! ¡Guarneced las almenas! ¡Echad el...!

Estaba consiguiendo su último «efecto», pero nunca lo terminó.

FIN

ÍNDICE

CLÁSICOS DE LA LITERATURA